KB058120

中原武林全圖

신강

청해

곤륜파

서장

귀엄사

계월곡

사

아미파

녹림채

운남

절대
검
감

5

절대검감

5

絶對 劍感

한중월야 장편소설

시공사

소운휘　　　익양 소가의 삼남. 가문에서 쫓겨나서 죽음을 맞은 후 〈검선비록〉과의 기연으로 다시 태어나게 된다. 회귀한 삶에서는 한때 중원에서 명성을 떨쳤던 남천검객의 진전을 이어 전생과는 다른 삶을 만들어 나가기 위해 부단히 노력한다.

사마영　　　사대 악인 월악검 사마착의 여식. 소운휘 산하의 대주로 활약하며, 순진무구한 얼굴로 해맑게 웃음 짓는 것과는 달리 손속이 잔인하다.

비월검객 하성운　　정사 대전 때 멸문한 무쌍성 비월영종의 종주이자 소운휘의 외조부.

월악검 사마착　　사대 악인 중 일인으로, 벽의 벽을 넘어서 무림에서도 다섯 손가락에 꼽히는 고수.

무정풍신 진성백　　무쌍성을 이끌어가는 사대 무종 중 풍영팔류종의 종주이자 팔대 고수의 일인.

무천검제 천무성　　무쌍성을 이끌어가는 사대 무종 중 무천정종의 종주이자 팔대 고수의 일인.

백혜향	전대 혈마와 홍등가의 여인 사이에서 태어난 여인으로, 현 혈교에서 가장 유력한 교주 후보.
백련하	전대 혈마의 피를 이었으며, 백혜향과 함께 혈교의 교주 후보 중 한 사람.
파혈검제 단위강	사존자 칠혈성 중 일존.
난마도제 서갈마	사존자 칠혈성 중 이존.
혈사왕 구제양	사존자 칠혈성 중 삼존.
기기괴괴 해악천	사존자 칠혈성 중 사존.
왕처일	무쌍성 사대 무종 중 해왕성종의 종주.
구양경	무쌍성 사대 무종 중 섬경무종의 종주.
진용	중원 팔대 고수 열왕패도 진균의 손자.
이정검	중원 팔대 고수 무한제일검 백항목과 태극검제 종선 진인의 공동 전인.

차
례
—

일러두기

- 무협 자체의 재미와 개성을 살리기 위해 의도적으로 속어, 비속어, 은어 등의 표현이나 일부 한글 맞춤법 규정에 어긋나는 표현도 그대로 실었습니다.

- 검의 대화의 경우 앞에 '―' 표기를 넣었고, 전음은 앞뒤 [ ] 표기, 검선의 말은 앞뒤 [ ]를 표기하되 고딕으로 서체를 달리하여 표기하였습니다. 또한 본문 내 강조나 인용 등으로 들어가는 내용은 고딕체로, 본문에 나오는 대화 중 과거형은 다른 명조체로 구분하여 표기하였습니다.

- 한 장짜리 비서는 홑꺾쇠표《 》, 서책의 경우 겹꺾쇠표《 》로 구분하여 표기하였습니다.

성탑의 시험

사흘 전 외조부 하성운이 깨어난 후로, 지금까지 겪었던 나의 이야기를 들려주었다. 그 시작은 어머니가 돌아가신 후 익양 소가에서 망나니 취급을 받으며 쫓겨난 것부터였다.

"소익헌, 이 머리 검은 놈이 감히!"

그 이야기에 외조부는 분노를 금치 못했다. 자신의 외손주가 가문에서 그런 취급을 받았으리라 어찌 알았겠는가. 게다가 단전도 파훼되어 쫓겨났다고 하니 더욱 화가 날 수밖에 없었다.

"그래서 쫓겨난 후에 어찌 된 게야?"

"…혈교에 납치를 당했습니다."

"뭐? 혈교에 납치를 당해?"

외조부가 놀라는 것도 당연했다. 그는 정사 대전 이후 비월영종을 비롯한 혈교가 멸문했다고만 알고 있었다.

"그들이 아직 살아 있었단 말이더냐?"

"네."

"어찌 이런 일이…. 아니, 혈교에 납치당했는데 단전을 대체 어찌 회복한 게야?"

외조부는 그것을 궁금해했다. 나는 순차적으로 겪었던 일들을 이야기했다. 혈교의 하급 무사로 훈련을 받으려는 도중에 스승님인 기기괴괴 해악천이 나타나 또다시 납치를 한 것부터 말이다.

"기기괴괴 그자도 살아 있었단 말이더냐?"

"알고 계시는군요?"

"모를 리가 있겠느냐. 이 할아비가 남천검객을 만나 비무를 치르기로 약조하던 날에도 그자가 나타나 남천검객을 도발하면서 겨루자고 난리를 쳤었단다."

"아…."

이건 처음 듣는 이야기였다. 스승님은 어지간히도 남천검객을 이기고 싶어했던 것 같다. 물론 그 꿈을 끝내 이루지 못했지만 말이다.

"참… 공교로운 것 같습니다."

그 말과 함께 나는 남천철검을 검집에서 빼내 외조부께 보여드렸다. 검을 본 외조부가 정말 놀라워했다.

"이건 남천검객의 검이 아니냐? 이걸 네가 어찌 가지고 있느냐?"

나는 남천검객이 의문의 고수와 겨뤄 생을 마감한 후에 그 시신을 기기괴괴 해악천이 발견했고, 그 무공을 내가 익히게 되었다고 말했다. 그 말에 외조부는 처음으로 반색했다.

"과연! 이제야 납득이 가는구나. 남천검객의 진전을 물려받았으니 네가 이 젊은 나이에 그리 뛰어난 무공을 지닐 수 있었겠지. 허허허."

차세대 팔대 고수로 명성을 떨치던 남천검객이다. 그런 그의 검법을 익혔다는 것에 외조부는 기쁜 모양이었다. 그러나 해악천의 제자가 되었다는 말에는 금세 표정이 바뀌고 말았다.

"기…기기괴괴의 제자가 되었다고? 그자는 혈교의 존자가 아니더냐?"

외조부는 내가 남천검객의 진전을 물려받고서 혈교를 탈출한 것으로 짐작했던 것 같다. 그런데 웬걸, 혈교의 사존자 중 한 명의 제자가 되었다는 말에 탄식을 내뱉었다.

"내 외손주가 혈교 존자의 제자가 되었다니…."

외조부의 말에 의하면 비월영종의 초대 종주인 백천강은 그 부친인 혈마와 뜻이 맞지 않았기에 혈교를 나와 자신의 성마저 바꾸었다고 했다. 그런 비월영종의 피를 이은 내가 혈교 존자의 제자가 된 것에 적지 않은 충격을 받은 듯했다. 문제는 이게 끝이 아니라는 거였다. 나는 내공을 회복하기 위해 만사신의를 만난 것과, 혈교의 두 교주 후보 중 한 사람인 백련하 산하에 들어가게 되었고, 무림연맹 산하의 무림인들 공격을 받고 탈출하는 과정에서 절벽에 떨어지며 겪은 이야기를 해줬다.

"아니, 비도살왕의 진전도 이었다는 게야?"

남천검객, 기기괴괴뿐만이 아니라 비도살왕을 만나 그 진전을 물려받았다는 말에 외조부는 어처구니없어했다. 팔대 고수까지는 아니었지만 하나같이 무림 최정상의 고수들이었다. 그런 자들의 무공을 익혔다는 것은 기연이나 다름없었다.

"대체 네게 어찌 이런 일들만 벌어지는지 이 할아비는 도통 알 수가 없구나."

"…아직 끝나지 않았습니다."

"후우. 그리고 또 무슨 일이 있었느냐?"

나는 여기서 사대 악인 월악검 사마착의 여식인 사마영과 인연을 맺게 되었고, 얼마 있지 않아 무림연맹에서 주최한 후기지수 논무에 혈마검을 탈취하기 위해 참여한 것을 쭉 이야기했다.

"아니, 그럼 첩자로 그곳에 갔다는 게야?"

"그런⋯ 셈이죠."

"허어."

외조부의 탄식이 끊이질 않았다. 혈교의 교인 신분으로 무림연맹 본단에 들어가는 것이 얼마나 위험한 일인지 누구라도 알 수 있는 일이기 때문이었다.

"임무는 실패했겠구나. 무림연맹은 정도 무림의 문파, 방파 들의 연합체다. 그곳에서 혈마검을 탈취하는 것은 불가능하다."

"아뇨. 성공했습니다."

"⋯?!"

나는 허리춤에 있던 검집에서 혈마검을 빼내어 보여주었다. 이를 본 외조부는 할 말을 잃고 말았다. 수천, 수만 명의 피를 머금고 있다는 전설적인 요검을 눈앞에서 보게 될 줄 누가 알았겠는가.

"이, 이게 혈마검이라고? 이걸 어찌 네가 갖고 있느냐?"

"⋯제가 혈마니까요."

순간 외조부의 표정이 굳었다. 보여주는 것만이 답인 것 같아, 나는 상단전을 개방하여 왼쪽 눈을 감고 혈마화를 했다.

"혈마검이 저를 주인으로 인정했습니다."

혈마화를 한 내 모습을 본 외조부가 입을 못 다물 만큼 경악을 금치 못했다.

"어찌⋯ 어찌 이런 일이⋯."

심지어 심장까지 움켜쥐고서 고통을 호소할 정도였다. 내가 혈교의 정점이라 할 수 있는 혈마가 되었다는 사실에 외조부는 큰 충격을 받은 것 같았다. 한참이 지나서야 외조부는 진정할 수 있었다.

나는 회귀했다는 사실과 검선(劍仙)에 관한 것을 제외하고, 내가 겪었던 모든 일을 외조부에게 이야기했다. 검들을 제외한다면 처음으로 누군가에게 나의 사정을 말한 셈이었다. 모든 이야기를 들은 외조부는 이튿날이 될 때까지도 생각에 잠겨 한숨도 잠을 자지 않았다.

―사대 악인의 딸과 만나는 걸로도 모자라 혈마가 됐다는데, 그걸 바로 받아들이면 그게 이상한 거지. 심장마비 안 걸린 게 어디야.

'…'

소담검 녀석의 말이 맞다. 이를 쉽게 받아들이길 바라는 게 오히려 잘못된 것 같다.

이른 아침이 되어서야 외조부는 입을 열었다.

"초대부터 피해왔던 운명이 끝내 네 대에 와서 다시 원래 자리로 돌아왔구나. 이 모든 게 운명이라면 할아비는 받아들이도록 하겠다."

모든 것을 받아들이고서 초탈한 목소리였다.

"외조부…."

"하나 네게 하고 싶은 말이 있구나."

"그게 무엇입니까?"

"검은 그 날카로움으로 사람을 죽일 수 있다. 하나 그 검으로 누군가를 지킬 수도 있고 살릴 수도 있다."

"…."

"본 종의 조사께서는 늘 안타까워하셨다. 초대 혈마가 가졌던 피와 증오를 그 후손들이 짊어지고 가는 것을 말이다. 운명이 너를 혈마로 이끌었다고 해도 혈마가 걸었던 길은 네 숙명이 아니다."

"아…."

"혈마가 되었다고 해도 그에 개의치 말고 네가 가고자 하는 길을 걷거라. 이 할아비가 남은 생을 네게 바치마."

외조부에게 모든 것을 털어놓길 잘한 것 같았다. 나 역시 혈마가 되었다고 해서 그것에 얽매일 생각은 추호도 없었다.

* * *

무쌍성. 회귀 전에도 말로만 들었지 한 번도 온 적은 없었다. 무림연맹 이상으로 거대하고 웅장한 성의 규모에 내심 놀랐다. 성안으로 들어서면서 나는 외조부의 조언대로 변장하길 잘했다는 생각이 들었다. 수많은 무림인들 인파 속에 안면이 있는 자들이 보였다. 그중에는 무림연맹에서 개최한 무림 대회 때 참석했던 후기지수들도 꽤 있었다. 사마영에게 부친인 월악검 사마착이 쓰던 인피면구를 빌리지 않았더라면 많은 사람들이 나를 알아봤을지도 모른다. 내가 이곳에 있다는 사실이 무림연맹이나 백혜향 측에 들어가서 좋을 것은 없었다.

―인피면구도 썼는데 안대는 뭐 하러 한 거냐? 그냥 벗지 그래?

이건 갑작스럽게 중단전을 개방하게 되는 상황에 대비한 거다. 나라고 갑갑하지 않은 줄 아나. 처음에는 균형 감각도 떨어지고 어지러웠다. 그래도 사흘 동안 계속 안대를 착용하고 검을 휘두르며 연습했더니 그나마 적응이 됐다.

—인피면구도 평범한 얼굴인데, 촌스러워서 그러거든.

아니, 내가 무슨 멋 부리려고 안대를 착용한 것도 아닌데 무슨 불만이 그리 많아. 하여간 소담검 이 녀석은 별것도 아닌 것에 다 집착한단 말이야.

그때 누군가의 목소리가 머릿속을 울렸다.

—아이고, 저는 멋있기만 합니다.

이 목소리는 내가 차고 있는 검들 중 하나에서 들리는 소리였다. 혈마검을 들고 무쌍성 안으로 들어가기에는 위험부담이 있고 이신성이라는 명성까지 생기면서 남천철검을 쉽게 내보일 수가 없기에 임시로 쓰기 위해 대장간에서 구한 검이었다. 그런데 이 녀석, 자신이 임시로 쓰인다는 걸 알고 나서부터 계속 아부를 한다.

—헹. 그런다고 네가 계속 운휘 곁에 있을 수 있는 건 아니거든.

—….

소담검이 나무라자 녀석이 시무룩해졌다.

그만 뭐라고 해라. 계속 그러면 나중에 대장간에 되팔기가 미안해지잖아.

—흠흠. 미안하다. 그래도 네가 혈마검 녀석보단 나으니까, 내 말만 잘 들으면 운휘한테 계속 가지고 다니라고 한마디 해줄게.

—아이고, 감사합니다.

'…웃기는 녀석들일세.'

목소리만 들으면 넙죽 엎드린 것만 같다. 누가 보면 소담검 네가 실세인 줄 알겠다. 어쨌거나 사마영에게 혈마검을 맡겨놓았고, 혹시 몰라 남천철검에도 흑철 가루를 발라놓았으니 특별히 문제 될 건 없으리라 생각됐다.

―그보다는 이 많은 사람들과 경쟁하는 게 더 큰 문제인 듯하다,
운휘.

'후우. 그러게.'

남전철검의 밀대로 무림인들이 너무 많았다. 팔대 고수 중 한 사
람인 무정풍신의 후계자가 될 수 있는 기회를 누가 놓치려고 하겠는
가. 이 많은 사람들과 경쟁하려니 절로 탄식이 나왔다.

―그냥 네 친부를 찾아가서 네가 아들이라고 얘기해.

…그게 안 되니까 이러고 있잖아.

친부인 무정풍신 진성백은 성탑 꼭대기에 있다고 했다. 후계자가
정해질 때까지 어느 누구도 만나지 않고 저곳에 있겠다고 해서, 별
다른 방법이 없었다. 그와 만나려면 하나하나 경쟁해서 이겨 나가
는 수밖에 말이다. 그래도 아직까지는 그렇게 견제할 만한 적수는
없는 것 같았다.

―운휘야, 그런데 저 앞에 사람들이 왜 저렇게 간격을 벌리고 있
는 거야?

'응?'

소담검의 말대로 사람들이 성탑 입구 쪽에서 거리를 벌리고 있었
다. 누가 나오기라도 한 걸까? 의아한 마음으로 그곳으로 다가가는
데, 익숙한 뒷모습들에 인상이 찡그러졌다. 내가 인파를 비집고 입
구 쪽으로 다가가자 사람들이 웅성댔다.

"설마 저들이랑 같이 겨루려는 건가?"

"저 친구, 저들이 팔대 고수의 후인들인 걸 모르는 거야?"

'팔대 고수의 후인?'

그때 성탑 앞에 서 있는 두 사람 중 한 명이 고개를 돌렸다. 아…

여기서 저 녀석을 보게 될 줄은 몰랐다.

ㅡ그 재수 없는 녀석 아니야?

맞다. 열왕패도의 손자 진용이었다. 녀석이 나를 보면서 같잖다는 표정을 짓고 있었다. 그 옆에 있는 녀석이 한숨을 푹 내쉬다가 문득 나를 쳐다봤는데, 그 눈빛에 이채가 떠었다.

'이정겸?'

ㅡ어? 그 팔대 고수 두 사람의 공동 제자라던 녀석이네.

어떻게 저 녀석이 이곳에 있는 거지? 뜻밖의 두 사람을 마주하자 나는 내심 당혹스러웠다. 왜 무림인들이 이렇게 물러서서 불평불만을 해대는지 알 것 같았다.

ㅡ아니, 저것들은 팔대 고수 할아버지에 스승까지 있는 주제에 왜 욕심을 내는 거야?

나라고 그 이유를 알겠나. 다만 의외인 것은 진용이 아니라 이정겸이었다. 녀석은 무림연맹 맹주의 제자이자 무림연맹을 대표하는 후기지수의 위치였다. 그런 녀석이 무쌍성까지 와서 무정풍신의 후계자 자리를 탐한다는 게 납득되지 않았다.

그때 진용이 나를 보며 말을 걸었다.

"귀하께서도 이 시험에 응하려는가 보구려."

많은 이들이 보는 앞이라 그런지 오만하게 쳐다보면서도 말투에는 정중함을 갖췄다. 그래 봐야 그 성격이 어디로 가겠냐 싶지만 대답은 해야겠지.

"흠흠. 그렇습니다."

일부러 목소리를 굵게 냈다. 인피면구를 하고 있었지만 한 번 마주친 적이 있어서 살짝 불안했다. 나를 알아보는 게 아닐까 싶어서 말이다. 다행히 목소리를 알아차리지 못했는지 녀석이 고개를 절레절레 흔들며 말했다.

"귀하는 본인과 이 친구가 누군지 모르나 보구려."

이 녀석 봐라. 처음 만났을 때와 변함이 없네. 사람들이 보는 앞이니까 어느 정도 장단이나 맞춰줄까? 나는 포권을 취하며 공손하게 머리를 숙이고 말했다.

"어찌 열왕패도의 손자인 진용 소협과 정도에서 명성이 자자한 이신성 중 한 분인 이정겸 소협을 몰라볼 수 있겠습니까?"

그런 나의 말에 진용의 표정이 작게 일그러졌다. 바보는 아닌 모양이었다. 이정겸은 팔대 고수의 후광이 아니라 본인의 명성이 뛰어나서 아는 것처럼 표현했고, 너는 팔대 고수의 손자가 아니냐고 돌려서 이야기한 거니까 말이다.

"풋."

내 말을 알아들은 사람들도 있는지 여기저기서 비웃음 소리가 들려왔다. 하지만 진용의 매서운 눈빛에 그리 오래가진 않았다. 녀석이 불쾌함이 섞인 목소리로 말했다.

"귀하의 실력으로는 꼭대기는커녕 일이층도 올라가기 벅차 보이는데, 괜히 우리와 같이 들어가서 헛고생하지 말고 나중에 오는 게 어떻겠소. 아… 나중에는 기회가 없으려나."

일부러 도발을 해왔다. 의도는 뻔했다. 네 주제를 파악하고 알아서 빠지라는 소리였다.

―저 녀석, 네 실력을 전혀 모르나 본데.

모르는 게 당연했다. 전에 만났을 때는 하단전만 개방해서 절정초입에 불과했기에 우습게 봤던 것이지만, 지금은 초절정 초입 상태로 기운을 갈무리해서 전혀 실력을 감지하지 못하는 것 같았다. 반면 이정겸 녀석은 달랐다. 나를 굉장히 흥미롭다는 듯이 쳐다보고 있었다.

—알아차린 것 같아?

'아무래도 그런 것 같네.'

이정겸도 기운을 갈무리하고 있었는데, 무림연맹에서 보았을 때보다 기운이 더 정순해지고 강해진 것 같았다. 백 년에 한 번 나올까 말까 한 기재라고 하더니 성장 속도가 보통이 아니었다. 어쨌든 녀석의 도발에 답은 해줘야겠지.

"충고 감사합니다. 그래도 먼 길을 왔으니 도전해보겠습니다."

정중한 나의 대답에 진용이 입술을 실룩거리다 이내 콧방귀를 뀌고는 뒤돌아섰다. 굳이 상대할 가치가 없다는 듯이 말이다. 주변에 사람들이 없었다면 아마도 곧바로 덤벼들었을 녀석이었다.

—오냐오냐 키웠다더니. 쯧쯧.

뭐 상관없었다. 굳이 저런 질 낮은 도발에 넘어갈 이유가 없었다. 그때 풍영팔류종의 성탑 입구에서 팔짱을 끼고 서 있던 근육질의 중년인이 입을 열었다.

"더는 참가자가 없나 보군. 세 사람은 안으로 들어오시오."

끼이이익! 성탑 입구의 대문이 쇳소리와 함께 열렸다. 앞서 들어가는 진용과 이정겸을 따라 나는 천천히 안으로 걸어갔다. 나까지 들어가자 대문 뒤에 서 있던 자들이 문을 닫았다. 쾅! 밖에서 빛 한 점 들어오지 않게 막아놓고, 탑 안은 횃불로 밝혀져 있었다.

'대전 같네.'

안에는 어떠한 물건도 없이 돌바닥뿐이라 마치 연무장을 보는 것 같았다. 바닥에 깨진 파편들과 핏자국들이 가득했다. 피 색깔이 선명한 걸 보니 정말 많은 무림인들이 시험에 도전했던 것 같다.

'어떤 식으로 진행되는 거지?'

듣기로는 첫 번째 시험이 층계를 오르는 거라 했다. 각 층마다 풍영팔류종의 무공을 익힌 고수들이 있다고 했는데, 여덟 층이니 단계별로 강해지는 식이 아닐까 짐작됐다. 그때 반대편 문 안에서 스무 명의 회색 무복을 입은 사내들이 우르르 나왔다. 놀랍게도 전부 고수들이었다.

'응?'

설마 저들을 전부 상대하라는 건가? 의아해하고 있는데 회색 무복의 사내들 중에서 콧수염이 달린 중년인이 앞으로 나서며 말했다.

"첫 번째 층을 맡고 있는 윤자서라고 하오. 풍영팔류종의 지형권류를 맡고 있소."

이에 나를 포함한 세 사람이 그에게 포권을 취했다. 고개를 끄덕인 윤자서가 말했다.

"풍영팔류종은 권(拳), 장(掌), 각(脚), 지(指), 조(爪), 도(刀), 검(劍), 창(槍), 총 여덟 류로 나눌 수 있소. 각 층마다 그 유파의 고수들이 있으니 그들을 상대로 오십 초식을 버티거나 이겨서 꼭대기로 올라가는 것이 첫 번째 시험이오."

그 말이 끝나기가 무섭게 회색 무복의 고수들 중 세 명이 앞으로 나섰다. 전부 절정의 고수들이었다. 저들 중에서 제일 강한 실력을 지닌 자들이 나온 것이다.

'…정말 후계자가 목적이 아닌 건가.'

이래서야 제대로 통과하는 자들이 있을까 싶을 정도였다. 전 층

계에서 각 유파의 절정의 고수들을 상대한다면 누구라도 지칠 수밖에 없을 것이다. 상황이 이러하다 보니 처음부터 세를 늘리는 것이 목적이 아닌가 싶기도 했다.

윤자서가 말했다.

"이들이 그대들 실력에 맞춰서 내공을 조절해가며 상대할 터이니, 불공평함을 논하진 않아도 될 것이오."

우려와 다르게 공정하게 시험을 진행하나 보았다. 하긴 그렇지 않다면 시험에 참가하는 자들의 불만이 속출할 것이다.

"지금이라도 포기할 수 있는 기회를 주겠소. 만약 시험에 탈락한다면 약조대로 본 종에서 삼 년간 식객으로 지내야 하니 말이오."

윤자서가 차례로 쳐다보았다. 이정겸이 머리를 긁적이더니 말했다.

"혹시 통과하게 되면 먼저 위로 올라가도 됩니까?"

"상관없소."

"다행이네요. 기다려야 할까 봐 걱정했는데."

그 말에 진용이 나를 힐끔 쳐다보더니 피식거리며 말했다.

"그렇군. 뒤떨어지는 누구를 귀찮게 기다리지 않아도 돼서 다행이네."

지금 이정겸이 하는 말이 나에게 하는 거라고 생각하는 건가. 빈정거리는 말투를 보면 그런 것 같았다.

"시험을 치르겠다면 원하는 유파의 고수 앞에 서시오."

그 말에 기다렸다는 듯 이정겸이 가장 우측 편에 있는 자의 앞으로 섰다. 셋 중에서 제일 강한 실력을 가진 자였다. 진용은 남은 두 사람을 슬쩍 쳐다보더니, 그들 중 기운이 그나마 제일 약해 보이는 자의 앞에 섰다. 그리고 나를 쳐다보며 입꼬리를 올렸다. 마치 고생해보라는 것처럼 말이다.

'웃기는 놈일세.'

나는 개의치 않고 남아 있는 한 명에게 다가가 그 앞에 섰다. 긴 머리의 남자였는데, 나를 쳐다보며 아쉽다는 표정을 짓고 있었다. 팔대 고수의 후인들과 겨루지 못해서 그런 듯했다.

윤자서가 손을 들고서 말했다.

"모두 본 종의 시험을 치르게 된 것을 환영하는 바이오. 그럼 시작하시오! 개(開)!"

그의 외침과 함께 시험이 시작되었다.

우두둑! 진용이 근육을 풀며 허리춤에 차고 있던 비파 형태의 검은 천을 벗겼다. 그러자 그 안에서 특이한 형태의 도집이 모습을 드러냈다. 열왕패도의 독문 무기인 패열도였다. 스릉! 도를 뽑은 녀석이 내게 들으라는 듯이 말했다.

"올라올 수 있을지 모르겠지만 천천히 올라오라고."

팟! 그와 함께 자신의 상대를 향해 신형을 날렸다. 기수식을 취하고 있던 지형권류의 고수가 녀석이 휘두르는 패열도를 피하며 권초를 펼쳤다. 순식간에 두 사람의 도초와 권초가 세 초식가량 부딪쳤다.

내 앞에 서 있는 긴 머리의 고수도 들어오라는 손짓을 했다.

"선수를 양보하겠네, 소협."

굳이 이를 거절할 이유가 있을까?

"양보 감사합니다."

나는 빙그레 웃으며 공손히 포권을 취하고서 앞으로 걸어갔다. 아무런 기수식도 취하지 않고 경신법도 펼치지 않자 지형권류의 고수가 불쾌했는지 인상을 찡그리며 말했다.

"제대로 비무에 임…."

팟! 그 말이 끝나기도 전에 나는 순식간에 그의 품안으로 파고들었다.

'…?!'

갑작스럽게 파고들자 당황한 그가 미간을 향해 일 권을 날렸는데, 고개를 슬쩍 젖혀 피한 후에 그대로 복부를 주먹으로 쳤다.

"끄웩!"

복부를 맞은 그가 토악질을 하며 그대로 무릎을 꿇었다. 그런 그에게 나는 정중히 포권을 취했다.

"제대로 임했습니다."

"너… 너 고수…."

방심하고서 하수 취급한 건 내가 아니라 당신이다. 아니면 기운을 갈무리했음에도 드러난 실력을 그대로 믿은 것이 잘못인 건가. 어쨌든 일 합에 결판이 났다. 옆을 쳐다보니 진용이 아직까지 지형권류의 고수와 대치하고 있는 게 보였다. 그런 녀석에게 나는 소리쳤다.

"먼저 갑니다. 천천히 올라오시죠."

"뭣?"

그 말에 고개를 홱 돌린 녀석이 당혹감을 감추지 못했다.

"어떻게?"

진용의 두 눈동자가 파르르 떨려왔다. 열왕패도의 무공을 물려받은 손자 체면이 말이 아닐 것이다. 나는 그런 녀석을 보며 씨익 웃어준 후에 일층 지형권류의 유파장 윤자서에게 다가가려 했다. 그런데 놀랍게도 그 앞에 팔대 고수 두 사람의 공동 제자인 이정겸이 서 있었다. 녀석은 귀찮다는 듯이 하품을 쩌억 하며 위층으로 올라가도 되냐고 묻고 있었다.

'하!'

녀석이 맡았던 상대는 앞으로 고꾸라져 있었다.

'어떻게 된 거야?'

—내가 봤다, 운휘. 이정겸이라는 저 청년이 시작하자마자 경신법으로 뒤를 점하더니, 저 쓰러진 자의 뒷목을 수도로 내리쳤다.

그 말인즉 녀석도 한 수에 상대를 기절시켰다는 말이었다. 그야말로 압도적인 실력 차였다. 회귀 전에도 익히 명성을 들어왔지만 확실히 그 무재가 보통이 아닌 듯했다. 지형권류의 고수들이 술렁거리는 모습이 보였다. 그들의 시선은 나와 이정겸에게로 나뉘어 있었다.

—너도 한 합에 쓰러뜨렸잖아.

그래서인지 지형권류의 고수들은 의외라는 듯이 나를 쳐다보고 있었다. 명성이 알려진 이정겸과 달리, 어디서 듣도 보도 못한 놈이 자신들의 유파 고수를 고작 한 합에 쓰러뜨렸으니 관심이 가나 보았다. 그때 어떤 시선이 느껴졌다. 입구에서 우리를 성탑 안으로 안내했던 근육질의 사내가 묘한 눈빛으로 나를 바라보고 있었다.

—왜 저렇게 쳐다보는 거야?

뭔가 다른 자들과는 쳐다보는 시선이 달랐다. 흥미로워하는 듯한 느낌이었다. 나와 눈이 마주친 근육질의 사내가 빙그레 웃더니 엄지손가락으로 뒤편을 가리켰다. 그곳에 계단이 보이는 입구 하나가 있었다. 위층으로 올라가는 입구인 듯했다. 이정겸도 그곳으로 향하는 것을 보니 그쪽으로 가면 될 듯했다.

—저 녀석이랑 경쟁해야겠네.

그렇게 될 것 같네. 계단을 오르자 중간에 멈춰 서서 벽에 기대고 있는 이정겸의 모습이 보였다. 뭐지? 이 녀석 설마 나를 기다린 건가? 의아하게 쳐다보자 녀석이 입을 열었다.

"두 번째네요."

"…무슨 말씀이신지?"

"이상하네요. 분명 저보다 한 수 아래 같은데, 막상 붙으면 제가 승기를 장담할 수 없다는 느낌이 드는 건 동년배들 중에서 당신이 두 번째네요."

'…?!'

이 녀석 계속 나를 가늠했던 것 같다. 처음 나를 바라볼 때와 다르게 눈빛에서 호승심이 엿보였다. 참 다시 볼 일이다. 회귀 전에 무림연맹에서 최고로 각광받던 신성에게 이런 평가를 받다니 말이다.

―좋냐?

'…나쁠 것도 없지.'

그때 나는 첩자로 있으면서 몸을 사리느라 급급했다. 무림연맹에 있을 때 누구 하나 내게 관심을 보인 적이 없었다. 딱 두 명이 관심을 보였지만 놈들은 내 뒤통수를 쳤다.

'백위향… 모용수…'

놈들만큼은 내 손으로 직접 죽일 거다. 아니, 그냥 죽이면 싱겁겠지. 똑같이 되갚아줄 거다.

―그러려면 더 힘을 가져야겠네.

옳은 말이다. 그런데 문득 궁금해졌다. 나는 그렇다 치고, 이정겸은 동년배들 중에서 승기를 장담할 수 없다고 느꼈던 첫 번째 인물이 있다고 했다. 머릿속에 몇몇 떠오르는 자들이 있기는 한데, 그들과 이정겸이 직접적으로 맞닥뜨렸다는 이야기는 들어본 적이 없었다. 어쨌거나 나는 이정겸에게 공손히 포권을 취하며 말했다.

"이신성 중 한 분에게 이렇게 높은 평가를 받다니 참으로 영광입니다."

반은 진심이었다. 그런 나의 말에 이정겸이 피식 웃더니 포권을 취했다.

"무림연맹의 이정겸이에요."

그러고는 나를 물끄러미 쳐다보았다. 설마 내 신분을 밝히라는 것인가? 잠시 망설이던 나는 녀석에게 재차 포권을 취하며 말했다.

"하운입니다."

무쌍성에 들어올 때 써먹은 가명이었다. 비월영종의 성과 이름의 중간 글자인 '운(雲)'만 붙였다.

"하운? 공교롭네요, 그 친구도 이름에 운…."

그때 계단 밑에서 누군가 뛰어 올라오는 소리가 들렸다. 열왕패도의 손자 진용이었다. 화가 났는지 얼굴이 시뻘게져 올라오던 녀석이 나를 발견하고서 소리쳤다.

"무공을 숨기다니!"

"이크. 귀찮게 됐네. 먼저 올라가요."

이정겸이 계단 위로 뛰어 올라갔다. 나는 계단 밑을 내려다보았다. 그래도 열왕패도의 손자라고 생각보다 오래 걸리진 않았다. 열불을 토해내며 오는 모습을 보니 나도 귀찮을 것 같아서 얼른 계단 위로 올라갔다. 이층에 도착하자 좌선을 하고 있는 스무 명의 사내들이 보였다. 그들 또한 한 명 한 명이 전부 고수였다.

'응?'

그런데 좌선을 하고 있는 그들 뒤편에서 일층 지형권류의 유파장인 윤자서가 한 대머리의 사내와 대화를 나누고 있는 모습이 보였다. 아무래도 계단이 여기 말고 또 있는 듯했다.

타타타탁!

"이놈, 말하고 있는데 무시하고 올라가다니!"

진용이 화를 내려 하는데 다행히 윤자서와 대화를 나누던 대머리 사내가 앞으로 걸어 나와 쩌렁쩌렁한 목소리로 말했다.

"이층 송운장류를 맡고 있는 양도방이라고 한다. 위층으로 올라온 것을 환영하는 바이다."

목소리에서 느껴지는 기운이 보통이 아니었다. 윤자서보다 더 강한 자였다.

이정겸이 손을 들고서 그에게 말했다.

"누구와 겨루면 되는 건가요?"

"그 전에 방식을 변경한다."

"네?"

방식을 변경한다고? 양도방이라고 자신을 소개한 송운장류의 유파장이 좌선하고 있는 고수들 이름을 호명했다. 그런데 세 명이 아니었다. 총 열다섯 명이나 되는 이들이었다.

"좀 많은데요."

"이건 뭐 하자는 겁니까?"

의아해하는 우리들에게 양도방이 특유의 쩌렁쩌렁한 목소리로 말했다.

"그대들 한 사람 한 사람이 절정의 극을 넘어서는 고수들이기에 그에 합당한 방식으로 비무를 바꾸는 것이다."

이제 알겠다. 일층의 윤자서가 왜 위로 올라왔는지 말이다. 나를 비롯한 두 사람의 무위가 어느 정도 수준인지 알려주기 위해서였을 것이다. 한 명의 고수로는 어차피 똑같은 결과일 거라 판단하고서 규칙을 변경하려는 모양이었다.

―쉽게 올려 보낼 생각은 없다는 거네.

그런 것 같다. 진용이 앞으로 나서며 양도방에게 말했다.

"갑자기 규칙을 바꾸면 어쩌자는 겁니까? 시험을 치를 때마다 이런 식으로 진행한 겁니까?"

그런 녀석의 말에 양도방이 답했다.

"첫 번째 시험은 어느 정도 동등한 무위를 가진 각 유파의 고수를 상대하는 것이다. 그대들의 무위는 유파의 고수들 한 사람이 감당할 수 없는 수준이기에 그에 걸맞게 바꾸려는 것인데, 잘못됐다고 보는가?"

"칫."

그런 양도방의 말에 진용이 입을 다물었다. 나와 이정겸이 아무런 항의를 하지 않는 상태에서 자기 혼자서만 계속 불공정하다고 따진다면 스스로가 약하다는 것을 인정하는 꼴이 되기 때문일 것이다.

"그럼 어떻게 겨루면 되는 겁니까?"

나의 물음에 진용이 혀를 차며 말했다.

"보면 모르나. 한 사람당 다섯 명씩 상대하라는 소리잖아."

이에 양도방이 고개를 저으며 말했다.

"아니다. 하운 소협과 이정겸 소협은 한 사람당 여섯 명의 유파 고수들과 합공으로 겨루면 된다. 그리고 진용 소협은 세 명과 겨루게 될 거다."

'…?!'

그 말에 진용이 어처구니없어했다. 나와 이정겸은 여섯 명이나 되는 고수들을 상대하고, 자신더러는 고작 세 명과 겨루라고 하니 자존심이 상할 것이다.

"왜 나만 세 명과 겨루라는 겁니까?"

"그대는 일층에서 지형권류의 고수를 열 초식으로 꺾었다. 그리고 다른 두 사람은…."

양도방은 진용의 체면을 의식이라도 한 듯 뒷말을 흐렸다. 결국 녀석의 실력으로는 세 명의 고수와 겨루는 게 적합하다는 소리였다. 진용의 얼굴이 누르락붉으락해지는 걸 보니 자존심이 상할 대로 상해서 화가 많이 난 모양이었다.

"나도 여섯 명과 겨루겠습니다!"

"공정함에 어긋난다."

그런 녀석의 말에 양도방은 냉정히 거절했다. 분이 풀리지 않는지 씩씩거리고 있다만, 여섯 명과 겨루면 넌 무조건 탈락이다. 그렇게 되면 삼 년 동안 여기서 식객 노릇을 해야 한다.

―괜찮겠나, 운휘?

남천철검이 걱정되는지 내게 물었다. 여섯 명 중에 두 명이 절정의 고수였고 나머지 네 명은 일류 고수들이었다. 일층에서처럼 빨리 통과하는 것은 무리일 듯했다. 게다가 정체를 감추고 있어서 성명검법과 혈천대라검을 펼칠 수 없기에 기본적인 검식이나 소담검이 가르쳐준 팔뢰단검술로만 겨뤄야 했다.

―비도살왕의 무공도 있잖아.

나는 슬그머니 진용을 눈짓으로 가리켰다. 녀석은 열왕패도의 손자였다. 혹여 녀석 앞에서 선불리 은연사나 섬영비도술을 썼다가 열왕패도 진균의 귀에 들어가기라도 하면 위험했다.

—어려운 길로 돌아가야 하네.

'…그렇네.'

초식을 펼치지 않는다면 본 실력의 절반도 발휘하지 못하는 셈이 된다. 그렇다고 불리한 것은 아니었지만 시간이 걸릴 듯했다. 사서 고생을 해야 하는 판국이었다.

양도방이 손을 들고 외쳤다.

"그럼 시험을 시작하겠다!"

* * *

고풍스러운 서재. 하얗고 커다란 한지가 붙은 벽면 앞에 상의를 벗은 누군가가 팔만 한 길이의 대형 붓에 먹을 정성스레 묻히고 있었다. 그런 그의 뒤편에는 근육질의 중년인이 서 있었다. 먹을 묻히고 있는 누군가가 뒤도 돌아보지 않고 물었다.

"재미있구나. 팔대 고수의 후인들이 두 사람이나 풍영팔류종의 후계자 자리를 탐내다니 말이야."

"누군들 욕심을 내지 않겠습니까?"

"한 녀석은 욕심으로 온 게 아니겠지."

"…혹시 팔대 고수 두 사람의 공동 제자 이정겸을 말씀하시는 겁니까?"

"그래. 팔대 고수의 무공이 탐난다고 한들, 이미 두 사람의 진전을 이은 녀석이 더 욕심을 내는 게 가당키나 한 것 같으냐. 아마도 백향묵 그자의 뜻이겠지."

"무림연맹 맹주!"

"제자 녀석을 풍영팔류종의 후계자가 되게 하여 본 성과 연맹 관계를 되돌리기 위해서 왔을 게다."

"과연 그 말씀도 일리가 있는 것 같습니다."

"어찌 되었든 상황이 재밌게 되었구나. 두 사람 외에 듣도 보도 못한 녀석이 한 명 더 참여했다고 했느냐?"

"그렇습니다."

"녀석은 필시 이삼층에서 떨어졌을 테고, 둘 중 누가 먼저 올라올지도 이미 눈에 훤히 보이는구나."

"…."

"왜 대답이 없느냐?"

"그게… 예상이 빗나간 것 같습니다."

그 말에 먹물을 묻히던 손이 잠시 멈췄다.

"설마 열왕패도의 손자가 더 뛰어나다는 것이더냐?"

"아닙니다."

"그럼 무엇이 예상을 빗나갔다는 게야?"

"그 듣도 보도 못한 젊은 친구입니다."

"…뭐라?"

"사층까지만 지켜보고 왔는데, 정말 대단한 녀석이었습니다."

"대단하다고?"

근육질의 사내가 중도에 시험 규칙을 바꾸게 된 것부터 자신이 지켜봤던 모든 것을 보고했다. 이에 붓을 들고 있는 사내가 놀라움을 금치 못했다.

"그 듣도 보도 못한 녀석이 여섯 고수의 합공을 상대하면서도 두 번째로 빠르게 계단을 오르고 있다는 게야?"

"네, 젊은 나이에 그토록 뛰어난 무위를 지녔는데 아직도 이름을 알리지 못한 게 이상할 성노입니다."

"흠."

그 말에 붓을 들고 있는 자가 고민에 빠진 듯이 신음성을 냈다. 그러더니 이윽고 붓을 들고는 벽면의 커다란 한지에 붓질을 하기 시작했다. 마치 검을 휘두르는 것처럼 붓질이 호쾌하기 짝이 없었다. 벽면에 새긴 글자는 단 하나였다.

검(劍)

글자에 불과했지만 한 획 한 획이 흡사 검처럼 날카로운 예기(銳氣)를 내포하고 있었다.

"아아!"

그것을 본 근육질의 사내가 놀랍다는 듯이 탄성을 흘렸다. 이런 반응을 전혀 개의치 않는지, 붓을 내려놓은 누군가가 고개를 돌리며 물었다.

"녀석이 검을 쓴다고 했느냐?"

* * *

파팍!

"컥!"

뒤로 공중제비를 돌며 날린 발차기에 턱을 맞은 문형창류의 고수가 단말마의 비명과 함께 쓰러졌다. 주위에서 이를 지켜보던 문형창류의 고수들이 놀라웠는지 탄성을 흘리고 있었다. 그도 그럴 것이 방금 전에 쓰러진 자가 팔층의 마지막 상대였다.

"후우… 후우…."

확실히 체력적으로 지치는 감이 있었다. 한 명만 상대하는 거라면 금방 끝낼 수 있는데, 여섯 명이 동시에 합공을 해대니 전부 쓰러뜨리는 데 시간이 걸릴 수밖에 없었다. 초식을 자유롭게 펼칠 수 있다면 이보다 훨씬 빨리 올라왔을 것이다. 그래도 기어코 팔층까지 기본 검공만으로 도달했다.

─야, 그런데도 진용이란 녀석보다 빨리 올라왔어.

소담검이 키득거리며 좋아했다. 그런데 올라왔을 때부터 의아하게 여겼는데, 이정겸의 모습이 보이지 않았다.

─설마 벌써 두 번째 시험을 치르고 있는 거 아냐?

먼저 올라갔으니 그럴 확률이 높기는 했다. 한데 팔층은 고요하기만 했다. 나는 연무장 반대편의 문을 바라보았다. 저 문 너머에 분명 친부인 진성백이 있을 것 같은데, 기감으로는 어떠한 기운도 느껴지지 않았다. 명색이 팔대 고수라 불리는 자인데, 내 기감에 쉽게 잡힐 리가 없겠지. 그때 팔층의 문형창류 유파장인 서문극이 내게 말했다.

"1차 시험에 합격한 것을 축하드리는 바이오."

"곧바로 2차 시험을 치르는 겁니까?"

"아니오. 공정한 시험을 위해서 2차 시험은 내일 치를 예정이니, 이 패를 가지고 정오까지 탑의 팔층 이 자리로 오도록 하시오."

아… 그래서 이정겸의 모습이 보이지 않았던 건가. 서문극이 준 둥근 목패에는 풍영팔류종의 문양으로 보이는 여덟 개의 원이 새겨져 있었다. 합격의 증표인 모양이었다. 서문극이 내게 경고하듯이 묵직한 목소리로 말했다.

"단 정오까지 오지 않는다면 시험을 포기한 것으로 알 터이니, 그 점을 명심하길 바라오."

* * *

"나왔다, 나왔어!"

"어떻게 됐지?"

풍영팔류종의 성탑 밖으로 나오자, 입구를 지키고 있던 수많은 무림인들이 나를 쳐다보며 결과를 궁금해했다. 하지만 굳이 1차 시험에 합격한 것을 자랑하고 싶은 마음이 없기에 나는 그들을 지나쳤다. 그러자 수군거리는 소리들이 들려왔다.

"쯧쯧, 떨어졌나 보구먼."

"하긴 팔대 고수의 후인들과 같이 시험을 치렀는데 쉽겠나."

"오늘은 그냥 포기해야 하는 거 아냐?"

이런 반응들을 보니 1차 시험에 합격했던 자들이 그리 많지 않았던 것 같다. 합격한 자들은 다음 날에 2차 시험을 보는 줄도 모르고 있으니 말이다.

'응?'

뭔가 이상했다. 이정겸이 나보다 먼저 합격했을 텐데, 성탑 밖으로 나오지 않은 건가. 사람들 반응을 보면 나 혼자만 나온 것 같았다. 이상하게 여기고 있는데, 누군가가 인파들을 헤쳐 나가고 있는 내 앞을 가로막았다.

'누구?'

그는 성탑에서 시험을 치르는 동안 사층까지 모습을 보였던 근육질의 중년인이었다. 이자가 왜 나를 가로막는 거지?

"무슨 일이신지?"

의아해하는데 근육질의 중년인이 내게 말했다.

"잠시 시간을 내어주실 수 있겠습니까?"

'…'

무슨 의도지? 그렇지 않아도 성탑 안에서 사층까지 쫓아와 계속 살펴보던 것이 마음에 걸렸던 참이다. 일단 의도를 알 수 없으니 피하는 게 맞을 것 같았다. 나는 정중히 포권을 취하며 말했다.

"죄송합니다. 시험을 막 마친 터라 고단해서 쉬어야 할 것…"

말이 미처 끝나기도 전에 중년인의 입에서 예상치 못한 말이 튀어나왔다.

"무천검제께서 소협을 뵙고 싶어하십니다."

'…?!'

무천검제 천무성. 무쌍성의 두 팔대 고수 중 한 사람이자 무천정종의 종주였다. 이런 상황은 전혀 예측하지 못했다. 무쌍성의 두 절대고수 중 한 사람인 무천검제 천무성이 나를 찾을 줄이야….

―회귀 전에 네 친부를 죽였을 수도 있다는 사람 아냐?

소담검이 호들갑을 떨었다.

순간 머릿속에 많은 생각이 스쳐갔다. 설마 내 정체를 의심한 것일까? 아니면 의심받을 실수를 한 것일까? 어쩌면 친부인 진성백과 만나기 위해 만든 가짜 신분이 문제 되었을 수도 있었다.

—유검문인가 뭔가 그거?

유검문은 백여 년 전 행방이 묘연해진 일인전승 무가로, 외조부가 젊었던 시절까지도 회자되던 곳이라고 했다. 애초에 오래전에 행방이 묘연해진 무가라 의심받을 일은 없어 보였지만, 차후 무쌍성의 성주가 될 자가 찾는다고 하니 괜히 불안해졌다.

—어떻게 할 거야?

피할 방도가 없었다. 여기서 피하면 더욱 의심을 사게 되니까. 나는 포권을 취하고는 놀랍다는 표정을 지으며 근육질의 중년인에게 말했다.

"무천검제를 뵐 기회가 생기다니 무인으로서 영광입니다."

"그럴 거라 생각했습니다. 따라오시죠."

그런 나의 태도에 흡족해하며 중년인이 앞장서서 안내를 했다. 풍영팔류종의 성탑 근처를 벗어나자 무림인들의 인파가 급격히 줄었다. 보이는 대부분이 무쌍성의 무사들이었다. 이때까지는 말없이 걸어가고 있었는데, 서북쪽 무천정종의 성탑 부근에 도착해가자 근육질의 중년인이 입을 열었다.

"인사가 조금 늦었군요. 무쌍성의 패원권종 종주인 갑원춘이라고 합니다."

누구인가 궁금하긴 했는데, 예상과 다르게 무천정종의 사람이 아니었다. 무쌍성 내 한 종파의 수장이었다. 그런 자가 마치 무천정종의 하수인처럼 나를 안내할 줄이야.

'…그런데 어떻게 풍영팔류종의 시험을 치를 때, 이자가 입구를 지키고 안에까지 들어오게 된 거지?'

그 점이 의문이었다. 물어보지 말까 하다가, 자연스럽게 둘러서 이야기해보았다.

"저는 성탑 안으로 안내를 해주시기에 풍영팔류종의 종파원이신 줄 알았습니다."

그런 나의 물음에 갑원춘이 피식 웃으며 말했다.

"본인은 그저 입회자일 뿐입니다. 무쌍성 내의 모든 종파는 타종파의 입회자 없이 공식적인 행사를 진행할 수 없습니다."

"아아, 그렇군요."

아무렇지 않게 대답했지만 덕분에 좋은 정보를 알았다. 이자는 무쌍성의 성칙에 의거해 풍영팔류종의 시험을 지켜본 것이었다. 그리고 지금 상황으로 판단컨대, 그는 풍영팔류종보다 무천정종과 긴밀한 연을 맺고 있을 확률이 높았다.

—서로를 견제하는 것 같다, 운휘.

그래. 성칙도 그렇고 내부에서 두 파로 나뉘었다는 게 사실인 모양이었다. 왠지 무천검제가 나를 찾는 이유가 단순히 정체를 의심해서가 아닐지도 모른다는 생각이 들었다.

이윽고 길 안내를 하던 갑원춘이 한 건물을 가리키며 말했다.

"저곳입니다."

'저긴⋯.'

무천정종의 성탑이 아니었다. 기와 건물이었는데, 천들을 나무에 매달아놓은 모습이 영락없이 사당처럼 보였다. 심지어 이 주변에는 무쌍성의 무사들도 없었다. 사당처럼 보이는 건물 앞으로 다가가자 안에서 기척이 느껴졌다.

—들리지, 너도?

소담검의 말처럼 하나의 검의 소리도 들렸다. 이명이 뚜렷하게 들리는 걸 보니 보검인 듯했다. 다만 느껴지는 기척은 팔대 고수의 일인이라고 하기에는 기운이 너무 선명했다. 지금까지 만났던 팔대 고수들은 기감으로조차 느낄 수가 없었다. 의아해하고 있는데 갑원춘이 내게 말했다.

"안으로 들어가시죠."

"같이 들어가는 게 아닙니까?"

"제 일은 여기까지입니다. 저는 다시 성탑에 입회를 하러 가야 합니다."

흠. 그냥 평계 같았다. 애초에 제대로 입회를 서려면 자리를 지키는 게 맞았다. 아마 나만 들어오라고 했겠지. 잠시 사당같이 생긴 건물을 쳐다보던 나는 대문 전각을 통과해 건물의 문을 열었다. 그러자 등불로 밝혀놓은 내부가 모습을 드러냈다.

'사당이 맞네.'

향내가 코끝을 자극했다. 안에는 신주를 모시는 제단이 차려져 있었고, 그 앞에 백의를 입고 뒷짐을 진 채 서 있는 반백의 사내가 있었다. 그 앞쪽에는 좌선을 하고 눈을 감고 있는, 말끔한 외모에 이십 대 후반으로 보이는 청년이 있었다. 청년 앞에는 보검으로 짐작되는 검집이 놓여 있었다. 기척의 주인은 바로 이 청년이었던 듯하다.

끼이이익! 문을 닫은 나는 제단 앞에 뒷짐을 지고 있는 사내를 향해 포권을 취했다.

"후배 하운이 대선배님께 인사 올립니다."

인사에도 불구하고 뒷짐을 지고 있는 사내는 고개를 돌리지 않았다. 오히려 향을 하나 빼 들고서 불을 붙여 향로에 꽂았다. 가묘의

제사 도중에 들어온 기분이었다. 포권을 취한 상태로 지켜보는데, 향을 꽂아 넣은 사내의 목소리가 들려왔다.

"검은 무엇인가?"

뜬금없는 물음에 나는 순간 말문이 막혔다. 인사도 아무것도 없이 대뜸 물으니 대답이 떠오를 리가 있겠나.

'검이 뭐지?'

질문에 뭔가 의도가 있을 것 같았다. 섣불리 대답하기에는 답을 이미 정해놓은 것 같아 조심스러웠다. 아무 말도 하지 않자 사내가 다시 입을 열었다.

"검은 만병지왕이다."

—맞는 소리다, 운휘.

남천철검이 그 말에 동의했다. 누가 검이 아니랄까 봐 모든 병장기의 왕이라는 말에 괜스레 좋아한다.

그때 반백의 사내가 제단에서 몸을 돌렸다. 단정하게 머리를 위로 올린 강인한 인상의 장년인이었다. 흰 머리카락이 반을 채우고 있었지만 얼굴은 겉보기로는 오십 대 초반처럼 보였다. 실제 나이는 여든을 넘긴 것으로 알고 있다.

흠칫! 순간 장년인과 눈을 마주쳤는데, 강렬한 눈빛에 압도당하는 듯했다. 눈빛이 검처럼 날카로웠는데, 관통당하는 느낌이었다. 이자가 무쌍성에서 최강의 무인이라 불린다는 무천검제 천무성인가. 그가 나를 쳐다보며 말했다.

"백일창, 천일도, 만일검이라고 했다. 자네는 만 일간의 단련의 길을 걷고 있으면서 어찌하여 잡스러운 것들을 배우려고 하는가?"

"잡스러운 것들?"

지금 무슨 소리를 하는 거지? 설마 풍영팔류종을 의미하는 건가?

"만 일을 단련해도 모자라 평생을 함께해야 하는 것이 검이다. 한데 어째서 외도의 길을 걸어가려고 하는가? 자네가 가지고 있는 검들이 울고 있는 것이 느껴지지 않나?"

'……'

—이건 또 뭔 소리야. 우리가 울긴 왜 울어.

—흐음. 전 주인도 우리 같은 검들을 좋아했지만 저자는 진성 검 신봉자인 것 같다.

남천철검이 검 신봉자라 표현했지만 무천검제 천무성은 검에 대한 자부심이 굉장히 강한 것만은 확실한 듯했다. 찾았다고 해서 들어왔는데 계속 검 얘기만 하고 있었다. 들은 대로라면, 검객이 검을 익히지 않고 어째서 다른 무공을 탐내는지를 꼬집는 것 같았다. 뭔가 께름칙해지고 있었다. 잠시 망설이던 나는 입을 열었다.

"선배님, 실례가 되지 않는다면 어째서 찾으셨는지 여쭤봐도 괜찮을지?"

그때 좌선하고 있던 청년이 눈을 뜨더니, 앞에 놓여 있던 검집을 쥐고서 입을 열었다.

"스승님, 검을 섞어봐도 괜찮겠습니까?"

'검을 섞어?'

이건 또 뭔 소리지? 지금 나와 겨뤄보겠다는 건가.

청년의 물음에 천무성이 대답 대신 그의 이름을 불렀다.

"무혁."

"네, 스승님."

'무혁?'

저 청년이 누구인지 알 수 있었다. 강무혁. 무천검제의 제자이자 훗날 소무천검이라 불리며 무쌍성을 대표할 두 명의 신진 무인들 중 한 사람이었다. 무림연맹을 대표하는 이정겸과 종종 비교가 될 자였다. 확실히 풍기는 기운이 여느 후기지수들과 비견되지 않을 만큼 강했다. 열왕패도의 손자인 진용보다도 말이다.

—그럼 이정겸이랑 비슷한 급의 실력자란 거야?

그건 아닌 것 같다. 이정겸은 하단전을 개방한 상태로 그 역량을 가늠하기 힘든 반면, 강무혁은 어느 정도 실력인지 감을 잡을 수 있었다. 강무혁의 시선이 내게로 향하고 있었는데, 눈에서 전의가 느껴졌다. 녀석은 하단전을 개방한 나와 비슷한 역량을 지녔다. 비슷한 실력의 고수를 눈앞에 두고 있는데 호승심이 생기지 않을 무인이 어디 있겠는가.

하지만 천무성의 대답은 그의 기대를 충족시켜주지 못했다.

"네겐 무리다."

"네?"

"범이라 생각해서 불렀더니 가히 용이로구나."

"스승님!"

그 말에 자존심이 상했는지 강무혁이 자리에서 벌떡 일어났다. 당장에라도 나와 겨뤄서 자신이 우위라는 것을 증명하고 싶은 듯했다. 이에 천무성이 일갈을 내질렀다.

"갈!"

"큭!"

사자후(獅子吼)와 같이 쩌렁쩌렁한 목소리에 절로 인상이 찡그러졌다. 가까이에 있던 강무혁은 스승의 단호한 일갈에 어쩔 줄 몰라

하고 있었다. 그런 그에게 천무성이 말했다.

"아직 정(精)도 단련을 마치지 못한 녀석이 무슨 수로 기(氣)를 열은 녀석과 겨루겠다는 게야."

'아!'

내심 당혹스러웠다. 이자도 중단전을 느끼고 있었다. 월악검 사마착도 내가 원기인 선천진기를 단련하고 있음을 알아차렸는데, 그 역시도 이것을 단번에 알아차렸다. 괜히 초인이라 불리는 것이 아니었다. 천무성이 나를 쳐다보며 말했다.

"고작 유검문의 진전을 이었다는 녀석이 정기신의 기를 열다니 참으로 놀랍구나."

뭐라고 답변해야 할지 모르겠다. 어차피 선천진기를 익힌 것을 들켰다면 속일 수도 없었다.

'일단 숙이고 들어가자.'

당장에 팔대 고수를 상대하는 건 무리였다. 잠시 고민하던 나는 포권을 취하며 고개를 숙이고는 겸손한 목소리로 말했다.

"과찬이십니다. 후배, 선배께서 하시는 칭찬에 몸 둘 바를 모르겠습니다."

"그 나이에 그런 경지에 이르렀다면 칭찬을 받아 마땅하지."

뭔가 원만한 분위기로 이어지는 것 같았다. 그런데 천무성의 입에서 전혀 예상치 못한 말이 나왔다.

"풍영팔류종의 시험을 포기하거라."

"네? 그게 무슨 말씀인지?"

"네게 필요한 것은 잡기나 다름없는 새로운 무공을 가르칠 스승이 아니다. 더 높은 검의 경지로 이끌어줄 스승이 필요하다."

순간 말문이 막혔다. 직접적으로 말하지 않았지만 이건 자신의 제자가 되라는 말이나 다름없었다.

─이게 뭔 일이라냐?

내가 하고 싶은 말이었다. 의심받을 만한 무언가가 있어서 부른 줄 알았더니 당혹스러웠다. 만약 친부를 만나러 온 게 아니거나 여느 무림인들이라면 기뻐하며 받아들일 일이었지만 내게는 아니었다. 이미 하오문의 정보를 통해서 무천정종이 풍영팔류종, 해왕성종과 대립하고 있음을 알고 있었다. 무천검제의 제자가 된다면 풍영팔류종과 대립하게 된다.

"선배님, 시험을 포기하면 저는 삼 년 동안 풍영팔류종의 식객이 되어야 합니다."

나는 돌려서 거절의 의사를 밝혔다.

천무성이 뒤로 돌아 제단 쪽으로 걸어갔다. 그러고는 말했다.

"팔대 고수 두 사람의 공동 제자인 이정겸을 상대로 경쟁에서 이길 수 있을 것 같으냐?"

"길고 짧은 것은 대봐야 알지 않겠습니까?"

"제법 승부심도 있구나. 한데 네가 모르는 게 있다."

"네?"

"무정풍신은 제자나 후계자를 뽑으려고 하는 게 아니다. 너는 그 시험을 치르더라도 결국 떨어지고서 풍영팔류종의 식객 노릇이나 하게 될 거다."

"…어떤 식으로든 떨어질 거라는 말씀입니까?"

"제자 하나를 뽑는데, 이런 식으로 시험을 치른다는 게 말이 된다고 생각하느냐? 지금까지 왔었던 고수들 중에 누구 하나 통과하지 못했다."

"…."

이건 나 역시도 의구심을 가졌던 부분이다. 하지만 내게는 그를
만나야 할 이유가 있었다.

천무성이 제단 위에 올려놓은 위패들을 만지며 말했다.

"무정풍신은 그저 자신의 세를 늘리려는 것뿐이다. 만약 네가 내
제자가 되겠다고 하면 놈으로부터 보호해주마."

"식객이 되는 것으로부터 말입니까?"

"그렇다."

순수한 의도로 이런 말을 하는 것일까? 만약 그런 것이라면 제자
가 되는 것을 거절해도 이를 나무라지 않을 것이다. 그의 자존심을
생각해 잠시 뜸을 들이다가 말했다.

"선배님의 호의에 진심으로 감사드립니다. 하나 저는 이미 풍영팔
류종의 시험을 치르고 있습니다. 신의라는 것이 있는데 어찌 시험을
치르는 도중에 포기할 수 있겠습니까?"

"노부의 호의를 거절하겠다는 게냐?"

"저 때문에 선배님께서 무정풍신과 대립하길 원치 않습니다."

이 정도로 이야기했으면 충분하다고 여겼다. 기분이 상하지 않게
최대한 둘러서 말했으니 더는 제자가 되라고 강요하지 않을 것이다.

천무성이 고개를 절레절레 흔들며 말했다.

"그놈 참 고집이 세구나."

"죄송합니다."

"별수 없구나."

"선배님의 호의는 절대 잊지…."

"그럴 필요 없다."

"네?"

"네게 생각할 시간을 주마."

이 노인네도 어지간히 포기를 모르는 인간인 것 같다. 고집을 부리는 게 내가 아니고 본인이라는 것을 모르는 건가. 그때 천무성이 의미를 알 수 없는 말을 했다.

"호의를 받아야 하는 상황이 되면 그 생각이 바뀔 테지. 며칠 동안 푹 쉬면서 고민해보거라."

"그게 무슨 말씀이신지?"

바로 그 순간이었다. 쾅!

"헉!"

갑자기 서 있던 발밑의 바닥이 꺼졌다. 너무 순식간에 벌어진 일이라 나는 그대로 밑으로 떨어지고 말았다.

* * *

소운휘가 밑으로 떨어지자 천무성은 밀고 있던 위패에서 손을 뗐다. 쿠르르르! 그러자 기계음이 들리며 반으로 갈라지면서 밑으로 꺼졌던 바닥이 다시 위로 올라왔다.

천무성이 고개를 절레절레 흔들었다.

"쓸 만하다 싶은 녀석들은 쓸데없이 고집이 세구나."

그런 그의 말에 제자 강무혁이 대답했다.

"말하는 것을 보면 그자 못지않게 고집이 있어 보였는데, 며칠이 지난다고 설득이 되겠습니까?"

"상관없다. 어차피 내일 정오까지 2차 시험을 치르지 못하면 꼼짝없이 풍영팔류종의 식객 노릇을 해야 한다. 그런 상황에서 제깟 놈이 신의니 뭐니 하며 떠들 수 있을 것 같으냐."

스승 천부성의 말에 고개를 끄덕이던 강무혁이 조심스럽게 물어보았다.

"스승님, 한데 만약 놈이 풍영팔류종의 식객이라도 하겠다고 들면 어떡할지?"

"그렇다면 그 녀석과 마찬가지로 고집이 꺾일 때까지 가둬두는 수밖에."

"알겠습니다. 하면 산공독과 수면향이 빠지는 대로 금제를 해서 옥에 가둬놓도록 하겠습니다."

"네게 맡기마."

그 말과 함께 천부성과 제자 강무혁은 사당 밖으로 나갔다.

밑으로 꺼졌던 사당 바닥의 반대편. 그곳에 은빛의 얇은 실 같은 것이 바닥 밑 작은 구멍에 묶여 있었다. 그 실을 따라 내려가면 거미처럼 아슬아슬하게 매달려 있는 누군가가 있었는데, 그는 바로 소운휘였다.

공조

'젠장.'

조금만 늦게 반응했어도 그대로 떨어질 뻔했다. 무천검제 천무성이 계속해서 제단 위에 있는 위패를 만지작거릴 때 이상하다고 생각했다. 위패란 돌아가신 분을 대신하는 것과 다름없다. 위치를 옮길 때조차 예로써 대하는 물건을 그런 식으로 다룬다? 뭔가 숨기는 게 있다고 여겼는데, 그것이 이런 함정일 줄은 몰랐다.

―와, 그래도 팔대 고수면 무림에서 최고 명숙 아니야? 어떻게 이런 식으로 함정에 떨어뜨린다냐?

소담검이 어처구니없다는 듯이 말했다.

나도 녀석과 같은 마음이었다. 여태껏 만났던 팔대 고수들과는 그 결이 달랐다. 월악검 사마착이야 원래부터 악인으로 악명을 떨쳤고 아버지의 마음으로 나를 시험했다지만, 명색이 팔대 고수인 자였다. 무쌍성이 정사 어디에도 속하지 않는다고 해도 이런 식으로 사람을 가두려 들다니.

―많이 비뚤어진 자인 듯하다, 운휘.

남천, 나도 그렇게 생각한다. 어쨌거나 미리 대응하지 않았다면 큰일 날 뻔했다. 밑을 내려다보았다. 슈우우우우! 뿌연 연기 같은 것이 바닥에 깔려 있었다. 밑바닥에서 흘러나오는 연기에는 산공독과 수면향이 섞여 있다고 했다.

'위로 올라오진 않는다.'

보통 연기는 위로 올라갈 텐데, 저 연기는 바닥에 깔려서 올라오지 않았다. 그나마 다행이었다. 그래도 혹시 모르니 서둘러 여기서 탈출해야겠다. 은연사에 공력을 주입하여 내 몸이 위로 올라가도록 했다. 줄이 올라갈 때마다 무게 추처럼 몸이 흔들거렸다.

'살 떨리네.'

조심스럽게 올라갔다. 탁! 마치 천장이 바닥인 것처럼 그곳에 선 나는 은연사의 줄을 팽팽하게 만든 후에 조심스럽게 남천철검을 뽑았다. 천장을 보니 위의 목판과 달리 아래는 철처럼 보이는데, 일단 검 끝으로 찔러봐야겠다. 공력을 일으켜 남천철검의 검 끝에 집중했다.

'뭐야?'

검 끝으로 천장을 뚫으려 했는데, 오히려 천장 위로 살짝 들썩거리기만 했다. 생각했던 것보다 많이 단단했다. 웬만해서는 이것을 뚫거나 벨 수 없을 것 같았다.

―세게 올려쳐봐.

그랬다가 소리가 클까 봐 걱정이었다. 기척이나 강무혁이 가지고 있던 검의 이명이 들리지 않았지만 혹시나 하는 마음에서였다.

잠시만 기다리자. 조금 여유를 가진 나는 호흡을 가다듬었다. 그리고 이번에는 중단전을 개방하여 선천진기마저 모아서 전력으로 천장을 내리쳤다. 까아아앙!

"흐엇!"

그 순간 소음에 가까울 정도로 큰 쇳소리와 함께 반탄력에 의해 몸이 밑으로 튕겨 나갔다. 팽팽하게 잡아당겨놓은 은연사 줄도 튕겨 나가는 힘 때문에 풀리는 소리와 함께 쭈욱 늘어났다. 촤르르르! 나는 다급히 은연사에 공력을 주입했다. 티이잉! 은연사의 줄이 걸리며 몸이 위로 튀어 올랐다. 공력을 주입하여 은연사의 줄이 잡아당겨지도록 조절했다. 흔들거리며 몸이 위로 올라갔다.

"하아…"

심장이 덜컥 내려앉는 줄 알았다. 손등으로 이마를 닦아보니 식은땀이 맺힐 만큼 위험한 순간이었다. 밑에는 여전히 연기가 자욱했다.

―와… 저거 왜 저렇게 단단하냐?

―아무래도 한철이나 흑철 같은 것으로 만든 것 같다.

위를 쳐다보았다. 검을 올려친 곳을 보니 그 부분이 위로 살짝 우그러진 것 외엔 멀쩡하기 짝이 없었다. 봉림곡 지하에 있던 철구와 비슷한 재질 같았다. 옆의 벽면 역시도 그런 재질이었는데, 애초에 누구도 도망가지 못하도록 만들어놓은 듯했다.

―어떡해? 계속 칠 거야?

한 번 칠 때마다 이런 식으로 튕겨 나가는 것도 문제지만 소리가 너무 컸다. 도망치려다가 무천검제나 그 제자가 다시 이곳에 올 판국이었다.

'계획을 바꿔야겠어.'

―어떻게?

나는 연기가 자욱한 바닥을 내려다보았다.

* * *

어두운 지하 통로 계단. 그곳을 무천정종의 무사복을 입은 두 사람이 등불을 들고서 이동하고 있었다. 통로 안으로 들어가자 작은 공동이 모습을 드러냈다. 공동 안쪽으로 양측 벽면을 보면 쇠창살이 있는 감옥이 다섯, 다섯, 총 열 곳이 있었다. 그중 네 곳은 쇠창살이 아닌 온통 검은 철벽으로 막혀 있었는데, 무사 중 콧수염의 사내가 철벽을 보고서 탄성을 흘렸다.

"하!"

우측에 있는 한 철벽 곳곳이 울룩불룩 튀어나와 있었는데, 마치 안쪽에서 누군가 나오기 위해 무차별적으로 힘을 가한 듯했다.

"이 두께의 흑철을 이 꼴로 만들다니."

"사흘 동안 난리도 아니었습니다."

"아직도 굴복하지 않은 건가? 어제부터 심약향도 투입했다고 하지 않았나?"

"그러고도 반나절을 난리 쳤습니다. 이제 조용해졌습니다."

"슬슬 약해지고 있나 보군."

"조만간에 굴복하지 않겠습니까?"

"뭐 버텨봐야 얼마나 버티겠나. 아무튼 이제 연기가 다 빠졌겠군."

"두 시진이 지났으니 그럴 겁니다."

"옆의 흑철 감옥을 열어놓고 있을 테니, 녀석을 데리고 와라."

"네."

콧수염 사내의 명에 젊은 무사가 대답을 하고서 다른 통로에 들어갔다. 그러자 두꺼운 철문 하나가 나왔다. 철문은 쉽게 열 수 없도록 원형 손잡이를 여러 차례 돌리게 되어 있었다. 끼기기기긱! 무사가 그것을 돌리자 틈조차 없이 막혀 있던 두꺼운 철문이 열렸다. 등불을 든 무사가 그 안으로 들어갔다. 사방이 흑철로 되어 있는 네모난 형태의 큰 공간이 모습을 드러냈다.

'응?'

무사가 인상을 찡그렸다. 안에 분명히 쓰러져 있어야 했는데 아무도 없었다. 이상하다고 생각한 무사가 뒤돌아서 큰 소리로 외치려고 했다.

"여…."

스르륵! 그 순간 바로 뒤에서 한 검은 인영이 은빛 실에 매달려 거꾸로 내려왔다. 그것도 모르고서 소리치려고 하는데, 검은 인영이 무사의 혈도를 점했다. 타타타탁! 순식간에 벌어진 일이라 무사는 어떠한 반항도 하지 못하고 아혈과 마혈이 점해져 그대로 쓰러지려고 했다.

그때 쓰러지는 그의 몸을 누군가 붙잡았다.

'헉!'

그를 들어서 조심스럽게 바닥에 눕혀놓은 자가 기척을 죽이고서 착지했다. 바닥에 눕힌 자의 눈동자로 등불에 비친 인영의 모습이 보였다.

'어, 어떻게?'

그는 다름 아닌 소운휘였다. 당연히 기절해 있을 거라 여겼던 그가 멀쩡한 것으로도 모자라 갑자기 나타난 터라 무사는 당혹감을 감추지 못했다.

그때 소운휘의 목소리가 전음으로 들려왔다.

[안에 몇 명이나 있죠?]

* * *

—지독하네.

그러게.

혈도를 점하고 손톱을 세 개나 뽑았는데도 아무것도 발설하지 않았다. 정보를 푼다고 하면 봐주겠다고 하는데도 끝까지 버텼다. 지독할 정도로 훈련이 잘 되어 있었다.

'제대로 고문해도 쉽게 입을 열지 않겠는데.'

몸을 뒤져봤지만 무기도 그렇고 아무것도 들고 온 게 없었다. 아마도 지금처럼 불상사가 일어날 것을 미리 대비한 것 같았다. 팍! 나는 결국 무사의 혈도를 점해 기절시켰다. 안쪽에서 또 다른 누군가의 기척이 느껴졌기 때문이다. 녀석을 데리고 통로 입구 옆에 몸을 숨겼다. 그리고 녀석의 몸을 일으켜 세워 몸의 뒷모습이 반쯤만 보이도록 한쪽을 붙잡았다. 이윽고 누군가 걸어오는 소리가 들렸다.

"곽충, 설마 또 기절한 녀석의 몸을 뒤지고 있던 건 아니겠지? 적당히 해먹으라고 몇 번이나… 엇?"

안으로 들어온 콧수염의 무사가 나를 보고서 당혹스러워했다.

나는 번개처럼 들어온 자의 혈도를 점하려 했다. 그러자 녀석이 뒤로 신형을 날렸다.

'이놈?'

52

겉보기에는 평범한 무사복을 입고 있었는데, 절정의 무위를 지닌 자였다. 자신도 모르게 허리춤으로 손을 가져갔던 놈이 아차 싶었는지, 내 머리를 향해 발차기를 날렸다. 나는 날아오는 발을 낚아채듯이 잡았다. 그리고 그대로 아래쪽으로 꺾어버렸다. 우두둑!

"끄압!"

다리가 꺾여버린 놈이 비명을 지르려고 하는데, 인중을 주먹으로 치고서 혈도를 점해버렸다.

'후우.'

다리가 부러져 서 있을 수 없는 녀석을 바닥에 조용히 앉혔다. 놈이 부릅뜬 눈으로 나를 노려보았다.

'…똑같겠지?'

―더 독해 보이는데.

곽충이라 불린 녀석보다 더 입을 열 것 같지 않았다. 그래도 혹시 모르니 녀석이 열쇠 같은 것을 가지고 있나 뒤져보았다. 역시나 아무것도 지닌 것이 없었다. 생각보다 철두철미한 것 같았다. 훈련을 받았다면 오랫동안 정신을 약화시켜서 입을 열게 하는 것 외에는 방법이 없는데… 아! 순간 머릿속에 한 가지 좋은 생각이 떠올랐다.

뭔데?

될지는 모르겠지만 밑져야 본전이 아닌가. 나는 상단전을 개방하고서 염을 일으키며 머릿속으로 환의안의 구결을 외웠다. 죽일 듯이 나를 쳐다보는 녀석과 계속 눈을 마주쳤다. 그때 녀석의 눈이 살짝 몽롱해지더니, 갑자기 당혹스러워하며 눈동자가 커졌다. 이에 나는 놈의 혈도를 풀었다.

―뭐 하는 거야? 왜 갑자기 혈도를 풀어주는 거야?

일단 지켜봐라. 내가 혈도를 풀자 녀석이 급히 한쪽 무릎을 꿇고서 예를 취했다. 그리고 내게 말했다.

"조, 종주, 도와주셔서 감사합니다."

─앵? 종주라고?

반신반의했는데 통했다.

─뭘 한 거야?

별것 안 했다. 환의안 3단계로 녀석에게 내가 원하는 환상을 보여줬다.

─환상?

무천검제 천무성이 갑자기 나타나 나를 쓰러뜨리는 모습을 떠올렸다. 그런데 그것이 통했다. 녀석이 취하는 행동만 봐도 알 수 있었다. 지금 녀석의 눈에는 내가 천무성으로 보일 것이다. 시간이 없으니 서둘러 말했다.

"멍청한 녀석!"

"송구합니다."

"무혁이 놈은 뭐 하고 너희들이 여기 있는 거지?"

아까 천장에 매달려 있을 때, 무천검제가 제자인 강무혁에게 뒤를 맡긴다고 했었다. 그렇다면 이 녀석들에게 명을 내린 것은 분명 강무혁일 것이다.

예상이 들어맞았다. 녀석이 당황해서 눈을 굴리더니, 강무혁을 변호하기라도 하듯 변명을 해댔다.

"그, 그게 아니라 어차피 기절해 있을 녀석이라 공자께 저희 두 사람이 처리하겠다고 했습니다."

이것으로 이 안에 들어온 게 두 사람임을 알 수 있었다. 다른 자는 없었다. 환의안이 오래가지 않으니 곧바로 출구부터 알아내야겠다. 출구를 무작정 안내하라고 해봐야 도중에 환의안에서 깨어날 테니….

"당장 가서 무혁이 놈을 데려와라."

"네?"

"데려오래도!"

"추, 충!"

당황한 놈이 다급히 철문 바깥으로 나갔다. 환의안이 풀리더라도 녀석은 잠깐 동안 환상으로 보았던 무천검제 천무성의 명을 이행하기 위해 강무혁에게로 향할 것이다. 나는 기척을 죽이고서 부러진 다리로 절뚝거리며 가는 놈의 뒤를 따랐다. 통로를 따라 나가자 작은 공동이 드러났다.

'감옥?'

양쪽 벽면에 쇠창살이 달린 감옥들이 있었다. 누군가를 가두기 위한 용도로 사용했던 것 같다.

―와, 푹 쉬라고 하더니, 이런 곳에다가 가둬둘 작정이었나 보네.

그런 것 같다. 쇠창살로 이루어진 감옥도 있었고, 검은 철벽으로 완전히 밀폐해놓은 감옥도 있었다. 그런데 그중 한 곳의 철벽이 불룩불룩 튀어나와 있었다. 마치 안쪽에서 수많은 충격을 가한 듯했다. 문득 무천검제와 강무혁이 나눴던 대화가 떠올랐다.

"그 녀석과 마찬가지로 고집이 꺾일 때까지 가둬두는 수밖에."

또 다른 자가 저기 갇혀 있는 것일까?

'이게 중요한 게 아니지.'

우선 이곳을 벗어나는 게 급선무였다. 다른 사람까지 신경 쓸 처지가 아니었다. 콧수염의 무사를 따라가는데, 한참 통로를 달려가던 녀석이 출구로 보이는 곳에 섰다. 그리고 벽의 어딘가를 더듬다가 눌렀다. 그러자 출구로 보이는 곳이 기관 장치라도 되어 있는지 끌리는 소리와 함께 열렸다. 드르르르!

그 순간 나는 몸을 날려 녀석의 혈도를 점했다.

'후우.'

녀석이 정말로 강무혁에게로 달려가면 곤란했다. 나는 기절한 녀석을 눕혀놓고 열려 있는 출구 밖으로 나갔다. 작은 석실이 나왔다. 석실 한가운데에 위로 올라갈 수 있는 돌계단이 있었다. 기척을 죽이고 조심스럽게 돌계단을 따라 올라갔는데, 수많은 이명이 들려왔다.

—….

그것은 검이 내는 소리였다.

—위에 검들이 엄청 많은데.

—바로 위에 있는 검들만 오십이 넘는다.

굉장히 불길했다. 위로 오를 때마다 기감에 기척 같은 것들도 느껴졌다. 대체 출구가 어디로 연결되어 있기에 이렇게 많은 자들의 기척과 검의 이명이 들려오는지 모르겠다. 계단의 끝이 닿는 천장에는 철문이 있었다. 안쪽에서 위로 열 수 있도록 손잡이도 있었다. 철문의 틈새로 빛이 흘러나오고 있었는데, 웅성거리는 소리들도 들려왔다.

—…운휘, 아무래도 이 위는 무천정종의 성탑인 듯하다.

젠장! 나도 검들이 떠드는 이명을 들었다. 하필 나갈 수 있는 출구가 무천정종의 성탑과 연결되어 있을 줄은 몰랐다. 당장 위에 있는 자들만 오십이 넘었다. 탈출하려고 들면 분명 그들과 부딪쳐야 할 테고, 그 사이에 무천검제가 나타날 수도 있었다.

'미치겠네.'

시간을 끌어도 마찬가지일 것이다. 아래로 내려왔던 두 녀석을 찾기 위해 다른 누군가가 내려올 거다.

'…어떡하지?'

머릿속이 복잡해졌다. 그때 소담검이 내게 말했다.

―운휘야, 좋은 방법이 있어!

'응?'

* * *

다시 지하로 내려온 나는 울룩불룩 튀어나온 철문 앞에 섰다. 소담검 녀석이 떠올린 방법이 괜찮다고 판단해서였다. 이 안에 누가 갇혀 있는지는 모르지만, 이 녀석 역시도 뭔가가 있으니 무천검제가 가둬뒀을 것이다.

'대단하네.'

흑철 감옥을 이렇게나 엉망으로 만들 정도면 굉장한 내가고수일 확률이 높았다. 소담검이 말했다.

―철문을 열어두기만 하면 돼. 그럼 안에 있던 녀석이 탈출하려 할 테고 그 녀석이 먼저 나가서 소란을 피우는 사이에 도망쳐버리는 거야.

뜻대로 될지는 모르겠지만 나쁘지 않은 방법이었다. 이 정도 실력자가 위에서 도망치기 위해 난동을 피운다면 시선이 당연히 쏠릴 것이다. 갇혀 있는 자에게는 미안한 이야기지만 일단 탈출하고 봐야 하지 않겠는가. 철벽에 귀를 가까이 대봤다. 안에 있는 누군가는 기절한 것인지 잠든 것인지 조용했다.

끼르르르! 나는 철문의 원형 손잡이를 돌렸다. 손잡이가 돌아가면서 철문의 누꺼운 입구가 조금씩 움직였다. 철문이 완전히 열리자 깜깜한 감옥 안이 드러났다.

─엄청 두껍네.

열리고 나니 철벽의 두께가 손목에서 팔꿈치까지의 길이 정도는 됐다. 이런 철벽을 이만큼이나 우그러뜨리다니 안에 있는 자의 내공이 굉장한 것 같았다. 바로 그때였다. 팟! 어두운 감옥 안에서 누군가가 튀어나왔다. 그자는 엄청난 속도로 내 앞까지 다가와 머리 쪽을 향해 손을 뻗어왔다.

'칫!'

기절했다고 생각했는데 그게 아닌 모양이었다. 나는 다급히 그자의 손을 쳐냈다. 그러자 그자가 절묘한 금나수를 펼치며 내 손목을 움켜쥐고서 나를 뒤로 밀어냈다.

'헛?'

엄청난 공력이었다. 내가 고수라고 짐작은 했지만 이 정도면 초절정의 극에 이를 정도였다. 파파파파팍! 순식간에 뒤로 다섯 보 이상 밀려났는데, 어둠 속에서 얼굴이 드러나는 순간 나도 모르게 이자의 이름을 불러버렸다.

"백혜향?"

이자, 아니 그녀는 다름 아닌 백혜향이었다. 검은 머리카락에 검은 눈동자였지만 얼굴을 몰라볼 수가 없었다. 눈가가 눈물 자국으로 가득한 그녀가 내 얼굴을 뚫어지게 쳐다보더니, 인상을 찡그리며 중얼거렸다.

"소운휘?"

불과 하루 전. 철벽으로 둘러싸인 어두운 감옥 안.

쾅! 쾅! 백혜향은 십성 공력으로 있는 힘을 다해 철벽에 장법을 펼쳤다. 철벽이 장법을 맞으면서 손바닥 형태로 우그러졌다. 그러나 어떤 식으로 타격을 가해도 근본적으로 철벽을 부수는 것은 불가능했다.

"하아… 하아…"

꿈쩍도 하지 않는 철벽을 보며 그녀는 거친 호흡을 내뱉었다. 반 시진가량을 쉬지 않고 철벽을 때렸다. 지치는 게 당연했다.

"제기랄."

바닥에 주저앉은 그녀의 입에서 거친 소리가 튀어나왔다. 어떤 일이든 후회하는 성격이 아니었지만 이번 일만큼은 스스로가 멍청했다는 생각이 들었다.

'조급했어.'

폐관에서 나온 그녀는 삼존 혈사왕 구제양을 직접 설득하기 위해 섬서성 낙천으로 왔으나, 목적을 달성하지 못하게 되었다. 이미 구제양이 백련하 산하로 들어가기로 결심했기 때문이다.

"율법을 따르는 것이 교인의 숙명입니다, 아가씨."

어떠한 회유책으로도 구제양을 설득하는 것은 불가능했다. 이로써 사존자 중 셋이 백련하 산하로 들어갔다. 혈마검도 모자라 존자 셋이 넘어간 것은 백혜향에게도 상당한 타격이라 할 수 있었다. 결국 그녀는 별다른 소득 없이 개봉으로 돌아가야 했는데, 오는 도중

솔깃한 이야기를 하나 들었다. 무쌍성의 팔대 고수 중 한 사람인 무정풍신이 후계자를 구하고 있다는 것이었다. 정사를 막론하고 누구에게나 기회를 준다는 말에 그녀는 고민에 빠졌다. 그렇지 않아도 그녀는 벽에 막혔다. 폐관 수련으로 그 벽을 넘겨보려 했지만 어떠한 깨달음도 얻을 수 없었다. 만약 초인의 영역이라 이르는 팔대 고수에게서 그 실마리를 얻어 벽을 넘긴다면 모든 상황을 반등시킬 수 있게 된다. 덤으로 무쌍성의 사대 무종 중 하나의 힘을 얻을 수 있고 말이다. 충분히 도전해볼 만하다고 판단한 그녀는 복귀 도중 즉흥적으로 무쌍성으로 오게 되었다. 그러나 모든 일이 뜻대로 이뤄지는 것은 아니었다.

"무천검제!"

이가 절로 갈렸다. 놈이 변수가 될 줄은 전혀 예측하지 못했다. 1차 시험이 끝나고 이틀째 이곳에 갇혀 옴짝달싹하지 못하고 있었다.

"으아아아아!"

쾅! 화가 머리끝까지 치밀어 오른 백혜향은 또다시 철벽을 미친 듯이 가격했다. 그렇게 쉴 새 없이 철벽에 충격을 가하던 차였다. 밖에서 희미한 기척이 느껴졌다. 장법을 펼치던 것을 멈추자 목소리가 들렸다.

"어리석구려, 소저. 그런다고 감옥에서 탈출할 수 있을 것 같소?"

무천검제의 제자 강무혁의 목소리였다. 백혜향은 벽 앞에 서서 마치 철벽을 관통하여 보듯이 싸늘한 눈빛으로 말했다.

"맹세하지. 여기서 나오면 네놈의 그 혀와 눈부터 가져간다."

"하하하하하핫. 참으로 살벌한 농을 쉽게도 하시오."

"농으로 들리나, 애송아?"

쾅! 그녀의 일 장에 철벽 바깥에서 들리던 목소리가 잠시 멈췄다. 하지만 이윽고 다시 목소리가 이어졌다.

"소저, 이런 기회는 쉽게 오는 것이 아니오. 인피면구까지 쓰고 무쌍성에 들어온 그대를 스승님께서 어떠한 것도 묻지 않고 제자로 받아주시겠다고 하지 않았소."

"필요 없다고 했다."

무천검제를 만나본 백혜향은 첫눈에 그의 탐욕과 야심을 읽었다. 그 인물은 자신을 이용만 하고 앞길을 막으면 막았지 절대로 도움이 될 자가 아니었다.

"고집이 참 세시오."

백혜향이 비릿한 미소를 지으며 말했다.

"기회를 주지."

"기회?"

"지금이라도 이 철문을 연다면 그 눈을 파내는 것으로 끝내마. 목숨을 건질 수 있는 마지막 기회다."

"하하하하하하핫. 자신이 어떻게 될지도 모를 판국에 도리어 본 공자를 협박하다니."

강무혁의 목소리에서 일말의 분노가 느껴졌다. 한참을 웃어대던 그가 말했다.

"나도 소저에게 한마디 하리다. 그대는 제발 내보내달라고 애원하게 될 것이오. 그 가랑이를 벌려서라도 말이오."

"뭐!"

"지금이라도 벌린다면 내가 이 문을 열어줄지 누가 알겠소. 하하하하하핫."

"네놈이!"

콰앙! 자신을 능욕하는 말에 백혜향이 미친 듯이 철벽을 쳤다. 그때 철벽에 나 있는 구멍에서 연기가 올라왔다.

"이딴 길로 나를 잠재울 수 있을 것 같아!"

"못 하겠지. 하지만 이 연기는 그런 수면향이나 산공독이 아니라오. 연기를 맡는 순간 그대도 한낱 나약한 인간에 불과하다는 것을 알게 될 것이오."

"닥쳐!"

쾅! 그것을 마지막으로 강무혁의 기척이 사라졌다. 호흡을 참고 심맥을 보호하며 그녀는 연기에 대항하려고 했다. 그런데 시간이 흐르면서 기이한 일이 벌어졌다. 눈앞의 풍경이 바뀌었다.

'…?!'

붉은 등으로 가득한 집 안. 너무나도 눈에 익은 잊을 수 없는 곳이었다. 온갖 치장을 하고 입술을 붉게 물들인 아름다운 여인이 연기처럼 그녀의 앞에 나타났다. 백혜향의 눈동자가 떨려왔다.

"당신!"

아름다운 여인의 눈에서 피눈물이 흐르고 있었다. 그 모습이 너무도 소름 끼칠 정도였다. 한이 넘치는 눈으로 노려보던 여인이 백혜향을 향해 달려들었다. 이에 백혜향이 손으로 그녀를 쳐내려 했지만, 여인은 연기가 되어 스쳐 지나가더니 그녀의 목을 두 손으로 움켜잡았다. 스르르륵! 온몸에 힘이 빠지며 백혜향이 뒤로 넘어갔다. 환상이라고 여겼는데 여인이 목을 움켜쥐자 백혜향은 숨이 턱 막혔다.

"하악!"

뿌리치기 위해 손을 휘저어도 연기처럼 잠시 흐트러졌다가 원래대로 돌아올 뿐이었다. 피눈물을 흘리는 여인이 백혜향에게 말했다.

"네년 때문이야. 네가 사내로 태어났다면 그도 나를 받아줬을 거야!"

여인의 말에 백혜향의 표정이 굳었다. 마치 그때로 돌아온 것만 같았다. 다시는 떠올리고 싶지 않던 어린 시절.

"죽어! 너 같은 건 아무짝에도 쓸모없어! 죽어버리란 말이야!"

여인이 목을 조르자 그녀의 숨통이 막혔다.

"학… 학!"

환상에 불과하다고 머릿속으로 생각하면서도 이 고통을 견딜 수가 없었다. 피눈물을 흘리는 여인의 뺨을 향해 백혜향이 거칠게 손을 휘저었다. 그러나 연기가 되어 손이 스쳐 지나갈 뿐이었다.

"죽어! 죽으란 말이야!"

목을 졸라 죽이려 드는 여인에게 백혜향이 싸늘한 목소리로 입을 열었다.

"홍등가의 여인에 불과한 당신의 욕심에 부응하지 못한 게 죄야? 나는 태어나지 말았어야 했던 거야?"

"그래. 넌 태어나지 않았어야 했어. 너 같은 계집은 그냥 죽어버려야 해."

"…당신도 여자잖아."

"죽어! 죽으라고!"

피눈물을 흘리는 여인은 줄곧 죽으라는 말만 내뱉었다. 철의 여인일 것만 같던 백혜향의 눈시울이 붉게 물들어갔다. 그녀가 구슬픈 목소리로 피눈물을 흘리는 여인을 노려보며 말했다.

"너 같은 년은 엄마도 아니야."

피눈물을 흘리며 한을 품은 여인은 다름 아닌 그녀의 어머니였다.

* * *

"백혜향?"

설마 그녀였을 줄이야.

흑철 감옥에 갇혀 있던 사람은 다름 아닌 또 다른 교주 후보인 백혜향이었다. 나를 뚫어지게 쳐다보던 그녀가 인상을 찡그리며 중얼거렸다.

"소운휘?"

인피면구를 쓰고 있었는데, 놀랍게도 그녀가 내 이름을 불렀다. 설마 목소리 때문에 알아차린 것일까? 그렇게 생각하고 있는데, 그녀가 갑자기 일그러진 인상으로 머리를 흔들었다.

"으윽!"

뭔가 상태가 안 좋아 보였다. 자세히 보니 눈동자도 핏줄이 서서 몽롱한 것이 마치 뭔가에 취한 것처럼 보였다. 왜 이러는 거지?

"아니야, 아니야. 녀석이 여기 있을 리가 없잖아. 환상이야, 전부 환상."

환상? 사람을 앞에다 두고 대체 무슨 말을 하는 거지?

그녀는 많이 혼란스러워 보였다.

"괜찮은 겁니까?"

그런 나의 물음에 머리를 흔들어대던 그녀가 나를 빤히 쳐다보았다. 그러더니 갑자기 외침과 함께 두 손으로 내 목을 졸랐다.

"네년!"

느닷없는 행동에 당혹스러웠다.

"네년이 또!"

"큭! 갑자기… 왜 이러는…?!"

이를 뿌리치려고 했는데, 그녀의 붉어진 눈시울에 맺힌 눈물을 보니 순간 멍해졌다. 늘 제멋대로에 자신감이 넘치던 그녀였다. 그런데 이런 슬픔에 찬 얼굴을 하고 있는 게 이해되지 않았다.

꽈악! 백혜향이 손에 힘을 주면서 말했다.

"너 같은 년은 내 엄마가 아니야. 내가 왜 태어나지 말았어야 했는데? 왜 내가 네년한테 미움을 받아야 하는 거냐고."

'엄마?'

한이 맺힌 목소리. 그녀의 눈에 맺혔던 눈물이 내 얼굴로 떨어졌다. 눈물을 뚝뚝 흘리는 그녀가 입술을 꽉 깨물며 말했다.

"구천에서 지켜봐! 당신이 그렇게나 죽이려 하던 계집이, 당신이 고작 옆자리나 탐했던 자의 모든 걸 가지게 되는 걸 말이야!"

대체 그녀의 눈에는 무엇이 보이는 걸까? 내가 아닌 다른 자를 보는 것 같았다. 다짐이라도 하듯 강하게 말했지만, 그 모습이나 목소리가 너무나도 서글퍼 보였다.

꽈악!

"크윽!"

아무래도 이러다 사달이 나겠다. 손을 뿌리치고 싶지만 하단전의 공력만으로는 역부족이었다. 결국 나는 중단전을 개방했다. 심장에서 따스한 기운이 전신으로 퍼져 나가며 하단전의 힘과는 비교도 안 되는 선천진기의 공력이 일어났다.

꽈아아악! 나는 그녀의 손을 잡고 강제로 목에서 떼어냈다. 그러자 백혜향의 동공이 흔들렸다. 퍽! 기회를 놓치지 않고 그녀의 복부를 걷어찼다. 백혜향의 몸이 뒤로 밀려났다. 그런데 제대로 맞은 게 아니라, 발이 닿는 순간 경신법으로 뒤로 몸을 날리며 피했다. 제정신이 아닌데도 그 무재는 감탄스러울 정도였다.

남천철검의 목소리가 머릿속을 울렸다.

—뭔가 정신을 갉아먹는 특수한 약에 당한 것 같다, 운휘.

정신을 갉아먹는 약? 원래대로 되돌릴 방법이 없을까?

—아까 전에 네 목소리를 알아들은 걸 보면 완전히 약에 빠진 건 아닌 듯하니, 다소 위험하더라도 천령혈이나 뇌해혈 쪽에 충격을 가해라.

그게 쉬운 일일지 모르겠다. 제정신이 아닌 상태인데도 굉장히 강했다. 어떻게 충격을 가해야 하나 고민하고 있는데, 백혜향이 나를 향해 달려들었다. 또다시 목을 조르려고 하는데, 정신이 온전치 않은 것은 확실했다. 그렇다면….

촥! 나는 은연사를 감옥의 쇠창살 한 곳에 발사했다. 은연사가 감기자, 경신법을 펼치며 내게 달려드는 그녀를 피했다. 백혜향이 보법을 펼치며 따라잡으려고 하자 나는 그녀를 피하며 그 주위를 빙글빙글 돌았다.

'다행이다.'

그녀는 은연사를 전혀 보지 못하고 있었다. 나를 전혀 다른 존재로 보기에 혹시나 하는 마음에 해본 것인데, 은연사를 보지 못한다면 그나마 제압하기가 쉬울 것 같다. 팟!

'헛!'

잠시 방심했는데, 그녀가 기묘한 보법을 펼치며 방향을 틀었다. 그러더니 화려한 지공으로 공격해왔다. 그 순간 나는 은연사를 잡아당겼다. 그러자 헐렁하게 그녀 주위에 둘러 있던 은연사의 줄이 팽팽하게 당겨지며, 그녀의 두 팔과 몸을 압박했다. 촤르르르르!

'이때다!'

나는 그녀에게 달려들어 천령혈에 충격을 가하려 했다. 그러자 은연사 줄에 묶여 있던 그녀가 발을 박차며 위로 떠올라 몸을 회전하더니 내 머리로 발차기를 날렸다. 왼팔을 들어 그녀의 발차기를 막아냈다. 그 순간 몸이 옆으로 살짝 밀려났다. 촤르르!

'공력만큼은 괴물 같군.'

중단전을 개방했는데도 그녀의 공력은 심후하다 못해 괴물 같았다. 특수한 체질인지 아니면 영약을 때려 먹기라도 했는지, 공력 하나만큼은 기이할 정도로 강했다. 다행인 것은 그녀와 나의 무위가 이제 크게 격차가 없다는 것이었다. 더군다나 제정신도 아니었으니….

팟! 밀려남과 동시에 나는 몸을 낮춰 회전하며 돌려차기로 그녀의 다리를 걸어찼다. 다리를 맞은 그녀가 그대로 넘어졌다. 넘어진 그녀 위에 올라탄 나는 주저 없이 천령혈을 내려치며 공력을 가했다. 꽝!

"아흑!"

그녀의 입에서 신음 소리가 터져 나왔다. 공력을 조절했지만 천령혈 자체가 사혈이라 불릴 만큼 위험한 곳이다. 그 통증이 어마어마할 것이다. 충격을 받은 그녀가 멍한 눈으로 나를 뚫어지게 쳐다보았다. 곧바로 정신을 차리긴 힘들겠지. 그렇게 생각했는데, 멍해져 있던 눈빛에 어느새 생기가 돌아와 있었다.

"…너 누구야?"

한쪽 눈썹을 치켜올리며 나를 뚫어지게 쳐다보는데, 구슬펐던 얼굴은 온데간데없이 사라지고 다시 오만하면서도 살벌한 눈빛을 하고 있었다. 혹시나 하는 마음에 나는 물었다.

"정신이 든 겁니까?"

백혜향이 인상을 찡그리며 나를 응시했다. 그러더니 비릿한 미소를 지으며 말했다.

"너… 소운휘지? 얼굴에 그거 인피면구인가?"

'아차.'

목소리를 변조했어야 했는데, 그녀가 정신을 차리게 하는 데 정신이 쏠려 깜빡했다. 그렇다고 해도 예리하긴 했다. 인피면구를 쓰고 있는데도 목소리만으로 단번에 알아보다니 말이다.

"…다행이군요. 정신이 들어서."

"언제까지 내 위에 있을 거지?"

"아아, 이건…."

꽉! 그때 백혜향이 다리로 허리를 감싸더니, 이내 엄청난 힘으로 몸을 뒤틀어 반대로 내 위로 올라탔다. 그녀가 혓바닥으로 자신의 윗입술을 핥으며 말했다.

"나는 내가 위에 있어야 해."

'…'

─같은 사람 맞냐?

소담검이 혀를 내둘렀다. 내 위로 올라탄 그녀가 자신의 양팔을 묶고 있는 은연사 줄을 게슴츠레 쳐다보며 말했다.

"너 이런 취향이었냐?"

"…아가씨가 제정신이 아니어서 묶은 겁니다."

그런 나의 말에 그녀의 눈빛이 묘해졌다. 그러더니 애써 아닌 척했지만 얼굴이 살짝 상기되었다. 아무래도 제정신이 아니었을 때의 기억이 어느 정도 떠오른 모양이다. 하지만 그것도 잠시였다. 곧바로 표정을 바꾼 그녀가 주위를 둘러보더니 내게 말했다.

"너 설마 나를 구하러 온 거냐?"

살짝 기대감에 차 있는 목소리였다. 실망시켜서 미안하지만….

"그저 우연입니다만."

"우연?"

"저도 무천검제에게 당해서 여기 떨어졌습니다."

백혜향이 가늘게 뜬 눈으로 실망스럽다는 듯이 나를 쳐다보았다. 이거 은근히 짜증 나네. 자기도 당해서 갇혀 있었으면서.

"계속 갇혀 있을 게 아니라면 비켜주시죠."

짜증이 묻어나는 목소리를 알아차렸는지 그녀가 피식 웃더니 내 위에서 일어났다. 백혜향이 어깨를 으쓱하며 은연사를 눈짓으로 가리켰다. 그런 그녀에게 말했다.

"뭘 믿고 풀어줘야 할지 모르겠군요."

마냥 풀어주기엔 그녀는 꽤나 위험한 인간이었다.

백혜향이 내게 말했다.

"강제로 푸는 것보다 네 손으로 푸는 게 모양새가 좋지 않을까?"

"풀게 내버려둘 겁니까?"

"늘어난 무공만큼이나 자신감도 많이 늘었네?"

역시 잠시 싸웠을 때를 기억하고 있었다. 제정신이 아니었던 것을 굳이 말하고 싶어하지 않는 것 같아 애써 아는 척하진 않았다.

"서로 다툴 상황은 아닌 듯하군요."

나는 은연사의 줄에 공력을 주입하여 풀리도록 하였다. 선뜻 줄을 풀어주자 그녀가 빙그레 웃었다. 그러고는 내게 말했다.

"현명한 선택이야. 적의 적은 우군이라는 말을 잘 이해하고 있군."

"그건 아가씨한테도 마찬가지일 텐데요."

"나는 너를 적으로 생각해본 적이 없는데."

백혜향이 입맛을 다시듯이 혀를 날름거리며 말했다.

"……"

여전히 포기하지 않았다는 소리네. 그녀의 무서운 점이다. 아직 내가 혈마가 되었다는 사실을 모르는 것 같은데, 알게 되어도 같은 반응을 보일지 궁금하다.

—지금은 얘기하지 않는 걸 추천한다, 운휘.

나도 네 생각에 동의한다, 남천.

어찌 되었든 생각지도 못하게 위험한 우군과 공조하게 생겼다.

* * *

강무혁이 다급히 무사 넷을 이끌고 지하 통로로 내려왔다. 지시했던 자들이 아직까지 오지 않았다는 이야기를 듣고서 무슨 문제라도 생긴 것일까 하고 내려온 것이다. 무천검제에게 자신 있게 이야기해놨는데 일이 꼬이면 곤란했다.

'그 정도 양의 산공독과 수면향이면 반나절이 넘게 깨어 있지 않아야 정상인데.'

불안한 마음이 들었다. 지하 감옥으로 내려오자 여전히 흑철 감옥은 굳게 닫혀 있었다. 조용한 걸 보니 그녀는 아직 심약향에 취해 있는 듯했다.

'멀지 않았군.'

강무혁이 슬쩍 미소를 지었다.

문제는 다른 녀석이었다. 내려보낸 두 명의 모습이 보이지 않는 걸 보면 분명 문제가 터진 것이 틀림없었다.

'어차피 놈과 나의 실력에는 큰 격차가 없다.'

절정의 고수 네 명과 합공한다면 금방 제압할 수 있을 거라 여겼 다. 사당의 함정과 연결되어 있는 통로로 향했다. 통로 안에 들어가 자 보인 것은 쓰러져 있는 두 명의 무사들이었다.

'설마?'

강무혁은 당혹감을 감추지 못했다. 지하의 다른 곳을 살폈을 때 는 아무도 없지 않았다. 닫혀 있는 흑철 감옥을 떠올렸지만 한번 닫 히면 안에서 열 수 없기에 바보가 아닌 이상 그곳에 들어가 숨을 리 가 만무했다.

'기척은 없다.'

기감을 열어서 집중해보았지만 기척은 느껴지지 않았다. 그럼 대 체 어디로 사라진 것이란 말인가.

'젠장. 큰일 났구나.'

이렇게 되면 무천검제의 질책을 피하기 어려워진다. 어찌 된 영문 인지 쓰러져 있는 저들의 상태를 살펴봐야 알 것 같았다. 강무혁은 네 명의 무사를 이끌고 함정 밀실 안으로 들어갔다.

"죽었는지 아닌지 살펴봐라."

"넵."

무사들이 쓰러진 이들에게 다가가는 순간이었다. 탁! 뒤쪽에서 들려오는 소리에 강무혁이 다급히 고개를 돌렸다.

'아닛?'

어디에서 나타났는지, 함정 밀실의 입구 앞을 소운휘와 백혜향이 가로막고 있었다.

"네놈들이 어떻게?"

갇혀서 기절해 있어야 할 이들이었다. 당혹스러워하는데 백혜향이 소운휘에게 손을 내밀었다.

"검 하나만 빌리자."

"그러시죠."

소운휘가 피식 웃으며 가지고 있던 검들 중 하나를 뽑아서 건넸다. 검을 손에 쥔 그녀가 살벌한 목소리로 말했다.

"내가 그 눈이랑 혀 가져간다고 했지."

"대체 어떻게?"

녀석의 당혹스러워하는 반응을 보니 한결 기분이 좋아졌다. 은연사로 천장 위에 매달려 있을 거라고는 꿈에도 생각하지 못했을 거다. 아니, 녀석의 무위로는 기척을 알아차리기도 힘들었겠지. 백혜향이 내게 말했다.

"저 녀석은 내 몫이니 나머지는 알아서 처리해라."

뭔가 명령처럼 들리는데…. 하지만 녀석을 양보하기로 했다. 그녀의 살벌한 얼굴을 보니 강무혁에게 꽤나 쌓인 게 있었나 보다.

강무혁이 허리춤에 있던 검집에서 검을 뽑았다. 놀란 것이 어느 정도 가셨는지 녀석이 인상을 쓰고서 말했다.

"여기서 나갈 수 있을 것 같소?"

"네놈의 눈과 혀 걱정이 먼저일 것 같은데."

팟! 백혜향이 신형을 날렸다. 그녀는 단번에 목을 자를 기세로 검을 일자로 휘둘렀다. 강무혁이 다급히 이를 쳐내려 했다. 채애애애앵! 그러나 녀석이 들고 있던 검이 위로 튕겨 나가며 그 신형도 뒤로 부웅 하고 튕겨 나갔다.

"헛!"

열 보가 넘는 거리까지 날아가서야 겨우 멈출 수 있었다. 강무혁의 표정이 굳어졌다.

"무슨 공력이?"

검을 쥐고 있는 녀석의 손에서 피가 흘러내렸다. 정말 괴물 같은 내공을 지닌 그녀였다.

"싸구려 검을 쓰는구나."

백혜향이 살짝 금이 간 검을 보고서 고개를 절레절레 흔들었다. 그러더니 다시 한 번 녀석에게로 신형을 날렸다. 대장간의 평범한 검에 불과했지만 그녀의 손에 들려서 펼쳐지는 검초는 절대로 평범하지 않았다.

'삭혈검정(削血劍靜)!'

전신의 주요 요혈들만 노리는 저 검법은 혈천대라검법의 삭혈검정이다.

"큭!"

강무혁이 다급히 검초를 펼치며 그녀의 공세를 막아냈다. 채채채채챙! 검과 검이 부딪칠 때마다 푸른 불꽃이 튀었다. 그러는 사이 무천정종의 무사들이 검을 뽑고서 내게 달려들고 있었다. 절정의 무위를 지닌 자들이었다.

'내 몫인가.'

합공에 능숙한지 네 방위로 나를 둘러싸고서 공격해왔다. 다행스러운 것은 풍영팔류종의 성탑에 오르면서 합공에 적응이 되었다는 것이다.

'시간을 끌면 안 되니 전력으로.'

나는 남천철검을 비스듬하게 잡고서 몸을 틀었다.

'회룡승검(回龍昇劍).'

진성명검법 사초식 회룡승검. 몸을 빠르게 회전하며 검초로 회오리를 일으켜 전후좌우 할 것 없이 사방을 베었다. 네 방위로 동시에 노렸던 이들이 다급히 변초를 써서 검을 막아냈다. 채채채챙! 그러나 그들과 나는 격이 달랐다. 하단전조차 초절정의 경지에 오르면서 공력이 훨씬 월등했다. 두세 식 정도를 막아내던 그들은 검에 실린 공력을 이기지 못해 튕겨 나가고 말았다.

'한 놈 먼저!'

나는 왼손을 정면에 있는 무사에게로 뻗었다. 뒤로 튕겨 나간 그의 팔에 은연사의 실이 감겼다.

"이, 이게 뭐야?"

당황한 놈이 은연사의 실을 잘라내려 했지만 그것이 끊길 리가 만무했다. 획! 내가 잡아당기자 녀석은 낚싯줄에 걸린 생선처럼 몸이 떠올랐다. 나는 그대로 우측에 있는 녀석에게로 놈을 휘둘렀다.

"어엇!"

무사가 놈을 받아내려다 같이 뒹굴었다.

―뒤!

소담검의 목소리가 머릿속을 울렸다.

'알고 있어.'

나는 빠르게 숙임과 동시에 몸을 좌측으로 틀며 검으로 기습을 노리던 무사의 발목을 찔렀다.

"아악!"

발목이 찔린 놈의 가슴을 공중 앞돌기를 하며 두 발로 걷어찼다. 발에 맞은 놈이 뒤로 튕겨 나가 밀실 벽에 부딪혔다. 쾅!

"끄웩!"

어우, 너무 세게 찼나 보다. 철벽에 부딪히자마자 피를 한 움큼 토하더니 바닥에 엎어졌다. 그때 뒤에서 파공음이 들려왔다. 나는 보법을 펼치며 파공음이 들리는 방향의 반대쪽으로 몸을 틀었다. 촥!

"젠장!"

뒤를 노렸던 무사가 난감해하며 다시 내 얼굴로 검을 틀었다. 그런 그자의 검을 위로 쳐냈다. 챙! 검이 위로 튕겨 나가자 나는 그대로 놈의 인중에 주먹을 날렸다. 인중을 맞은 무사가 치아가 부러졌는지, 피를 질질 흘리며 어지러워했다. 나는 그의 혈도를 빠르게 점했다.

—죽이진 않네.

여기서 벌어진 일들은 어떤 식으로든 감출 수가 없다. 그렇기에 선불리 죽일 수 없었다.

그 사이 은연사에 날아가 서로 뒤엉켰던 자들이 나를 향해 달려들었다. 넷이 덤벼도 안 되는데, 두 명이 급조해서 합공한다고 나를 제압할 수 있겠는가. 그들의 공격을 가볍게 피한 나는 한 사람씩 빠르게 혈도를 점했다.

"후우."

확실히 나 자신이 많이 발전했음이 느껴졌다. 하단전만으로도 절정의 고수 네 명을 상대하는 게 그리 어렵지 않았다. 회귀 전을 생각하면 장속이 아니라 하늘과 땅의 차이였다. 나와 다르게 팔대 고수 중 한 사람인 무천검제의 제자를 상대하는 백혜향은 좀 더 시간이 걸리지 않을까 싶었는데….

"끄아아아웁웁!"

비명 소리에 고개를 돌려보니 강무혁 위에 올라타 그의 입을 틀어막고서, 무언가를 손에 쥐고 섬뜩하게 웃고 있는 백혜향이 보였다. 그녀의 손에는 강무혁의 오른쪽 눈알이 들려 있었다.

―…세상에나.

―손속이 잔인하다.

검들조차 혀를 내두르는 광경이었다. 짧다면 짧은 시간에 제압한 것도 모자라 손으로 눈알을 뽑다니. 겁을 주는 정도로 끝낼 거라 여겼는데, 자신이 했던 말을 그대로 이행하리라고는 전혀 예상치 못했다. 고통스러워하는 강무혁을 보며 백혜향이 아이 타이르듯 말했다.

"쉿. 조용히 해야지. 아직 눈 하나랑 혀도 남았잖아."

그녀의 말에 강무혁의 하나 남은 눈동자가 미친 듯이 떨렸다. 그 모습을 즐기기라도 하듯 백혜향이 희열에 가득 찬 얼굴로 몸을 파르르 떨었다.

아무래도 만류해야 할 것 같다.

"아가씨."

백혜향이 나를 쳐다보았다. 나는 고개를 살짝 저었다. 사전에 우리가 계획했던 것을 넘어섰다는 의미였다. 원래는 적당히 겁을 주는 선에서 멈추기로 했다. 한데 내버려뒀다가는 정말로 다른 눈알과 혀를 전부 뽑아버릴 기세였다. 백혜향이 내게 빙그레 웃으며 말했다.

"이 정도로 내 기분이 쉽게 풀릴 것 같아?"

후우, 정말 공조하기 어려운 상대였다. 이에 나는 위를 가리켰다. 정말 위험한 자는 그 녀석이 아니라 팔대 고수인 무천검제였다. 그런 나의 말을 알아차리기라도 했는지, 그녀가 올라타고 있던 강무혁 위에서 일어났다.

"참 물러."

콰직! 백혜향의 손에 있던 눈알이 터져 흰 액체가 흘러내렸다. 눈살이 절로 찌푸려졌다. 당사자인 강무혁은 어떻겠는가. 완전히 질렸다는 듯이 경기를 일으키며 그녀를 쳐다보고 있었다.

─겁은 충분히 줬네.

그 이상으로 준 것 같다. 나는 녀석에게 다가가 속삭이듯 말했다.

"보시다시피 제가 말리지 않았으면 두 눈을 전부 잃었을 겁니다. 아니지, 그 세 치 혀도 잃었겠군요."

"뭐?"

"그러니 제게 빚을 진 겁니다."

그런 나의 말에 강무혁이 어처구니없다는 표정을 지었다. 사실을 이야기해줬는데 뭘 그런 반응까지야. 강무혁이 떨리는 목소리로 내게 말했다.

"…네놈들 이런 짓을 벌이고도 무사히 빠져나갈 수 있을 것 같으냐?"

'음.'

백혜향한테는 겁을 먹었는데 나한테는 아닌가 보다. 아직 입이 살아 있었다.

"지금은 당신의 처지부터 생각해야 할 것 같은데요. 눈에 흐르는 출혈만으로도 꽤 어지러울 것 같군요."

혈도도 점했는데 계속 피가 흐른다면 위험한 건 그 자신이었다. 그 말에 녀석이 이를 악물고 말했다.

"나를 협박하는 거냐?"

"협박이 아니라 목숨을 건질 방법을 알려드리는 겁니다."

"목숨을 건질 방법? 하! 눈 하나를 이 지경으로 만들어놨는데 내가 순순히 응할 거라 생각했나? 네놈들이야말로 목숨을 건지고 싶으면 여기서 멈춰라."

"아직 기가 살았군요."

그때 이를 지켜보고 있던 백혜향이 고개를 절레절레 흔들더니 말했다.

"귀찮게 설득하지 말고 놈을 인질 삼아 탈출하는 방법이 더 효과적일 것 같은데."

"인질? 푸하하하하하하하핫!"

놈이 갑자기 미친 듯이 웃어댔다. 그러더니 급정색을 하며 말했다.

"네놈들은 그분을 모른다. 그분이 인질 때문에 눈 하나 깜빡일 것 같나? 나를 건드린 시점에 네놈들은 이미 넘을 수 없는 강을 건넜다."

"명색이 스승인데 당신을 쉽게 버릴 것 같나요?"

"네놈들은 그분을 모른다. 네놈들은 절대 이곳을 벗어날 수 없다."

무천검제가 그 정도로 냉혹한 작자인가? 반응을 보면 피도 눈물도 없는 위인처럼 스승을 표현하고 있었다. 이런 식으로 나오면 곧

란한데. 나는 몸을 숙이고 그와 눈을 마주치며 말했다.

"살고 싶지 않나요?"

"죽고 싶은 사람도 있더냐?"

"그럼 하나만 이야기하면 됩니다. 여기서 나갈 수 있는 다른 통로가 있죠?"

그 말에 녀석의 눈매가 가늘어졌다. 사실 내가 알아내려고 하는 곳은 바로 다른 통로였다. 감옥이 있는 공동을 뒤져본 나는 이곳 밀실로 들어오는 통로 외에 무천정종의 성탑으로 가는 출구처럼 다른 벽면과는 다른 곳을 발견했다. 그런데 사방을 둘러봐도 그곳으로 들어가는 방법을 알 수가 없었다.

"반응을 보니 역시 있군요. 그곳엔 어떻게 들어가죠?"

"…내가 그걸 말할 것 같으냐?"

"죽기 싫다고 하지 않았나요?"

"차라리 죽여라."

녀석이 세게 나왔다. 수하들만 독종이 아닌 모양이다. 강무혁이 이죽거리더니 말했다.

"네놈들에게 선택지는 두 개뿐이다. 포기하고 항복하든지, 나를 죽이고 그분 손에 죽든지."

계속 이런 식으로 나오겠다 이거지. 녀석을 빤히 쳐다보다가 나는 자리에서 일어났다.

"그럼 별수 없군요."

"포기가 빠르구나."

"포기라니요. 당신이 그 정도로 쓸모없다니 아가씨께 넘겨드려도 되겠군요."

"뭐?"

"아가씨."

나의 부름에 백혜향이 세상을 다 얻은 듯 환한 미소를 지었다. 아름다운 것은 둘째 치고 그 미소가 너무나도 섬뜩했다. 백혜향이 가까이 다가오자 강무혁이 당황한 나머지 물러서는 내게 소리쳤다.

"이, 이봐!"

나는 모른 척했다. 백혜향이 놈에게 다가가며 말했다.

"말했지. 물러터지게 할 필요 없다고. 나는 그 재수 없는 혓바닥부터 잘라버릴 거야. 그리고 네놈의 손가락과 발가락을 하나씩 잘라버릴 거다."

'…?!'

살벌한 그 말에 녀석의 얼굴이 사색이 되었다. 다른 사람은 몰라도 그녀는 한다면 할 것 같았기 때문이다.

"손가락과 발가락을 다 자른 후에 네놈의 발목부터 팔목까지 차례로 고기 썰 듯이 잘라버릴 거다. 하나하나 줄여 나가는 거지. 깔깔깔."

즐거워하면서 말하는데, 나조차도 혀가 내둘릴 정도였다. 강무혁의 바로 코앞까지 도달한 그녀가 놈의 하나 남은 눈동자를 손으로 짚으며 말했다.

"자르는 걸 전부 지켜보면 이제 그 눈도 쓸모가 없을 테니, 마지막으로 파줄게. 아아, 걱정하지 마. 절대로 죽이진 않을 거야. 네놈은 그렇게 살아야 하니까."

백혜향이 웃으면서 녀석의 턱을 움켜잡았다. 그리고 손을 입으로 가져갔다. 그 순간 놈이 기겁하면서 소리쳤다.

"알려줄게! 알려줄 테니까 제발 이 미친년 좀 내게서 떼어줘!"

백혜향의 방법은 매우 효과적이었다. 놈을 제대로 굴복시켰다.

퍽!

"끄헉!"

미친년이라는 말에 기분이 나빴는지, 놈의 안면에 주먹을 한 대 갈긴 백혜향이 나를 쳐다보며 아쉽다는 듯이 입맛을 다셨다.

"좀 더 기골이 있길 바랐는데."

…기골이 좀 더 있었으면 몸이 남아나질 않겠다.

* * *

쿠르르르르르!

"호오."

벽이 열리는 광경에 백혜향이 턱을 쓰다듬으며 탄성을 흘렸다. 숨겨진 기관 장치를 조작해 통로의 입구를 연 강무혁이 내게 말했다.

"이곳으로 가면 밖으로 나갈 수 있다. 이제 나는 필요 없을 테니 버려두고 가라."

"허튼수작 부리지 마시죠."

어디서 머리를 굴리고 있어. 여기서 바로 밖으로 나갈 수 있는지 어떻게 확신하나.

"통로를 알려줬는데 나를 굳이 데려…."

스릉! 검이 놈의 입술 바로 앞에서 멈췄다.

"한 번만 더 나불대면 그 혀 뽑는다."

백혜향의 무서운 경고에 녀석이 입을 싹 다물었다. 나는 은연사에 묶인 녀석을 앞세워 먼저 통로를 지나가게 했다. 녀석이 망설임 없이 앞으로 걸어가는 걸 보니 특별히 숨겨진 함정은 없는 듯했다. 통로를 걸어가던 그녀가 내게 전음을 보냈다.

[여기시 나가게 되면 우리의 공조도 끝나는 건가?]

당연한 이야기를 하고 있다. 내가 아무 대답도 하지 않자 백혜향이 피식거리며 웃었다. 무슨 꿍꿍이가 있는 듯했다.

—조심해. 언제든지 뒤통수를 맞는 수가 있다.

알고 있어. 뻔히 나를 탐하는 것을 알고 있는데, 쉽게 당할 성싶은가. 늘 그녀를 주시하고 있었다.

한참 통로를 따라 걸어가고 있을 때였다. 앞서 있던 감옥보다 더 작은 공간의 공동이 모습을 드러냈다.

'저건?'

공동 반대편에는 또 다른 통로가 있고, 그 한가운데엔 다른 공동에 있던 것과 같은 흑철로 만들어진 감옥이 덩그러니 놓여 있었다. 굳게 닫힌 걸 보면 누군가 그 안에 있는 것 같았다. 백혜향이 강무혁에게 물었다.

"저게 뭐지?"

"…그냥 감옥이오. 신경 쓸 게 아니오. 저 통로로 들어가면 밖으로 나갈 수 있소. 나갈 생각이 아니오?"

급히 둘러대는 게 뭔가를 숨기는 것 같았다. 백혜향이 흑철 감옥을 물끄러미 쳐다보더니 이내 철문 쪽으로 향했다. 이에 당황한 강무혁이 말했다.

"그걸 왜 열려고 하는 것이오?"

"왜? 열면 안 되는 이유라도 있나 보지?"

"그, 그건…."

강무혁이 우물쭈물하며 제대로 대답하지 못했다. 철문의 원형 손잡이를 잡은 그녀가 망설임 없이 그것을 돌렸다. 그러자 철문이 끼익거리며 열렸다.

"안 되오!"

놈의 만류에도 불구하고 백혜향은 닥치라는 한 마디와 함께 문을 완전히 열었다. 백혜향이 감옥 안으로 횃불을 가져가 비추더니, 고운 미간을 찡그렸다.

"왜 그러는 거죠?"

그런 나의 말에 백혜향이 말했다.

"직접 봐라."

의아해서 흑철 감옥 안쪽으로 다가갔다.

횃불에 일렁이는 흑철 감옥 안에는 피골이 상접한 한 노인이 누워 있었다. 상태를 보면 겨우 숨만 붙어 있는 것 같았다. 그런데 얼굴이 굉장히 낯익었다.

'설마….'

바로 그때였다. 백혜향이 다급히 몸을 돌리고서 우리가 왔던 방향을 향해 검을 겨냥했다. 나 역시도 기척 소리에 검을 뽑았다. 어두운 통로에서 누군가 걸어왔는데, 이윽고 횃불에 그 모습이 드러났다. 그는 바로 무천검제 천무성이었다.

"스승님!"

강무혁이 당황한 얼굴로 그를 불렀다. 천무성이 손을 들고서 조용히 하라는 표시를 했다.

'이럴 수가….'

나는 감옥 안에 있는 노인과 무천검제 천무성을 번갈아 보았다. 그러자 천무성이 지금껏 본 적이 없는 소름 끼치는 미소를 지으며 입을 열었다.

"봤구나."

단 한 마디에 불과했지만 전신에 닭살이 돋을 만큼 소름이 끼쳤다. 사당에서 보았던 무천검제 천무성과는 완전히 다른 분위기였다. 팔대 고수라는 느낌보다는 오히려 악인에 가까울 만큼 극도로 위험하면서도 악한 위압감이 느껴졌다.

천무성이 나와 백혜향을 번갈아 쳐다보았다.

"봤느냐고 물었다."

살이 떨렸다. 흡사 월악검 사마착을 처음 보았을 때의 기분이었다. 공동 안의 공기가 살기로 팽배해졌다. 조금이라도 긴장을 늦추면 당장에라도 심장과 머리가 관통당할 것만 같았다.

슥! 딛고 있는 백혜향의 발에 힘이 들어갔다. 발바닥의 용천혈로 공력이 집중되는 현상이었다. 그녀 역시도 대비하고 있었다. 나는 남천철검의 검병을 꽉 쥐고서 곁눈질로 흑철 감옥 안을 쳐다보았다. 도저히 이해되지 않는 일이었다. 만약 이게 사실이라면 무쌍성, 아니 무림을 통틀어 대사건이라 할 만한 일을 우리는 눈앞에서 목격한 셈이었다.

그때 동굴과 공동 사이로 천무성이 한 발짝 내디디려 했다. 나는 생각할 시간을 벌기 위해 다급히 입을 열었다.

"선배님… 저 안에 있는 분이 누군지는 모르나, 이런 일로 선배님과 더는 안 좋게 엮이고 싶지 않군요."

"그건 그 안을 보기 전의 일이지."

그 말에 나는 애써 시치미를 뗐다.

"제대로 보지 못했습니다."

"잔머리 굴리지 말거라. 그 안에 나와 비슷한 얼굴의 노인네가 있다는 것을 너희들 눈으로 똑똑히 보지 않았느냐."

자신의 입으로 그 말을 할 줄이야. 감옥 안에는 피골이 상접하긴 했으나 그와 비슷한 얼굴을 한 노인이 누워 있었다. 멀쩡한 모습이었다면 누구라도 눈앞의 저 무천검제 천무성이라고 생각했을 것이다. 그때 은연사에 묶여 있던 강무혁이 소리쳤다.

"스, 스승님, 어쩔 수가 없었습니다. 제… 제 눈을 보십쇼. 저들이 강제로…."

녀석이 말을 끝내기도 전에 천무성이 혀를 차며 말했다.

"쯧쯧. 스스로 쓸모없음을 이런 식으로 증명하는구나."

그리고 검지와 중지를 모은 검결지를 검처럼 강무혁에게 겨냥했다. 그 순간 날카로운 예기가 느껴졌다.

'설마?'

나는 생각할 겨를도 없이 본능적으로 예기가 느껴지는 방향을 향해 남천철검을 휘둘렀다. 채앵! 쇳소리와 함께 검을 잡고 있는 신형이 뒤로 세 발짝 정도 밀려났다. 검신이 심하게 떨려왔다. 단지 예기를 쳐냈을 뿐인데, 이 정도의 위력을 가지다니.

"저… 저를…."

한순간에 미간이 꿰뚫릴 뻔한 강무혁은 사색이 된 얼굴로 입을 다물지 못했다. 정말 녀석의 말대로였다. 조금이라도 제자로 여겼다면 목숨을 앗으려 하지는 않았을 거다.

"옳은 수순이지. 입이 가벼운 녀석에 대한 대가니까."

백혜향은 전혀 이것을 이상하게 여기지 않았다. 그 말을 들은 천무성이 안타깝다는 듯한 목소리로 말했다.

"아쉽구나. 너희 두 녀석 모두 저 쓸모없는 놈보다 나으니 말이야. 가만히 있었으면 두 사람 모두 중히 인재로 썼을 터인데."

살기가 더욱 강해지고 있었다.

"…그 말씀이 꼭 저희를 죽이겠다는 말로 들리는군요."

"이곳에 들어오지 말았어야지."

머리를 굴려서 빠져나갈 상황이 아니었다. 이자와 어떤 식으로든 부딪칠 수밖에 없었다. 온몸이 긴장으로 떨려왔다. 저자의 정체가 어찌 되었든 분명 팔대 고수의 역량에 버금가는 괴물이었다. 나는 남천철검의 검신을 들어 올리며 천무성에게 물었다.

"죽일 거라면 저승에서 답답하지 않게 속이라도 시원하게 해주시죠. 누가 진짜입니까?"

나의 물음에 천무성이 불길한 미소를 지으며 말했다.

"글쎄. 누가 진짜일까?"

슉! 그 말이 끝나기가 무섭게 천무성이 우리를 향해 일자로 검결지를 그었다. 그러자 눈앞의 공기가 일렁이며 날카로운 예기가 허공을 갈랐다. 단번에 우릴 베어낼 작정이었다.

"네놈이 가짜겠지!"

백혜향이 검을 들어 날아오는 예기를 향해 휘둘렀다. 나 역시도 중단전을 개방하며 은연사를 회수함과 동시에 그녀와 호흡을 맞추기라도 하듯 검을 휘둘렀다. 촥! 우리 두 사람의 검과 부딪친 예기가 사방으로 튀었다. 벽에 예기가 파고들자 검으로 내려친 것 같은 흔적들이 생겨났다. 쩌저적! 천장의 벽이 갈라지며 공동이 미세하게 흔들렸다. 흑철 감옥이 튼튼한 것에 비해 이곳 공동은 지하를 파내고 만들어서 그런지 생각보다 지반 자체가 약한 것 같았다.

'아!'

순간 머릿속에 좋은 생각이 번뜩였다. 백혜향을 쳐다보니 그녀역시 공동의 천장을 쳐다보고 있었다. 우리의 생각을 알아채기라도했는지 천무성이 다가오며 싸늘해진 눈빛으로 말했다.

"어리석은 생각은 버리거라. 그런다고 네놈들이 내 손에서 벗어날수 있을 것 같으냐."

"해보면 알겠지."

백혜향의 몸에서 붉은 아지랑이가 일어났다. 그러자 그녀가 쥐고있는 검의 검신이 선홍빛으로 물들어갔다.

─끄아아아악!

검의 비명 소리가 머릿속을 울렸다. 역시 평범한 검은 혈천대라공의 기운을 견뎌내지 못한다. 붉게 물든 검을 본 천무성의 눈매가 가늘어졌다.

"네년, 혈마의 후손이었나?"

꽤나 놀란 모양이었다. 백혜향은 놈의 물음에 답하지 않았다. 그녀는 모든 공력을 검에 집중하고 있었다. 쩌저저적! 검에 균열이 생겨났다. 나 역시도 남천철검으로 모든 공력을 집중했다. 가장 큰 위력을 낼 수 있는 초식을 펼치기 위해서 말이다.

백혜향이 내게 말했다.

"내 신호에 맞춰라."

"흥!"

뻔히 무슨 수를 펼칠지 아는데 천무성이 이를 그냥 내버려둘 리가 없었다. 그가 드디어 직접 움직였다. 백혜향이 그를 향해 선홍빛으로 물든 검을 뺐었다. 콰드드득! 파파파파! 균열이 갔던 검이 완전히 갈라지며 파편들이 앞으로 날아갔다. 혈천대라검의 검초가 아니었다. 그녀가 만든 검초인 듯했다. 혈천대라 공으로 붉게 물든 검의 파편들이 그물망처럼 천무성을 뒤덮었다.

"지금이야!"

파편을 날린 백혜향과 내가 동시에 천장을 향해 뛰어올랐다. 그런데 예상치 못한 일이 벌어졌다.

촤촤촤촤촥! 부서진 검의 파편들을 파죽지세로 뚫은 천무성이 우릴 향해 날아오고 있었다.

'젠장!'

이러다간 천장에 타격을 가하기도 전에 우리가 먼저 당할지도 몰랐다. 나는 천장으로 향하던 몸과 검의 방향을 틀었다. 그리고 두 손으로 검병을 쥐고 나서 검결지를 휘두르는 천무성을 향해 검초를 펼쳤다.

'유성낙검(流星落劍)!'

진성명검법 오초식 유성낙검. 내가 백혜향의 앞을 가로막고서 자신에게 검초를 날리자 천무성이 일갈을 내질렀다.

"어리석은 것! 반으로 갈라주마!"

차아아앙! 그의 검결지에서 흘러나온 날카로운 예기가 순식간에 유성낙검을 펼치는 남천철검을 튕겨냈다. 검병을 쥐고 있던 손바닥이 처참하게 찢겨나갔다. 이를 악물고 참았지만 어느새 예기가 복부에 닿았다.

'견뎌야 해!'

찰나에 진혈금체를 운공하며 모든 기운을 복부로 집중했다. 그러나 예기가 닿는 순간 그것이 무색해질 만큼 복부가 갈라지는 것이 느껴졌다. 촥!

"끄아악!"

참을 수 없는 고통에 절로 비명이 터져 나왔다. 복부의 근육마저 베어내고 파고든 예기가 오장육부를 베어낸 것 같았다. 순간 정신이 아득해지려고 했다. 그때였다.

콰아아아아앙! 엄청난 굉음과 함께 천장이 갈라지며 지진이라도 난 것처럼 이내 무너져 내렸다. 백혜향이 천장을 무너뜨리는 데 성공한 모양이었다.

"이년이… 큭!"

천장이 무너져 내리자 천무성이 다급히 뒤로 신형을 날렸다.

"으아아아악!"

강무혁의 것으로 짐작되는 비명 소리가 고막을 울렸다. 점혈을 해놔서 무너지는 파편들을 미처 피하지 못하고 깔린 것 같았다. 한데 나 역시도 같은 운명인 것 같았다. 복부가 반으로 갈라져서 힘없이 떨어지는데, 위에서 커다란 돌 파편이 짓누르려고 했다.

팍! 짧은 찰나, 누군가 내 목덜미의 옷깃을 잡아당겼다. 바로 백혜향이었다.

쿠르르르르! 눈앞에 무너져 내린 천장의 돌 파편들이 공동의 반을 막아버리는 장벽이 되어주었다. 계획이 성공적으로 이뤄진 것 같았다.

─운휘!

─너 괜찮아?

전혀 안 괜찮다. 배를 중심으로 절반이나 몸이 갈라졌다. 목구멍으로 핏물이 올라왔고 당장에라도 정신을 잃을 것만 같았다.

"너!"

백혜향이 그런 나의 모습에 울컥했는지, 진뜩 일그러진 얼굴이 붉게 상기되었다. 복부로 뭔가가 흘러내리려고 했다. 이에 백혜향이 다급히 나를 눕히고서, 상의를 거칠게 뜯어내더니 두 손바닥을 갈라진 상처 부위에 갖다 댔다.

"이 꽉 깨물어."

치이이이익!

"끄으으읍!"

열양장(熱陽掌)이라도 익혔는지 그녀의 손에서 흘러나온 뜨거운 기운에 살점이 타들어갔다. 갈라진 상처 부위를 뜨거운 기운으로 지져서 막으려는 듯했다. 상처를 지진 그녀가 자신의 겉옷을 벗어 복부 쪽을 동여맸다.

"끄억! 쿨럭쿨럭."

핏물이 입에서 계속 흘러나왔다. 백혜향이 그런 나를 다그쳤다.

"미련한 놈! 어쩌자고 그런 짓을 한 거야!"

어쩌자고 했겠는가. 내가 막아서지 않았다면 둘 다 당했을지도 모른다. 그런데 백혜향의 양팔을 보니 그녀 역시도 천무성에게 당했는지 옷자락이 피로 얼룩져 있었다. 천장을 무너뜨리려는 것을 어떻게든 저지하려 했었나 보다.

"끄으으… 피차… 마찬가지가… 아닙니까?"

"멍청이! 복부가 반으로 갈라진 것과 같나!"

"그만… 뭐라고… 쿨럭."

핏물에 목구멍이 막혀서 말을 하기도 힘들었다. 그런 나를 백혜향이 다급히 업었다. 그녀의 팔이 심하게 떨리는 것이 느껴졌다.

"죽지 마라. 넌 내 거다. 나는 내 것을 죽게 하지 않는다."

이 상황에서도 탐욕을 부리다니 지극히 백혜향스러운 말이었다. 한데 지금만큼은 그렇게 거부감이 들지 않았다.

"소운휘! 소운휘!"

내가 정신을 잃을까 봐 그녀가 계속 말을 걸었다. 자신도 그리 상태가 좋지 않은데 모든 신경을 내게 집중하는 그녀였다.

"귀… 아픕니다. 저도 죽을… 생각은… 없습니다."

"하! 입은 살았구나."

그녀에게 말할 수 없지만 딱 하나 믿고 있는 것이 있었다. 그게 통할지는 모르겠지만 말이다.

―너 설마 그 회복 능력을 말하는 거야?

그래.

손바닥의 상처도 오래 걸리지 않고 회복시켰다. 금안의 남자만큼은 아니더라도 부디 잘린 몸이 회복되길 바라고 있었다.

―너 그러다 낫지 않으면 어쩌려….

쾅! 쾅! 그때 무너져 내린 돌 파편 장벽에서 커다란 굉음이 들려왔다. 이어서 건너편에서 목소리가 울렸다.

"어리석은 것들! 이런 잔수작으로 내 손에서 벗어날 수 있을 것 같으냐!"

쾅! 돌 파편 장벽이 들썩거렸다. 기세를 보면 금방이라도 뚫릴 것 같았다. 이를 본 백혜향이 입술을 질끈 깨물더니 나를 업고서 황급히 경공을 펼쳤다. 몸이 흔들릴 때마다 통증에 정신이 아득해졌다.

"정신 차려."

—운휘!

—눈을 감으면 안 돼!

백혜향과 소담검, 남친철검이 계속 정신을 잃지 않게 말을 걸었다. 실눈을 뜨고 앞을 보는데 통로의 끝이 보였다. 위로 올라가는 계단이 있었다. 그때 통로 뒤쪽에서 커다란 굉음이 들렸다. 아무래도 천무성이 돌 파편 장벽을 부수는 데 성공한 것 같았다. 이러다 금방 따라잡힐 듯했다.

"칫!"

백혜향이 서둘러 계단을 올라갔다. 그러자 다른 출구와 마찬가지로 철문 하나가 가로막고 있었다. 철문을 밀고 올라가자 밀폐된 작은 공간이 드러났다.

"이게 뭐야?"

백혜향이 신경질적으로 그것을 위로 쳐냈다. 나무로 만든 것 같았는데, 밖으로 나오니 우리가 나온 곳은 다름 아닌 커다란 궤짝이었다. 주변을 둘러보니 이런 궤짝들이 가득했다. 아무래도 궤짝들을 보관하는 창고로 보였다. 백혜향이 뒤돌아서 우리가 나왔던 궤짝을 바라보았다. 그러더니 갑자기 주변 궤짝들을 하나하나 열어젖히기 시작했다.

"쿨럭… 쿨럭… 지금… 뭐 하시는…."

"조용히 해."

궤짝을 열어젖히던 그녀가 비어 있는 것을 발견했다. 그리고 곧 업고 있던 나를 들어서 그 궤짝 안으로 집어넣었다. 안에 눕히고 나서 그녀가 가슴에 점혈법을 행했다.

"귀식대법이다. 여기에 숨어 있어라. 나는 놈을 유인할 거다."

'…?!'

백혜향이 팔소매를 거두며 상처 부위를 이빨로 물어 더욱 피가 나오게 했다. 설마 핏자국을 남겨서 유인하려는 건가. 그녀가 피 묻은 손으로 내 뺨을 만지며 말했다.

"죽지 마라. 만약… 죽는다면 약조하마. 그놈뿐만이 아니라 이 무쌍성에 살아 숨쉬는 모든 것들을 죽여버릴 거다."

그 말을 마지막으로 그녀가 지공으로 마지막 혈도를 눌렀다. 그러자 호흡이 막히며 눈이 스르륵 감겼다.

* * *

얼마나 시간이 흐른 것일까?

—운휘?

—정신 차려!

귓가를 울리는 남천철검과 소담검의 목소리. 이에 나는 감고 있던 눈을 떴다. 사방이 어둡기 그지없었다. 아직도 나는 궤짝 안에 있는 것 같았다.

—너 괜찮아?

소담검의 말에 나는 얼떨결에 복부를 만져보았다. 놀랍게도 통증이 느껴지지 않았다.

'아프지 않아.'

—정말?

거짓말이라도 하겠는가. 나는 그녀가 복부에 동여맸던 옷자락을 풀었다.

'아!'

매끈했다. 배에는 어떠한 상처도 없었다. 심지어 백혜향의 열양장에 입은 화상 자국조차 없는 것 같았다.

—와… 이거 완전 도마뱀 수준인데.

정말 놀라웠다. 반신반의했는데 회복 능력이 이 정도일 줄은 몰랐다.

'살았다.'

이번만큼은 정말 죽는 줄 알았다. 이 엄청난 회복 능력이 없었다면 꼼짝없이 죽었을 상처였다.

'후우.'

나는 중단전을 개방한 상태로 기감을 열어 주변의 기척을 살폈다. 다행히 주변에서 어떠한 기척도 느껴지지 않았다. 궤짝의 문을 슬쩍 열었다.

'빛?'

슬며시 밖을 보았는데 창고의 기와 사이로 햇빛이 흘러들어오고 있었다. 대체 내가 얼마나 여기에 있었던 거지?

—너 거의 꼬박 몇 시진은 정신을 잃고 있었어. 그 귀식대법인가 뭔가 때문인지 숨도 안 쉬어서 죽은 줄 알았잖아.

그만큼이나 정신을 잃고 있었던 건가.

'혹시 내가 쓰러져 있는 사이에 어떻게 되었는지 알아?'

—우리도 갇혀 있어서 소리만 들었다.

—그래. 너 정신 잃고 나서 백혜향이 창고 바깥으로 나간 것 같더라. 그리고 얼마 있지 않아서 그 무서운 노인네도 나왔어. 다행히

곧장 그 계집애를 쫓아간 것 같아.

　—네가 백혜향과 같이 도망간 줄 알고 있는 것 같았다.

　정말로 그녀의 유인책이 통했던 모양이다. 나는 궤짝 문을 열고 몸을 일으켜 세웠다. 궤짝 창고의 목판 바닥에는 백혜향의 것으로 추측되는 핏자국이 입구까지 이어져 있었다.

　"…."

　설마 그녀가 나를 위해 이렇게까지 해줬을 줄은 몰랐다. 그 오만하던 여인이 말이다. 백혜향이 무사히 도망쳤는지 궁금했다. 상대는 팔대 고수에 버금가는 역량을 지닌 괴물이었다.

　—잡혔다면 뭔가 난리가 나거나 이쪽으로 시신을 가져오지 않았을까?

　그 말도 일리는 있었다. 그가 지닌 비밀을 생각한다면 우리를 대놓고 해칠 수가 없었다.

　'대체 누구지?'

　그자의 정체가 궁금했다. 흑철 감옥 속에 있던 자는 무천검제 천무성과 같은 얼굴을 하고 있었다. 그 말인즉, 우리를 죽이려 들었던 그자가 진짜 무천검제가 아닐 수도 있다는 것을 의미했다. 무쌍성 사람들은 이 사실을 분명 모르고 있는 것 같았다. 그러니 그자가 살인멸구를 하려 했던 것이다.

　'…그놈이 친부를 죽인 자일까?'

　가장 유력하게 생각했던 자가 무천검제였다. 그런데 그자에게 이렇게 커다란 비밀이 숨겨져 있을 줄 누가 알았겠는가. 친부를 만나기 위해 왔다가 이런 일에 휘말리다니…. 머리가 복잡했다.

　—의도치 않게 그자의 비밀을 알게 되었지만, 네 선에서 어찌해

볼 수 있는 문제가 아닌 듯하다, 운휘.

남천철검의 말이 맞았다. 무쌍성의 외인에 불과한 내가 이것을 무턱대고 건드려봐야 오히려 위험해질 수도 있었다. 게다가 상대는 쌀대 고수에 버금가는 절세 무공을 지녔다. 세력이나 무(武), 어떤 것으로도 내가 할 수 있는 게 없었다.

그때 소담검이 말했다.

—그건 그렇고, 너 괜찮겠어?

뭐가 괜찮냐는 거지?

—얼마 안 있으면 곧 정오일 것 같은데?

'정오? 아!'

뜻밖의 일에 휘말리면서 잠시 깜빡했다. 정오까지 풍영팔류종의 성탑 팔층으로 가지 않으면 2차 시험에 탈락하고 만다. 그때 문득 머릿속에서 뭔가가 스쳐 지나갔다.

'외인인 내가 건드릴 수 없는 문제라면….'

* * *

정오가 되기 반 각 전.

해가 중천에 떠오를 무렵, 풍영팔류종의 성탑 앞은 사람들도 붐볐다. 원래대로라면 한창 시험이 진행되어야 하지만 잠시 멈춘 상태였다. 2차 시험이 진행될 거라는 공표 때문이었다. 처음으로 1차 시험을 같은 날 세 명이나 통과했다는 소문 때문에 무림인들은 실망과 함께 제발 그들이 떨어졌으면 하는 바람으로 지켜보고 있었다.

"아니, 왜 아직 한 명이 오지 않지?"

"그 안대를 쓴 애꾸눈 말이야."

"정오가 다 되어가는데 설마 2차 시험을 포기한 건가?"

"상대가 팔대 고수의 후인들이라서 그런 걸지도 모르지."

"하긴 1차 시험에 통과했어도 그들 실력을 두 눈으로 보았을 테니."

"그래도 시험이라도 치러볼 만한데, 의외로 포기가 빠른 녀석이군."

아직 오지 않은 단 한 사람 때문에 갑론을박이 벌어졌다. 그런 그들을 지켜보는 입회자 갑원춘이 속으로 웃었다. 왜 그가 못 오는지 알지도 못하면서 저들끼리 떠드는 모습이 우습기 짝이 없었다.

웅성웅성! 그때 어디선가 술렁이는 소리가 들려왔다.

'뭐지?'

의아해하고 있는데 사람들이 양떼 사이에 맹수라도 나타난 것처럼 양옆으로 갈라지고 있었다. 그곳에서 온통 피로 얼룩진 누군가가 걸어오고 있었다. 이를 발견한 갑원춘이 경악을 금치 못했다.

'아니, 저자가 어떻게?'

그는 바로 하운이었다. 하나 그는 지하에 갇혀 있어야 할 자가 아니던가. 성탑의 입구 앞으로 다가오는 하운을 갑원춘이 다급히 가로막았다.

'대체 어떻게 된 거지? 무슨 일이 있었던 건가?'

영문을 모르겠지만 그를 이곳에 들여보낼 수는 없었다. 조금만 더 있으면 정오였다. 이렇게 된 이상 잠시라도 시간을 끌어야 했다. 갑원춘이 시치미를 떼고 말했다.

"소협, 대체 몰골이 왜 그런 거요? 무슨 일이라도 있던⋯."

그는 말을 다 이을 수가 없었다. 하운, 아니 소운휘가 살기 어린 눈빛으로 노려보고 있었기 때문이다. 당장에라도 살수를 날릴 것만 같았다.

'안 돼. 내가 막을 수 있는 놈이 아니야. 괜히 녀석을 자극했다가 사실이라도 폭로하면 곤란해진다.'

여기서 버티고 있다가 소운휘가 성탑 안으로 들어가면 무천정종에 이 사실을 알려야겠다고 마음먹었다.

"아, 안으로 들어가시오."

갑원춘이 옆으로 비키며 길을 내어주었다. 빨리 그가 안으로 들어가길 바랐다. 그런데 소운휘가 자신의 눈에서 시선을 떼지 않고 있었다.

'왜 안 들어가는 거지?'

의아해하는데, 눈을 한 번 깜빡였더니 갑자기 주변 풍경이 바뀌었다.

'엇?!'

믿기지 않는 일이었다. 분명 바깥이었는데, 어느새 성탑 안으로 들어와 있었다. 심지어 성탑 문은 굳게 닫혀 있었다.

"이, 이게 대체?"

"입회자는 무슨 개뿔."

뒤에서 들리는 목소리에 화들짝 놀라 고개를 돌리는데, 소운휘가 그의 목을 움켜쥐었다. 콱! 그는 절정의 극에 달한 무인이었지만 소운휘의 공력은 그것을 훨씬 상회했다. 소운휘가 차갑게 식은 목소리로 그에게 말했다.

"시간이 없어서 미루고 넘어가기에는 제 기분이 그다지 좋지가 않군요."

푸욱!

"크헉!"

그 순간 소운휘의 손이 흉기처럼 그의 복부로 파고들었다.

무정풍신

"크헉."

입회자 갑원춘의 얼굴이 고통으로 일그러졌다. 그런 그에게 나는 비웃음이 담긴 목소리로 말했다.

"엄살 부리지 마시죠. 손가락의 절반만 들어갔을 뿐입니다. 제가 받았던 고통에 비하면 새 발의 피도 안 됩니다."

복부가 반으로 갈라지는 고통에 비하면 정말 새 발의 피였다. 손가락을 집어넣은 이유는 내경이 아니라 직접적으로 오장육부에 공력을 가하기 위해서였다.

"끄아아악!"

내공이 파고들어서 움직이기도 힘들 것이다. 팍! 그를 거칠게 내팽개친 나는 놈을 경멸하는 눈으로 내려다보며 말했다.

"무쌍성에서 한 종파의 종주라는 자가 하수인 노릇이나 하고 한심하군요."

"끄으으. 이, 이러고도 무사할 성싶으냐?"

강무혁과 똑같은 말을 하네. 어지간히 그자가 무서운 모양이었다. 물론 나 역시 그자와 겨뤄봤기에 심경은 충분히 이해가 갔다. 그때 일층에 있던 지형권류의 무인들이 우르르 달려와 나를 포위했다. 갑원춘이 고통스러워하면서도 비릿하게 웃으며 말했다.

"입회자인 나를 건드리다니 네놈은 실수했다."

지형권류의 무인들 사이로 유파장 윤자서가 나타났다. 그가 피로 얼룩진 내 모습과 갑원춘을 보고서 인상을 찡그렸다. 이에 갑원춘이 얼른 선수 치려 했다.

"윤 유파장, 이자가 입회자인 나를 해하려 하오. 무쌍성을…."

"조용히 하시오!"

그런 그의 말을 유파장 윤자서가 끊었다. 갑원춘이 당혹스러운 표정을 지으며 꿀 먹은 벙어리가 되었다. 윤자서가 나를 보며 말했다.

"상태가 좋아 보이지 않는구려. 그 몸으로 2차 시험을 치를 수 있겠소이까?"

옷도 갈아입지 않고 피도 닦지 않았으니 상태가 좋아 보이지 않을 것이다. 그런 그에게 나는 당당하게 말했다.

"못 치를 이유도 없죠."

"충분히 만전인가 보구려. 올라가시오."

윤자서가 손을 들자 지형권류의 고수들이 길을 내주었다. 그를 이렇게 만든 것에 대해 어느 정도 해명이 필요하다고 여겼는데, 선뜻 이리 올라가게 해줄 줄은 몰랐다.

"해명은 필요 없습니까?"

"필요 없소."

그 말에 갑원춘이 어처구니없어했다.

"이게 무슨 경우란 말이오? 입회자가 귀 종에서 시험을 치르는 자에게 부상을 입었는데, 그것을 어찌 그냥 넘어간단 말이오! 이는 있을 수 없는….."

탁! 그때 윤자서가 그의 발목에 발을 슬쩍 올려놓았다. 갑원춘이 의아해하는데, 윤자서가 그대로 발에 힘을 가했다. 우두둑!

"끄아아아악!"

발목이 부러진 갑원춘이 비명을 질렀다.

"이게 대체 무슨 짓이오!"

그런 그에게 윤자서가 냉정한 목소리로 말했다.

"이레 전 1차 시험에 통과했던 자들 중 가장 뛰어난 실력을 지녔던 자가 다음 날에 나타나지 않았소. 그리고 사흘 전에 통과했던 그 자도 나타나지 않았지."

그 말에 상기되어 있던 갑원춘의 얼굴이 굳었다. 윤자서는 이를 개의치 않고 계속 말을 이어갔다.

"그리고 처음으로 같은 날 세 명이나 1차 시험에 통과했는데, 그들 중 한 사람이 오지 못할 뻔했소."

그가 나를 쳐다보았다. 정확하게는 피로 얼룩진 상의를 보고 있었다. 이에 갑원춘이 당황하더니 손사래를 치며 해명했다.

"대체 무슨 소리를 하는 거요. 나는 그저 입회자에 불과하오. 그런 개개인의 사정까지 어찌 안단 말이오."

"처음에는 우연일 수 있소. 하지만 두 번째는 의심이 되는 법이오. 그리고 세 번째가 되면 확신으로 이어지는 법이지요."

"…."

갑원춘이 더 이상 입을 열지 못했다. 내가 그 세 번째 증인이니까.

"사유는 충분한 것으로 알아듣겠소."

윤자서가 눈짓하자 지형권류의 고수 두 명이 그의 어깨를 붙들었다. 포박당할 위기에 처하자 그가 나지막한 목소리로 내게 말했다.

"차라리 도망갔어야 했다. 내가 아니더라도 그분이 아신다면 곧 네놈을 찾아…."

타타타탁! 아혈이 점해진 그는 더 이상 말을 잇지 못했다.

─꼴좋네.

소담검이 키득거리며 좋아했다. 발버둥 치는 놈을 지형권류의 고수들이 어딘가로 끌고 갔다.

윤자서가 내게 말했다.

"정오가 머지않았소. 서둘러 올라가시오."

그런 그에게 나는 포권을 취하고서 계단으로 뛰어 올라갔다. 그때 소담검의 목소리가 머릿속을 울렸다.

─바보들은 아니네.

그런 것 같다. 자신들의 시험을 치르는 인재가 셋이나 빼돌려졌다. 아무리 시간 차를 뒀더라도 눈치채지 못하는 게 더 이상하다. 한 종파의 종주이면서 입회자인 갑원춘을 일말의 망설임도 없이 가둬버리는 것을 보면 풍영팔류종도 꽤나 벼르고 있었던 것 같다.

─이게 시발점이 되었을 수도 있겠네.

그럴 수도 있을 것 같다. 내가 알고 있는 진실은 무정풍신이 머지않아 죽는다는 것이다. 이것이 그 싸움의 시발점이 되었을 수도 있겠다.

─네가 명분을 쥐어주는 게 관건이네.

그래. 무정풍신이 죽고 나서 얼마 있지 않아 무천검제 천무성은 무쌍성의 성주가 된다. 그것이 의미하는 바는 그가 무쌍성 전체를 장악하게 된다는 것이다. 그렇게 되지 못하도록 그자의 비밀을 알려 줘야 한다. 무쌍성의 외인인 것도 그렇지만, 지금의 나로서는 가짜 무천검제를 어찌해볼 방법이 없다. 여기서 그와 유일하게 대적할 수 있는 자는 무정풍신뿐이다.

─백혜향도 신경 쓰이지?

안 쓰일 리가 있나. 그녀가 나를 대신해 그자를 유인했다. 쉽게 당할 여자는 아니지만 신경 쓰이는 것은 어쩔 수 없었다. 지금으로서는 그녀의 생사를 알 수 있는 길은 그 가짜 무천검제를 몰아붙이는 것뿐이었다.

─그것도 네 친부를 만나야 가능하겠지.

친부라는 자가 참 얼굴 보기가 힘들다. 남은 시험을 죄다 통과해야 그를 만날 수 있으니 말이다.

* * *

팔층에 도달하자 연무장에 서 있는 세 사람이 보였다. 기다란 철창을 짚고 서 있는 문형창류의 유파장 서문극과 하품을 쩌억 하고 있는 이정겸, 그리고 열왕패도의 손자 진용이 기다리고 있었다. 진용이 나를 보자마자 실망스러운 표정을 지었다. 내심 내가 나타나지 않길 바랐나 보다.

"흥. 포기한 줄 알았더니."

속내는 머릿속으로 하라고 있는 건데, 입 밖으로 내뱉는군. 저 녀석을 볼 때마다 누가 많이 떠오른다고 했는데, 은근히 송좌백과 성격이 닮은 것 같다.

'이정겸.'

어제 가장 먼저 도착했으면서도 보이지 않았었다. 대체 어디에 있었던 걸까? 태평하게 서 있는 걸 보면 무슨 일이 있었던 것 같지는 않은데, 의문이었다.

내가 연무장으로 다가가자 유파장 서문극이 입을 열었다.

"정오가 되었소. 세 분 모두 제때 맞춰서 온 것 같으니 시험을 시작하도록 하겠소."

나는 연무장 밑을 내려다보았다. 대략 이 장 정도의 붉은 원들이 그려져 있었다. 2차 시험에 대해서는 이곳에 오기 전에 훗날의 소소공자 주예빈에게 들은 것이 있었다. 1차 시험이 팔층까지 돌파하는 것이라면 2차 시험은 풍영팔류종의 여덟 류 중에 원하는 유파장들과 겨루는 것이라고 들었다. 물론 그냥 겨루는 것이 아니라 두 눈을 가리고 저 원 안에서 싸우는 것이라고 말이다.

—저기 향로는 뭐냐?

서문극의 옆, 즉 연무장 앞에 향로 하나가 놓여 있었다. 그 안에는 향이 꽂혀 있었는데, 손가락 한 마디 정도도 안 되는 길이에 붉은 선이 그어져 있었다. 저 향이 붉은 선에 닿을 때까지 버틴다면 시험에 통과한다.

—그럼 청력과 기감에만 의존해야 하는 거네.

지금까지의 시험보다 훨씬 까다롭다고 할 수 있었다.

"2차 시험에 대해서 알려주겠소."

유파장 서문극이 내가 들었던 내용을 그대로 설명하기 시작했다. 그때 맞은편 문에서 세 명의 남자들이 나왔다. 이층 송운장류의 유파장 양도방과 삼층 고현풍각의 유파장 황신재, 칠층 무영검류의 유파장 조량이었다. 의아해하고 있는데 서문극이 말했다.

"원래는 원하는 상대를 고를 수 있도록 선택권을 줬지만 귀하들의 무위가 매우 뛰어나기에 그에 길맞은 유파장들이 왔소이다."

―쉬운 선택지를 없앴네.

소담검의 말대로였다. 유파장들이라고 해서 전부 강한 것은 아니었다. 그들 중에 초절정의 경지에 이른 자는 단 두 사람에 불과했다. 그게 삼층 고현풍각의 유파장 황신재와 칠층 무영검류의 유파장 조량이었다.

―그래도 대단하네.

괜히 사대 무종이라 불리는 게 아니었다. 한 무종의 종주라던 갑원춘조차 절정의 극에 불과했다. 그런데 풍영팔류종의 유파장에 불과한 두 사람이 초절정의 경지에 이른 고수들인 것만 봐도 무쌍성 사대 무종의 명성에 걸맞았다.

―쟤가 제일 강하다고 했지?

무영검류의 유파장 조량. 그는 하단전만 개방한 상태로는 확실하게 무위를 짐작하기 어려웠다. 아마도 이정겸의 상대일 것이다.

―네 상대는 저기 고현풍각이라고 했나? 쟤겠네.

그는 초절정 초입에 이른 고수였다. 기감으로 보나 풍기는 기세로 보나 하단전만을 사용하는 나와 비슷한 실력을 지녔을 것이다. 그리고 송운장류의 유파장 양도방이 진용을 상대하겠지.

"훗."

진용이 코웃음을 치며 자신감 넘치는 표정을 지었다. 1차 시험도 제일 늦게 도착한 녀석이 왜 저러는 걸까?

"이제야 시험다운 시험을 치르는군."

녀석의 말에 이정겸이 대답했다.

"자신 있으신가 보네요?"

"기본공을 뗄 때부터 가장 많이 해온 수련이 눈을 가리고 기감에 집중하는 거였다. 네 녀석들에게는 어렵겠지만 내게는 눈을 뜨고 겨루는 것과 마찬가지지."

자신감을 보이는 이유가 있었다.

열왕패도 진균이 인성 교육은 하지 못했어도 수련만큼은 고되게 시켰나 보다. 이정겸이 배시시 웃으며 말했다.

"이야! 그럼 제일 먼저 통과하시겠네요."

"당연한 소리."

음… 저 녀석 혹시 모르는 건가.

—뭐가?

내가 알기로 무당파에는 암운동(暗雲洞)이라는 빛 한 점 들어오지 않는 동굴이 있다. 무당파의 후기지수들은 백팔 일간 그곳에서 먹고 자며 완전한 어둠에 익숙해지는 수련을 하는 것으로 알고 있다.

—쟤도 무당파의 뭐시기인가한테 배웠다고 하지 않았어?

팔대 고수 태극검제 종선 진인이 이정겸의 스승이다. 당연히 그 수련을 시키지 않았을 리가 없었다. 저 녀석의 말대로라면 이정겸 역시도 눈을 가리는 건 크게 문제 되지 않았다.

—고로 쟤는 멍청이네.

그런 것 같다. 사실 이 시험이 어려운 건 눈을 가리는 것보다 공간의 제약이다. 눈을 가리지 않고 이 장 내의 공간에서 싸우는 것도 어려운 판국에 시야가 막혀버리면 자칫 잘못하면 선을 벗어날 수 있다.

진용이 이죽거리는 목소리로 내게 말했다.

"그 운도 이제 끝이구나."

대답하기도 귀찮았다. 아무 대답도 하지 않으니 녀석의 얼굴이 무섭게 일그러졌다. 그러거나 말거나 나는 너한테 관심이 없단다.

서문극이 우리들에게 두꺼운 검은 천을 넘기며 말했다.

"준비되었으면 전부 원 안으로 들어가시오."

* * *

한쪽 무릎을 꿇고 있는 일층 지형권류의 유파장 윤자서가, 책상에 앉아 조용히 서책을 읽고 있는 훤칠한 얼굴에 강인한 눈빛을 가진 중년인에게 말했다.

"무천정종이 선을 넘었습니다, 종주."

"놈은 어디에 있느냐?"

"지하에 있는 옥에 가둬뒀습니다. 입을 꾹 다물고 있지만 갑 종주가 무천정종의 사람인 것을 모르는 사람이 있습니까?"

중년의 사내가 서책에서 눈을 떼지 않고 말했다.

"어차피 훼방을 놓을 것은 예상했던 바이다."

"내버려둔다면 계속해서 그럴 게 뻔합니다. 종파 대회의를 열어 엄중히 경고해야 합니다."

"흠."

"그자답지 않게 실수를 했습니다. 전과 달리 이번에는 충분한 명분이 있습니다."

윤자서가 옆을 쳐다보았다. 저 문밖으로 나가면 팔층 연무장으로 갈 수 있다. 그곳에서 지금 2차 시험이 치러지고 있었다.

"마음에 드나 보군."

중년인의 물음에 윤자서가 빙그레 웃으며 말했다.

"무천검제 그자의 뒤통수를 친 것으로도 모자라, 팔대 고수의 후인들과 겨뤄도 손색이 없는 자입니다. 이보다 종주님 후계자로 어울리는 자가 어디 있겠습니까?"

종주라고 불린 중년의 사내. 그가 바로 풍영팔류종의 종주이자 팔대 고수의 일인인 무정풍신 진성백이었다. 윤자서의 말에 조금도 표정의 변화가 없는 것을 보면 그의 별호에 '무정(無情)'이라는 말이 어째서 붙었는지 짐작하게 했다.

"그건 모를 일이다."

"…설마 정말로 이정겸에게 기회를 주시려는 겁니까?"

"당돌한 녀석이었다. 내 앞에서 조금도 주눅 들지 않고 할 말을 다 하더군. 백향묵과 종선 진인이 왜 제자로 받았는지 알겠더구나."

1차 시험이 끝나고 그를 불러서 직접 대면했던 진성백이었다. 무림연맹의 얼굴이라 할 수 있는 그가 시험을 치른 것에 의아함을 느낀 진성백은 그를 불러 대화를 나눴었다. 생각보다 그가 마음에 들었었다.

"그래도 네가 그리 말하니 한번 보고 싶구나."

진성백이 읽고 있던 서책을 덮었다. 이에 놀란 윤자서가 물었다.

"직접 보시려는 겁니까?"

"어차피 눈을 가리고 있을 터이니, 잠시 보는 것도 나쁘지 않겠지."

"실망하시지 않을 겁니다."

윤자서가 자리에서 일어나 앞장섰다. 그런 그를 진성백이 뒷짐을 지고서 따라갔다. 조용히 문이 열리고 팔층 연무장에서 시험이 치러지고 있는 것이 보였다. 눈을 가린 채 향초가 타는 시간 동안 원 안에서 버티는 시험. 서 시험에서 합격한 자가 여태껏 없었다.

"허어."

윤자서가 시험을 치르고 있는 이들을 보면서 탄성을 흘렸다. 가장 우측에서 눈을 가리고 있는 이는 열왕패도의 손자 진용인 것 같은데, 송운장류의 유파장 양도방을 상대로 잘 버티고 있었다. 시야를 가리고서 싸우는 것에 익숙해 보였다. 다만 아슬아슬하게 원을 넘으려고 했는데, 그게 꽤 위태로워 보였다.

반면 가운데에서 무영검류의 유파장 조량과 겨루고 있는 이정겸은 절대로 두 보를 벗어나지 않고 싸우고 있었다. 조량이 훨씬 경험이 많을 터인데 대단한 무재를 지녔다.

"종주께서 어째서 그리 칭찬하셨는지 알 것 같군요. 정말 대단합니다."

그런데 진성백의 시선은 이정겸이 아닌 좌측에서 시험을 치르고 있는 하운에게로 향해 있었다. 심지어 인상까지 찡그리면서 말이다.

'아… 마음에 드시지 않는 건가.'

마찬가지로 눈을 가리고서 고현풍각의 유파장 황신재와 싸우고 있는데, 특출 난 무언가를 보여주지 않고 있었다. 진용보다는 안정적으로 원 안에서 싸웠지만 이정겸과는 비견하기 힘들었다.

'팔대 고수 두 사람의 공동 제자라 할 만하구나.'

하운의 무재가 그에 비해 떨어짐을 인정할 수밖에 없었다. 그때 진성백이 입을 열었다.

"저 아이, 실력을 감추고 있구나."

"네?"

뜬금없는 말에 윤자서가 의아함을 감추지 못했다.

어떤 점에서 실력을 감췄다는 건지 이해할 수 없어하는데, 갑자기 진성백이 연무장을 향해 소리쳤다.

"계속 실력을 감춘다면 탈락시키겠다."

그 말에 갑자기 하운의 움직임이 멈췄다. 마치 진성백의 말을 의식이라도 한 것처럼 말이다.

'설마?'

그 순간을 놓치지 않고 고현풍각의 유파장 황신재가 그의 안면을 향해 느릿하게 발차기를 날렸다. 일부러 소리를 최대한 줄인 것이었다. 그때 믿기지 않는 일이 벌어졌다. 지금까지 원 안을 누벼가며 겨우겨우 그의 공격에 대응하던 하운이 느리게 날아오는 그의 발차기를 한 손으로 잡아냈다.

'아닛?'

눈을 가리지 않은 것이 아닌가 싶을 정도로 너무도 쉽게 막아냈다. 당황한 황신재가 몸을 틀어 다른 발로 각법을 펼치며 벗어나려고 하는데… 파파파팍! 하운이 고개만 슬쩍 움직이며 이를 전부 피하더니, 이내 황신재의 가슴으로 파고들어 검이 아닌 일 권을 날렸다. 픽!

"크헉!"

일 권을 맞은 황신재가 원 밖으로 날아가 몇 바퀴를 굴렀다. 그 광경에 윤자서는 할 말을 잃고 말았다.

2차 시험의 진행을 맡은 문형창류의 유파장 서문극의 공표가 들리지 않았다. 분명 나를 상대하던 고현풍각의 유파장 황신재가 붉은 원을 벗어난 것 같은데, 아닌가?

소남섬이 기득거리는 목소리가 머릿속을 울렸다.

─놀라서 아무 말도 못 하는 것 같은데.

얼마 있지 않아 서문극의 목소리가 들렸다.

"2차… 시험을 통과했소."

"뭣?"

진용의 놀라는 목소리가 옆쪽에서 들려왔다. 눈을 가리고 있던 검은 천을 벗자, 내 앞에 있던 황신재가 입가에 피를 흘리며 포권을 취하고 있었다. 최대한 빠르게 승부를 내기 위해 제법 힘을 실었는데 내상을 입은 듯했다. 나 역시도 포권으로 예를 보였다.

'방금 전의 그 외침.'

나는 연무장 건너편의 문 앞에 서 있는 두 사람을 쳐다보았다. 일층 지형권류의 유파장 윤자서 옆에 풍채 좋고 훤칠해 보이는 외모의 중년인이 뒷짐을 지고 서 있었다.

─야, 너랑 진짜 닮았는데.

─운휘, 저 사람이 무정풍신인 것 같다.

무정풍신 진성백. 팔대 고수의 일인이자 무쌍성의 사대 무종 중 하나인 풍영팔류종의 종주. 감정이 없는 듯 무뚝뚝한 얼굴을 하고 있었는데, 풍기는 기세가 이 자리에 있는 모든 사람을 압도하는 듯했다.

'…저 사람이 내 친부.'

기분이 묘했다. 외조부를 처음 만났을 때와는 전혀 다른 느낌이었다. 심장의 고동이 조금씩 빨라지는 것 같았다.

—널 쳐다보는 것 같은데.

나도 알고 있다. 지금 눈을 마주치고 있으니까. 무감정한 얼굴을 하고 있어서 무슨 생각을 하는지는 도통 알 수가 없었다. 아까 그 목소리가 그의 것이라면 내가 실력을 숨겼다는 사실을 당연히 알아차렸을 것이다. 그것 때문에 의구심을 품은 것일까? 아무 말도 없이 쳐다만 보고 있으니 괜히 찜찜했다.

그때였다. 파파팍! 쳉!

"크윽!"

허공으로 떠올랐던 검이 연무장의 돌바닥을 나뒹굴었다. 고개를 돌려보니 바로 옆에서 시험을 치르던 이정겸도 결판이 났다. 향초가 절반밖에 타지 않았는데, 상대인 무영검류 유파장 조량의 검을 날려 보낸 것으로도 모자라 그의 목에 검 끝을 대고 있었다. 녀석이 나를 보며 씨익 웃었다.

—대단한 무재를 지닌 것 같다, 운휘. 한 번도 두 보 이상을 움직이지 않고 상대를 제압했다.

두 보 이상을 움직이지 않았다고?

눈을 가린 것에 익숙하다고 해도 거의 비슷한 역량을 가진 고수를 상대로 그게 가능하단 말인가? 나야 소담검이 위치를 알려줬고, 방금 전에는 중단전을 개방하면서 금안 덕분에 상대의 기운이 훤히 보였기에 가능했다.

'…명불허전인가.'

재능만큼은 정말 최고인 것 같다. 그보다 무정풍신에게 가봐야겠다. 3차 시험을 치르기도 전에 대면할 수 있는 기회가 생겼는데 이를 놓칠 수야 있나. 그때 내 앞을 서문극이 가로막았다.

"아직 시험을 치르는 중이오."

"이미 2차 시험을 통과했습니다."

"2차 시험은 세 사람 모두가 끝날 때까지 끝난 게 아니오."

그게 무슨 말이지? 3차 시험은 개인이 아닌 모두가 2차 시험을 끝내야만 진행된다는 건가.

"…곧바로 치르는 게 아니라면 잠시 종주님과 대화를 나눌 수 없겠습니까?"

"종주님의 명이 있지 않고는 시험이 끝날 때까지 불가하오."

'제장.'

조금이라도 시간을 줄여보려고 했는데, 이런 식으로 막힐 줄이야. 억지로 밀어붙이자니 그것도 힘들어 보였다. 실력을 숨긴 것 때문에 의구심을 사는 상황이기에 오히려 반감마저 생길 수 있었다.

―조급해하지 마라, 운휘. 3차 시험만 통과하면 된다.

남천철검의 말이 맞았다. 후계자로 낙점되기만 하면 상황을 풀어나갈 수 있다. 그러던 차였다.

"내가 졌네."

패배를 인정하는 송운장류 유파장 양도방의 목소리가 들렸다. 그곳을 보니 거친 호흡을 내뱉고 있는 진용의 모습과 원에서 한 발짝 밀려난 양도방의 발이 보였다.

"허어, 세 사람 모두 2차 시험에 통과하다니."

무영검류의 유파장 조량이 감탄을 금치 못했다. 잠깐 보았을 때는 꽤 위태로운 듯했는데, 기어코 시험에 통과한 걸 보니 진용의 승부에 대한 집념도 대단하기는 했다.

"젠장."

녀석은 먼저 통과한 우리들을 보면서 분에 겨워했다. 자신감을 내보였는데 제일 늦게 통과했으니 얼마나 자존심이 상하겠는가. 그러다 녀석이 무정풍신 진성백을 발견하고서 부랴부랴 포권을 취하며 예를 갖췄다.

—웃기는 놈일세.

그때 시험을 진행하는 서문극이 입을 열었다.

"세 사람 모두 통과한 것을 축하드리는 바이오. 잠시 숨을 돌린 후에 3차 시험을 시작하도록 하겠소."

드디어 세 번째 시험이다. 서문극이 진행 방식에 대해 설명했다.

"마지막 시험은 세 분이 대결하게 될 것이오."

그가 붉은 원이 그려져 있던 연무장 옆쪽을 가리켰다. 그곳에는 흰 가루가 묻은 석장과 검은 가루가 묻은 석장이 바닥에 깔려 있었다. 마치 바둑판의 형세를 보는 듯했다. 다른 것이 있다면 흰 가루가 묻은 석장이 있는 바닥이 상당히 불규칙했다. 이번에는 사각으로 붉은 선이 표시되어 있었는데, 대략 삼 장 정도였다.

"본 풍영팔류종의 근간은 발에서 시작되오. 마지막 시험은 여러분의 내공을 제한하고 손을 뒤로 묶은 뒤, 오직 발만을 사용해서 싸우는 것이오."

"세 사람이서 말입니까?"

나의 질문에 서문극이 고개를 끄덕였다. 어째서 세 사람 모두 시험이 끝날 때까지 기다렸는지 알 것 같았다.

"여러분의 발에는 오직 흰 가루만 묻어 있어야 하오. 만약 신체 부위 중에 검은 가루가 조금이라도 묻는다면 그 즉시 탈락이오."

"저 붉은 선도 넘으면 안 되죠?"

"그렇소."

이정겸의 물음에 서문극이 고개를 끄덕이며 답했다. 전 시험보다 너욱 세악이 까다로워졌다.

"후후후."

진용이 웃고 있었다. 내공을 쓰지 않는다는 조건 때문인 것 같다. 이미 녀석은 자신이 우리들에 비해 무위가 떨어진다는 것을 깨달았을 것이다. 그런데 상황이 동등해졌으니 충분히 가능성이 있다고 생각하겠지.

─무정풍신이 지켜보고 있다고 입은 무거워졌네.

이미 두 번이나 입방정을 떤 녀석이었다. 망신을 당했는데, 또다시 자신감을 보일 만큼 낯짝이 두껍지는 않겠지.

서문극이 향로의 위치를 바꾼 후에 준비해둔 향 하나를 꽂았다. 아까보다 선이 그어진 위치가 길었다.

"세 분은 오시오."

"내공을 금제하실 겁니까?"

"금제는 하지 않을 것이오. 단, 내공을 조금이라도 쓰는 기색이 보인다면 그 즉시 탈락이오. 무인의 긍지를 지키길 바라오."

왠지 이것 또한 시험인 것 같았다. 금제를 한다면 더욱 확실할 텐데 일부러 하지 않았다. 이것은 유혹이나 다름없었다.

"손을 묶겠소."

서문극이 이정겸부터 차례로 두 손을 등허리로 향하게 해서 밧줄로 꽉 동여맸다. 진용이 우리 둘을 보면서 말했다.

"규칙 어기지 마라."

나도 그렇고 이정겸도 대답할 가치를 느끼지 못했다. 둘 다 대답하지 않으니 녀석이 이를 뿌득 갈았다.

"이놈들!"

그러거나 말거나 나는 이정겸을 쳐다보았다. 회귀 전 동년배들 중에서 최고의 명성을 떨치던 정파 무림의 신성. 이렇게 제약을 걸지 않고서 제대로 겨뤄보고 싶은 상대였다.

"이런 식은 아쉽지만 이것도 나름 재밌어 보이네요."

녀석이 내게 빙그레 웃으며 말했다. 나와 같은 마음인가 보았다.

꽉! 서문극이 마지막으로 내 양손을 등허리로 결박했다.

"검과 단검은 끝난 후에 돌려주도록⋯."

그의 말이 미처 끝나기 전이었다.

"종주님!"

누군가 다급하게 외치며 계단에서 올라왔다. 일층에서 보았던 지형권류의 고수들 중 한 사람이었다. 모두의 시선이 그곳으로 향했다.

"무슨 일인가?"

지형권류의 유파장 윤자서의 물음에 헐레벌떡 뛰어온 지형권류의 고수가 말했다.

"무천정종의 무사들이 탑 주변을 에워싸고서 그 종주가 막무가내로 위로 올라오고 있습니다."

"뭣?"

그 말에 윤자서보다 내가 더욱 당혹감을 감추지 못했다. 설마 그가 이곳 풍영팔류종의 성탑에 올 거라고는 전혀 예상치 못했다.

진용이 의아해하며 중얼거렸다.

"무천정종의 종주라면 무천검제 천무성?"

'…하!'

입회자 갑원춘이 아니더라도 무쌍성의 무사들에 의해 내가 나타난 것이 그의 귀로 들어갈 거라고는 어느 정도 예상했었다. 그런데 이런 식으로 대담하게 움직일 줄이야. 놈의 목적은 지극히 분명했다.

—너잖아.

자신의 비밀을 알고 있는 내가 이를 발설하기 전에 움직인 것이다. 어지간히 그 비밀의 파급력이 크긴 한가 보았다.

—…그 계집애가 당한 거 아냐?

—아직 알 수 없는 일이다, 소담. 그녀를 놓치고 나서 왔을 수도 있다.

젠장. 머리가 복잡해졌다. 놈이 이렇게 먼저 선수를 치다니. 백혜향의 안위도 그렇고 상황이 너무 급박하기 짝이 없었다. 이렇게 된다면 별수 없었다. 나는 내공을 일으켜 양손을 포박하고 있던 줄을 끊었다. 이에 서문극이 창을 바닥에 내려찍으며 다그쳤다.

"시험을 치르기도 전에 뭘 하려는 거요!"

"송구합니다."

팟! 그런 그를 경신법으로 지나친 나는 무정풍신 진성백에게 소리쳤다.

"종주님! 드릴 말씀이 있습니다!"

"막아라!"

내가 그에게로 향하자 각 유파의 유파장들을 비롯해 팔층 문형 창류의 무사들이 전부 진성백이 있는 곳을 에워싸며 앞을 가로막았다. 무슨 해코지를 하려는 게 아닌데 정말 방해되었다. 이걸 뚫는 것보다는 놈의 비밀을 곧바로 폭로하는 것이 낫겠다.

"종주님! 무천정종의 종주는…."

"갈!"

말이 미처 끝나기도 전에 어디선가 사자후가 터져 나왔다. 그 소리가 어찌나 강한지 고막이 나갈 것만 같았다.

"끄윽!"

"귀, 귀가!"

내공이 약한 문형창류의 무사들이 귀를 틀어막고 무릎을 꿇었다.

'이런….'

눈앞에 보고 싶지 않은 존재가 보였다. 바로 무천검제 천무성이었다. 무서운 얼굴로 걸어오는 그의 눈빛은 오직 나에게로 향해 있었다. 귀가 심하게 울렸지만 이 사실만이라도 먼저 전해야겠다는 일념에 소리치려고 하는데….

"종…."

[그 계집이 죽어도 좋느냐?]

'…?!'

귓가를 울리는 전음성에 순간 말문이 막혔다. 설마 그녀가 잡혔단 말인가?

—거짓말일 수도 있어!

머릿속에서 수많은 갈등이 일어났다. 내심 마음속으로 그녀가 붙잡히지 않기를 바랐다. 저자가 내 입을 막기 위해 거짓말을 한 것일 수도 있지만, 반대로 진짜일 확률도 무시할 수 없었다. 백혜향은 일부러 나를 위해서 놈을 유인했으니 말이다.

그때 놈이 오른손에 쥐고 있던 무언가를 슬며시 들어 보였다.

'…젠장.'

그것은 피가 묻은 옷자락이었다. 백혜향이 입고 있는 옷의 소맷자락과 문양이 같았다.

[그 계집이 죽기를 바라지 않는다면 지금부터 입을 조금도 놀리지 않는 게 좋을 게나. 전음은 꿈도 꾸지 밀거라.]

…제대로 당했다. 그때 문형창류의 무사들 사이로 누군가 걸어나왔다. 그는 바로 무정풍신 진성백이었다. 진성백이 말했다.

"천 종주, 경우에 따라 이것은 나와 본 종을 무시하는 처사로 받아들일 수밖에 없소."

무뚝뚝한 목소리였는데 위압감이 장난이 아니었다. 당장에라도 해명하지 않는다면 그와 일전이라도 벌일 기세였다. 이에 천무성이 싸늘한 표정을 지으며 포권을 취했다.

"진 종주, 무례를 범한 것에 대해서는 노부가 먼저 사과드리겠소."

"사과로 끝날 문제가 아니오."

진성백이 뒤에서 귀를 틀어막고 고통스러워하는 무사들을 눈짓으로 가리켰다. 이에 천무성이 나를 손가락으로 가리키며 말했다.

"저자만 넘겨준다면 정식으로 종파 대 종파로 사죄를 하겠소이다. 아니면 사죄의 의미로 노부의 손가락이라도 베어줄 수 있소."

그가 자신의 오른손 검지를 들어 보이며 말했다. 정체가 폭로되는 것보다 나를 처리하기 위해 자존심을 숙이는 것을 선택한 것이다. 이 정도로 강하게 이야기하자 진성백이 인상을 쓰며 말했다.

"후계자 시험을 치르는 도중이오. 그리고 종주는 세 차례나 본 종의 시험을 치르는…."

그의 말이 끝나기도 전에 천무성이 무언가를 집어던졌다. 이를 진성백이 가볍게 낚아챘다. 그것은 검날의 일부만 남아 있는 검병이었다. 저걸 가져오다니.

"…이게 무엇이오?"

"저자가 가지고 있던 검이오. 시험을 진행했으니 알 터인데."

진성백이 유파장들을 쳐다보았다. 그러자 검병을 본 유파장들이 인상을 쓰며 고개를 끄덕였다. 그들은 시험을 치르는 내내 내 검을 봤기에 이를 똑똑히 기억하고 있었다.

"저놈이 그 검으로 노부의 제자 무혁이를 죽였소이다!"

천무성이 분노를 금치 못하겠다는 듯이 살기를 내뿜으며 말했다. 그의 살기로 인해 주변 공기가 팽배해졌다.

'…이자가!'

정말 영악하다 못해 간교한 자였다. 돌에 깔려서 죽은 녀석을 내가 죽였다고 명분을 내세움으로써 진성백이 이를 막지 못하도록 하려는 것이었다.

웅성웅성! 풍영팔류종의 사람들이 술렁였다. 유파의 사람이 죽어도 난리가 날 터인데, 그의 수제자이자 차기 종주를 내가 죽였다고 하니 그 명분을 뒤집기가 어렵겠다고 판단한 모양이었다. 그런 술렁임에 쐐기를 박듯이 천무성이 힘을 주고서 말했다.

"노부는 하나뿐인 후계자를 잃었소. 만약 진 종주가 아직 후계자가 되지 않은 자를 보호하려 든다면 노부도 귀 종과의 전쟁마저 불사할 각오가 되어 있소이다!"

그 말에 풍영팔류종 사람들의 표정이 굳었다. 이미 성탑 주변을 무천정종의 무사들이 에워싸고 있었다. 당장에라도 전쟁이 벌어질 수 있음을 의미했다. 천무성이 나를 쳐다보며 득의양양한 눈빛을 보내왔다. 마치 내가 어떤 수를 쓰더라도 벗어날 수 없다고 말하는 것 같았다.

"…"

천무성이 진성백에게 부드러운 목소리로 말했다.

"저 아이만 넘겨준다면 노부도 이번 일을 조용히 넘어가겠소이다. 같은 무쌍성의 동지들끼리 이런 일로 싸워서야 되겠소. 그저 노부가 제자의 위패를 저놈의 피로 달랠 수 있도록 허락해주시구려."

천무성이 공손하게 포권을 취하며 머리를 숙였다. 이에 진성백이 흔들리는 모습을 보였다. 인상을 쓰고서 아무 말도 못 하고 있었다.

—어떡해, 운휘야? 너 이러다 꼼짝없이 죽게 생겼어.

소담검이 호들갑을 떨면서 말했다.

나는 두 눈을 지그시 감고서 탄식을 내뱉었다. 그런 나의 귓가에 천무성의 목소리가 들려왔다.

[잘 아는구나. 네놈은 절대 죽을 운명에서 벗어날 수 없다.]

이에 나는 천천히 눈을 떴다. 그리고 천무성을 쳐다보며 전음을 보냈다.

[생각해보니까 말이죠, 제가 당신 손에 죽어도 아가씨를 살려줄 일은 없잖습니까?]

그런 나의 말에 놈의 눈매가 가늘어졌다. 정곡을 찌른 모양이지. 내가 죽는다고 해서 이미 붙잡은 백혜향을 살려둘 리도 없지 않은가. 협박용으로 살려뒀는데 목적을 달성하고도 굳이 살려서 무엇한단 말인가.

그때 천무성이 부드러운 목소리로 전음을 보냈다.

[죽음이 두렵긴 한가 보구나. 좋다. 너희 둘 다 노부의 제자가 되어 입을 다물겠다고 약조한다면 살려줄 수도 있다.]

말을 바꾸는 그에게 나는 고개를 절레절레 흔들며 전음을 보냈다.

[저 못지않게 거짓말을 잘하시는군요.]

[뭐?]

[그런데 말이죠, 저는 아가씨 한 명을 잃는 것이지만 당신은 그 비밀이 탄로 나면 잃을 게 굉장히 많아 보이는데 이건 어떻게 생각하시나요?]

그 말에 놈의 표정이 굳었다. 천무성이 싸늘한 목소리로 전음을 보냈다.

[지금 노부를 협박하는 것이냐?]

그런 그에게 나는 이죽거리며 말했다.

[협박이 아니라 자구책 정도로 생각해주시죠.]

그 말에 천무성이 혀를 차며 전음을 보냈다.

[정녕 죽고 싶어 환장했구나. 모든 걸 불사하고 네놈 한 명만 죽이는 데 집중하면 네놈이 살아남을 수 있을 것 같으냐?]

[없겠죠. 하지만 비밀 정도는 탄로 낼 수 있을 것 같군요.]

[경고하마. 조금이라도 움직이거나 입을 연다면 이 자리에서 당장 죽여버리겠다.]

본색을 드러내는 그였다.

[무섭군요.]

[그런데도 나의 심기를 건드리다니 어리석기 짝이 없구나.]

[어떻게든 저를 보호해야 할 사람이 있거든요.]

[뭐?]

그 말이 끝나기가 무섭게 나는 품속에서 무언가를 꺼내 들었다. 내가 무언가를 하려 한다고 여겼는지, 천무성이 무서운 속도로 나를 향해 달려들었다. 놈이 일격에 나를 죽이기 위해 검결지를 미간으로 향하는데, 그때 누군가가 앞을 가로막고서 그의 손목을 움켜잡았다. 꽉!

"진 종주!"

그는 무정풍신 진성백이었다. 천무성이 이해할 수 없다는 듯이 중얼거렸다.

"어째서?"

이해할 수 없는 것은 풍영팔류종의 사람들 역시 마찬가지였는지 술렁였다. 그가 이렇게 절묘하게 나를 보호할 줄 몰랐나 보다.

'후우.'

정말 아슬아슬했다. 번쩍 든 나의 손에는 비월영종의 비보라 할수 있는 비학월패가 들려 있었다. 진성백이 그의 손목을 붙잡은 채 말했다.

"…그 패를 소형제가 어찌 가지고 있는 겐가?"

그 물음에 나는 한 치의 망설임도 없이 대답했다.

"어머니의 유품입니다."

'…!!'

"어머니의… 유품? 하령의 아이라고?"

무정풍신 진성백의 목소리가 미묘하게 떨렸다. 비학월패를 보인 것으로도 모자라 어머니까지 거론하니, 무정하다 불리는 그조차 감정이 동요되나 보았다. 바로 그 순간이었다. 안대로 가리고 있던 왼쪽 눈에 강렬한 빛이 일렁였다. 나는 고개를 다급히 옆으로 젖혔다. 촥! 그 순간 공기가 일렁이는 느낌과 함께 날카로운 예기가 뺨을 스치고 지나갔다.

"이놈?"

무천검제 천무성이 인상을 찡그렸다.

진성백이 감정에 동요되는 찰나, 반대 손의 검결지로 조용히 내게 예기를 날린 그였다. 찰나의 기습을 내가 피할 줄은 몰랐나 보다.

—금안이 진짜 유용하네.

동의한다. 팔대 고수급은 그 기운이 워낙 강해서 인간 빛 덩어리처럼 보이는데, 그렇다고 해도 공격하는 것 자체를 알아챌 수 있다는 게 굉장히 컸다. 천무성이 살기를 발산하며 입을 열었다.

"네놈 운이 좋구나. 그 운이 얼마나 갈지…."

그때 진성백이 그의 말을 잘랐다.

"천 종주, 나는 그대에게 소형제를 넘겨주겠다는 결정을 내리지 않았소. 방금 전 그 공격은 본 종주를 향해 무례를 행한 거나 다름없소."

"무례? 하! 이놈이 내 제자를 죽였다고 하지 않았소. 정녕 이런 자를 보호하느라…."

"말은 바로 합시다, 천 종주. 어째서 그대의 제자를 죽였는지에 대해서는 전혀 듣지 못했소이다."

그런 진성백의 말에 천무성이 눈을 부릅뜨더니, 이내 손목을 뿌리치고는 나를 붙잡기 위해 신형을 움직였다. 그는 내가 어떤 식으로든 입을 열까 봐 죽이는 데만 급급한 듯했다. 그러나 그런 그의 앞을 진성백이 바람과도 같은 경신법으로 가로막았다. 파팍!

"진 종주!"

정말 감탄이 나올 정도로 빨랐다. 아까 전에도 천무성보다 늦게 움직였는데 먼저 도착하여 놀랐었는데, '풍신(風神)'이라는 별호가 부끄럽지 않을 만큼 굉장한 경신법의 달인이었다.

"비키게!"

조급해하는 천무성에게 진성백이 무뚝뚝한 목소리로 경고했다.

"내가 있는 한, 이 아이에게 손을 댈 수 없소."

천무성의 표정이 굳었다. 나를 죽이는 것을 떠나서 자존심에 금이 간 모양이었다.

"손을 댈 수 없어? 크크큭, 크하하하하하하핫!"

광소를 터뜨리는 천무성. 그런 그의 모습은 오랫동안 무쌍성을 대표하는 무의 일인자라 불리던 격조 높은 모습과는 사뭇 달랐다. 마치 가려져 있던 이면이 드러나는 것만 같았다. 이를 지켜보던 풍영팔류종의 무사들조차 그 모습에 눈살을 찌푸릴 정도였다. 광소를 내뱉던 천무성이 정색하며 입을 열었다.

"많이 컸군, 진성백. 벽을 넘기 전만 하더라도 이런 건방진 말은 꺼내지도 못했던 애송이 놈이 말이야."

다시 입을 열은 그는 더 이상 상대를 향한 존중 따윈 없었다. 뒤바뀐 천무성의 태도에 진성백 또한 진지해졌는지 전신의 기운이 강해졌다. 진성백이 풍영팔류종 사람들에게 명했다.

"이 아이를 지켜라."

"충!"

그의 명령이 떨어지기가 무섭게 풍영팔류종의 유파장들과 무사들이 내 주변으로 몰려들었다. 종주의 명이라면 팔대 고수도 두려워하지 않는 기색이었다. 이정겸과 진용은 갑작스럽게 벌어진 사태에 영문을 몰라 지켜볼 뿐이었다. 이것이 기회라 생각한 나는 외쳤다.

"그녀는 어디에 있습니까?"

그런 나의 말에 천무성이 피식 웃으며 시치미를 뗐다.

"무슨 소리를 하는 게지?"

"당신의 비밀이 알려져도 괜찮은 겁니까?"

"비밀?"

비밀이라는 말에 모두가 의아해했다. 그런 그들의 반응에 천무성의 눈매가 날카로워졌다.

"끝까지 나를 자극하는구나."

"그녀를 어디에 가둬둔 건지 이야기하시죠. 당신의 비밀이 알려지길 바라지 않는다면."

이걸 담보로 백혜향이 있는 위치를 알아내야 했다. 만약 백혜향이 나를 위해 그를 유인하는 희생까지 하지 않았다면 곧바로 비밀을 폭로했겠지만, 그녀를 살릴 수 있는 방법은 오직 이것뿐이었다.

"그녀라니 이게 무슨 말이오, 천 종주?"

진성백의 물음에 천무성이 아무 말도 하지 않았다. 비밀을 폭로하진 않았지만 내 말로 인해 무쌍성을 대표하는 무인이자 사대 무종 중 하나의 종주가 한 여인을 감금한 게 되어버렸다. 입을 열수록 명예가 깎여 내려가게 될 것이다. 그때 죽일 듯이 나를 노려보고 있던 천무성이 묘한 미소를 지었다. 막다른 골목으로 밀어붙였다고 여겼는데, 대체 무슨 생각인 거지?

천무성이 입을 열었다.

"본 성에 침입한 혈마의 후손을 붙잡아서 가둬놨는데, 그것을 풀어달라고 하다니 네놈 그 계집과 무슨 관계인 거지?"

'…?!'

혈마의 후손이라는 말에 주변이 술렁였다. 내심 당혹스러웠다. 이런 수를 쓸 줄은 몰랐다. 그녀가 전력을 다하느라 혈천대라공을 끌어올린 게 발목을 붙잡았다.

—진짜 간교하네.

놈도 상황을 극복했다고 여겼는지 표정이 밝아졌다. 천무성이 이죽거리며 말했다.

"그 계집은 본 종의 성탑에 가둬두었다. 혈마의 후손을 잡았는데 어찌 본 성에서 그녀를 놓아줄 수 있단 말이더냐?"

"그게 사실이오?"

진성백의 물음에 천무성이 어깨를 으쓱하며 답했다.

"내가 자네에게 거짓을 말해서 무엇 한단 말인가? 원한다면 보여줄 수 있네. 내공의 연원을 살펴보면 알 수 있지 않겠나?"

'성탑에 가둬뒀구나.'

자신이 결백한 것처럼 굴기 위해 사실을 밝히는 듯했다. 천무성이 나를 손가락으로 가리키며 말했다.

"혈마의 후손을 살리려고 하는 게 계속 이상하다고 여겼는데, 네놈도 혈교의 잔당이 틀림없구나."

한순간에 여론을 몰아갔다. 놈의 그 말에 풍영팔류종 사람들의 나를 보는 시선이 의구심으로 가득해졌다. 무공만큼이나 머리가 돌아가는 것이 정말 영악한 자였다. 그런데 이자 역시도 나란 존재를 몰랐다. 나는 황당하다는 표정을 지으며 말했다.

"당혹스럽군요. 선배님께서 강제로 감옥에 가둬뒀다가 같이 우여곡절을 겪으며 탈출한 여인입니다. 저를 도와줬던 그녀를 붙잡아놓으셔서 풀어달라고 했더니, 그런 식으로 혈교의 후손이라 몰아가시는 겁니까?"

"뭣?"

"천하의 무천검제가 이렇게 거짓말을 잘하실 줄은 꿈에도 몰랐군요. 말이 나와서 말인데 그 제자분도 제가 죽인 게 아니잖습니까? 제자분이 무너지는 동굴에 깔려 죽을 때 본인만 피하기에 급급하셨던 걸로 기억하는데요."

"네놈이!"

똑같이 이죽거리면서 돌려줬다. 거짓말은 당신의 소유물이 아니거든.

―암암. 첩자 경력만 몇 년인데.

소담검이 키득거렸다.

반면 천무성의 얼굴은 폭발할 것처럼 붉게 달아올라 있었다. 제대로 그를 자극한 모양이었다. 하지만 천무성도 만만치 않은 자였다. 벽을 넘은 고수라 그런지 감정 통제에 능해 곧바로 화를 진정시키더니, 진성백을 비롯한 주위 사람들에게 말했다.

"서로 간에 의견 대립이 있을지언정 우리들은 같은 무쌍성의 사람들일세. 한데 본 종주의 말을 믿지 않고 외인에 불과한 저 애송이의 거짓말을 신뢰하는가?"

이에 나는 고개를 절레절레 흔들며 말했다.

"지금도 계속 거짓말로 모두를 속이고 있으면서 신뢰를 따지는 게 우습군요."

"이놈이!"

천무성이 나를 향해 검결지를 뻗었다. 빠르게 날아오는 날카로운 예기를 진성백이 다급히 위로 쳐냈다. 촥! 콰콰콰콰! 천장에 날카로운 검흔이 생겨났다. 확실히 이 자리에서 그를 상대할 유일한 고수는

129

진성백뿐이었다. 천무성을 가로막은 진성백이 내게 물었다.

"그 거짓말이라는 게 뭔가?"

"이노오오옴!"

팟! 천무성이 어떻게든 그를 뚫고서 나를 죽이기 위해 경신법을 펼쳤다. 그의 신형이 흐릿해지며 이곳저곳에서 나타났는데, 그 앞을 진성백의 신형이 계속해서 가로막으며 경로를 방해했다. 파팍! 두 사람이 부딪치자 강한 풍압이 일어났다. 공력이 약한 무사들은 뒤로 튕겨 나갈 정도로 여파가 컸다. 파파파파파팍! 육안으로는 흐릿하게 보였는데, 울리는 파공음만 들어도 점점 그 부딪침이 격렬해졌다.

'이게 벽을 넘은 자들의 대결.'

초인들의 대결답게 여파가 점점 커질 것만 같았다. 이에 나는 모두에게 들으라는 듯이 소리쳤다.

"지금의 무천검제는 진짜가 아닙니다. 진짜 무천검제 천무성 선배님은 갇혀 있었습니다."

파팍! 그 외침이 끝나기가 무섭게 부딪치던 두 사람이 서로 물러섰다. 천무성의 표정이 무섭게 일그러졌다. 자신의 비밀을 기어코 밝히고야 만 나를 찢어 죽일 듯이 노려보고 있었다.

"진짜 무천검제가 아니라니?"

"그게 무슨 소리야?"

"정말 가짜라는 건가?"

나의 폭로에 모든 사람들이 충격을 받은 모양이었다. 다른 사람도 아니고 무쌍성을 대표하는 무인이라 추앙받던 무천검제가 진짜가 아니라고 하니 당연한 반응이었다. 물론 쉽게 믿지는 못하는 듯했다. 나를 죽일 듯이 노려보던 천무성이 싸늘해진 얼굴로 입을 열었다.

"거짓이네. 설마 저런 얼토당토않은 말을 믿는 겐가? 노부가 가짜라니? 그런 말도 안 되는 허언이 어디 있단 말인가?"

"거짓이 아닙니다."

"거짓이 아니라고? 그럼 네놈 말이 맞다면 팔대 고수 중 한 사람인 나를 누군가 쓰러뜨리고 그 행세를 한다는 건데 그게 가능하리라 보느냐?"

충분히 일리 있는 말이었다. 하지만 놈은 지금 굉장히 흔들리고 있었다. 최대한 냉정을 유지하며 말했지만 도화선에 불을 붙인 폭약이나 다름없었다. 나는 전음으로 진성백에게 한 가지 부탁을 했다. 그리고 왼쪽을 손가락으로 가리키며 말했다.

"그렇게 변명하실 줄 알고 제가 지하에서 탈출할 때 진짜 무천검제도 함께 모셔왔습니다. 보십쇼."

천무성이 어처구니없다는 표정으로 나를 비웃었다. 당연히 그렇겠지. 동굴이 무너지고 그 난리가 났는데 진짜 무천검제를 어딘가로 옮겨놨겠지. 내가 손가락으로 가리킨 곳에는 열왕패도의 손자 진용이 서 있었는데, 녀석도 뒤돌아봤다가 아무도 없어서 자신을 지목하는가 싶어 당혹스러워했다.

"저, 전 모르는 일입니다."

당연히 너야 모르겠지. 그냥 아무 데나 짚어서 이야기한 거니까. 내가 의도한 건 그게 아니었다. 천무성이 하나 예상 못 한 게 있었다.

"왜 혼자만 저를 쳐다보고 계십니까?"

그 말에 놈의 표정이 굳었다. 그도 그럴 것이 그를 제외한 모두가 내가 가리킨 왼쪽을 쳐다보고 있었기 때문이다.

"…무슨 소리를 하는 게야? 나도 쳐다보았다."

놈이 거짓 변명을 했다. 당연히 그렇게 나오시겠지. 그때 진성백이 입을 열었다.

"이상하구려. 나는 이 아이의 부탁을 듣고 그대에게시 조금도 눈을 돌리지 않았소. 내 눈이 잘못되었다는 거요?"

'…?!'

천무성의 표정이 일그러졌다. 내가 쳐놓은 작은 함정에 걸려든 것이다.

"그건…."

진성백의 말은 거기서 끝나지 않았다.

"그대에게 한 가지 묻고 싶었던 것이 있소."

"…?"

"이 아이가 아까 전에 보여줬던 그 옥패, 기억나지 않소?"

'아!'

진성백이 한 가지 중요한 사실을 꼬집었다. 그가 진짜 천무성이라면 내가 비학월패를 보였을 때 알아봤어야 했다. 다른 자들이야 이십여 년이 지나서 모를 수 있다지만, 그 당시에도 무쌍성에서 최고의 고수라 불리던 무천검제였다. 당연히 비월영종의 종주를 상징하는 저 패를 몰라볼 수가 없었다.

"…잊은 게 아니라 모르는 거였구려."

"노부는…."

"무천검제가 아니면 그대는 누구요?"

모두의 시선이 천무성에게로 향했다. 웅성거리며 술렁이는 분위기에 그가 몸을 부들부들 떨었다. 당혹감이라기보다 치밀어 오르는 분노에 가까웠다.

'…빛이 커지고 있다.'

그의 기운이 무섭게 고조되어가고 있었다. 스륵! 이에 어느새 내 앞으로 나타난 진성백이 말했다.

"내게서 떨어지지 말거라."

그때 천무성이 갑자기 미친 듯이 광소를 터뜨렸다.

"크하하하하하하하핫!"

그러고는 허탈하다는 듯이 헛웃음으로 이어졌다. 한참을 웃던 그가 말했다.

"다 된 밥에 벌레 같은 놈이 재를 뿌리는구나."

그가 검결지를 들어올렸다. 진성백이 자세를 취하고서 언제든지 그의 공격에 대응할 준비를 했다. 천무성이 갑자기 어딘가를 향해 검결지를 두어 차례 그었다. 그러자 날카로운 예기가 그곳으로 날아가, 성탑의 벽을 그대로 갈라버렸다. 촤촥! 쾅!

갈라진 벽에 구멍이 생겨나며 성탑 밖이 모습을 드러냈다. 아무도 없는 곳을 향해 예기를 날리다니 무슨 의도지? 그때 밖에서 커다란 함성 소리가 들렸다.

"쳐라!"

"와아아아아아아아!!"

밑에서 들리는 소리인 듯했다.

설마 방금 전에 그게 신호였던 건가? 밑에서 부딪치는 쇳소리가 연이어 들리는 것을 보니 싸움이 벌어진 것 같았다. 아무래도 이곳을 에워싸고 있던 무천정종의 무사들이 움직인 것 같았다. 천무성이 우리를 향해 비릿한 미소를 지으며 말했다.

"좀 더 조용히 처리하려고 했는데, 네놈 덕분에 일을 앞당기게 되었구나."

'…'

역시 이놈이 맞았다. 이놈이 친부인 진성백을 죽인 자가 틀림없었다. 진성백이 그를 향해 외쳤다.

"전쟁을 하자는 거요?"

천무성이 코웃음을 치며 말했다.

"흥! 이미 시작되었다. 이 망할 성탑 안에 있는 모든 게 죽어야 전쟁이 끝나게 될 거다."

"그렇게 둘 것 같소?"

고오오오오! 진성백의 몸에서 엄청난 투기가 발산되었다. 이에 질세라 천무성 역시도 강렬한 기운을 일으켰다. 팔대 고수급의 두 초인이 일으킨 방대한 기운에 심장이 쿵쾅쿵쾅 뛰며 사방이 무거운 진기로 짓눌리는 듯했다. 천무성이 내게 들으라는 듯이 말했다.

"방금 전의 그 신호가 단순히 쳐들어오라는 의미만 포함되어 있을까?"

"설마?"

"네놈이 먼저 죽을까? 그 계집이 먼저 죽을까?"

젠장. 백혜향을 죽이라는 신호도 포함되어 있었구나.

"아무래도 네놈이 먼저 죽겠지."

천무성이 소름 끼칠 만큼 살기를 내뿜으며 다가왔다. 그때 진성백이 내게 조용히 말했다.

"구하려는 여인이 누군지는 모르겠다만 이곳은 내가 맡겠다."

"네?"

"인연을 잃게 되는 것만큼 서글픈 일은 없다. 서둘러라."

팟! 그 말이 끝나기가 무섭게 진성백이 천무성을 향해 신형을 날렸다. 양대 고수가 그 자리에서 부딪쳤다. 두 초인이 전력을 다해 부딪치자, 강렬한 파공음과 함께 풍압이 일어나며 팔층의 지반 자체가 흔들렸다. 두 사람의 신형이 수 갈래로 갈라지며 끊임없이 부딪쳤다.

꽉! 이를 지켜보던 나는 입술을 질끈 깨물었다. 그리고 방금 전에 가짜 천무성이 뚫어놓은 벽을 쳐다보았다. 계단으로 내려갈 시간이 없었다. 나는 망설이지 않고 그곳을 향해 신형을 날렸다. 밖을 쳐다보니 밑이 거의 아수라장이 되어 있었다. 챙챙챙! 성탑을 사수하려는 풍영팔류종 무사들과 밀고 들어가려는 무천정종 무사들의 전쟁이 격렬하게 벌어지고 있었다. 위에서 올려다볼 때도 높다고 생각했지만 정말 높긴 했다. 성탑의 팔층 높이는 아무리 경공을 익혔어도 단번에 뛰어내리기 어려워 보였다. 밑으로 타고 내려가는 방식으로 해야 할 것 같았다.

바로 그때였다. 뒤에서 외침 소리가 들렸다.

"네놈부터 죽인다고 했지!"

가짜 천무성의 목소리였다.

뒤를 돌아보니 놈의 신형이 무섭게 다가오고 있었다. 너무 빨랐다. 이에 나는 다급히 바깥으로 몸을 날렸다. 가짜 천무성 역시도 조금도 망설이지 않고 밖을 향해 신형을 날렸다. 놈이 비릿하게 웃으며 나를 비웃었다.

"멍청한 놈, 스스로 죽음을 자초하는구나."

벽을 넘어선 초인의 역량에 이른 고수는 이 정도 높이도 가뿐하다는 건가. 놈이 나를 향해 검결지를 뻗어왔다. 이 높은 허공에서 단번에 나를 죽일 작정인가 보았다.

"죽어랏!"

"혹시 허공에서 걸을 수 있습니까?"

"뭐?"

"다행이군요."

나는 몸을 뒤틀며 성탑의 외벽을 향해 왼손을 뻗었다. 그 순간 은연사의 줄이 뻗어 나가며 외벽에 튀어나와 있던 둥근 구조물에 묶였다. 촤르르르르르! 공력을 일으키자 나의 몸이 허공에서 그곳으로 끌려올라갔다.

'…?!'

이 광경을 본 가짜 천무성의 얼굴이 무섭게 일그러졌다. 아무리 초인의 영역에 이른 고수더라도 전설 속의 경공인 허공답보는 펼칠 수 없겠지? 예상대로 놈의 몸이 밑으로 떨어지려 했다.

"이노오오옴!"

놈이 낙하하기 전에 나를 처리하려는지, 다급히 검결지로 예기를 날리려 했다. 어지간히 내게 화가 났나 보다. 기필코 죽이려고 했다.

"어딜!"

그 순간 성탑 안에서 누군가가 튀어나왔다. 그는 무정풍신 진성백이었다. 진성백의 신형이 허공에서 여덟 갈래로 갈라지며 흐릿한 잔상처럼 변했다. 그러더니 그 여덟 개의 잔상이 동시에 가짜 천무성을 향해 권, 장, 각, 지, 조, 도, 검, 창의 초식을 펼쳤다. 그것들은 팔층까지 올라오며 보았던 각 유파의 절초들이었다.

'하!'

이것이야말로 풍영팔류의 진면목이었다. 허공에서 여덟 개의 잔상으로 나뉜 무정풍신 진성백이 가짜 천무성을 향해 동시에 권, 장, 각, 지, 조, 도, 검, 창의 초식을 펼쳤다. 마치 여덟 명의 절세고수들이 절묘하게 합공하는 듯했다.

"큭. 이놈!"

잔영들에 둘러싸인 천무성이 검결지를 휘저으며 예기로 회오리를 일으켜 절초에 대항했다. 마치 천무성의 팔이 여덟 개로 나뉜 것처럼 굉장히 빨라졌다. 가짜라고 해도 그 실력만큼은 경이로웠다. 차차차차차창! 둘 다 병장기가 아닌 진기로서 겨루고 있는데, 허공에서 격렬한 파공음이 들려왔다. 허공에서 낙하를 하면서도 진성백은 끝까지 그를 밀어붙이고 있었다. 성탑 앞에서 전쟁을 치르던 사람들이 모두 잠시 멈추고 지켜볼 만큼 그 광경은 장관이나 다름없었다.

—무정풍신이 이렇게나 강할 줄이야. 놀랍다, 운휘.

—저런 괴물 같은 자를 어떻게 죽였다는 거야?

나도 모르겠다. 입을 다물지 못할 만큼 절세 초식들이 연이어지고 있었다. 지금 상황만 본다면 오히려 진성백이 좀 더 우위에 있는 것처럼 보였다.

'암수라도 쓴 것일까?'

그럴 수도 있었다. 무림에는 그가 죽었다는 사실만 공표했으니 말이다. 초상승의 무리를 담은 이들 대결을 계속 지켜보고 싶었지만 지금은 그럴 시간이 없었다. 촤르르르르! 나는 은연사에 공력을 주입하여 줄이 늘어나도록 했다. 그리고 성탑의 벽을 타고 내려갔다.

—쟤네도 내려오네.

소담검의 말에 위를 쳐다보았다.

성탑 꼭대기 층에 난 구멍으로 유파장들이 나와 성벽 구조물을 타고 내려오는 모습이 보였다. 진성백을 돕기 위해 계단이 아니라 저곳으로 내려오는 듯했다. 하지만 은연사를 타고 내려오는 나보다는 느릴 수밖에 없었다.

챙챙챙! 거의 지상에 도착해가자 병장기가 부딪치는 소리가 귓가를 울렸다. 잠시 두 절세고수에게 시선을 빼앗겼던 양측 세력이 다시 격렬하게 부딪치고 있었다. 그때 외침 소리가 들렸다.

"저놈이다! 저 애꾸눈을 잡아라!"

애꾸눈? 나를 말하는 건가? 의아해하고 있는데, 지상을 밟으려고 하는 내게 누군가 신형을 날렸다.

"죽어랏!"

무천정종의 무사복을 입고 있는 자였다. 놈을 보자마자 나는 은연사의 줄을 회수하는 것과 동시에 남천철검을 뽑아 그자의 일 검을 막아냈다. 챙! 그리고 그 즉시 한쪽 발로 놈의 턱을 갈겼다. 턱을 맞은 놈이 외마디 비명과 함께 뒤로 퉁겨 나갔다. 혹시나 내가 탈출하면 죽이라고 명을 내렸나 보다.

―좌측 옆!

소담검의 외침이 아니더라도 빛이 일렁이며 누군가 안대를 쓰고 있는 사각을 노리는 게 느껴졌다.

'칫!'

이에 몸을 살짝 틀며 뒤로 신형을 날렸다. 한 콧수염의 중년인이 나를 향해 날카로운 검초를 펼치고 있었다.

'강하다.'

그는 풍영팔류종으로 치면 유파장급의 고수인 듯했다. 다른 자들과는 비교도 안 될 만큼 절묘한 검초로 좌측 부위의 요혈들을 노려 왔다. 어차피 지금은 난전 상황이니….

'잠합공검(潛蛤公劍)!'

진성명검법 이초식 잠합공검. 폭발적인 기세로 상대의 공격을 맞받아치며 반격하는 검초다. 놈이 펼치는 검초의 일 식마다 검 끝을 착(着)의 묘리로 받아냈다.

"이놈?"

놈이 꽤나 놀란 표정이 되었다. 그런 걸로 놀라면 쓰나. 진잠합공검의 묘리는 이게 끝이 아니다. 그냥 잠합공검이 검초에 실린 힘을 받아치는 데 있다면, 진잠합공검은 일식마다 검을 받아내다 그 빈틈을 강제로 열어젖힌다. 푸푹! 나는 연거푸 놈의 가슴과 쇄골 쪽을 찔렀다.

"크헉!"

놈이 비명과 함께 비틀거리며 쓰러졌다. 유파장급의 고수라고는 하나 나 역시도 중단전을 개방하면 이제 혈성급이나 존자급과도 겨룰 수 있는 경지에 이르렀다. 적어도 무쌍성 상위 종파 종주급의 고수가 아니라면 쉽게 당하지 않는다.

—서둘러.

'알고 있어.'

나는 무천정종의 성탑을 향해 경공을 펼치려 했다. 그런데 나를 발견한 무천정종의 무사들이 앞을 가로막았다. 아무래도 이들을 전부 뚫어야 지나갈 수 있을 것 같았다. 성탑 앞에 높은 건물이라도 있으면 은연사를 이용해 위로 갈 수 있겠건만, 주변에는 그런 건물이 없었다.

'후우.'

별수 없네. 금안을 적극적으로 활용해야 할 것 같았다. 나는 눈을 가리고 있던 안대를 위로 슬쩍 들어 올렸다. 안대로 덮여 있던 부위가 눈꺼풀 징도로만 가려지자 디욱 선명하게 기운의 흐름이 느껴졌다. 기운이 약한 자들 위주로 뚫는 게 이곳을 통과할 활로였다.

팟! 그곳으로 신형을 날린 나는 파죽지세로 무사들을 공격했다. 놈들이 나를 막기 위해 달려들었지만 약한 자들 위주로 뚫고 들어가니 확실히 앞으로 나아가는 데 무리가 없었다. 웬만하면 살인을 자중했지만 상대가 나를 죽이려 드니 봐줄 필요도 없었다. 나 역시 미간과 목, 심장 등을 노렸다. 푹!

"크헉!"

아수라처럼 무사들을 베어 나가자 피가 온몸에 튀었다. 그래서인지 어느 순간부터 적들이 내게 함부로 덤비지 못했다. 그래 준다면 나야 고마울 뿐이다.

한참을 뚫고 있을 때였다. 흠칫! 어디선가 기감을 자극하는 방대한 기운이 느껴졌다. 그곳을 쳐다보았더니 팔대 고수만큼은 아니지만 전신의 운기 경로가 강한 빛으로 일렁이는 반백의 노인이 내게 신형을 날리고 있었다. 노인이 내 몸통을 두 동강 낼 기세로 검을 휘둘렀다. 챙! 다급히 그자의 검을 막아냈다. 검과 검이 부딪치는 순간 서로가 세 보가량 신형이 밀려났다. 반백의 노인 눈에 이채가 띠었다.

"제법이군."

복장을 보면 무천정종의 사람이 아닌 것 같았다. 중단전을 개방했을 때의 나와 엇비슷한 공력을 지닌 것으로 보아 초절정의 극에 가까운 고수였다.

"어르신은 누구십니까?"

그런 나의 물음에 반백의 노인이 비릿하게 웃으며 말했다.

"사형이 네놈을 제자로 탐낸다고 했을 때 얼마나 대단한 무재를 지녔나 싶었는데, 그 나이에 이 정도 경지에 이르다니 놀랍구나."

'사형?'

설마 가짜 천무성을 말하는 건가? 나는 혹시나 하는 마음에 반백의 노인에게 말했다.

"사형이란 사람이 혹시 가짜 무천검제를 말씀하는 건 아닌지?"

그 말에 노인이 입꼬리를 슬며시 올렸다. 가짜라는 것을 알면서도 이런 반응을 보인다는 것은 진짜 무천검제의 사제가 아닌, 저 알맹이 속에 있는 자의 사제임을 의미했다.

"…당신도 그자와 한패로군요."

"머리가 잘 돌아가는구나. 하긴 그러니 사형의 손아귀를 벗어날 수 있었겠지. 하지만 그 운도 끝이다."

노인이 내게 검을 겨냥했다. 검 끝에서 날카로운 예기가 일렁였다. 가짜 무천검제처럼 벽을 넘은 고수는 아니지만 혈성급이나 존자급과 겨뤄도 떨어지지 않을 만큼 강했다.

'젠장.'

이자를 상대하려면 적어도 수십 초식은 겨뤄야 할지도 몰랐다. 싸움이 길어질수록 백혜향의 목숨도 위태로워진다. 놈이 내 마음을 읽기라도 했는지 말했다.

"지금쯤이면 계집을 죽이라고 보낸 녀석이 성탑에 당도했겠구나. 후후후."

일부러 나를 조급하게 만들려고 하고 있었다. 가짜 무천검제 못지않게 간교한 자였다. 이자와 계속 말을 섞을 바에는 조금이라도 빨리 처리하는 게 답이었다. 기수식을 취하려는데, 뒤에서 익숙한 검의 이명 소리가 들려왔다.

'응?'

이어서 목소리도 들렸다.

"급하시죠?"

목소리의 주인은 다름 아닌 팔대 고수 두 사람의 공동 전인 이정 겸이었다. 녀석도 성탑 꼭대기 층에서 내려온 모양이었다. 내 옆으로 다가온 녀석이 말했다.

"막 재미를 보려던 찰나에 별일이 다 생기네요."

"이… 형…."

이정겸이 허리춤에 있던 푸른색 검집에서 자신의 보검을 뽑으며 말했다.

"저 노인네는 제게 맡기고 어서 정인을 구하러 가세요."

입에 물을 머금고 있었다면 순간 뿜을 뻔했다. 나는 인상을 찡그리며 답했다.

"…정인이 아닙니다."

"아, 그래요? 목숨까지 걸고 구하려는 것 같아서 오해했네요. 아무려면 어떤가요. 누군가를 구한다는 게 중요한 거죠."

이정겸이 그 말과 함께 반백의 노인을 향해 검을 겨냥했다. 녀석은 이 일과 아무 연관이 없는데, 갑자기 왜 나를 도우려는 건지 알 수 없었다. 의아하게 쳐다보자 그가 배시시 웃으며 말했다.

"하 형이 잘못되면 3차 시험이 싱겁게 끝나잖아요."

고작 그런 이유인가. 시험을 다시 치를지 안 치를지도 모를 판국인데 이런 말을 하다니 어지간히 나와 겨루고 싶었나 보다. 무슨 꿍꿍이가 되었든 당장에 호의를 거절할 만큼 상황이 여의치가 않았다.

"이 빚은 후에 갚겠습니다."

"뭘 빚까지야."

나는 녀석에게 고마움의 표시로 고개를 살짝 숙였다. 그런 우리를 보면서 배알이 뒤틀렸는지 반백의 노인이 일갈을 내지르며 신형을 날렸다.

"누가 네놈을 보내준다고 하더냐!"

나를 노리는데, 이정겸이 빠른 경신법으로 그 앞을 가로막았다. 무당파의 명성이 자자한 신법 제운종(梯雲縱)인 듯했다.

"노인네의 상대는 접니다."

"건방진 놈이 어디서!"

반백의 노인이 절초를 펼치며 이정겸을 뚫으려 했다. 이에 이정겸이 피식 웃으며 검으로 둥근 원을 그리더니 그자의 검초를 막아냈다. 부드러움과 강함이 절묘하게 조화를 이룬 저 검은 무당파의 태극검법인 것 같았다. 채채채채챙! 노인이 워낙 강해서 우려했는데, 이정겸은 조금의 밀림도 없었다. 그를 걱정하지 않아도 될 것 같았다.

이에 나는 서둘러 멀리 보이는 무천정종의 성탑을 향해 경공을 펼쳤다.

* * *

무쌍성에 존재하는 사대 무종의 성탑. 네 채의 성탑 모두가 같은 높이이거나 같은 형태이진 않았다. 무천정종의 경우 성탑이 일곱 층으로 되어 있었는데, 칠층에는 특별한 경우가 아니고는 종주 외에 누구도 출입이 금지되어 있었다.

타타타타탁! 무천정종의 성탑 오층 계단을 급히 올라가고 있는 한 검은 무복의 사내가 있었다. 육층에 도달하자 칠층으로 올라가는 계단 앞을 회색 경장을 입은 두 명의 중년인들이 지키고 있었다.

"무슨 일이지?"

검은 무복의 사내가 다가가자 그들이 앞을 가로막고서 물었다. 이에 검은 무복의 사내가 무천정종의 종주 패를 보이며 말했다.

"그분의 명입니다. 일계가 실패했으니 가둬두었던 계집의 숨통을 끊으라고 하십니다."

"결국 틀어진 건가."

"그렇습니다."

"알았다. 내가 가서 처리하도록 하지."

중년인들 중 입가에 흉터가 있는 사내가 이를 자청했다.

"좌호위 전주께서 말씀입니까?"

"어차피 죽이기만 하면 되는 것이 아니더냐?"

비릿하게 웃고 있는 그를 보며 또 다른 회색 경장의 중년인이 혀를 차면서 말했다.

"그놈의 악취미는 여전하구먼. 죽이기 전에 아랫도리를 놀리려는 게야?"

"어차피 죽일 년인데 무슨 상관이더냐."

"쯧쯧."

"신경 끄고 있어라. 금방 처리하고 내려올 테니."

좌호위 전주라 불린 중년인이 신이 나서 계단을 올라갔다. 무천정종의 꼭대기 층이라 불리는 칠층으로 올라간 그는 익숙하게 통로를 따라갔다. 그리고 검은 철문으로 되어 있는 곳의 문을 열었다. 안으로 들어가니 검은 철로 된 쇠창살이 있었고, 그 안쪽 벽면에 흑철 쇠고랑을 양팔에 차고 서 있는 여인이 있었다. 바로 백혜향이었다. 옷은 피투성이가 되어 있고 묶었던 머리카락도 풀려서 축 늘어져 있었다.

"독한 년."

그녀를 본 좌호위 전주가 혀를 내둘렀다. 쇠고랑에 묶여 있는 백혜향의 양쪽 손목에서 피가 흘러내리고 있었다. 얼마나 격렬하게 그것을 풀려고 했는지 짐작할 수 있었다.

'내공도 금제된 년이 독하기 짝이 없군.'

자신이 들어오자마자 독기가 서려서 노려보고 있었다. 무천검제에게 분근착골의 여러 고문들을 당한 걸로 아는데, 여전히 그녀의 눈빛은 살아 있었다.

'뭐 상관없지. 어차피 죽일 년이니까.'

끌려올 때부터 색기 넘치는 외모에 탐욕을 가졌던 그였다. 마침 무천검제도 없어서 좋은 기회였다. 철창을 열고 들어가며 그가 말했다.

"어이, 계집. 고문 시간이다."

그녀가 코웃음을 쳤다. 이에 좌호위 전주가 고개를 절레절레 흔들었다.

"그 건방진 태도가 얼마나 갈지 볼까?"

"얼마든지 해보시지."

백혜향의 말에 좌호위 전주가 비릿하게 웃으며 말했다.

"이번엔 다를 거야. 네년이 색다른 고통의 비명을 지르게 해줄 테니까."

좌호위 전주가 허리춤에 묶고 있던 혁대를 풀었다. 그런 그를 물끄러미 쳐다보던 백혜향이 묘한 미소를 짓더니 입을 열었다.

"색다른 고통이 네 아랫도리로 주는 건가 보지?"

예상과는 전혀 다른 그녀의 태도에 좌호위 전주가 인상을 찡그렸다. 격렬하게 거부하거나 그런 반응을 예상했었다. 한데 이건 뭔가 싶었다.

"내게서 그 색다른 비명 소리를 듣고 싶다면 꽤 만족시켜줘야 할 거야."

백혜향이 두 다리를 슬쩍 벌렸다. 이에 좌호위 전주가 입꼬리를 올리며 그녀에게 다가갔다.

"이년이 나를 감동시킬 줄 아는구나."

반항하지 않겠다는데 좋아하지 않을 리가 없었다. 백혜향이 윗입술을 혀로 핥으며 색기 넘치는 목소리로 말했다.

"하의를 네 손으로 벗겨줬으면 좋겠는데."

"흐흐흐. 당연히 벗겨드려야지."

좌호위 전주가 신이 나서 그녀에게 다가가 하의의 허리춤을 잡으려고 했다. 바로 그 순간이었다. 백혜향의 두 다리가 그의 목을 휘감았다.

"컥! 이, 이년이!"

좌호위 전주가 내공을 끌어올려 그녀의 다리를 펴려고 했다. 그러나 그녀의 다리는 꿈쩍도 하지 않았다.

"네, 네년 내공을?"

놀랍게도 백혜향은 내공의 금제가 풀려 있었다. 목이 점점 조여오자 좌호위 전주의 얼굴이 새파랗게 변해갔다.

"켁켁…."

"왜, 숨 막혀?"

그녀가 허리를 옆으로 틀었다. 우두둑! 목이 꺾인 좌호위 전주가 비명조차 지르지 못하고 숨을 거두었다. 죽은 그를 내려다보며 백혜향이 중얼거렸다.

"아랫도리를 함부로 놀리면 안 되지."

56
화

정체

다행히 풍영팔류종의 성탑을 벗어나자 무천정종 무사들은 없었다. 아마도 거의 대부분의 무천정종 전력이 풍영팔류종 성탑 근처에 모여 있는 듯했다. 일이 틀어질 경우 전쟁을 치러야 하니 당연한 일인지도 몰랐다. 서둘러서 경공을 펼쳤지만 마음이 조급했다. 그때 소담검의 목소리가 머릿속을 울렸다.

―그런데 운휘야, 어차피 그 불여우 같은 계집애가 죽는 게 너한 텐 편한 거 아냐?

'뭐?'

―걔도 혈마를 노리는데, 사실상 경쟁 관계 아냐?

…그 말도 틀리지는 않다. 하지만 백혜향은 자신의 목숨을 걸고 나를 구해줬다. 그녀가 아니었다면 나는 죽었을지도 모른다. 후에 적으로 부딪칠지언정 지금은 살릴 거다.

―나도 이건 운휘의 말에 동의한다. 목숨을 구해준 자를 죽게 내 버려두는 건 도의적으로 어긋난다.

도의라⋯. 그런 깊은 의미까지는 아니다. 옳고 그름, 이익을 떠나 내 목숨을 구해준 백혜향이 이런 식으로 개죽음을 당하게 내버려 둔다면 나 스스로가 용납하지 못할 것 같을 뿐이다.

—쳇. 아까운 기회인데.

소담검이 툴툴거렸지만 이미 내 마음은 확고했다.

얼마 있지 않아 무천정종의 성탑이 보였다.

—어라? 아무도 없네.

성탑 근처에는 사람 한 명이 없었다. 보통 입구를 지키는 문지기 무사들이 있을 텐데 그들조차 보이지 않았다. 게다가 성탑 입구의 대문이 활짝 열려 있었다.

—유인책인 것 같다, 운휘.

남천철검의 말에 동의했다. 문이 열려 있는 것이 마치 정면으로 들어오라고 유혹하는 듯했다. 사실 저 안에서는 수많은 검의 이명이 들리고 있었다.

—⋯.

아마도 매복해 있는 자들일 거다. 기척을 죽일 수는 있어도 검을 지니고 있는 이상 나를 속일 수는 없다. 나는 성탑을 아래에서 위로 훑어보았다.

—어디에 있을까?

그걸 모르겠다. 제일 의심 가는 곳은 꼭대기 층이었다. 성탑 꼭대기에 있다면 단번에 은연사를 이용해 위로 올라가는 방법이 있다. 하지만 만약 그곳에 없다면 허탕을 치는 셈이 된다.

'심문을 해야 하나.'

누군가를 붙잡아 위치를 불게 하는 게 더 빠를 듯했다. 쉽게 입을 열지는 모르겠지만 저 많은 자들 중에 누군가는 가벼운 입을 가지고 있지 않겠는가.

—결국 함정 속으로 제 발로 들어가야 한다는 거네.

'…'

원한다면 들어가 줘야지. 어차피 부딪쳐야 하니 말이다. 여유가 없기에 나는 망설이지 않고 무천정종 성탑의 대문으로 들어갔다. 문 안으로 들어가는 순간, 열려 있던 문이 굳게 닫혔다. 쾅! 커다란 빗장이 잠기는 소리와 함께 성탑 곳곳에 매복해 있던 사십여 명 정도 되는 무천정종의 무사들이 몰려나왔다. 서른 명이 일류, 열 명이 절정의 고수들이었다.

'…역시 전력을 남겨놨군.'

나를 제압하기 위해 남겨놓은 전력인 듯했다.

—너무 많아. 괜찮겠어?

괜찮을 리가 있나. 매복해 있던 그들이 빠르게 주위를 포위했다. 그들 중 우두머리로 보이는 턱수염을 길게 기른 중년의 남자가 앞으로 걸어 나오며 입을 열었다.

"만일을 대비해 준비해뒀는데, 정말로 올 줄은 몰랐군."

기감으로 느껴지는 기운이 맞다면 초절정 초입의 고수인 듯했다. 나를 죽이려 작정하고 구색을 맞췄다. 나는 혹시나 하는 마음에 그를 떠보았다.

"당신들의 종주가 진짜 무천검제 선배님이 아니라는 것을 알고 있습니까?"

그런 나의 물음에 턱수염의 중년인이 피식 웃으며 말했다.

"고작 계집 하나 때문에 목숨을 걸다니, 정말 어리석기 짝이 없군."

이자의 말투를 들어보면 그 반백의 노인처럼 가짜 무천검제의 사람인 듯했다. 하긴 함정을 팠는데, 정체를 모르는 이들을 남겨뒀을 리가 없었다. 나는 고개를 절레절레 흔들며 말했다.

"그렇군요. 한데 고작 계집 한 명을 붙잡고서 이런 식으로 함정을 파는 그쪽도 그리 현명해 보이진 않는군요. 치졸하다고 할까나."

비아냥거리는 나의 말투에 중년인의 미간에 주름이 생겨났다. 그의 감정을 헤아릴 여유가 없으니 단도직입적으로 물었다.

"어디 있습니까?"

"곧 죽을 놈이 궁금한 것도 많군."

그가 손을 들어 올려 수신호를 보내며 말했다.

"당장 저놈을 죽…."

"그 전에 여러분께 드릴 말씀이 있습니다."

"뭐?"

"아무래도 이곳에 제 조력자들이 있는 것 같군요."

뜬금없는 나의 말에 중년인이 어처구니없다는 표정으로 비웃음을 흘렸다.

"이젠 별수를 다 쓰는구나. 그런다고 해서 살아남을 수 있을 것 같으냐?"

이에 나는 빙그레 웃으며 말했다.

"제 눈을 보면 누가 조력자인지 알 겁니다."

"무슨 개소리를 지껄…."

바로 그때였다.

"죽엇!"

푹!

'…?!'

무사들 중 한 명이 갑자기 자기 옆에 있던 자의 목을 찔렀다. 갑작스럽게 벌어진 일에 무사들이 당황했다.

"양평, 네가?"

그런데 그것이 끝이 아니었다.

"죽어랏!"

"뭐, 뭐얏?"

그를 기점으로 나를 포위하고 있던 무사들이 서로를 무차별적으로 찌르기 시작했다. 전혀 예상치 못한 상황에 우두머리로 보이는 중년인이 당혹감을 감추지 못했다.

"이게 대체?"

환의안의 효능이었다. 선천진기의 삼 할 가까이가 소모되는 것이 느껴졌다. 살짝 어지럼증이 났지만 전과 달리 선천진기가 더욱 늘어나 버틸 만했다. 대략 열서너 명 정도가 환의안에 걸려들었다. 전부 걸린다면 좋겠지만 이것만으로도 효과는 충분했다.

"이놈 정말 간자로구나!"

"무, 무슨 소리를 하는 건가?"

"닥쳐. 그럼 네놈들이 한 짓은 뭐야!"

아군이라 생각했던 자들이 기습적으로 서로를 찔러대자, 환의안에 걸리지 않은 자들도 의심으로 그들을 공격했다. 환의안의 술법이 풀리고 정신을 차렸다고는 하나, 이미 동료를 찔러 죽인 시점에서 해명은 통하지 않았다.

'지금이다.'

팟! 환의안에 걸리지 않은 자들을 먼저 노렸다. 시간이 지나면 저들도 이상한 낌새를 알아차릴 것이다. 그렇게 뜻대로 되어가나 싶었는데, 턱수염의 사내가 공력이 실린 일갈을 내질렀다.

"갈!"

그의 외침에 서로를 공격하던 무사들이 동상이라도 된 것처럼 일시적으로 멈췄다. 턱수염의 사내가 노기에 가득 찬 목소리로 소리쳤다.

"간자는 없다! 저놈이 사술을 부린 거다. 넘어가지 마라!"

"사술?"

생각보다 냉정하게 상황을 파악했다. 환의안으로 몇 번 재미를 봤기에 이번에도 통할 줄 알았는데 그리 길게 가지 못했다. 아쉽다. 더 많은 숫자를 줄일 수 있었는데⋯. 턱수염의 사내가 내게 검을 겨냥하며 말했다.

"네놈, 대체 정체가 무엇이냐? 어떻게 이런 사술을 부릴 수 있는 거지?"

이에 똑같은 말을 돌려줬다.

"곧 죽으실 건데 굳이 알려드릴 이유는 없죠."

"이노오오옴!"

턱수염의 사내가 허공으로 박차 올라 나를 향해 패도적인 일 검을 내려쳤다. 이에 남천철검을 위로 들어 올리며 이자의 검을 막아 냈다. 챙! 놈이 십성 공력을 일으켜 검째로 나를 양단하려고 했다. 그러나 그건 내가 자신보다 공력이 얕아야 가능한 일이었다. 아니면 노림수가 있다는 의미이겠지.

―운휘, 왼쪽이야!

그러면 그렇지. 눈을 감고 있는 왼쪽 사각을 노렸다. 나는 턱수염 사내의 검을 막은 상태로 왼손을 뻗었다. 그 순간 소담검이 묶여 있던 은연사가 비검처럼 날아가 기습을 노렸던 자의 복부로 쇄도했다.

"칫!"

놈이 검의 궤적을 틀어 소담검을 쳐내려 했다. 그러나 내가 은연사의 실을 검지로 살짝 누르자, 소담검이 방향을 틀며 놈의 목을 꿰뚫었다. 칵!

"컥!"

촤르르르! 놈의 목을 꿰뚫은 소담검이 손으로 빨려 들어왔다. 그 광경에 무사들이 놀라움을 감추지 못했다.

"다, 단검이 살아 있는 것처럼 궤적을 틀었어!"

"어떻게 한 거지?"

비도살왕의 섬영비도술의 기본 중 하나가 공중에서 은연사에 묶인 비도의 궤적을 자유자재로 꺾는 것이었다. 늘 틈나는 대로 섬영비도술을 연마한 나였다. 이제는 제법 그럴듯하게 비도, 아니 비검술을 다룰 수 있었다.

"이놈, 검만 익힌 게 아니구나."

검을 맞대고 있던 턱수염의 사내가 그 말과 함께 기습적인 발차기로 내 갈비뼈를 걷어차려고 했다. 이에 나는 단검을 회전시키며 놈의 발목을 노렸다. 비도술과 팔뢰단검술을 익혔기에 가까이서 공격하든 멀리서 공격하든 내게 문제 될 건 없었다.

"큭!"

탓! 놈이 화들짝 놀라 다리를 접고서 내게서 검을 뗐다. 신형을 날리는 그에게 섬영비도술의 비기 중 하나인 비영검원(飛影劍原)을 펼쳤다. 은연사의 줄을 손가락으로 연주하듯이 누르자, 줄이 떨리며 단검에 잔영이 생겨나 여러 개로 보였다.

"흥!"

뒤로 신형을 날린 놈이 검초를 펼치며 이를 막아냈다. 하지만 말 그대로였다. 빠르게 움직여서 잔상이 된 게 아니라 눈을 현혹하는 기술이라 진짜 단검은 하나였다. 촤르륵! 단검이 놈의 검에 걸리면서 은연사가 묶였다. 이에 나는 그것을 잡아당겼다.

"이런!"

턱수염의 사내가 공력을 끌어올리며 버티려고 했지만, 내가 은연사에 주입하는 선천진기는 그의 공력보다 더욱 강했다. 촤르르르! 바닥에 발을 끌면서 놈이 끌려왔다.

"오냐! 그럼 내가 가마!"

끌려오던 놈이 안 되겠다 싶었는지 그대로 내게 몸을 날렸다. 그리고 소담검이 묶여 있는 상태로 내게 검초를 펼치려 들었다.

"생각이 짧군요."

"뭐?"

나는 왼팔을 옆으로 뻗었다. 그러자 검초를 휘두르던 놈의 검이 그것을 따라 왼편으로 향했다.

"아닛?"

푹! 이를 놓치지 않고 나는 놈의 머리에 검을 박아 넣었다. 머리가 꿰뚫린 턱수염의 사내가 비명조차 지르지 못하고 눈이 화들짝 커져서 그대로 절명하고 말았다.

"이노오오옴!"

그때 절정의 고수 세 명이 내게 동시에 검초를 펼쳤다. 이에 나는 검을 비스듬히 잡고서 몸을 틀었다. 그 순간 몸이 빠르게 회전하며 날카로운 검초가 회오리바람처럼 위로 솟구쳤다. 진성명검법 사초식 회룡승검이었다. 채채채채챙!

"크헉!"

"큭!"

검초에 나를 노렸던 세 사람 모두가 뒤로 튕겨 나갔다. 그들의 전신이 검흔들로 상처투성이가 되었다. 우두머리에 이어서 절정의 고수 셋이 동시에 합공했는데도 패퇴를 당하자, 포위하고 있던 자들이 섣불리 다가오지 못했다. 그런 그들을 향해 가장 선임으로 보이는 자가 결의에 찬 목소리로 외쳤다.

"놈을 여기서 묶어두기만 하면 된다! 시간을 끌어라!"

"그렇게 둘 것 같습니까?"

저들의 속셈에 나는 감고 있던 왼쪽 눈을 떴다. 눈꺼풀에 가려져 있던 눈을 뜨자 세상이 환해지며 나를 에워싼 자들의 진기의 흐름이 너무도 선명하게 보였다.

"누, 눈이?"

촤악!

"끄악!"

내 왼쪽 눈을 보고서 놀라워하는 그자를 일검에 반 토막으로 베었다. 피가 온몸을 적셨다. 반 토막이 난 동료의 모습에 당혹스러워하는 그들을 향해 나는 싸늘한 목소리로 말했다.

"당신들이 자초한 겁니다."

대문을 굳게 닫아줘서 고맙다. 금안을 비롯해 모든 능력을 자유롭게 쓸 수 있게 해줬으니 말이다.

* * *

타타타탁! 날아가다시피 서둘러 계단을 오르고 있었다. 놈들 중한 명이 죽기 전에 살려달라고 애원하면서 백혜향의 위치를 알려줬다. 역시 다수가 있으면 한 명쯤은 심약한 자가 있기 마련이었다.

"꼬, 꼭대기 층에 있습니다."

놈에게 백혜향이 감금되어 있는 위치를 듣고서 후회했다. 이럴줄 알았다면 처음부터 그냥 위를 뚫고 들어갔으면 됐는데, 괜히 복잡하게 생각했던 것 같다. 제발 늦지 않아야 할 텐데 불안하기 짝이없었다.

—….

위에서 수많은 검의 이명이 들렸다. 나머지 층에는 아무도 없었는데, 역시 백혜향이 있는 곳은 적들이 지키고 있는 듯했다. 막 육층으로 올라가려는데, 피비린내가 진동했다.

—운휘, 검들이 슬퍼하고 있다.

'슬퍼하고 있다고?'

그러고 보니 검들의 이명 소리가 오열에 가까웠다. 대체 왜 그러는 거지? 의아해하며 위층으로 올라간 나는 놀라움을 금치 못했다.

—저거 설마….

사방에 널려 있는 수십 구의 시신들.

그 사이에 전신이 새빨간 피로 젖어 있는 한 여인이 다 부러진 검을 쥐고 서 있었다. 거친 호흡을 내뱉고 있는 그녀는 바로 백혜향이었다. 놀랍게도 그녀는 살아 있었다. 심지어 갇혀 있는 줄 알았더니, 감금된 곳에서 자력으로 빠져나온 모양이었다.

"아가씨!"

나의 외침에 백혜향이 가늘어진 눈으로 천천히 고개를 돌렸다. 그리고 내 얼굴을 보더니 눈동자가 파르르 떨렸다.

"너! 살아 있었구나."

그녀의 목소리에 화색이 돌았다. 그런 그녀에게 뛰어갔다.

"큭!"

그때 백혜향이 비틀거리더니 피를 한 움큼 내뱉었다. 그녀를 부축하려고 하자 손을 내밀고서 괜찮다는 시늉을 했다.

"괜찮은 겁니까?"

"괜찮다. 단지 금제를 푸느라 무리해서 역혈로 운기를 했더니, 내상을 입었을 뿐이야."

역혈(逆穴)? 운기를 거꾸로 했다는 말인가? 그런 식으로 운기를 하면 주화입마를 입고 만다. 살아 있는 게 용할 정도였다.

"…무사해서 다행입니다."

"너야말로 상처를 심하게 입어서 죽었나 싶었는데… 쿨럭."

그녀의 입에서 피 기침이 흘러나왔다. 역시 내상이 심하긴 한가 보다. 피로 얼룩진 얼굴이었지만 창백하기 그지없었다. 비틀거리는 그녀를 재빨리 부축했다. 그러자 백혜향이 피식 웃더니, 갑자기 한 팔로 나를 꽉 잡아당겨 내 품에 안기듯이 기댔다.

―뭐 하는 거야!

이걸 어찌해야 하나 싶었는데 그녀가 작은 목소리로 중얼거렸다.

"너도 꼴을 보아하니 여기까지 올라오느라 피를 많이 봤구나."

사실 그녀 못지않게 내 몰골도 피로 얼룩지기는 마찬가지였다. 그녀가 숨을 깊게 들이쉬었다가 내쉬며 말했다.

"따뜻하네, 네 온기."

목소리가 뭔가 안도하는 듯하여 차마 떼어놓기가 어려웠다. 잠시 이렇게 있던 그녀가 품에서 빠져나왔다. 그러고는 내게 물었다.

"그놈은 어디에 있지?"

가짜 무천검제를 말하는 건가?

"…지금 무정풍신과 겨루고 있습니다."

안 그래도 그녀를 무사히 구출했으니, 이제 그에게 가봐야 할 것 같다. 그때 백혜향이 특유의 비릿한 미소를 지으며 말했다.

"잘됐네. 안 그래도 되돌려주고 싶었는데 말이야."

지극히 그녀다웠다. 하물며 그런 괴물을 상대로도 결코 기가 죽지 않았다.

"어떻게 되돌려주려고 그러는 겁니까?"

그 말에 그녀가 손가락으로 위를 가리키며 말했다.

"위에서 재미있는 것들을 찾았거든."

* * *

한편 전쟁터를 방불케 하는 풍영팔류종의 성탑 앞으로 또 다른 무장 세력들이 나타나 진을 치고 있었다. 그들은 바로 무쌍성의 다른 사대 무종들이었다. 해왕성종의 종주 왕처일이 이끌고 온 무사들과 섬경무종의 종주 구양경이 이끌고 온 무사들이 풍영팔류종의 성탑 주변을 에워싸고 있었다. 덕분에 한창 격렬했던 싸움이 잠시 중단된 상태였다.

"후우… 후우…."

가짜 무천검제 천무성이 호흡을 고르며 무정풍신 진성백에게서 시선을 떼지 않았다. 예상보다 강한 그의 무위에 꽤나 놀란 듯했다. 고작 십여 년 전에 벽을 넘었기에 자신이 확실한 우위에 있다고 여겼던 그였다. 그러나 진성백의 역량이 이 정도까지 향상되었을 줄은 몰랐다. 지금은 누구 한 명이 죽어야 승부가 날 판국이었다.

'낭패로구나. 원래 계획대로 무형지독을 극소량으로 천천히 복용시켜서 약하게 만들어 죽였어야 했는데.'

그 계획을 실행하기도 전에 이런 사태가 벌어졌다. 이 모든 게 그 가증스러운 하운이란 놈 때문이었다. 놈이 나타나지만 않았어도 이렇게 꼬일 일이 아니었다. 해왕성종의 종주 왕처일이 소리쳤다.

"천 종주는 이 일에 대해 제대로 해명해야 할 거요!"

"그게 무슨 소리요. 천 종주가 어째서 풍영팔류종의 성탑과 전쟁을 치르고 있는지, 진 종주가 해명해야 할 일이 아니오!"

무천정종과 긴밀한 관계를 맺고 있는 섬경무종의 종주 구양경이 그를 나무랐다. 그들이 이렇게 나선 이유는 각자의 동맹을 지원하기 위해서였다. 싸움이 워낙 커지다 보니 어느 한쪽이 무너지면 무쌍성의 방향도 판가름 나기 때문에 그들은 서로의 동맹을 도울 수밖에 없었다.

'이렇게 된 이상 선수를 쳐야겠구나.'

진성백을 노려보고 있던 가짜 무천검제가 먼저 입을 열었다.

"두 분 종주들께는 이 사람이 볼 낯이 없소이다. 이 모든 게 노부가 덕이 부족해서 일어난 일 같소."

뒤이어 진성백이 소리쳤다.

"그런 식으로 수습하려 들지 마시오. 먼저 무력을 사용한 것은 본

종이 아닌 무천정종이오. 아니, 엄밀히 이야기하면 저기 있는 가…."

"또 노부더러 가짜 무천검제라고 우길 참이오?"

"가짜?"

뜬금없는 가짜라는 말에 두 종주가 인상을 찡그렸다. 반면 진성백은 먼저 선수 치는 가짜 무천검제의 외침에 어처구니없어했다. 이에 안 되겠다 싶어 사실을 밝혔다.

"저자는 진짜 무천검제가 아니오. 진짜 무천검제는 저자의 손에 잡혀 있소."

웅성웅성! 이게 무슨 소리야? 진짜 무천검제가 잡혀 있다고? 그 말에 주변이 술렁였다. 수많은 사람들 앞에서 자신의 비밀을 밝혔는데, 가짜 무천검제는 아무렇지도 않은 듯 당당하게 소리쳤다.

"거짓말이외다. 노부가 진 종주가 후계자로 받으려 했던 자가 혈마의 후손임을 밝혀내고, 노부의 제자를 죽인 녀석도 혈교와 관련되어 있음을 알아채고 내놓으라고 하니, 진 종주가 그를 보호하려고 이런 식으로 몰아가는 것이오!"

"혈마의 후손?"

혈마의 후손이라는 말에 또다시 분위기가 술렁였다. 무쌍성 안에 혈마의 후손이 잠입했다는 것은 그냥 넘어갈 수 있는 일이 아니었다.

'이자가 정녕.'

진성백은 그제야 가짜 무천검제의 속셈을 깨달았다. 그는 지금 허위 사실에 관한 진실 공방으로 문제를 넘기려 하고 있었다. 끝까지 간교하게 머리를 굴리는 자였다.

"진 종주, 정말로 천 종주의 제자를 죽인 자를 보호하려고 그런 것이오?"

구양경의 물음에 진성백이 강하게 소리쳤다.

"두 분 종주들께서는 현혹되지 마시오. 저자는 지금 자신의 비밀을 감추기 위해 또 다른 거짓에 관한 진실 공방으로 문제를 끌고 가고 있소."

"노부가 진실 공방을 해서 무엇 한단 말이오? 그럼 이렇게 합시다. 노부에게는 혈마의 후손을 잡았다는 증거가 있소. 진 종주에겐 무엇이 있소이까?"

가짜 무천검제가 속으로 웃었다. 그 증인이라는 하운은 지금쯤 자신의 사제에게나 무천정종의 성탑에서 죽음을 맞이했을 것이다. 정기신 중 기를 열었다고는 하나, 그 정도 전력이면 충분히 죽이고도 남는다.

'흐흐흐.'

이제 무슨 수로 이를 증명할 것인가? 잘하면 이 일을 계기로 풍영팔류종을 혈교 후손과 엮어서 축출하는 것도 가능할 듯했다. 오히려 침착하게 대응한 것이 전화위복이 된 것 같았다.

'고작 계집을 보호하라고 그놈을 보내지 말고 끝까지 지켰어야지, 진성백 이 어리석은 놈아.'

그를 비웃고 있는데, 진성백이 어딘가를 보면서 희미하게 웃고 있었다.

'뭐지?'

무정풍신이라 불리는 그가 저런 표정을 짓는 것은 처음 보았다. 의아해하며 그곳으로 고개를 돌리려는데….

"증거는 여기 있습니다!"

'뭣?!'

익숙한 외침 소리에 화들짝 놀라 완전히 고개를 돌린 가짜 무천검제의 두 눈에 뼈만 앙상한 노인을 업고 있는 하운이 보였다.

'저, 저놈이 어떻게?'

―푸하하핫. 저 노친네 저렇게 놀라는 표정은 처음 보는데.

많이 놀랐을 거다. 내가 죽었으리라고 생각했을 테니 말이다. 사실 그가 파놓은 함정은 혈성급의 고수라고 해도 쉽게 헤쳐 나오기 힘들 정도였다. 그러나 금안과 환의안을 비롯해 신비한 술법들도 있었고 결정적으로 소담검과 남천철검이라는 조력자들이 있었다.

―그래, 그래.

―흠흠.

물론 저 가짜 무천검제가 진짜로 놀란 이유는 내가 살아 있기 때문만은 아닐 거다. 내 등에 업혀 있는 이 피골이 상접한 노인을 보고 놀랐겠지. 노인의 정체는 지하의 흑철 감옥에 갇혀 있던 진짜 무천검제 천무성이었다.

웅성웅성! 주변이 술렁이고 있었다. 근방에 있는 자들은 노인의 얼굴을 알아본 모양이었다.

"저 노인 얼굴이?"

"천무성 종주님과 닮았어."

"닮은 정도가 아닌데? 살만 찌면 똑같잖아."

똑같은 게 아니라 본인이었다. 솔직히 나는 가짜 무천검제가 증거 인멸을 위해 그를 죽였을 거라 생각했다. 그런데 예상과 다르게 그를 죽이지 않고 무천정종의 성탑 꼭대기에 숨겨진 장소로 옮겨놨었다. 백혜향이 탈출하는 과정에서 놈의 뒤통수를 칠 만한 것들을 찾다가 발견했다고 한다.

—왜 안 죽인 걸까?

글쎄. 그건 나도 모르겠다. 결정적인 증거가 될 수 있는데도 그를 살려두었다. 그게 자신감에서 우러나온 것인지 아니면 다른 특별한 이유가 있는지는 본인만이 알 것이다.

탁! 그때 누군가 가벼운 몸놀림으로 내 앞으로 다가왔다. 부리부리한 눈매에 다소 성정이 급해 보이는 인상의 노인이었는데, 풍기는 기운이 보통이 아니었다.

'이 정도면 존자급의 고수다.'

팔대 고수까지는 아니더라도 굉장한 위압감을 가졌다. 중단전을 개방하고 전력을 다해도 과연 이길 수 있을까 하는 의문이 들 만큼 강했다.

"노부는 왕처일이라고 하네."

왕처일? 무쌍성의 사대 무종 중 하나인 해왕성종의 종주다. 어쩐지 강하다고 했다. 그는 무쌍성에서 다섯 손가락 안에 드는 무위를 지닌 고수였다. 왕처일이 눈짓으로 내가 업고 있는 노인을 가리키며 물었다.

"그가 자네가 말한 증거인가?"

나는 모두가 들으라는 듯이 소리쳤다.

"이분이 진짜 무천정종의 종주이신 무천검제 천무성 대협이십니다!"

풍영팔류종의 광장 전체로 퍼져 나가는 쩌렁쩌렁한 목소리. 이를 듣고서 가장 크게 반응을 보인 자들은 바로 무천정종의 종파원들이었다. 무천정종의 성탑에서 봤던 자들은 가짜의 직속 수하들이라 큰 반응이 없었는데, 무천정종의 사람들은 충격이라도 받은 얼굴을 하고 있었다.

"저자가 진짜 종주님이라고?"

"대체 이게 무슨 소리야?"

"그럼 종주님이 정말 가짜였다는 거야?"

그들의 반응을 보니 여태껏 이 사실을 몰랐던 것 같았다. 하긴 그들 모두가 알고 있다면 진실 폭로를 끝까지 막으려 들지도 않았겠지. 그때 또 다른 누군가가 왕처일 옆으로 나타났다. 처진 눈매에 턱살이 붙고 다소 체형이 푸짐해 보이는 오십 대 중반의 사내였는데, 풍기는 기운이 절대 왕처일에게 밀리지 않았다.

"세 치 혀로 무쌍성을 혼란에 빠트리다니, 그 말이 거짓이라면 각오해야 할 게야!"

"구양 종주, 자네는 흥분부터 가라앉히게."

구양 종주? 그럼 이자가 무쌍성 사대 무종 중 하나인 섬경무종의 구양경인가? 회귀 전에는 그저 소문으로만 들었던 무쌍성의 네 종주들을 이렇게 한자리에서 보게 되다니 감회가 남달랐다.

"흥분이 아니오. 이 사태는 쉬이 넘길 수 있는 일이 아니올시다. 본 성을 이끌어가는 네 종주 중 한 분의 명예가 걸려 있는 일이오."

"누가 그걸 몰라서 하는 소리인가. 하나 만약 진 종주와 이 소형제의 말이 맞다면 본 성은 지금껏 정체 모를 자가 암약(暗躍)하던 것을 모르고 있었던 것이 되네."

하오문의 정보가 맞았다. 확실히 무쌍성은 양대 세력으로 나뉘어 대립하고 있었다. 섬경무종의 종주 구양경은 무천정종을 지지하는 세력답게 끝까지 가짜 무천검제를 비호하려 들었다.

—혹시 정체를 알고 있는 거 아냐?

만약 그런 것이라면 사태가 더욱 커질 것이다. 일단 그에게서 경계를 늦추면 안 될 것 같았다. 왕처일이 내가 업고 있는 노인을 쳐다보며 손을 내밀고는 말했다.

"일단 그가 진짜인지 아닌지 판별해보면 되지 않겠소."

손을 내미는 것을 보아 인피면구를 쓰고 있는지 확인해보려는 듯했다. 이에 나는 빙그레 웃으며 말했다.

"그보다 직접 대화를 나누시는 게 어떠신지요?"

"직접?"

그때 등에 업혀 있는 노인, 아니 진짜 천무성이 입을 열었다.

"처일, 자네인가?"

쉰 목소리가 흘러나오자 왕처일의 두 눈이 휘둥그레졌다. 눈을 감고 있어 그가 정신을 차리지 못했다고 여겼겠지만 천무성은 온전했다. 단지 오랫동안 어둠 속에 갇혀 있었기에 햇빛 때문에 눈을 뜨지 못하는 것뿐이었다.

"천 종주… 아니 무성, 진정 자네인가?"

"…어찌 벗의 목소리를 잊겠는가? 정말 오랜만일세."

감고 있는 천무성의 눈에 눈물이 그렁그렁 맺혔다. 목소리도 잠겨 있는 것이 오랜만에 듣는 왕처일의 목소리에 심경이 벅찬 모양이었다. 왕처일이 믿을 수 없다는 듯이 중얼거렸다.

"자네가 변했다고 생각했건만."

그런 그들 사이에 섬경무종의 종주 구양경이 끼어들었다.

"고작 몇 마디만 나누고 진짜라고 생각하는 거요? 본 종주가 직접 확인해보리다."

"구양 종주!"

천무성이 귀를 쫑긋하더니 인상을 찡그리며 말했다.

"구양명의 목소리가 아닌데 누구인가?"

그 말에 구양경이 멈칫하며 말했다.

"구양명은 전 종주이신 부친의 존함이오. 아버님께서는 지병으로 돌아가시고 지금은 본인이 종주이외다."

"허어, 세월이 정말 많이 흐르긴 했네그려. 그 둘째가 종주를 이었다니."

그 말에도 구양경은 뜻에 변함이 없는지 가까이 다가왔다. 그리고 천무성의 얼굴을 만져보았다. 귀밑 부분부터 더듬거리며 인피면구인가 만지던 그의 표정이 굳어져 갔다. 진짜인데 당연히 인피면구일 리가 만무했다.

"이게 대체…."

"노부가 거짓이라고 생각했는가, 구양 종주?"

피부가 진짜임을 확인해서 그런지 구양경은 혼란스러워 보였다. 그 모습을 보고 나는 그가 가짜 무천검제와 한패라서 비호하는 것이 아닐지도 모른다는 생각이 들었다. 그때 가짜 천무성과 대치하고 있는 무정풍신 진성백이 소리쳤다.

"두 분 종주들께서 그의 얼굴을 확인했으니, 그대가 정녕 결백을 주장하고 싶다면 어서 그 얼굴을 소상히 보이시오!"

광장에 있는 모든 사람들의 시선이 가짜 천무성에게로 향했다. 가짜 천무성의 얼굴이 무섭게 일그러져 있었다. 그는 이 모든 일이 꼬인 것이 전부 내게서 비롯되었다고 여겼는지, 살기 어린 눈빛으로 나를 노려보았다. 가짜 천무성이 노기 서린 목소리로 말했다.

"좋다. 노부가 가짜라고 생각하는 자는 누구라도 좋으니, 와서 노부의 얼굴을 만져보도록 하거라."

강하게 나오는 그의 태도에 모두가 눈살을 찌푸렸다. 그의 기세만 놓고 보면 자신을 조금이라도 건드리는 자는 그 자리에서 죽일 듯했다. 가짜 천무성이 연달아 외쳤다.

"왜 아무도 오지 않는 것이냐? 와서 확인해보라고 하지 않았느냐? 왜, 못 하겠느냐? 노부가 직접 보여줄까?"

그 말과 함께 천무성이 자신의 피부를 잡아당겼다. 그런데 그의 노쇠한 피부가 손가락을 따라 쭈욱 잡아당겨졌다.

'…?!'

—뭐야? 피부가 잘 늘어나는데?

나도 이런 상황은 전혀 예측하지 못했다. 보통 인피면구는 실제 사람의 피부로 만들기 때문에 저런 식으로 늘어나지 않는다. 잘못 건드리면 늘어난 상태로 멈추기 때문에 섣불리 건드릴 수도 없다.

"인피면구가 아닌 건가?"

"피부가 늘어나는데?"

주위의 모든 사람들이 혼란스러워하고 있었다. 그런 나의 귓가로 가짜 천무성의 전음이 들려왔다.

[고작 이런 방법으로 네놈이 내 정체를 드러낼 수 있을 것 같으냐?]

나름대로 수가 있었다 이거지? 이에 나는 가짜 천무성을 손가락으로 가리키며 외쳤다.

"저자가 가짜라는 증거가 또 있습니다."

"증거?"

"저자의 집무실에서 누군가와 내통하고 있는 비밀 서찰을 발견했습니다."

웅성웅성! 이번에는 사람들의 시선이 내게로 쏠렸다. 가짜 천무성의 전음이 들려왔다.

[똑똑한 줄 알았더니 정말 멍청한 놈이로구나. 노부가 그런 것을 남겨놓았을 것 같으냐?]

그는 어처구니없다는 듯이 나를 비웃었다. 그의 말이 맞았다. 백혜향이 발견한 그의 집무실의 숨겨진 공간. 그곳에는 또 다른 집무실이 있었는데, 어떠한 증거도 남아 있지 않았다. 하지만 그가 간과한 게 하나 있었다.

[증거야 만들면 그만이죠.]

[뭐?]

나는 품속에서 돌돌 말려 있는 서지 하나와 불에 타서 작게 남아 있는 서지 조각을 꺼내 들며 큰 소리로 외쳤다.

"저자가 가짜라는 결정적인 증거가 있습니다."

서지를 활짝 펴자 아무것도 적혀 있지 않았다. 반면 가짜 천무성의 얼굴은 굳어졌다. 왕처일이 의아해하며 물었다.

"아무것도 없지 않나?"

"서지는 특수한 먹물로 적혀 있어서 그냥은 볼 수가 없습니다. 열에 약해 촛불로 살짝 열기를 가하면 글씨가 잠시 드러납니다."

"그런 먹물이 있단 말인가?"

"확인해보시면 알 겁니다."

그 말에 왕처일이 내게 손을 내밀며 서찰을 달라 했다. 내가 그것을 건네주자 왕처일이 손바닥에 열양지기를 일으켜 서지 근처로 갖다 댔다. 그러자 서지에서 신기하게도 푸른색 글씨가 점차 생겨나기 시작했다.

"진짜야!"

"글이 생겨나고 있어!"

나는 가짜 천무성을 바라보며 빙그레 웃어줬다. 그의 집무실에는 어떠한 증거도 남아 있지 않았지만 이 특수한 먹물은 존재했다. 혈교에서조차 본 적이 없는 신기한 물건이기에 무쌍성에서 널리 사용하는 물건일 리가 없다고 생각했다.

서지에서 글씨가 드러나자 왕처일이 그것을 큰 소리로 읽었다.

"풍영팔류종의 종주를 죽여라?"

"그건!"

가짜 천무성이 순간 울컥해서 입을 열었다가 뒷말을 잇지 못했다. 화가 날 것이다. 저것은 백혜향이 임의로 적은 글이었다. 무엇이 되었든 간에 그럴듯하게 보이도록 말이다. 나는 쐐기를 박기 위해 타다 남은 작은 서지 조각을 들어 보이며 말했다.

"여기에는 저 가짜가 적은 글로 짐작되는 글씨가 적혀 있었습니다. 필적을 대조해보면 방금 전에 서지를 보낸 자와 내통하고 있었다는 것을 알 수 있을 겁니다."

"그게 노부가 보낸 거라고?"

가짜 천무성의 얼굴이 분노로 붉으락푸르락해졌다. 그래 봐야 소용없다. 타다 남은 종잇조각 역시도 백혜향이 적은 것이었다. 물론 딱 한 글자만 저 가짜 천무성의 집무실에 있던 필적을 모방해서 적었다. 여러 문장이 되도록 적기 위해서는 몇 달 동안 그 사람의 필적을 연습해야만 가능하기 때문이다. 그러나 고작 한 글자는 그리 어려운 일이 아니었다.

—어떻게 이런 걸 생각해낸 거냐?

소담검 녀석이 혀를 내두르며 물었다.

첩자 노릇만 자그마치 팔 년이다. 이간질을 하기 위해 가짜 서찰을 만드는 건 기본 중의 기본이다. 이것을 깊게 파고들어 조사한다면 모를까, 어차피 의심받고 있는 상황이라면 결정적인 역할을 할 수 있다. 어쨌든 필요한 건 그가 내통하고 있다는 정황이니까. 지금처럼 말이다.

우르르르! 어느새 가짜 천무성과 진성백 주변을 풍영팔류종과 해왕성종의 무사들이 둘러싸고 있었다. 심지어 지금까지 풍영팔류종과 싸우던 무천정종의 무사들마저 가세했다. 그들 역시도 가짜 무천검제를 의심하고 있었다. 이로써 기세는 이쪽으로 넘어왔다. 진성백이 그를 향해 당장에라도 신형을 날릴 자세를 취하며 말했다.

"더 이상 물러날 데가 없다. 네놈의 정체를 밝혀라."

홀로 서 있는 가짜 천무성. 그는 더 이상 빠져나갈 구멍이 없었다. 절망적인 상황이라 할 수 있는데 가짜 천무성이 몸을 파르르 떨더니 갑자기 미친 듯이 웃어대기 시작했다.

"크하하하하하하하핫!"

"크윽!"

"귀, 귀가!"

그 목소리에 공력마저 실려 있어 근방에 있던 자들이 귀를 틀어막아야 할 정도였다. 이를 막기 위해 진성백이 그에게 신형을 날리려 했다. 그러자 가짜 천무성이 일갈을 내질렀다.

"멈춰라!"

"네놈의 말을 들을 성싶으냐."

"들어야 할 거다. 그렇지 않으면 후회하게 될 테니까 말이다."

딱! 가짜 천무성이 손가락을 튕겼다. 그러자 그를 포위한 사람들 사이로 예상치 못한 일이 벌어졌다. 두 명의 중년인이 각각 같은 복장을 하고 있던 어떤 청년들의 목에 단검을 들이대고서 걸어 나오고 있었다. 조금만 움직여도 곧장 찌를 기세였다.

"겸아!"

"산아!"

누군가 싶었는데 그들을 본 해왕성종의 종주 왕처일과 섬경무종의 종주 구양경이 각기 다른 이름을 불렀다. 아무래도 그들이 알고 있는 자인 듯했다. 가짜 천무성이 손가락을 들고서 좌우로 까딱거리며 말했다.

"가만히 있는 게 좋을 거다. 자식과 손주를 잃고 싶지 않다면 말이다."

청년들의 정체가 드러났다. 그들은 왕처일과 구양경의 손주, 아들이었다.

"비겁하구나!"

진성백의 외침에 가짜 천무성이 비릿하게 웃으며 말했다.

"무엇이 비겁하다는 것이더냐? 퇴로를 위해 전략을 짜놓는 것은 기본 중의 기본이다."

이런 상황을 대비해서 각 파에 첩자를 심어놓은 듯했다. 피를 이은 자들이 붙잡혀서 그런지 왕처일과 구양경은 안절부절못했다.

"본 종주의 손주에게 조금이라도 위해를 가한다면 네놈을 용서치 않겠다!"

"이렇게 빠져나간다면 네놈이 무사할 성싶으냐!"

그런 그들의 말에 가짜 천무성이 피식 웃으며 말했다.

"내가 이곳을 빠져나갈 동안 아무도 쫓아오지 않는다면 이들을 풀어줄지 고민해보마. 아! 그 전에 하나 해결할 게 있었지. 구양경, 네 앞에 있는 그놈의 심장을 찔러라. 아니면 네 아들은 이 자리에서 죽는다."

"뭐?"

구양경이 당혹스러운 눈으로 자신의 아들과 나를 번갈아 쳐다보았다. 정말 간교하기 짝이 없는 자였다. 이 상황에서 인질을 잡고 이런 식으로 협박하다니. 구양경이 분노로 몸을 부들부들 떨면서 소리쳤다.

"이 악독한 놈!"

"크하하하핫. 악인더러 악독하다는 말은 칭찬이나 다름없지."

'악인?'

스스로를 악인이라고 칭했다. 대체 저자의 정체가 뭐지?

그보다는 일단 구양경에게서 멀어져야 할 것 같다. 그가 자신의 아들을 구하기 위해 나를 공격한다면 곤란해진다.

"구양 종주, 놈의 말을 듣지 마시오! 분열을 일으키려는 거요!"

진성백이 다급히 구양경에게 소리쳤다. 그러나 구양경의 손에서 조금씩 기운이 모이고 있었다. 당장에라도 나를 공격할 기세였다.

가짜 천무성이 이죽거리는 목소리로 말했다.

"가짜라고는 하나 그동안 쌓아온 정이 있으니 약조하지. 놈을 죽이면 네 아들의 목숨은 보장토록 하마."

흔들리던 구양경이 결국 마음을 정한 듯했다. 그의 기운이 손끝으로 모이기에 나 역시도 공력을 끌어올렸다. 바로 그 순간이었다.

푹! 푹!

"컥!"

"억!"

그때 외마디 비명들이 터져 나왔다. 가짜 천무성이 황급히 뒤돌아보았다. 그의 근처로 인질을 데리고 오던 두 명의 수하들 머리에 구멍이 뚫려 있었다.

데굴데굴! 머리가 꿰뚫린 자들 중 한 명의 이마에서 작은 쇠구슬 같은 것이 떨어졌다.

"이, 이게?"

나는 쇠구슬이 날아온 방향을 쳐다보았다. 그곳에는 검은 흑포를 뒤집어쓴 누군가가 서 있었다. 정체 모를 그자가 고개를 돌려 나를 쳐다보았다. 그와 눈이 마주친 순간 나는 경악을 금치 못했다.

'사, 사마착!'

그는 월악검 사마착이었다. 나를 향해 무미건조한 얼굴로 고개를 절레절레 흔든 그가 인파들 사이로 걸어 나오며 가짜 천무성에게 말했다.

"그 입으로 악인을 거론하기엔 네놈은 격이 떨어진다."

웅성웅성! 좌중이 술렁였다. 갑작스럽게 등장한 사마착으로 인해 모두의 시선이 그에게로 향했다. 그의 정체를 모르는 자들이 대다수이기에 더욱 그러했다.

—아니, 저 인간이 어떻게 여기에 온 거야?

…나라고 알 리가 있나. 내가 이곳에 있다는 사실을 아는 것은 외조부와 사마영, 미염뿐이다. 미루어 짐작건대 아마도 사마영이 알

려준 것 같다. 지금 내가 쓰고 있는 인피면구도 사마착이 직접 만든 것이기에 단번에 나를 알아본 것일 테고 말이다.

"사마 형!"

그때 섬경무종의 종주 구양경이 그를 보고 놀라워하며 외쳤다. 뭐지? 설마 그를 알고 있는 건가?

"구양 제, 오랜만이군."

놀랍게도 사마착 역시 그를 알고 있는지 아무렇지 않게 답변했다. 워낙 괴팍하고 독고적인 성향을 지닌 사마착이기에 타인과 연을 맺겠나 싶었는데, 무쌍성의 사대 무종 중 하나인 섬경무종의 종주를 알고 있을 줄이야 누가 짐작했겠는가. 모두가 의아해하고 있는데, 가짜 무천검제 천무성의 입에서 그의 이름이 흘러나왔다.

"사마착!"

그 말에 주위에 있던 모두가 경악을 금치 못했다.

"사마착?"

"사대 악인?"

"저자가 월악검 사마착이란 말인가?"

중원 무림을 통틀어 가장 위험한 존재로 분류되는 것이 바로 사대 악인이었다. 그리고 그 사대 악인 중에 팔대 고수까지 통틀어 다섯 손가락 안에 드는 강자가 월악검 사마착이기에 모두가 놀라는 것도 당연했다. 사마착의 정체를 알게 된 친부 무정풍신 진성백조차 긴장한 빛이 역력했다. 중원의 열두 강자 중 세 사람이나 모인 자리인 만큼 어떤 사달이 벌어질지 누구도 예측할 수 없게 되었다. 진성백이 그를 보며 말했다.

"사마착, 귀공이 어찌 본 성에…."

175

말이 미처 끝나기도 전에 사마착이 가짜 무천검제를 쳐다보며 입을 열었다.

"이런 데서 기생충처럼 명을 이어가고 있었군."

"…알아본 것이냐?"

"그렇게까지 피부가 늘어나는 인피면구는 네놈 이외에 누가 만들줄 알더냐, 무악."

'…!!'

또다시 주변이 술렁였다. 나 역시도 그의 이름을 듣는 순간 놀란 나머지 할 말을 잃고 말았다. 소담검이 의아했는지 내게 물었다.

─왜 그러는 거야? 유명한 자야?

'전대 오대 악인 중 한 사람이야.'

─뭣?

정사 대전 이후 팔대 고수, 사대 악인으로 굳혀졌지만, 그전에는 칠대 고수 오대 악인이라 불렸던 시기가 있었다. 그때 오대 악인 중 두 사람이 죽고 살흉 절심이 등장하면서 지금의 사대 악인으로 굳혀지게 되었다. 죽은 오대 악인 중 한 명이 육존자 십이혈성 중 한 사람이었고 또 다른 한 사람이 바로 백면귀인(百面鬼人) 무악이었다.

─죽었다는 인간이 살아 있다는 거야?

자세한 것은 나도 모르겠다. 내가 장성했을 때는 이미 죽었다고 알려진 자였다. 하지만 그의 정체를 듣게 되니 한 가지 납득 가는 것이 있었다.

─뭔데?

무악의 별호가 백면귀인이라 불리는 것은 그의 귀신 같은 변장술에 있다고 들었다. 보통 인피면구는 죽은 자의 시신에서 벗겨낸 인피나 동물의 가죽을 이용해서 만드는데, 백면귀인은 그게 아니라고 했다. 인피면구에 있어서 독보적인 영역에 이르러 살아 있는 사람마저도 따라 할 수 있을 만큼 정교한 기술력을 지녔다는 것이다.

─오, 피부가 늘어난 것도 그 정도의 기술력을 가지고 있어서였구나.

한데 생각해보면 정말 대담한 자였다. 정말로 백면귀인 무악이 맞다면 다른 자도 아니고 팔대 고수 중 한 명을 이렇게 만들고 그 자리를 꿰찬 것이 아닌가. 누구도 이런 대담하면서 위험한 발상을 떠올리지 못했을 거다.

"무악이라니. 하!"

"저 악독한 노괴가 본 성에 숨어서 자네를 흉내 내고 있었단 말인가."

구양경과 왕처일 둘 다 어처구니없어했다. 한데 사마착과 저자의 관계가 궁금해졌다. 단순히 인피면구 기술력만으로 정체를 확신하기에는 그의 말투가 왠지 저자를 잘 알고 있는 듯했다.

모든 것의 열쇠를 쥐고 있는 가짜 천무성, 아니 백면귀인 무악이 입을 열었다.

"나를 찾고 있었던 것이더냐, 월악검?"

그런 그의 물음에 사마착이 코웃음을 쳤다.

"네놈을 찾아? 웃기지도 않는군."

"하면 네놈이 어찌 이곳에 나타난 것이냐?"

"그런 것을 네놈에게 일일이 이야기해줄 이유는 없다."

팡! 그 말이 끝나기가 무섭게 사마착의 손가락에 있던 쇠구슬 하나가 탄지신통에 의해 그의 미간으로 쇄도했다. 무악이 이를 낚아채

듯이 잡아냈다. 손아귀 안에서 뭔가가 빠르게 돌아가는 소리가 들렸다. 팍! 무악이 이를 바닥에 내팽개쳤다. 그의 손바닥 한가운데가 붉게 물들어 있었다. 이것만 보더라도 사마착의 공력이 그보다 한 수 위라는 것을 알 수 있었다.

―넌 잡지도 못하잖아.

그걸 꼭 상기시켜줘야 하냐? 어쨌거나 사마착이 그를 대하는 태도를 보면 결코 우호적이지 않았다. 무악이 주변으로 눈알을 굴리더니 말했다.

"네놈과 싸우고 싶지 않다, 월악검."

예상 밖의 일이 벌어졌다. 무악이 스스로를 낮추고 들었다. 아무리 불리한 상황에 처했다지만 명색이 전대 오대 악인 중 한 사람이었다. 이에 사마착이 냉정하게 대답했다.

"내 눈에 띄지 말았어야지."

그 말에 무악이 입술까지 질끈 깨물며 말했다.

"띄고 싶어서 그런 것이 아니지 않나. 그리고 그때의 약조대로 지금까지 무림에 백면귀인이라는 별호가 나오지 않지 않았더냐."

세상에. 저 말대로라면 그를 무림에서 사라지게 만든 자가 바로 사마착이라는 소리였다. 사마착이 냉랭한 목소리로 말했다.

"무공을 누가 회복시켜줬지?"

그의 물음에 무악이 입을 굳게 닫았다. 이 말을 토대로 짐작건대, 사마착이 그의 무공을 폐했던 것 같다. 계속 눈을 굴리던 무악이 사마착과 진성백이 없는 방향으로 신형을 날리려 했다. 그러나 그 앞을 진성백이 바람과도 같은 경공술로 가로막았다.

"도망칠 수 없다."

"진성백 이놈."

괜히 풍신이라 불리는 게 아니었다. 무악이 입술을 질끈 깨물더니, 노기에 찬 목소리로 말했다.

"명색이 팔대 고수에 사대 악인이라 불리는 작자들이 노부 한 사람을 붙잡아두고 몰아세울 참이더냐? 그 무위에 부끄럽지…."

팡! 그의 말이 끝나기도 전에 사마착의 손에서 쇠구슬이 튕겨 나갔다.

"헛!"

무악이 몸을 팽이처럼 핑그르르 돌리며 쇠구슬을 피했다. 그를 피해 날아간 쇠구슬을 반대편에 있던 진성백이 각법으로 쳐냈다. 덕분에 무악의 허벅지에 그것이 박히고 말았다. 팍!

"크윽!"

관통되었으면 좋았겠지만 전대 악인답게 살짝만 파고든 것 같다. 놈이 허벅지에 힘을 주자 쇠구슬이 살점에서 튀어나왔다.

"이놈들이!"

본의 아니게 두 양대 고수가 연대를 한 셈이 되어버렸다. 무악이 이를 악물었다.

"여기가 네 무덤이다."

사마착이 명부(冥府)의 왕이라도 되는 것처럼 위압적인 기세를 내뿜으며 그에게 다가갔다. 이에 친부인 무정풍신 진성백이 정중히 포권을 취하며 말했다.

"방금 전에 인질이 풀려나도록 도와준 것에 진심으로 감사하오. 하나 이 일은 본 성과 긴밀한 관련이 있는 일이니, 본인과 무쌍성에서 해결하게 양보해줬으면 하오."

"흥!"

정중한 부탁에도 불구하고 사마착은 전혀 개의치 않고 다가갔다. 당장에라도 무악을 붙잡아 죽일 기세였다.

"빌어먹을 것들!"

이에 무악이 바닥을 향해 세차게 진각을 내려찍었다. 쾅! 그 순간 바닥에 있던 돌들이 파괴되며, 그 부서진 파편들이 사방으로 튀었다. 공력이 실린 파편들로 잠시 저들을 묶어두고 도망가려는 듯했다. 그러나 진성백도 그렇고 사마착도 그를 놓칠 생각이 전혀 없는 모양이었다. 파파파파팍! 가볍게 장법으로 파편들을 뚫은 진성백이 무악의 목을 향해 각법을 날렸고, 마찬가지로 파편을 예기로 막아낸 사마착이 그의 미간에 검결지를 날렸다. 무악이 다급히 두 손으로 검결지를 만들어 양대 고수의 공격을 막아냈다. 그러나….

"크윽!"

좌르르르르르! 애초에 그들 모두가 그와 맞먹거나 그 이상의 역량을 지녔다. 당연히 양대 고수의 공격을 동시에 받아냈으니 수 장이나 밀려날 수밖에 없었다. 사마착이 경고하듯이 진성백에게 말했다.

"관여하지 마라."

그 말과 함께 밀려난 무악에게로 신형을 날렸다. 진성백이 미간을 살짝 찡그렸다.

"본 성의 일이라고 했소."

진성백은 그 말을 뱉고서 마찬가지로 무악을 향해 신형을 날려 공세를 퍼부었다. 재미있는 것은 두 사람 모두가 서로에게 방해하지 말라며 무악을 향해 절초를 펼치면서도 최대한 서로를 방해하지 않는다는 점이었다. 그 덕분에 죽어 나가는 것은 무악이었다.

"이, 이놈들이!"

파파파파팍! 손이 뿌옇게 보이며 파공음이 격렬하게 들릴 만큼 무악이 기를 쓰고 그들의 초식을 받아냈지만, 양대 고수를 상대로 버티는 건 무리였다.

파팍!

"크윽!"

절초를 피하던 무악의 목에 진성백의 발차기가 꽂혔다. 대단한 건 그렇게 당하면서도 이화접목의 수로 공력을 발로 흘려보냈다. 콰 지지직! 그가 밟고 있는 지반이 갈라졌다. 힘을 그렇게 방출함과 동시에 신형을 뒤로 날리는 것을 사마착이 기묘한 몸놀림으로 따라잡아 검결지로 가슴을 찔렀다. 푹! 무악의 입에서 피가 뿜어져 나왔다. 여기서 멈춘다면 당한다는 것을 인지했기에 무악이 검결지로 예기를 일으켜 사마착을 떨어지게 하려 했다. 그러나 그 순간 사마착이 번개처럼 발검술로 보검을 뽑아 단번에 그의 손목을 베어버렸다. 촥!

"끄악!"

스륵! 그와 동시에 진성백의 신형이 바람처럼 허공에서 나타나, 몸을 격렬히 회전시키며 그의 머리통을 짓눌러버렸다.

"끄거거거걱!"

괴상한 비명과 함께 무악의 다리가 밑으로 파고들었다. 거의 허벅지까지 파고들었을 무렵, 머리 위에서 회전하고 있던 진성백이 가벼운 신형으로 밑으로 내려왔다. 창백하다 못해 다 죽어가는 얼굴이 된 무악이 중얼거렸다.

"이… 비겁한… 놈들…. 둘이서…"

정말 억울한 모양이었다. 그러나 이윽고 기운이 다했는지 놈이 그 상태로 고개를 떨구며 정신을 잃고 말았다. 그런 그의 목에 사마착이 보검을 들이밀었다. 그것을 진성백이 빠르게 발로 차냈다. 차앙!

"아직 죽어선 안 되오. 그는 아직 본 성과 풀어야 할 매듭이 남아 있소."

그런 진성백의 말에 사마착이 냉정한 목소리로 말했다.

"내가 알 바 아니다."

그 말과 함께 사마착은 다시 한 번 무악의 목을 향해 검을 휘둘렀다. 그 검면을 진성백이 잔상과도 같은 발차기로 쳐냈다. 두 번이나 검이 막히자 사마착의 한쪽 눈썹이 위로 치켜 올라갔다.

"나 역시 그를 살려둘 생각은 없소. 하나 이자는 모종의 세력과 내통한다고 했소. 그것을 알아내야 하오."

진성백의 그 말에 사마착이 옅은 숨을 내쉬었다. 그러더니 이내 검집에 보검을 착검했다. 상황이 무난하게 정리되는가 싶었다. 그런데….

"이자는 양보하도록 하지. 하나 내 경고를 계속 무시한 것은 나를 가볍게 여기는 것이나 다름없어 보이는군."

그 말이 끝나기가 무섭게 사마착이 진성백을 향해 검결지를 날렸다. 진성백이 고개를 옆으로 젖히며 이를 피했다.

"과연 풍신답군."

사마착이 피식 웃더니, 전의가 오른 표정으로 검결지의 방향을 틀었다. 이런 그의 공세를 진성백이 빠른 경신법으로 피해냈다. 방금 전까지만 하더라도 공동의 적을 상대로 의도치 않게 합공하던 이들이 이번에는 서로 싸우는 상황이 되어버렸다.

─운휘야, 네 친부랑 장인어른이 싸운다!

─전 주인께서 말씀하시기를, 혼인은 두 사람의 문제가 아니라 양가의 일이라고 했다. 일이 더 커지기 전에 말려라.

이것들이 대체 무슨 소리를 하는 거야.

일단 일이 더 커지기 전에 말리기는 해야 할 것 같았다.

"천 종주님을 부탁합니다."

나는 해왕성종의 왕처일 종주에게 업고 있던 진짜 천무성을 떠넘기다시피 하고서 두 사람에게 신형을 날렸다. 그런데 누군가가 나를 스치며 앞서갔다.

'엇?'

섬경무종의 종주인 구양경이었다.

"멈추시오!"

구양경이 그들을 향해 소리치며 싸우고 있는 사이로 끼어들었다. 나 역시도 한발 늦었지만 그들 앞에 당도했다.

"구양 제, 무슨 짓인가?"

사마착의 물음에 구양경이 두 사람에게 차례로 포권을 취하며 말했다.

"서로 깊은 원한 관계도 아닌데, 이런 일로 얼굴을 붉혀서야 되겠습니까? 사마 형, 이 의제의 얼굴을 봐서라도 노여움을 거두시지요."

그 말에 진성백이 의아해하며 물었다.

"구양 종주, 이분과 교분이 있으시오?"

그런 그의 물음에 모두의 시선이 집중되었다. 그도 그럴 것이 사마착은 사대 악인이라 불릴 만큼 위험한 존재였다. 적이 많고 원한 관계도 많은 그를 사대 무종의 종주 중 한 사람인 구양경이 이렇게까지 나서가며 만류하니 의구심이 드는 것도 당연했다.

구양경이 어딘가를 슬쩍 쳐다보았다. 그가 바라본 곳에는 아까 전무악의 수하에게 잡혔던 아들이 서 있었다. 아무래도 구양경은 아들을 구해준 사마착에게 깊은 감사의 마음을 가지고 있는 듯했다.

"교분이 있다마다요. 사마 형과 본인은 의형제를 맺은 사이오."

'아!'

그래서 서로를 그렇게 부른 것이었나. 나 이외에 다른 이들도 놀랐는지 웅성거렸다. 그때 내가 떠넘긴 천무성을 얼떨결에 안아 들었던 해왕성종의 종주 왕처일이 근방까지 다가왔다. 그러고는 말했다.

"구양 종주, 그게 사실이오?"

"어찌 이 구양 모가 한 입으로 두말을 하겠소."

"허어."

왕처일은 참으로 곤란하다는 듯이 탄식을 내뱉었다. 사대 악인과의 교분을 달갑게 여기지 않은 탓이었다. 좌중의 분위기도 거의 비슷했다. 그러나 구양경은 그에 대한 은혜를 갚고 싶은 것인지 전혀 예상치 못한 말을 꺼냈다.

"사마 형은 내게 가족과도 같은 분이오. 의형께서 내 아들과 왕 종주의 손주를 구해준 것도 예전에 약조한 태중 혼약 때문일 것이오."

'…?!'

태중 혼약? 이건 또 무슨 소리지? 순간 나는 내 귀를 의심했다. 그때 사마착이 특유의 냉랭한 목소리로 말했다.

"젊을 적에 했던 치기 어린 케케묵은 약조를 뭐 하러 꺼내는 것이냐? 이미 우리의 길은 갈라진 지 오래다."

"어찌 그런 소리를 하십니까, 사마 형? 이 의제가 다른 사람들의 시선을 생각한다면 어찌 그 약조를 지금까지 기억하겠습니까?"

─운휘야, 이게 대체 무슨 일이냐.

녀석의 말이 들리지 않았다. 그보다는 회귀 전의 일이 떠올랐다. 종종 어째서 사마착이 무쌍성에 합류하게 되었는지 의문이 들었었다. 아무리 생각해도 그의 성정으로는 어딘가에 정착할 자가 아니었기 때문이다. 그런데 그 의문이 이제야 풀렸다.

그때 사마착이 인상을 찡그리며 입을 열었다.

"곤란해졌군."

"무엇이 말입니까?"

사마착이 내게 시선을 돌리더니 말했다.

"네 녀석도 들었겠지. 이에 대해 어찌 생각하느냐?"

아… 당했다. 여기서 내게 이런 질문을 던질 줄은 몰랐다. 친부와 싸우는 것을 말리기 위해 왔더니 제대로 뒤통수를 맞은 격이었다. 구양경이 이해할 수 없다는 듯이 물었다.

"아니, 저 젊은이에게 왜 그것을 묻는 것입니까?"

"내 여식은 저 녀석에게 마음이 가 있다."

'…?!'

그 말에 모두가 놀란 얼굴로 나를 쳐다보았다. 나 역시도 그가 터뜨린 폭탄에 당혹스러워하고 있는데, 상황은 그게 끝이 아니었다. 진성백이 갑자기 앞으로 나서며 말했다.

"지금 무슨 말을 하는 것이오. 이 소형제는 정파에 있어야 할 아이오."

'뭐?'

잠깐만. 이 말은 진성백이 내 정체를 안다는 말인가? 비월영종의 패를 보여줬지만 인피면구도 하고 있었고, 어머니가 익양 소가의 첩이 됐는지 모를 수도 있다는 생각을 했다. 그런데 그의 입에서 정파라는 말이 나왔다.

"정파?"

사마착이 미간을 찌푸리며 나를 쳐다보았다. 머릿속이 복잡해지려는데, 진성백의 입에서 예기치 못한 말이 더 튀어나왔다.

"혹시 소형제가 구하려던 아이가 이자의 여식인가?"

그 말에 사마착의 표정이 무섭게 굳었다.

'아….'

미치겠다. 제대로 상황이 꼬여버렸다.

아버지와 아들

─큰일인데, 운휘야. 너 어떡하냐?

여태껏 수많은 위기를 겪어왔지만 이번처럼 사태가 꼬인 것은 처음이었다. 사마착의 무섭게 굳은 얼굴과 내게서 떨어지지 않는 시선만 보더라도 무슨 생각을 하는지 짐작이 갈 정도였다. 진정하자. 머리를 굴리자. 이 상황을 어떻게 해야 타파할 수 있을지 떠올려야 했다.

─말로 해결될 상황이 아닌 것 같은데. 꼭 표정이 '내 딸을 두고서 다른 여자한테 눈을 돌려?', 이러는 것 같은데.

그렇게 상기시켜주지 않아도 된다. 머리가 터져 나갈 것 같은데, 사마착이 입을 열었다.

"이게 무슨 말이지?"

아… 단도직입적으로 물었다.

"나의 여식이라니?"

목소리가 차갑다 못해 냉랭하기 짝이 없었다. 한겨울에 북풍이 내려와 사방을 얼려버리는 것만 같았다. 아무래도 이것부터 해명해야 할 듯싶다. 여기서 중요한 것은 절대로 흔들리지 않는 것이 관건이다.

"…저자의 함정에 걸려서 지하 감옥에 갇혔었습니다."

"그래서?"

"감옥에 갇혔을 때…."

말이 미처 끝나기도 전에 사마착이 경고했다.

"조금의 거짓도 없길 바라마."

심장이 쿵쾅거리면서 뛰쳐나가려고 했다. 정말 위압감 하나만큼은 지금까지 만나왔던 누구보다도 강렬했다. 머릿속에서 수많은 생각이 들었다. 최대한 거짓말을 자제하면서 나를 변호할 만한 해명은 무엇일까?

—…그런 게 있어?

있게 만들어야 한다. 그렇지 않으면 사마착의 손가락 사이에서 놀고 있는 저 쇠구슬이 언제 미간으로 날아올지 모르니까. 다시 말을 이어가려는데, 진성백이 나와 사마착 사이를 가로막고서 말했다.

"어찌 그리 다그치는 것이오."

아무래도 기세를 보니 나를 보호해주려는 듯했다. 이것도 이것 나름대로 마음에 걸렸다. 비월영종의 옥패를 보인 후부터 느꼈지만 왠지 나에 대해 무언가를 알고 있는 것만 같았다.

"내 일에 관여치 말라고 했을 텐데."

"그대의 일만이 아니오."

이러다 또다시 싸움으로 번질 판국이었다. 내 입으로 해명해야만 했다. 오히려 진성백 뒤에 숨어 있으면 사마착을 더 자극하는 꼴이 되어버린다. 나는 조심스럽게 다시 운을 뗐다.

"감사하지만 이건 제게 맡겨주십시오."

"소형제?"

그런 나의 말에 진성백이 인상을 찡그리며 나를 쳐다보았다. 도움을 주려 하는데 어찌 거절하는 것인지 의아해하는 듯했다.

"여기 계신 선배님의 따님과 만나게 해달라고 제 입으로 허락을 구했으니, 제가 오해를 푸는 것이 맞다고 봅니다."

"…그 말이 사실이었나?"

"네, 사실입니다."

진성백은 사마착이 하는 말을 불신했었나 보다. 옅은 신음성까지 내뱉는 것을 보면 내가 사대 악인의 여식과 만나는 것이 그리 탐탁지 않은 듯했다.

나는 사마착에게 정중히 포권을 취하며 다시 말을 이어갔다.

"지하 감옥에 갇혔을 때 저 이외에도 한 사람이 더 갇혀 있었습니다."

사마착이 팔짱을 끼고서 물었다.

"그 갇혀 있던 자가 여인이라는 것이겠지?"

"…그렇습니다."

"계속 이야기해보거라."

"지하 감옥에서 탈출하던 도중 저자에게 발각되었습니다. 그 여인과 저는 대항했지만 저자의 무공이 워낙 강해 부상을 당할 수밖에 없었습니다."

이것은 아마 납득할 것이다. 가짜를 떠나서 벽을 넘어선 고수다.

"그때 그 여인이 지하 감옥에서 풀려나게 된 은혜를 갚기 위해 부상당한 저를 숨겨주고 자신이 미끼를 자처하며 저자를 유인해줬습니다."

"흠."

사마착의 눈매가 가늘어졌다.

"그 여인은 저를 버리고 도망칠 수도 있었지만 자신을 희생했습니다."

"여인이라 했는데 협의를 아는군."

사마착과 달리 진성백은 그녀의 태도를 칭찬했다. 정체만 모르고 듣는다면 누구라도 칭찬하지 않을 수 없었다. 하나 나는 사마착을 납득시켜야 했다.

"그렇게 저를 숨겨주고 그 여인은 결국 저자에게 붙잡혔습니다. 솔직한 심정으로는 저 역시도 저자의 무서울 정도로 강한 무공에 많은 고민을 했습니다. 하지만 어찌 저를 위해 희생을 자처한 여인을 죽게 내버려둘 수 있겠습니까?"

"그래서 그 여인을 구해줬다는 것이냐?"

여기서부터 거짓말을 해야 할 시간이었다. 백혜향은 무쌍성을 벗어났다. 가짜 천무성이 계속해서 그녀를 두고 혈마의 후손이라 선동했기 때문에 괜히 모습을 드러냈다가는 무쌍성에 연루될 수도 있어서였다.

—뭐라고 이야기하려고?

내가 도착하기 전에 그녀가 탈출했다고 해야지. 어차피 그녀는 자력으로 감금되어 있던 곳에서 빠져나왔다. 만났다는 이야기는 여기서 하지 않는 것이 나았다. 그렇게 말하려고 입을 떼려는 순간이었다.

[둘 중 누구지?]

들려오는 사마착의 전음에 나는 어리둥절할 수밖에 없었다. 갑자기 전음으로 묻는 것도 그랬지만 둘 중 누구냐는 말은 대체 무슨 소리지?

[백혜향과 백련하, 둘 중 누구냐고 묻는 게다.]

'…?!'

순간 나는 말문이 막혀버렸다. 그의 입에서 백혜향과 백련하라는 이름이 나올 줄은 몰랐다.

[내가 아무것도 모를 거라 생각했느냐?]

'…'

[아비 된 자가 딸을 만나고서 그동안 있었던 이야기를 듣지도 않고 그냥 넘어갔을 거라 생각하다니, 참으로 어리석구나.]

아… 이걸 미처 생각하지 못했다. 내가 사마착에게 납치당했을 동안 사마영이 고분고분 있었을 리가 없었다. 당연히 아버지를 설득하기 위해 이것저것 이야기했을 것이다. 사마착이 기절해 있는 무악을 향해 눈짓하며 말했다.

[저놈이 혈마의 후손을 잡았다고 하였다. 증거까지 보이겠다고 호언장담했을 정도면 둘 중 한 사람이란 건데, 누구냐고 물었다.]

제대로 방심했다. 상대는 사대 악인 중에서도 팔대 고수의 만박자와 더불어 가장 뛰어난 두뇌를 지녔다고 알려진 인물이었다. 상황에 대한 통찰력이 없을 수가 없었다. 적당한 변명으로 해명하는 것은 물 건너갔다. 게다가 사마착이 이렇게 전음으로 이야기하는 것은 내 정체를 드러내지 않기 위한 배려였다.

[왜 말하지 않는 게냐?]

[…백혜향입니다.]

결국 나는 그에게 사실을 밝혔다. 어차피 여기서 거짓 해명을 하면 어떤 식으로든 드러나게 되어 있었다. 그런 나의 전음에 사마착의 표정이 미묘해졌다. 나를 빤히 쳐다보던 사마착이 전음을 보냈다.

[백혜향이라는 계집은 네 녀석의 정적이 될 수 있는 자라 들었다. 그런 여인을 구하려 했다고?]

[…그녀가 저를 위해 희생을 자처했습니다. 그냥 내버려둘 수가 없었습니다.]

[은혜를 갚기 위해서라고 하는 것이냐?]

[그런 식으로 죽게 내버려두는 것은 저 스스로가 용납할 수 없었습니다. 그녀에게 뭔가 사심이 있어서 그런 것은 아닙니다.]

모든 것을 솔직하게 말했다.

이에 사마착이 콧방귀를 뀌더니 전음을 보냈다.

[웃기는구나. 훗날 네 손으로 쳐내야 할 정적을 도의로 살려줬다? 그러고도 조금의 사심이 없다고 단언하는 것이냐?]

[선배님, 저는….]

[좋다. 네 말이 사실이라면 증명하거라.]

[네?]

[은혜를 갚았으니 그 백혜향이라는 계집을 죽여도 될 것이 아니냐? 당장 그 계집의 수급을 가져오거라.]

전혀 예상치 못한 사마착의 말에 나는 대답할 수가 없었다. 이제 막 풀려난 백혜향이었다. 그런 그녀의 수급을 나더러 가져오라니.

[그 계집과 혈마의 자리를 두고 다툰다면, 지금처럼 좋은 기회가 어디 있다는 게야? 사심이 없다면 더 이상 불편할 게 무엇이 있느냐?]

[선배님, 백혜향은 지금 내상마저 당해 멀쩡한 몸이 아닙니다. 그리고 구해준 즉시 그 목을 취한다면 그건 도의적으로도….]

[지금 내게 도의를 따진 게냐?]

[그건….]

[오호라, 좋다. 그렇다면 나 역시도 도의를 지켜야겠구나.]

[그게 무슨 말씀이신지?]

대체 무슨 말인지 알 수 없어하는데, 사마착이 대뜸 섬경무종의 종주 구양경을 쳐다보며 말했다.

"구양 제, 자네와 젊은 시절에 했던 약조를 어긴다면 이 의형이 도의에 어긋나겠지."

잠깐만 설마?

"태중 혼약을 이루는 것에 아직도 생각의 변함이 없는가?"

"그럼 의제의 아들을 받아주시는 겁니까?"

구양경이 환해진 얼굴로 기쁜 내색을 감추지 못했다.

"선배님!"

그런 나의 외침에 사마착은 콧방귀를 뀌며 들은 척도 하지 않았다. 설마 이런 식으로 나올 줄은 몰랐다.

"산아! 이리 와서 사마 백부님께, 아니 장인어른께 인사드리거라."

구양경의 외침에 멀찌감치 떨어져 있던 눈꺼풀이 두꺼운 청년이 쭈뼛거리며 달려왔다. 사마착이 사대 악인이라는 것을 알기에 두려워하는 눈치였다.

"구양산이 선배님께 인사 올립니다."

그런 그를 위아래로 훑어보며 사마착이 무미건조한 목소리로 말했다.

"의제를 닮아서 기골이 장대하니 나쁘지 않구나."

"아직 부족한 게 많은 아이입니다. 사위가 된다면 사마 형께서 가르침을 주시죠."

그 말을 듣는 순간 구양산이 화색이 올라 그 자리에서 넙죽 엎드렸다. 사대 악인이라고 하나 무림의 정점이라 불리는 열두 고수 중에서도 다섯 손가락에 꼽히는 절대자였다. 그런 사마착의 가르침을 받을 수 있다는데 눈이 돌아가지 않는 게 이상했다.

"잘 부탁드립니다, 선배…."

"어허! 어찌 그렇게 부르느냐?"

구양경의 나무람에 구양산이 힘이 들어간 목소리로 외쳤다.

"장인어른!"

일사천리로 진행해버리는 사마착의 행동에 나는 어처구니가 없었다. 도의라는 말을 이런 식으로 받아치다니. 성정이 급한 것은 알고 있었지만, 자신의 뜻에 따르지 않았다고 해서 이런 식으로 나오는 것은 정말 너무한 처사였다. 처음으로 그에게 두려움보다 반발심이 생겼다. 차라리 아버지로서 사마영 한 사람만 바라보라고 이야기하면 되는 것이 아닌가.

"선배님!"

"네 녀석과는 더는 할 말이 없다."

바로 그때였다.

"아버지!"

날카로운 외침 소리. 익숙한 목소리에 그곳으로 고개를 돌렸다. 인파들 사이에서 한 청년이 화가 나서 성큼성큼 걸어오고 있었다.

—쟤 설마 사마영 아냐?

아무래도 맞는 것 같다. 그녀도 이곳에 왔을 줄은 몰랐다. 사마착이 고개를 절레절레 흔들며 말했다.

"아비를 믿지 못해서 감시하러 왔느냐?"

"지금 그게 문제인가요? 대뜸 저 남자가 아버지한테 장인어른이라고 부르는데, 저보고 그냥 지켜보고 있으라고요?"

"흥."

"아버지를 믿은 제가 바보네요. 공자님께 혹 해코지라도 할까 봐 걱정했더니, 이런 식으로 저와 공자님을 갈라놓으려고 하는 건가요?"

사마영이 어찌나 화가 났는지 마구마구 따져댔다. 나 역시도 뭔가 말하려고 했지만 갑자기 부녀 싸움이 되어버리면서 끼어들기가 애매해졌다. 사마착이 혀를 차더니 눈짓으로 나를 가리키며 말했다.

"저놈 스스로 기회를 찬 것이다. 그리고 이 아비는 도의를 지키려는 것뿐이다."

"아버지가 언제부터 도의를 지켰다고 그러시는 거예요."

"도의를 먼저 운운한 것은 네가 끔찍이도 여기는 저놈이다."

"놈놈 하지 마세요. 사위 될 사람한테!"

이렇게까지 강하게 나오는 딸의 모습은 처음 보는지 사마착도 순간 말문이 막혀 했다. 이 광경을 지켜보던 진성백이 내게 나지막하게 물었다.

"인피면구를 한 저 청년이 그 아이인가?"

목소리는 영락없는 여자의 것인데, 얼굴은 청년이니 의아했던 모양이다. 나는 작게 고개를 끄덕였다. 그러는 사이 사마착도 다시 정신을 차렸는지 냉랭한 목소리로 사마영을 나무랐다.

"고얀 녀석, 누가 저놈을 사위로 인정한다고 했느냐?"

"그곳에서 버티면 인정하신다고 했잖아요."

"기일을 다 채우지 못했다."

"수로가 터져서 동굴이 침수되고 있는데, 무슨 수로 기일을 채우나요? 죽으라는 건가요?"

"이 녀석이 정녕 아비의 뜻을 따르지 않겠다는 게냐?"

"아버지의 뜻대로 제가 무조건 따라야 하나요? 좋아요. 아버지는 아버지 원하는 대로 하세요. 저도 천하의 월악검의 딸이니 제가 원하는 대로 할게요."

그때 사마영이 갑자기 자신의 얼굴에 쓰고 있던 인피면구를 잡고서 뜯어버렸다. 그러자 그녀의 아름다운 얼굴이 드러났다. 경국지색 그 자체였다. 이를 본 주위 사람들 입에서 탄성이 흘러나왔다. 사마착 앞에 넙죽 엎드려 있던 구양산도 뭔가에 홀린 것처럼 그녀에게서 눈을 떼지 못했다.

"무슨 짓을 하는 게야?"

사마착의 물음에 사마영이 피식 웃으며 말했다.

"이런 짓이요."

사마영이 몸을 돌리더니 이쪽으로 다가왔다. 나를 향해 오는 줄 알았는데, 그녀가 다가가는 곳은 다름 아닌 친부인 진성백 앞이었다. 사마영이 두 손을 모아 예를 갖춰 고개를 숙이려 했다. 순간 나는 놀라서 그녀를 만류하려 했다.

"사마 소저! 잠깐…."

그러기도 전에 사마영이 일을 저질러버렸다.

"아버님께 며느리 될 사마영이 인사 올립니다."

"아버님?"

갑작스러운 그녀의 인사말에 무정풍신 진성백의 표정이 굳어버렸다. 그런 그의 반응에 사마영이 어리둥절해하며 내게 나지막하게 물었다.

"아직 얘기하지 않은 건가요?"

…네, 아직 그건 밝히지도 않았습니다.

나 역시도 당혹스럽기는 마찬가지였다. 단둘이 대면한 상황에서 조용히 이야기하려고 했는데, 주변에 무쌍성을 이끌고 있는 사대무종의 종주들을 비롯해 수많은 사람들이 있는 앞이었다.

소담검이 혀를 내둘렀다.

—부녀가 닮긴 닮았네. 욱해서 일단 저지르고 보는 게.

그런 것 같다. 지금 보니 확실히 닮았다. 그런데 중요한 것은 그게 아니었다. 내가 친부인 진성백에게 진실을 이야기하지 않았다는 사실을 알게 된 그녀는 당혹스러운 나머지 어쩔 줄 몰라 했다.

[미안해요, 공자님. 제가 실수한 것 같아요.]

사마영이 내게 전음을 보냈다.

[…괜찮습니다.]

나를 도우려다가 그런 것인데 어찌 나무라겠는가. 당혹스러워하는 그녀를 굳은 얼굴로 쳐다보던 진성백의 시선이 내게로 향했다. 떨리는 눈동자를 보면 충격이 심해 보였다.

'모르고 있었나?'

그의 반응을 보면 이 사실을 전혀 몰랐던 것 같다. 비월영종의 옥패를 보고 내가 어머니의 자식이라는 것을 알게 되었을 때조차 조금도 그런 생각을 하지 않았던 모양이다. 하긴 모든 진실을 알고 있는 어머니는 입을 다문 채 돌아가셨다. 나조차 한 번 죽은 후 회귀를 하고 나서야 알게 된 사실이다.

"영아."

그때 사마착이 사마영을 불렀다. 그리고 인상을 쓰면서 나무라는 듯한 얼굴로 고개를 저었다. 아무래도 상황이 어떻게 된 건지 짐작하고서 끼어들지 말라는 것 같았다. 굳은 얼굴로 아무 말도 하지 않고 나를 쳐다보던 진성백이 입을 열었다.

"…이게 무슨 소리인가?"

마치 내게 진실을 묻고 있는 듯했다. 더 이상 진실을 미루고 있을 상황이 아니었다.

"들으신 대로입니다."

"들은 대로?"

"저도 알게 된 것은 그리 오래되지 않았습니다. 어머니께서는 종주님과 헤어지기 전부터 회임을 한 상태셨습니다."

─요점만 잘 이야기했네.

전부가 보는 앞에서 모든 진실을 밝힐 수 없기에 중요한 것만 이야기했다. 그 이야기를 들은 진성백의 몸이 파르르 떨렸다. 방금 전보다 더 충격을 받은 듯했다.

"어떻게 이런 일이… 지금껏 나는…."

심지어 비틀거리기마저 했다. 그의 그런 모습을 보니 묘한 감정이 들었다. 처음 그의 존재를 알고 나서 들었던 감정은 분노와 서운함 등이었다. 그러나 막상 무쌍성에 와서 그를 보자 내가 생각했던 것과는 전혀 다른 인물임을 알 수 있었다. 이렇게 강한 책임감을 가지고 있는 자가 과연 어머니와 나를 포기한 게 맞는 걸까? 그런 의문마저 가졌을 정도다. 그런데 저렇게 충격이 심한 모습을 보니 가슴 한편이 저려오는 것 같았다.

"종…."

그런 그에게 말을 걸려는데, 누군가 끼어들었다.

"진 종주, 이게 무슨 말이오?"

"…구양 종주?"

갑작스럽게 끼어든 자는 다름 아닌 섬경무종의 종주 구양경이었다. 특별히 문제 될 만한 것들을 전혀 언급하지 않았는데, 그가 왜 끼어든 거지?

"지금 이 청년이 그대의 아들이라는 것이오?"

"그건…."

"대답을 확실히 하셔야 할 것이오."

몰아붙이는 듯한 태도에 눈살을 찌푸렸다.

"이게 무슨 짓입니까?"

나의 물음에 구양경이 내게 손짓하며 말했다.

"아무리 봐도 이 친구는 막 약관을 넘긴 나이로 보이네만, 우리가 잘못 알고 있는 게 아니라면 그 사건 이후 진 종주는 누구와도 만나지 않기로 천명하지 않았소."

"허어, 그러고 보니…."

그 말에 해왕성종의 종주 왕처일도 뭔가를 깨달았다는 듯이 나를 쳐다보았다. 주변 사람들도 일부 술렁거렸다. 대부분이 젊은 층이라기보다는 중장년층의 무쌍성 사람들이었다. 여전히 충격에서 벗어나지 못했는지 흔들리고 있는 진성백에게 구양경이 말했다.

"말해보시오, 진 종주. 저 젊은이가 혹시 하령의 아이요?"

그의 입에서 어머니의 이름이 나왔다. 아무래도 그는 내 어머니를 알고 있는 듯했다. 그런데 이렇게 몰아붙인다고 해도 진성백 역시 이제 막 진실을 알게 된 마당에 입에서 뭔가 매끄러운 말이 나올 리 만무했다.

"왜 말하지 않는 것이오!"

"구양 종주…."

"그분도 모르고 있던 일이라고 했잖아요! 왜 계속 그런 식으로 몰아붙이나요."

이를 지켜보고 있던 사마영이 화가 나서 소리쳤다. 구양경이 그녀를 쳐다보고서 미간을 찌푸리더니 이내 말했다.

"부친을 닮아서 씩씩하구려. 하나 이 일은 본 성에서도 매우 중요한 일이라오."

사마착을 의식해서인지 크게 나무라지 않았다. 이윽고 구양경이 모두에게 들으라는 듯이 소리쳤다.

"진 종주가 이 청년이 아들인지 아닌지 모르는 게 중요한 것이 아니오. 만약 이 청년이 혈교의 피를 이은 비월영종 하령의 아이라면, 진 종주는 이십여 년 전에 혈교의 씨앗을 탈출시킨 중죄를 지은 것이외다!"

하! 정말 대단한 작자였다. 가짜 천무성인 무악 사건으로 무쌍성이 하나로 뭉치는가 싶었다. 그런데 이 기회를 틈타 친부인 진성백을 이런 식으로 몰아갈 줄은 생각지도 못했다.

"이것은 설사 사대 무종의 종주 중 한 사람이라고 해도 그냥 넘어갈 수가 없소. 대종주 회의를 통해 중요 안건으로 부쳐야 할 일이외다!"

구양경은 이 자리를 통해 여론을 몰아가려 했다. 나는 친부인 진성백을 쳐다보았다. 충격이 아직도 가시지 않았는지 떨리는 눈동자로 나를 쳐다보고 있었다.

─이러다 네 친부가 몰리겠는데.

주변 분위기가 심상치 않았다. 무쌍성 내에서도 혈교를 배척하는 자가 적지 않은 듯했다. 그러니 당시 무림연맹과 손을 잡고 비월영종을 숙청하는 과감한 짓까지 벌였겠지. 이런 분위기가 점차 나를 화나게 만들었다. 진성백이 아무 대답을 하지 않고 있자, 구양경이 내게 시선을 돌렸다. 그리고 물었다.

"진 종주가 젊은이의 아버지라고 했소. 그렇다면 그대의 모친이 누군지 이 자리에서 밝히시오."

그 말과 함께 손을 들어 올리자 섬경무종의 무인들이 근방을 둘러쌌다. 절대로 도망칠 수 없다는 듯이 말이다.

"이게 무슨 짓입니까?"

그런 나의 물음에 구양경이 콧방귀를 뀌며 말했다.

"젊은이가 만약 비월영종의 피를 이었다면 이 자리에서 살아나갈 수 있으리라 보는가."

구양경의 몸에서 기운이 발산되었다. 당장에라도 자신의 말이 맞다면 내게 손을 쓸 기세였다. 그런 그의 모습에 나는 깊은 탄식을 내뱉었다.

"하아."

이런 자들이 있으니 어머니를 비롯해 외조부, 그리고 비월영종이 그런 운명을 맞이했던 것 같다. 가슴속에서 치밀어 오르는 분노를 참을 수가 없었다. 이것도 모르는지 구양경이 나를 닦달했다.

"어서 밝히거라!"

이에 나는 코웃음을 치면서 말했다.

"궁금한 게 있습니다."

"말을 돌리지 말고 이야기하거라."

"아니, 이건 이곳 무쌍성 사람들 모두가 들어야겠군요."

"뭐?"

의아해하는데, 나는 좌중이 들을 수 있도록 큰 소리로 소리쳤다.

"비월영종이 혈교의 피를 이었다고 하는데, 이십여 년 전에 그들이 정사 대전에서 혈교를 돕자고 주장하거나 도운 적이 있습니까?"

그런 나의 외침에 주변이 정적으로 물들었다. 당연히 입을 다물수밖에 없겠지. 비월영종은 정사 대전 당시 무림연맹과의 동맹을 위해 숙청되었다. 그저 혈마의 피를 이었다는 이유만으로 말이다.

구양경이 나를 노려보며 소리쳤다.

"무림을 쑥대밭으로 만들려던 흉악한 사파인 혈교와 피로 이어졌다는 것만으로도 얼마나 위험한지 네놈은 모르고 있구나!"

"제가 묻는 말에나 답변하시죠!"

"이 건방진 녀석이!"

나의 다그침에 화가 났는지 구양경이 내게 장법을 펼쳤다. 하지만 나는 이미 금안으로 그가 공력을 운기하고 있음을 알았다. 그렇기에 보법을 펼치며 그의 장법을 피했다. 파파파파팍!

"이놈이?"

내가 자신의 장법을 수월하게 피하자 구양경의 눈에 이채가 띠었다. 그가 나보다 한 수 위의 고수라고 해도 나 역시 중단전을 개방하면 초절정의 극에 가까운 무위를 지녔다. 미리 대응한다면 이런 공격에 당하지 않는다. 나는 보법으로 그와 거리를 벌리며 모두에게 들으라는 듯이 소리쳤다.

"무림연맹과의 동맹을 위해 비월영종을 숙청해놓고서 말도 안 되는 이유를 갖다 붙이는군요."

"이놈이!"

"백번 양보해서 동맹과의 관계를 위해 그랬다고 칩시다. 하면 지금은 동맹이 파기되었는데, 무엇이 중죄라는 겁니까?"

논리적으로 틀린 것이 하나도 없는 나의 말에, 이를 지켜보는 좌중이 웅성거렸다. 대부분 젊은 층들에서 그런 반응이 나오고 있었다. 어차피 무쌍성은 무림연맹과 달리 정파가 아니었다. 순수하게 무를 지향하는 자들이 모여서 만들어진 중립 단체가 바로 무쌍성이다.

"이놈."

구양경이 누군가를 의식하듯이 쳐다보고 있었는데, 바로 사마착이었다. 사마착이 나를 보며 묘한 표정을 짓고 있었다. 그 표정이 흡사….

—흥미로워하는 것 같은데.

아까 전까지 싸늘하게 대하던 것과는 사뭇 달랐다. 이런 사마착과 웅성대는 좌중의 반응을 의식했는지 구양경이 외쳤다.

"어설픈 논리로 본 성을 선동하려고 드는 게냐! 살아남기 위해 잔머리를 굴리다니. 역시 네놈은 하령의 아이가 틀림없구나."

"그분의 아이가 맞다면 무엇이 잘못되었다는 겁니까?"

"혈마의 피를 이었다는 것만으로도 중죄다!"

"어머니를 모욕하지 마라!"

그 말이 끝나기가 무섭게 나는 놈을 향해 신형을 날렸다. 그리고 남천철검을 뽑아 놈의 머리를 벨 기세로 검을 휘둘렀다.

"훙!"

구양경이 고개를 젖히며 이를 가볍게 피했다. 나는 변초를 써서 놈의 가슴에 찔러 넣었는데, 구양경이 쾌속한 장법으로 검면을 쳐냈다. 창! 그러고는 잇달아 구양경이 내 가슴으로 파고들었다. 그리고 안면을 향해 손을 뻗었다. 뒤로 몸을 날리며 이를 피하려던 순간이었다. 팍! 누군가 구양경의 손목을 움켜잡았다. 그는 바로 무정풍신 진성백이었다.

"진 종주!"

진성백이 자신의 손목을 잡자 구양경이 이를 다그쳤다.

"지금 무슨 짓을 하는 것이오."

"구양 종주, 더 이상 이 아이를 건드리려 한다면 내가 용서치 않을 거요."

"그대의 죄를 실토하는…."

퍼퍼퍽! 그의 말이 끝나기도 전에 진성백의 발차기가 바람처럼 그의 안면과 가슴, 복부를 연달아 가격했다.

"크윽!"

이를 맞은 구양경의 신형이 뒤로 열 보나 밀려났다. 그의 무위가 뛰어나다고는 하나 상대는 팔대 고수 중 한 사람인 무정풍신이었다. 바로 근접해 있는 상태에서 피할 수 있을 리가 만무했다.

"진성백, 그대가 정녕…."

내상을 입었는지 구양경의 입에서 피가 흘러내렸다. 그것을 전혀 개의치 않는지 진성백이 내게 나지막한 목소리로 물었다.

"하령과 나의 아이가 맞느냐?"

떨리면서도 부드러운 목소리였다. 이에 나는 그와 눈을 마주친 상태로 고개를 끄덕였다. 그러자 진성백이 굳은 결의가 담긴 목소리로 내게 말했다.

"미안하구나. 나를 원망해도 탓하지 않으마."

"종주…."

"하나 이제부턴 이 아비가 너를 지키겠다."

그 말을 듣는 순간 심장이 쿵쾅거리며 미친 듯이 뛰었다. 아비라는 그 한 마디가 이렇게까지 가슴이 저리면서 심장을 뛰게 만들 줄은 몰랐다. 어떠한 사연도 무엇도 묻지 않고 그는 모든 것을 받아들였다. 그런 감동을 해치려는지 구양경이 소리쳤다.

"진성백! 비월영종의 피를 이은 자를 비호하려는 것이냐!"

이에 진성백이 앞으로 나서며 모두에게 들으라는 듯이 쩌렁쩌렁한 목소리로 외쳤다.

"누구도 내 아들을 건드릴 수 없다!"

단순한 외침이 아니었다. 외침 속에 담겨 있는 강렬한 패기에 한순간 좌중이 위압감에 사로잡혀 움찔거릴 정도였다. 구양경조차 순간 말문이 막혀 뒷말을 잇지 못했다. 하지만 이내 정신을 차렸는지 조금 전보다는 한결 조심스러운 태도로 입을 열었다.

"본 성 전체를 적으로 삼을 작정이오?"

"원한다면 얼마든지. 풍영팔류종!"

"네!! 종주!!"

우르르르! 진성백의 부름에 풍영팔류종의 무인들이 외침과 함께 인파 사이에서 몰려나왔다. 그리고 각 유파장들이 진성백 뒤에 위풍당당하게 섰다. 섬경무종의 무사들과 대립한 형태가 되었는데, 당장에라도 전쟁이 벌어질 기세였다. 사태가 커지자 구양경이 눈을 굴리며 주위를 둘러보다 해왕성종의 종주인 왕처일에게 소리쳤다.

"왕 종주, 보셨을 테니 도와주시오."

그런 그의 말에 왕처일이 고개를 저으며 말했다.

"본 종은 이번 일에 전혀 관여치 않을 것이오."

냉정한 거절에 구양경이 당혹감을 감추지 못했다. 나 역시도 의외라는 생각이 들었다. 해왕성종이 무쌍성 내부에서는 섬경무종과 대립한다고 해도, 과거 비월영종을 제거하는 데 앞장섰던 만큼 그들을 도울 수도 있다고 예상했다. 그러나 냉정하게 선을 그었다.

─네 아버지 때문이겠지.

아마 그럴지도 몰랐다. 자칫 잘못 나섰다가는 팔대 고수를 상대해야 할 상황이었다. 오히려 사태를 관망하는 편이 옳은 선택이라 할 수 있었다.

"큭."

이곳저곳을 쳐다보아도 어떠한 종주도 나서지 않는 모습에 구양경이 난처함을 금치 못했다. 그러다 그가 손을 뻗은 곳은 다름 아닌 월악검 사마착이었다.

"사마 형."

구양경이 사마착에게 도움을 청했다.

"도와주십쇼. 이 아우의 무공이 부족하여 저자를 상대할 수가 없습니다."

"이 일은 외인인 내가 개입할 일이 아닌 것 같군."

"어찌 외인이라고 하십니까? 부디 저자만 제압해주십쇼. 의형과 저는 이제 사돈이 될 사이가 아닙니까?"

사돈을 강조하는 구양경의 말에 사마착의 눈빛에 실망감이 깃들었다. 누가 보아도 표정에서부터 드러났다. 그를 물끄러미 쳐다보던 사마착이 냉정히 고개를 저었다.

"개입할 일이 아니라고 했다."

"사마 형! 설마 태중 혼약을 저버리실 생각입니까?"

명분을 들이대는 구양경이었다. 어떻게든 그를 끌어들여 친부인 진성백만이라도 상대하게 하려는 듯했다. 만약 그 명분에 넘어가기라도 하면 사태가 커질 수 있었다.

"아버지께서 저자를 돕겠다면 저는 의절하고서 공자님 편에 붙을 거예요."

사마영의 그 말에 사마착이 인상을 찡그리며 그녀를 쳐다보았다. 그러더니 이내 한숨을 내쉬며 말했다.

"하나뿐인 여식이 그 태중 혼약을 밀어붙였다간 당장에라도 의절할 것 같군."

"어른들끼리 정한 일에 어찌…."

"의절을 하면 더 이상 내 자식이 되지 않는데 어찌하라는 겐가."

그 말에 구양경의 표정이 일그러졌다. 뜻대로 이뤄지지 않으니 많이 곤란한 듯했다.

"정녕 이 의제를 저버리시는 겁니까? 사마 형께서 도의를 지켜야 한다고 하지 않으셨습니까?"

그런 그의 말에 사마착이 사마영에게 말했다.

"구양경은 이 아비의 의제다. 네가 저 녀석을 좋아한다고 해도 어찌 그와의 약조를 함부로 어길 수 있겠느냐?"

"좋아하지도 않는 자와 혼인하라는 건가요?"

"흠… 네 말도 일리가 있구나. 하면 이렇게 하자꾸나. 구양산이라고 했느냐?"

사마착이 대뜸 자신의 아버지 뒤쪽에 서 있는 구양산을 불렀다.

"네… 넷!"

"한 사람은 태중 혼약을 했고, 또 한 사람은 내 딸아이가 좋아하는 정인이다. 딸아이를 이기는 아비는 없다고 내 마음대로 모든 것을 정할 수가 없구나."

"하, 하면?"

"너와 저 녀석 둘 모두에게 기회를 주마. 하나 지금은 적절치 못한 듯하니, 사흘 뒤 복안현으로 오거라. 누가 사위에 어울리는지 시험해보겠다."

"아….'

"아, 라니 사위가 되기 싫은 게냐?"

"아, 아닙니다."

구양산이 마지못해 답하자 사마착이 이번에는 나를 쳐다보았다.

"네 녀석에게는 실망했지만, 딸아이의 얼굴을 봐서 마지막으로 기회를 주마. 사흘 뒤 복안현으로 오너라."

복안현은 외조부가 있는 마을이었다. 목소리가 한결 부드러워진 것이 정말로 내게 기회를 주려는 모양이었다. 나는 두 손을 모아 포권을 취했다.

"알겠습니다."

"흥. 이제 되었느냐?"

"좋아요."

사마착의 말에 사마영 또한 한발 물러섰다. 사마착은 고개를 절레절레 흔들고서 다시 구양경을 쳐다보며 말했다.

"아직은 아무도 내 사위가 되지 않았으니, 누구의 편도 들 수 없다. 이 일은 의제가 원만하게 풀길 바란다. 가자."

"앗. 아버지!"

팟! 그 말과 함께 사마착이 사마영을 안아 들고서 경공을 펼쳐 어딘가로 가버렸다. 더 이상 이 일에 끼어들기 싫은 것 같았다. 그야말로 적절한 대처였다. 반면 사마착이 사라지자 구양경은 난처함을 금치 못했다. 그런 그에게 친부인 진성백이 나서며 말했다.

"지금 끝장을 보겠는가?"

그 말에 분노로 몸을 부들부들 떨던 구양경이 겨우겨우 화를 가라앉히고서 입을 열었다.

"진 종주, 이 일은 그냥 넘어가지 않을 거요."

"얼마든지!"

으득! 이를 갈면서 구양경이 소리쳤다.

"성탑으로 돌아간다!"

"충!"

그를 필두로 구양산을 비롯한 섬경무종의 무사들이 일제히 밀물 빠지듯이 물러났다. 금방이라도 전쟁이 벌어질 것 같던 분위기가 가라앉자 모든 사람들이 안도했다. 자칫 무쌍성의 커다란 싸움으로 번질 수도 있는 일이었다. 섬경무종의 무사들이 물러나자, 진성백이 내게로 고개를 돌렸다.

'아!'

참으로 애틋한 얼굴을 하고 있었다. 무정풍신이라 불릴 만큼 무감정한 얼굴만 하고 있던 그가 내게 저런 얼굴을 보이다니.

바로 그때였다. 우르르르! 풍영팔류종의 무사들이 갑자기 주변을 에워쌌다. 무슨 짓인가 싶어 의아해하는데, 유파장들을 비롯한 모든 무사들이 동시에 한쪽 무릎을 꿇고 고개를 숙였다. 그리고 우렁차게 외쳤다.

"풍영팔류종이 소종주를 배알합니다!!"

참 기분이 묘했다. 이런 상황을 기대하고서 친부를 만난 것이 아니었다. 이제야 진정한 소종주를 만났다는 듯이 풍영팔류종의 몇몇 유파장들은 감격스러운 표정마저 짓고 있는데, 이런 광경에 얼떨떨하기마저 했다.

—뭘 부담스러워해. 다 네 자리를 찾은 거지.

'내 자리?'

—그리고 보면 너도 참 전생에 운이 지지리도 없었네. 어쩌다가 그렇게 비참해진 거냐?

소담검의 말이 맞다. 회귀 전에는 여러 사건들로 인해 불운하기 그지없었다. 이것을 따지기 시작하면 끝도 한도 없다. 무쌍성에서 무림연맹과 동맹을 맺고, 내 단전이 파훼되는 등 여러 불운한 요소들이 모이면서 회귀 전의 끝이 비참했으나, 사실 그런 일들을 겪었기에 지금 모든 일들을 극복할 수 있었던 것 같다.

—아니지. 우리가 있어서 극복한 거지. 안 그래, 남천?

—흠흠. 그 정도까지야. 우리는 그저 거들었을 뿐이다.

—뭐가 거들어. 성인군자 납셨네.

녀석들이 옥신각신하고 있는데, 두 청년이 다가왔다. 다름 아닌 팔대 고수 두 사람의 공동 제자 이정겸과 열왕패도의 손자 진용이었다. 워낙 사태가 급작스럽게 돌아가던 터라, 나 역시도 이들을 잊고 있었다.

―그러고 보니까 쟤네 풍영팔류종의 후계자 자리를 노리고 있었잖아.

'아!'

원래부터 친부를 만나기 위해 후계자 시험에서 질 생각은 없었지만, 상황이 이렇게 되고 나니 저들은 실컷 시험을 치르고 나서 헛물을 켠 셈이 되어버렸다. 이들 입장에서는 억울할 수도 있었다. 과연 그들 입에서 어떤 말이 나올까?

그때 이정겸이 포권을 취하며 친부 진성백에게 말했다.

"아드님을 찾게 된 것을 감축드립니다, 선배님."

"고맙네."

"하 형도 부친을 만나게 된 것을 축하드립니다."

의외로 이정겸은 담담하게 이 모든 것을 받아들인 듯 축하의 인사를 건넸다. 물론 두 사람 모두가 그런 것은 아니었다.

"축하드립니다, 종주님. 한데 이렇게 되면 시험은 어찌 되는 것입니까?"

진용은 다가올 때부터 불만이 가득한 표정이었는데, 아니나 다를까 진성백에게 항의를 했다.

―쳐다보는 표정이 엄청 띠꺼운데.

원래부터도 감정을 잘 드러내는 녀석이었다. 기껏 힘들게 시험을 치렀는데, 상황이 이리 되었으니 충분히 이해는 됐다. 진성백 역시도 이를 염두에 뒀는지 미안함을 드러냈다.

"상황이 어찌 되었든 아들을 찾게 되면서 자네들의 노고가 헛되이 되었군."

"아닙니다. 좋은 날에 어찌 그것을 탓하겠습니까?"

대범하게 말하는 이정겸. 너무 아무렇지도 않게 이야기하니, 오히려 뭔가 꿍꿍이가 있어 보였다. 하지만 진성백은 아닌 모양이었다. 그를 좋게 보았는지 말했다.

"이제껏 고생한 것도 있으니, 무언가 대가는 있어야겠지. 본 종의 후계자 자리는 일인전승이기에 기회를 줄 수 없지만 원한다면 팔류의 무공 중 원하는 한 가지를 전수해주겠네."

그런 그의 제안에 진용이 못내 아쉬워하며 감사를 표했다.

"감사합니다, 종주님."

사실 이 제안은 나쁜 것이 아니었다. 후계자는 되지 못하더라도 팔대 고수 중 한 사람인 무정풍신에게 무공을 전수받았다는 것만으로도 제자가 된 것이나 마찬가지였기 때문이다.

―운이 좋네, 저 녀석.

마지막 시험을 치렀어도 가장 떨어질 확률이 높았던 진용이다. 어찌 본다면 상황이 이렇게 흘러가면서 제일 득을 봤다고도 할 수 있었다. 그런데 이정겸의 입에서 뜻밖의 말이 나왔다.

"선배님의 배려에 감사하지만, 저는 사양토록 하겠습니다."

"배우지 않겠다?"

"솔직히 말씀드리면 스승님의 명으로 오기는 했으나, 지금 익히고 있는 무공조차 아직 대성하지 않았기에 욕심을 부려선 안 될 것 같습니다."

"허어."

진성백의 입에서 탄성이 흘러나왔다. 나 역시도 그가 이런 절호의 기회를 쉽게 포기할 줄은 몰랐다. 하지만 한편으로는 그런 생각도 들기는 했다.

'…대성이라.'

생각해보면 나 역시도 현재 가지고 있는 무공들 중 극성으로 대성한 것이 없었다. 팔뢰단검술, 섬영비도술, 성명검법, 해원명륜권, 진혈금체, 그리고 상단전을 개방해야만 펼칠 수 있는 혈천대라공….
배운 것들 중 절반 이상이 최고의 무공이라고 해도 과언이 아니었지만 그 끝을 본 게 아무것도 없었다.

―너무 심각하게 고민하지 마라, 운휘.

'응?'

―전 주인께서 다양하게 무공을 접해보는 것도 깨달음을 얻을 수 있는 기회라고 하셨다. 애초에 무공은 끝이라는 게 없다고 들었다. 다양한 경험을 토대로 네 근간을 발전시켜 나가라. 그러면 길이 보일 거다.

'끝이 없다라….'

그 말을 들으니 더더욱 마음이 확고해졌다. 지금 내가 무공으로 가야 할 길이 말이다.

―가야 할 길?

내 무공의 주요 토대가 되는 것은 성명신공이다. 과거 남천검객조차 오르지 못한 성명신공 칠성의 초입을 어렴풋이나마 보았지만, 아직 완벽하지 못하다. 이런 생각을 하고 있을 때 이정겸이 전음으로 무언가를 진성백에게 말하고 있었다. 무슨 말을 하는지는 모르겠지만 진성백의 미간에 주름이 잡혔다. 모든 걸 다 이야기했는지 이정겸이 포권을 취하며 정중하게 말했다.

"부디 무쌍성과 본 맹이 다시 좋은 관계로 발전하기를 바랍니다."

"…생각은 해보겠네."

"감사합니다. 혹시 바쁘지 않다면 하 형과 잠시 대화를 나눌 수 있을까요?"

"저와 말입니까?"

갑자기 나와 무슨 대화를 하겠다는 거지? 진성백이 괜찮다며 고개를 끄덕였다. 이에 우리 두 사람은 다른 사람들이 없는 곳으로 자리를 이동했다. 풍영팔류종의 성탑 뒤편으로 도착하자마자 나는 물었다.

"이제 말씀하셔도 됩니다."

그런 나의 말에 이정겸이 빙그레 웃으며 말했다.

"지금이 아니면 한동안은 이런 대화를 나눌 기회가 생길 것 같지 않아서요."

무슨 이야기를 하려는 거지? 의아해하고 있는데 이정겸이 평소와 달리 사뭇 진지한 목소리로 말했다.

"하 형은 무림연맹을 어떻게 생각하시는지요?"

단도직입적인 그의 물음에 나는 곧바로 대답할 수가 없었다.

아무래도 그가 이것을 묻는 이유는 내가 혈교와 관련 있다는 이유만으로 내쳐진 비월영종 출신이라는 사실을 듣게 되어서 그런 것 같았다.

"제가 만약 하 형의 입장이라면 무림연맹이 굉장히 싫을 것 같더군요. 어찌 보면 하 형의 집안을 풍비박산 내는 데 일조한 원인이니까요."

제대로 인식하고 있긴 하구나. 무림연맹의 동맹 요청이 없었다면 역사가 달라졌을 수도 있었다. 나는 처음부터 풍영팔류종의 소종주로 커왔을지도 모른다. 이정겸을 보니 애써 포장할 필요는 없어 보였다.

"솔직히 그리 좋은 감정은 없습니다."

그런 나의 말에 이정겸이 옅은 숨을 내쉬었다.

"역시군요."

"그렇다고 이 형을 특별히 싫어한다거나 원한이 있는 것은 아닙니다."

그가 그때의 일과 관련 있지는 않으니 말이다.

이정겸이 피식 웃으며 말했다.

"저도 하 형이 싫지 않습니다. 오히려 좋다고 해야 할까요?"

음… 나는 그 정도는 아닌데. 굳이 이것까지는 입 밖으로 낼 필요가 없겠지.

이정겸이 내게 손을 내밀었다. 내가 의아하게 그 손을 쳐다보자 그가 말했다.

"예전에 스승님을 따라 서역에 갈 일이 있었는데, 서역인들은 친분이 있고 상대를 존중할 때 이렇게 손을 마주 잡고 인사하더군요. 우리말로 하면 악수라고 하겠군요."

특이한 인사법이었다. 나를 존중한다는 의미로 이런 인사법을 청하는 듯했다. 이에 나도 손을 내밀고 이정겸의 손을 잡았다. 이정겸이 손을 맞잡고는 내게 말했다.

"부디 이 관계가 유지되었으면 좋겠네요."

"…만약 그렇지 못하다면요?"

"오늘 치르지 못했던 마지막 시험을 목숨을 걸고 치르게 되겠죠."

게슴츠레 뜨고 있는 눈빛이 반짝였다. 마냥 호의적인 것만이 아니라 나와 승부를 겨루고 싶다는 호승심이 보였다. 꽉! 붙잡고 있는 서로의 손에 힘이 들어갔다. 그에게선 어떠한 방심도 없었다. 그러니 목숨을 건다는 표현을 썼겠지.

"부디 그런 날이 오지 않으면 좋겠군요."

나 역시 바람을 담아서 대답했다. 그러나 우리 두 사람 모두 어렴풋이 다가오는 먼 훗날을 직시하고 있었다. 언젠가 부딪칠지도 모른다고 말이다.

* * *

섬경무종의 성탑 꼭대기, 불을 켜지 않아 어두운 집무실. 자신의 집무실로 들어온 종주 구양경의 입에서 거친 소리가 튀어나왔다.

"젠장."

그는 장식장으로 걸어가 그곳에 놓여 있던 화주병의 뚜껑을 열었다. 그러고는 잔에 따르지 않고 병째로 들이켰다.

"하아… 이렇게 꼬이다니."

가짜 무천검제 사건으로 모든 것이 수포로 돌아가고 말았다. 답답함을 참을 수 없는지 구양경이 다시 화주를 벌컥벌컥 들이켰다. 그런 그의 뒤쪽에서 누군가의 목소리가 들려왔다.

"목숨을 구제하려는 모습이 구차하기 짝이 없구나."

'…?!'

아무런 기척도 느끼지 못했다. 그런데 뒤에서 들리는 목소리에 화들짝 놀란 구양경이 내공을 운기하며 뒤를 향해 재빨리 신형을 날렸다. 장법을 펼치려는 순간 그의 손목을 어둠 속에 있던 존재가 단번에 움켜잡아 비틀었다.

"크윽!"

구양경이 이를 뿌리치려다 눈앞의 존재를 확인했다.

"당신은?"

"쉿."

얼굴이 반쯤 어둠에 가려진 정체 모를 자의 말에 구양경이 작게 고개를 끄덕였다. 정체 모를 존재가 잡고 있던 그의 손을 놓아주었다. 구양경의 떨리는 눈동자를 보면 이자를 매우 두려워하는 듯했다. 그자의 목소리가 들려왔다.

"살아남으려고 관계가 없는 척 연기를 잘하더군."

질책하는 말에 구양경이 떨리는 목소리로 답했다.

"상대는 무정풍신입니다. 게다가 이미 그자, 아니 무악이라는 자의 정체가 만천하에 드러났는데 무슨 수로 이를 저지한단 말입니까?"

말하는 투로 보면 그 역시도 무악의 정체를 처음 알게 된 듯했다. 아니, 사실은 정말로 그의 정체를 처음 알았다. 가짜라는 사실은 알았지만, 설마 전 오대 악인 중 한 사람일 거라고는 꿈에도 생각지 못했다. 그림자로 가려진 존재가 혀를 찼다.

"기껏 공들였던 것들이 모두 무산되었군."

"…그 자리에서 제가 할 수 있는 일은 아무것도 없었습니다."

"무쌍성 사대 종주 중 일인이라는 작자가 무능하기 짝이 없군."

"끄윽."

그 말에 자존심이 상했는지 구양경의 인상이 일그러졌다. 하지만 상대는 자신보다 우위에 있는 고수였다.

'그럼 네놈이 직접 진성백을 상대하면 될 것 아닌가.'

차마 그 말은 내뱉을 수가 없었다. 섣불리 자극했다가는 어떤 결과가 벌어질지 알기 때문이었다. 그때 그림자 속에 가려져 있던 존재가 무언가를 그에게 내밀었다. 검은 복주머니였다.

"이건?"

"지금부터 네놈이 해야 할 일이다."

그 말에 구양경이 입술을 질끈 깨물었다. 그리고 조심스레 물었다.

"무악이 아직 살아 있습니다. 자칫 잘못하면 저도 노출될 수 있는데…."

"그건 내가 처리할 것이다. 네놈은 주어진 일에 집중하면 된다."

"…알겠습니다."

구양경이 대답하자 그림자 속의 존재가 천천히 몸을 일으켜 세웠다. 그리고 자연스럽게 집무실의 문으로 이동했다. 그는 섬경무종의 무사들이 입는 옷을 입고 있었다. 속으로 빨리 나가라고 고사를 지내는데, 그자가 문손잡이를 잡은 채 말했다.

"깜빡할 뻔했는데, 천무성이 살아 있더군."

"저, 저도 몰랐습니다. 그때 죽은 줄 알고 있었습니다."

"무악이 우릴 속였군."

"…."

"무엇이 놈에게 있기에 지금껏 살려뒀을까?"

그 말을 마지막으로 정체 모를 자가 문을 열고 나갔다.

구양경은 힘이 풀렸는지 벽에 기대어 미끄러져 앉았다. 그리고 자신의 손에 쥐여 있는 검은 복주머니를 바라보았다. 끈으로 묶인 것을 풀자, 접혀 있는 서지와 함께 갈색의 작은 환단이 들어 있었다.

서지를 펴서 읽어 내려가는 구양경의 눈동자가 미친 듯이 흔들렸다.

* * *

그날 해가 질 무렵, 나는 풍영팔류종의 집무실에서 친부인 진성
백과 마주 앉아 있었다. 장내를 정리하고 사로잡은 가짜 천무성, 즉
무악의 단전을 폐한 후에 그를 가둬두는 과정이 있었기에 이렇게
대면하기까지 시간이 걸렸다.

"그자를 심문하고 오셔도 괜찮습니다."

"아니다. 왕 종주가 맡기로 했으니 괘념치 않아도 된다."

사대 무종 중 하나인 해왕성종의 종주 왕처일이 그를 심문하기로
했나 보다. 아마도 나와 친부의 해후를 배려한 듯했다. 진성백이 부
드러운 목소리로 말했다.

"이제 아무도 없으니 그 인피면구는 벗어도 된다."

역시 그는 내가 인피면구를 쓰고 있다는 사실을 알았다. 이에 나
는 안대를 먼저 벗고, 귀밑을 조심스럽게 잡아 얼굴에 쓰고 있던 인
피면구를 떼어냈다. 안대와 인피면구를 벗자 진성백의 눈동자가 떨
렸다.

"…이게 네 얼굴이구나."

내 진짜 얼굴을 보고 싶었던 모양이다. 친부인 그 자신과 어머니
를 어떻게 닮았는지 확인하고 싶었을 수도 있겠다.

—많이 닮은 것 같은데.

나는 잘 모르겠는데, 소담검 녀석이 닮았다고 호들갑을 떨었다.
소익헌을 만났을 때도 그렇게 호들갑을 떨어놓고선. 이제 그와 단둘

만 있게 되었으니 물어도 될 것 같았다.

"…어머니가 익양 소가에 있었다는 사실을 알고 계셨습니까?"

이게 제일 궁금했다. 그가 나에게 정파에 있어야 할 아이라고 말했던 것 때문이다. 그런 나의 말에 진성백의 눈시울이 붉어졌다.

"미안하구나."

"왜… 왜… 알고 계셨는데 어머니를 그렇게 내버려두신 겁니까?"

나는 이것을 너무나도 알고 싶었다.

그런 나의 말에 목이 메었는지 잠시 아무 말도 하지 못하던 그가 입을 열었다.

"비월영종이 축출되던 그날… 나는 성탑 지하에 감금되었다."

"성탑의 지하에?"

이건 전혀 몰랐던 일이었다.

"자그마치 일 년이었다."

"일 년씩이나 말입니까?"

누가 그렇게 길게 아버지를 가둬두었단 말인가, 의아해하고 있는데 진성백이 말했다.

"네 조부, 즉 내 아버지께서 나를 그곳에 가뒀었다."

"어째서?"

"여러 가지 이유가 있었을 거다. 내가 네 어미와 함께 도망치는 것을 막기 위해서였을 수도, 아니면 유일한 성탑의 후계자가 비월영종과 관련 없다는 것을 각 종파에 증명하기 위해서였을 수도 있다."

아아… 이것은 전혀 생각지도 못했다. 당연히 아버지 역시 비월영종의 사위가 되었으니, 노림의 대상이 될 수도 있다는 사실 말이다.

"일 년이 지난 후 금옥에서 나오게 된 나는 네 어머니의 행방을 찾았다. 사대 무종을 비롯해 본 성의 감시가 있었기에 대놓고 찾을 수는 없었다."

이건 이해가 간다. 당시 아버지는 팔대 고수가 아니었다. 무쌍성의 눈치를 볼 수밖에 없는 입장이었다.

"그리고 겨우 네 어머니를 찾았을 때는 익양 소가의 첩이 되어 아이를 낳고 지내더구나."

눈시울이 붉어진 진성백의 눈동자에서 그리움이 보였다. 진성백은 자신의 가슴을 두드리며 말했다.

"이 못난 아비는 몰랐다. 네가 내 아이일 거라고는 꿈에도 생각지 못했다."

"…어머니를 원망했던 겁니까?"

"아니다."

"아니라고요?"

"그때 너를 안고 있는 네 어미와 소익헌이라는 남자는 너무도 행복해 보였다."

"…."

"이 아비는 네 어미를 지켜주지 못하고 무력하게 갇혀 있었는데, 그자와 행복한 모습을 보니 차마 네 어미를 볼 낯이 없었다."

진성백의 뺨으로 눈물이 흘러내렸다. 그의 모습에서 진심으로 어머니를 사랑했다는 것이 느껴졌다.

"겨우 살아남아 행복을 되찾은 네 어미를 다시 수렁 속으로 데려올 수가 없었다. 그러기에는 이 아비가 너무 무력했다."

나도 조금씩 목이 메었다. 친부인 진성백이 얼마나 고통스러워하는지 느껴졌기 때문이다. 말은 하지 않았지만 그 후로 그가 얼마나 무공에 매진하고 자신의 힘을 기르기 위해 부단한 노력을 했을지 짐작이 갔다.

"다시는 본 종에 이런 비극이 없도록 하기 위해 나는 무공에 매진했다. 폐관에 들어가 밤낮으로 무공만을 단련했다. 그리고 스스로 만족할 만한 결과를 얻었다고 생각했을 때, 네 어미의 부고를 들었다."

뚝뚝 떨어지는 눈물방울.

"겨우… 겨우… 지킬 수 있는 힘을 얻었을 때 네 어미는 세상에 없었다."

그가 얼마나 실의에 빠졌을지 알 것 같았다. 그러니 지금까지 누구도 만나지 않고 살아왔겠지.

"하루하루가 지옥 같았다. 당장에라도 목숨을 던지고 네 어미를 만나고 싶었단다."

"어찌!"

이런 극단적인 선택까지 생각했을 줄이야. 순간 놀라서 자리에서 일어날 뻔했다. 그런 나의 모습에 진성백이 내 손등을 움켜잡으며 말했다.

"미안하구나. 그때부터 아비의 머릿속은 오직 복수로만 채워져 있었다. 네 어미의 핏줄인 너를 조금도 생각지 못했단다."

비월영종과 어머니를 그렇게 몰고 간 자들을 향한 복수심. 그것이 그가 살아가는 원동력이 되었던 것 같다. 내 손등을 잡고 있는 진성백의 손에 힘이 들어갔다.

"하령, 아니 네 어미가 너를 살리기 위해 얼마나 많은 것을 희생하고 살았을지를 생각하니, 이 아비는 죽어서도 네 어미와 너를 볼 낯이 없구나."

슬픔이 극에 달한 그를 보며 나는 마음이 무거워졌다. 처음에 그의 존재를 알았을 때는 마냥 원망스럽기만 했다. 그렇게 책임감이 강하다는 사람이, 그렇게 강해졌다는 사람이 끝끝내 어머니를 찾지 않은 것인가 증오스럽기마저 했다. 그러나 이렇게 고통 속의 세월을 살아왔을 줄은 몰랐다. 무정풍신이라는 별호는 그가 살아온 실의의 세월을 뜻했던 것이다.

"…이 아비가 원망스럽지 않느냐?"

그의 물음에 나는 숨을 깊게 내쉬었다. 그리고 내 손등에 얹은 그의 손등 위로 손을 얹으며 말했다.

"원망스럽습니다."

"…"

그의 얼굴이 어두워졌다. 이에 나는 말했다.

"이렇게 고통스럽게 사셨다는 걸 이제야 알게 된 제 자신이 너무도 원망스럽습니다."

"…너."

"아버지."

나의 그 말에 진성백이 또다시 눈물을 흘렸다. 아버지라는 말에 나 스스로도 왈칵 올라왔는데, 그 또한 마찬가지였다. 서로를 마주 보고서 한참이나 눈물을 흘렸다. 그렇게 시간이 지나니 우리 둘 다 겸연쩍었는지 소매로 눈물을 닦았다. 진성백이 내게 옅은 미소를 지으며 말했다.

"네 어미가 나보다 낫구나."

"무엇이 말입니까?"

"이렇게 너를 훌륭하게 키워내지 않았느냐? 남천검객의 후계자로 정파 무림의 신성이 되었다니, 이 아비는 네가 정말 자랑스럽구나."

그 말에 나는 순간 현실로 돌아왔다. 진성백은 나를 그저 정파의 신성 정도로만 알고 있는 것 같았다. 아니, 그게 당연했다. 그 이면에 감춰진 것을 어찌 알겠는가.

"비록 네가 사대 악인인 월악검의 여식과 만난다는 이야기를 들었을 때 놀라기는 했다만, 이 아비는 네가 원한다면 누구와 만나도…"

"아버지."

"왜 그러느냐?"

"저도 아버지께 드릴 말씀이 있습니다."

사뭇 진지한 나의 목소리에 진성백이 의아해했다. 참 어디서부터 이야기해야 할지 모르겠다. 그러고 보니 외조부께서 살아 계신 것도 말해야 하는데, 무엇부터 운을 떼야 좋을까? 역시 그것부터 말해야 겠지.

"그 전에… 아버지께서 놀라지 않으셨으면 좋겠습니다."

"무엇 때문인지 모르겠으나, 이제는 아비에게 더는 놀랄 일이 없을 것 같구나."

확답을 하는 모습에 나는 깊게 숨을 들이켰다. 그리고 왼쪽 눈을 감고 염(念)을 일으키며 상단전을 개방했다. 그 순간 내게 변화가 일어났다. 무덤덤하게 이를 지켜보던 아버지 진성백의 표정이 한순간에 굳어버렸다.

"이…게 대체…"

피처럼 붉게 물든 머리카락과 선홍빛 눈동자에 당혹스러운 모양이었다. 이에 나는 진실을 밝혔다.

"제가 당대 혈마입니다."

"뭐엇?"

더 이상 놀랄 게 없던 아버지의 입이 쩌억 벌어졌다.

"이게 대체⋯."

상단전을 개방하면서 혈마화를 한 나의 모습에 아버지 진성백은 경악을 금치 못했다. 말문이 막혔는지 입을 다물 줄을 몰랐다.

—더 이상 놀랄 게 없다고 하지 않았어?

소담검이 키득거렸다. 하지만 이 상황에서 놀라지 않는 것이 더 이상했다. 방금 전까지만 해도 정파의 신성으로 명성을 날리는 것이 자랑스럽다던 아버지 진성백이었다. 그런데 한순간에 사파의 끝이라 할 수 있는 혈교의 당대 혈마가 되어버렸다. 그 충격이 이미 얼굴에서 전부 드러났다. 기가 막혔는지 진성백은 헛기침마저 터뜨렸다.

그때 누군가 다가오는 기척이 느껴졌다. 똑똑! 문을 두드리는 소리와 함께 누군가의 목소리가 들렸다.

"종주, 무천정종에서 사람을 보내왔습니다."

목소리의 주인은 팔층을 지키는 문형창류의 유파장 서문극이었다.

"들여보내도⋯."

그때 정신을 차린 아버지 진성백이 다급히 말했다.

"누구도 들여보내지 마라!"

"네?"

"기다리라고 하여라."

"알겠습니다."

어째서 이렇게 말했는지 알 것 같다. 혈마화를 하고 있는 상태에서 혹여 누군가가 들어올까 봐 당황했던 것 같다. 서문극의 기척이 근방에서 사라지자 아버지 진성백이 말했다.

"대체 이게 어찌 된 일이냐?"

목소리가 사뭇 심각해져 있었다. 이에 나는 상단전을 다시 닫고서 원래대로 돌아왔다.

"놀라지 않는다고 하지 않으셨습니까?"

"…네가 이 아비라면 놀라지 않을 수 있겠느냐?"

그 말을 부정하기는 어려웠다.

"아비는 도무지 영문을 모르겠구나. 방금 전의 그 모습은 흡사 혈마…."

"혈천대라공을 익히면 육신에 발현되는 현상입니다."

"하아…."

아버지 진성백의 입에서 탄식이 흘러나왔다. 어지간히 충격이 가시지 않는 모양이다. 외조부도 이 사실을 알았을 때 경악했는데, 아버지도 그에 못지않았다. 몇 차례 탄식을 내뱉던 아버지 진성백이 내게 물었다.

"…어찌 된 일인지 이야기해줄 수 있겠느냐?"

"어디서부터 이야기해야 할지 모르겠군요."

이에 나는 회귀 후에 겪었던 일들을 외조부에게 했던 것처럼 그대로 이야기했다. 시작은 모든 사건의 발단인 단전이 파훼되었을 때부터였다. 단전이 파훼되고 익양 소가에서 망나니 취급을 받으며 쫓겨난 이야기를 할 때, 아버지 진성백의 표정은 그야말로 야차와도 같았다. 외조부처럼 말로써 분노를 토해내진 않았지만 눈앞에 익양 소가가 있다면 당장에라도 멸문시켜버릴 기세였다.

"그렇게 소가를 나온 저는…."

그 이후에 겪었던 일들을 차례대로 이야기했다. 혈교에 납치되어 육혈곡에 들어가 기기괴괴 해악천의 제자가 되었고, 그로 인해 벌어진 일들을 천천히 나열했다. 나의 파란만장한 이야기에 아버지 진성백은 연신 탄식을 반복했다. 외조부에게 한 후로 다시 이야기하는 것이지만 내가 생각해도 참 살아남은 게 용할 정도였다. 만약 회귀전의 일까지 이야기했다면 기절초풍할지도 모른다. 차마 그것만큼은 외조부에게도, 아버지에게도 말할 수가 없었다. 믿어줄지조차 의문이었고 말이다.

"혈마검의 선택을 받았다니…. 하아, 어찌 이런 운명이…."

지금까지 입을 다물고 듣기만 하던 아버지 진성백이 처음으로 중간에 말을 꺼냈다. 내가 혈마검의 선택을 받게 되었다는 얘기를 듣고서였다.

"피는 속일 수 없단 말인가."

비월영종은 초대 혈마에게서 이어져 내려왔다. 그 이유 하나만으로 무쌍성에서 피의 숙청을 당하게 되었다. 생각해보면 결과적으로 무림연맹과 무쌍성의 입장에서는 비월영종을 그리 만든 것이 틀린 선택이 아니게 되었다. 그들이 만약 어머니를 놓치지 않았다면 당대 혈마인 내가 탄생했을 리도 만무할 테니 말이다.

─계속 저러는 거 보면 실망하거나 만류하는 거 아냐?

그럴 수도 있겠다는 생각이 들었다. 혈교와 연이 있다는 것만으로 벌어졌던 비극들. 이를 겪은 당사자로서 아버지는 외조부 이상으로 이를 싫어할지도 몰랐다. 그때 아버지 진성백이 나를 바라보았다. 그리고 무거운 목소리로 말했다.

"…혈교와 그리 깊은 연을 맺게 되었다고 하니, 그곳에 대해 이 아비보다 모를 리는 없다고 생각되는구나. 이것만 묻고 싶구나."

"어떤 것을 말입니까?"

"상황이 그리 만든 게냐? 너 스스로가 혈마가 되려 하는 것이냐?"

처음 혈마검의 선택을 받았을 때 이 질문을 했다면 대답하지 못했을 것이다. 하지만 지금은 달랐다. 나 스스로가 혈마가 되기로 결심했다. 단순히 선택을 받아서가 아니라 힘을 쟁취하기 위해서였다.

"후자입니다."

"후자라…."

"피의 길을 걸으려고 선택한 것은 아닙니다. 혈교의 수장이 되어 저만의 길을 걸어보려고 합니다."

"너만의 길?"

"백정도 칼만 버리면 부처가 된다고 했습니다. 혈마라는 칭호도 혈교도 제가 어떻게 하느냐에 따라 변할 거라 생각합니다. 아니, 변하게 만들 겁니다."

"허어."

굳은 결의가 담긴 내 말에 아버지 진성백이 나지막한 탄성과 함께 눈을 감았다.

"고집도… 신념도… 령아와 많이 닮았구나."

어머니를 떠올린 것인가. 아버지가 깊게 숨을 들이켰다가 내뱉었다. 다시 눈을 떴을 때, 그의 눈동자에는 더 이상 흔들림이 없었다.

"네 결심이 그러하다면 아비로서는 존중해줄 수밖에 없구나."

"아버지…."

"더 이상 이것에 관해 왈가왈부하지 않으마. 다만 이것 하나만 기억하거라. 이제 네게는 이 아비가 있다. 네 어미는 지키지 못했지만 너만은 지킬 것이다."

가슴이 짠했다. 솔직히 아버지 진성백이 나를 설득하려 할 거라 생각했다. 풍영팔류종의 소종주가 될 녀석이 혈교의 수장이 웬 말이냐고 말이다. 그러나 어떠한 반대도 없었다. 말은 하지 않았지만 아버지의 눈을 보면, 어머니께 못 했던 모든 것을 내게 해주겠다는 굳은 의지가 보였다.

"…믿어주셔서 감사합니다."

그런 나의 말에 진성백이 옅은 미소를 보였다. 정말로 기분 좋아서가 아니라 나를 위해서 짓는 미소 같았다.

"한데 괜찮으시겠습니까? 지금이 아니더라도 언젠가 이 사실이 알려지면 무쌍성에서 아버지의 입장이 곤란해지시는 게…"

"개의치 말거라."

"어찌 그럴 수 있습니까?"

"자식이 가는 길을 막는 부모가 어디 있겠느냐."

"자식이 부모에게 누가 되는 것도 효에 어긋나지요."

"그걸 잘 아는 녀석이 아비에게 혈마가 되었다고 당당히 이야기하는구나."

무뚝뚝한 사람이 아들을 편하게 해주려고 농까지 하고. 난생처음 부자의 정이라는 것을 느꼈다.

"이 아비가 있는 한 무쌍성에서 네 발목을 잡는 일은 없을 것이다. 아니, 그리 만들 것이다."

그 말에서 뭔가 결의가 느껴졌다. 단순히 하는 말이 아니었다. 무쌍성에서 벌어지는 일들도 회귀 전과는 완전히 달라졌다. 이제 어떻게 변할지는 아버지인 무정풍신 진성백의 손에 달려 있는 듯했다.

"아!"

도중에 말이 끊겨서 전부 이야기하지 못했다. 사마착과 봉림곡에 떨어졌던 이야기를 할까 하다가 곧장 본론을 말했다.

"하나 더 말씀드릴 게 있습니다."

"더 있다고?"

아버지 진성백이 의아해하며 인상을 찡그렸다.

"이번에도 놀라지 않으셨으면 좋겠습니다."

"네가 혈마가 된 것 이상으로 놀랄 일이 더 있겠느냐?"

"외조부께서 살아 계십니다."

"뭣!"

말이 끝나기가 무섭게 진성백이 화들짝 놀라서 자리에서 벌떡 일어섰다. 혈마가 되었다고 했을 때보다 더 놀란 것 같았다. 하긴 죽은 줄 알았던 사람이 살아 있는 것만큼 놀랄 일이 어디 있겠는가.

─하도 놀라서 네 왼쪽 눈은 못 보여주겠는데.

사실 아버지 정도 되는 명성과 지위를 가졌다면 금안에 관해 알 수 있을지도 모른다는 생각이 들어 이것 역시 이야기할까 했다. 한데 지금 당장은 어려울 것 같았다.

"어, 어르신께선 무사하신 것이냐?"

"네, 몸이 편찮으시지만 지금 의원에서 치료받고 계십니다."

"아아아."

아버지 진성백의 눈시울이 또다시 붉어졌다. 고개를 들어 천장을 쳐다보며 어머니의 이름을 연달아 중얼거렸다.

"하령… 하령… 죽어서도 모두를 지킨 것이오?"

그 말에 뭔가 울컥 올라왔다. 생각해보면 어머니만 이 자리에 있었어도 모든 것이 원래대로 돌아오는 것이나 다름없었다. 그게 우리 두 부자를 서글프게 만들었다.

감정이 좀 진정되었는지 아버지가 물었다.

"네 외조부께선 어디 계시느냐?"

"복안현의 의원으로 모셨습니다."

"당장 어르신을 뵈러 가야겠구나."

이제 아버지께서는 외조부를 지킬 수 있는 힘이 있었다. 당장 모시러 가려는지 나갈 채비를 하는데, 그때 누군가 다급히 달려와 문을 두드렸다.

"종주!"

급한 부름에 아버지와 나는 미처 깜빡했던 것을 떠올렸다. 무천 정종에서 손님이 왔었는데 그것을 잊고 있었다. 그런데 그게 아니었다. 어찌나 급했는지 문형창류의 유파장 서문극이 문을 열고 들어와 말했다.

"지금 급히 성내 금옥으로 가보셔야 할 것 같습니다."

"무슨 일이기에 그러느냐?"

"지하 금옥에 침입자가 들어온 것 같습니다. 지하 금옥을 지키던 무사들과 죄수 무악의 상태가 위중합니다."

"침입자가 들어와?"

그 말은 단순히 생각할 게 아니었다. 무악 이외에도 무쌍성 내에 연관자가 있다는 말이 된다. 잠시 고민하던 아버지 진성백이 내게 말했다.

"먼저 금옥부터 다녀와야겠구나."

"외조부께서는 의원에서 치료를 받고 계시니, 우선 급한 일부터 해결하시는 게 좋을 것 같습니다."

"알겠다. 이곳에서 쉬고 있거라."

그 말을 끝으로 아버지 진성백은 급히 집무실을 나갔다. 같이 가자고 할 줄 알았는데, 그런 이야기가 없는 걸 보면 혹시나 위험한 상황일지도 모른다고 우려한 것 같았다. 내 무위와 상관없이 아들이라고 걱정하는 건가. 새삼 처음 느껴보는 것들이 많았다.

아버지의 집무실에 남아 있기가 뭐해서 인피면구와 안대를 다시 쓰고 나갔는데, 멀리서 무천정종의 무사 한 명이 서 있는 것이 보였다. 지금까지 기다렸는데, 일이 터져서 발걸음만 수고스럽게 되었다. 이에 그에게 다가가 말했다.

"아버지께서는…."

"소종주."

팍! 무천정종의 무사가 내게 포권을 취했다. 풍영팔류종의 사람도 아니었는데 내게 예를 갖추다니 의외였다. 게다가 그는 어떤 의미에서 몇 시진 전까지 풍영팔류종과 싸웠던 적이나 다름없는 자가 아닌가. 겸연쩍어하는데, 그가 뜻밖의 말을 했다.

"저희 종주께서 소종주를 잠시 뵙기를 청하십니다."

"저를 말입니까?"

아버지가 아니라 나를 말인가? 의아해하는데 그가 내게 웃으면서 말했다.

"소종주께서는 본 종의 은인이나 다름없으십니다. 종주께서 당시 경황이 없으셔서 감사의 인사를 전하지 못한 것을 유감스럽게 여기시는 듯합니다."

그것 때문이었구나. 해왕성종의 종주 왕처일에게 그를 넘겨준 후로 보지 못했었다. 워낙 오랫동안 갇혀 있어서 몸이 약해졌기에 당연히 치료를 받겠거니 생각했었다.

—한번 가봐. 혹시 감사하다는 의미로 재화라도 챙겨줄지 어떻게 알아.

재화라…. 지금은 별로 필요치 않은데.

—배가 불렀구나.

어쨌거나 악의 없이 보자고 청한 것이니, 특별히 거절할 이유도 없었다. 진짜 천무성에게 물어보고 싶은 것도 하나 있고 말이다. 나는 무천정종의 무사에게 말했다.

"가시죠."

* * *

무쌍성의 동북쪽에 있는 삼층 건물. 이곳은 성내에서 자체적으로 운영하고 있는 의원이다. 무천정종의 성탑에 있을 거라 여겼는데, 치료를 위해 이곳으로 옮긴 모양이었다. 하긴 성탑 전체가 거의 피로 물들어 있었다. 정리도 안 된 그곳에서 요양하기는 여러모로 거북스러웠을 것이다. 진짜 무천검제 천무성이 있는 곳은 삼층이었다. 그곳 침상에서 천무성이 상반신을 살짝 들어 올린 채 나를 기다리고 있었다. 이미 안면이 있기에 편안하게 포권을 취하며 인사했다.

"종주를 뵙습니다."

"어서 오게."

치료를 받아서 그런지 낮에 보았을 때보다 한결 편안해 보였다. 내가 가까이 다가가자 천무성이 누군가에게 눈짓했다. 그러자 삼층을 지키고 있던 무천정종의 무사들이 조용히 아래층으로 내려갔다. 의아하게 쳐다보자 천무성이 웃으며 말했다.

"괜한 오해를 하게 했군. 둘이서 보았으면 해서 잠시 저들을 내려보낸 거라네."

"그러시군요. 어르신과 같은 얼굴을 하고 있던 그자에게 불려갔다가 한 번 봉변을 당했더니, 저도 모르게 당황하게 되는군요."

"허허허. 어찌 노부가 그러겠는가."

진짜 천무성은 가짜였던 무악과는 정반대의 성격인 듯했다. 뭔가 인자한 할아버지를 보는 것 같았다. 내가 침상 앞에 다가가자, 그가 불편한 몸을 움직이며 내게 포권을 취했다.

"이러지 않으셔도 됩니다."

"어찌 은인에게 감사의 예를 취하지 않는단 말인가. 자네가 아니었으면 노부는 죽을 때까지 그 감옥에서 벗어나지 못했을 걸세."

천무성이 포권을 취하고서 천천히 고개를 숙였다. 진심으로 내게 감사하는 듯했다. 나도 덩달아 포권을 취하며 고개를 숙여 같이 예를 취했다. 그러자 천무성이 씁쓸한 미소를 지으며 말했다.

"사실 노부는 자네를 볼 낯이 없네."

"어째서입니까?"

"노부 역시도 무림연맹과의 동맹을 찬성했던 종주들 중 한 사람일세. 자네가 원망하더라도 할 말이 없는 처지일세."

한순간에 분위기가 무겁게 가라앉았다.

"원망이라…."

그 말에 나는 기분 좋게 답변할 수 없었다. 사실 무쌍성에 있는 대부분의 자들은 내 외가를 풍비박산 낸 원흉들이었다. 어떤 변명을 대더라도 그 사실은 변할 수가 없었다.

"노부가 무슨 염치가 있어서 자네에게 용서를 바라겠는가."

"여기까지 하도록 하죠. 더는 종주님과 이 이야기를 나누고 싶지 않군요."

스스로 죄를 인정했지만 이를 떠올리니 기분이 썩 좋지는 않았다. 냉랭한 나의 말투에 천무성이 입을 다물었다. 그런 그에게 나는 물었다.

"하나만 여쭤봐도 되겠습니까?"

"얘기해보게."

"아무리 생각해도 한 가지 이해되지 않는 것이 있더군요."

"무엇이 말인가?"

"가짜 천무성, 아니 무악이라는 자가 종주님을 살려두지 않았다면 이렇게 발각되는 사태도 벌어지지 않았을 겁니다."

그 말에 천무성의 얼굴이 급격히 어두워졌다. 내가 이것을 단도직입적으로 물어볼 줄은 몰랐겠지. 뭔가 숨겨진 사연이 있어 보였다.

"한데 어째서 이런 위험부담을 감수하면서까지 종주님을 살려뒀을까요?"

"…그건 노부도 모르네."

천무성이 아무것도 모른다는 식으로 둘러댔다. 대체 무엇을 숨기는 거지? 그가 숨긴 것이 무엇인지는 모르겠지만, 가짜를 연기했던 무악이 그를 살려두면서까지 그것을 얻어내려 했다면 놈의 조력자들도 이것을 노릴지 몰랐다. 이를 자극해봐야겠다.

―어떻게 자극하려고?

이렇게!

"혹시 금옥에서 있었던 일을 들으셨습니까?"

"금옥?"

나의 물음에 그가 의아해했다. 정말 모르는 눈치였다. 아무래도 가짜 천무성과 연루되어 있었기에 무천정종에는 이 정보가 전달되지 않은 모양이었다. 차라리 잘됐다. 나는 천무성에게 능청스럽게 말을 이어갔다.

"저런… 모르셨나 보군요. 성내 금옥에 누군가 잠입해서 무사들과 무악을 노렸습니다."

"무악을 노렸다고?"

천무성의 인상이 굳었다. 모든 것이 원만하게 끝났다 생각하고 긴장의 끈을 놓았던 것 같다. 흔들리는 모습에 나는 슬며시 마음이 동할 만한 말을 던졌다.

"오늘 그 난리가 있었는데도 금옥까지 대범하게 노릴 정도면 이곳에서 무슨 사달이 일어나도 이상할 일이 아닐 것 같군요."

"…허어."

천무성의 입에서 탄식이 흘러나왔다. 어떤 의미로 이런 말을 했는지, 아마 본인이 더욱 잘 알 것이다.

"크흠."

고민에 빠진 듯이 연신 신음을 흘리던 천무성. 초조한 기색이 역력했다. 그도 그럴 것이 내공이 폐해져서 오랫동안 갇혀 있었던 지금의 그는 예전 팔대 고수의 역량을 잃은 지 오래였다. 노쇠하고 무력한 노인이나 다름없었다. 그런 그에게 말했다.

"말씀하시고 싶지 않은 비밀이라면 하지 않으셔도 됩니다. 제가 괜한 질문을 드린 것 같군요. 그럼 저는 이만 물러가겠습니다."

그리고 몸을 돌리는데….

"잠깐!"

낚였다. 아무 내색을 하지 않고 다시 몸을 돌렸다. 천무성이 씁쓸한 얼굴로 입을 열었다.

"자네의 말이 맞네. 노부가 어리석었어. 그 고생을 하고도 욕심에 이것을 숨길 생각을 하다니…."

그 말과 함께 천무성이 품속에서 무언가를 조심스럽게 꺼냈다. 반으로 접혀 있는 낡은 서지였다.

"그게 뭡니까?"

"이게 무악 그자가 오랫동안 노부를 살려둔 이유일세."

"살려둔 이유?"

"검을 다루는 검객이라면 누구라도 이것에 관심을 가질 수밖에 없을 걸세."

대체 저 서지가 무엇이기에 그런 거창한 소리까지 하는 걸까? 의아해하는 내게 천무성이 놀라운 말을 꺼냈다.

"먼 옛날 검의 일인자라 불리던 검선께서 남기신 지보일세."

'검선?!'

지보

　—저 서지가 검선이 남긴 지보라고?

　검선. 육백여 년 전 검의 일인자라 불리던 신화적인 존재다. 중원 무림 사상 최고라 불렸던 그는 수많은 일화를 남겼다.

　—너 회귀 전에 〈검선비록〉인가 뭔가를 먹고 죽었다가 다시 살아났다고 하지 않았어?

　맞아. 우화등선하기 전에 검선이 남겼다는 깨달음. 그게 바로 〈검선비록〉이었다. 수많은 검객, 아니 무림인들 모두가 노리는 지고의 보물이다.

　—그럼 저건 대체 뭐야?

　천무성에게 들려 있는 낡은 서지. 겉보기만으로는 예전에 내가 보았던 그것과 매우 흡사했다. 내가 찾아냈던 〈검선비록〉이 기록된 서지는 특수한 약품 처리를 해서 오랫동안 보관하도록 만들어졌었다.

　—혹시 여러 개를 만든 거 아냐?

　녀석의 물음에 나는 부정했다. 아마도 저건 가짜인 것 같다.

─가짜?

'회귀 전에도 꽤 많은 가짜 지보가 무림을 흔들었었어.'

그때마다 굉장한 혈투가 벌어졌었다. 결과적으로 그것들이 가짜 란 것이 알려지면서 수많은 무림인들이 허탈해했었다.

─그럼 저것도 가짜겠네.

그렇겠지. 아무리 나의 행동으로 앞으로 흘러갈 역사의 흐름이 바뀌었다고 해도, 진짜 〈검선비록〉이 나타나게 된 결정적인 사건이 아직 일어나지 않았다. 천무성이 진짜 〈검선비록〉을 가지고 있을 리 가 만무했다. 그래도 혹시 모르니 확인해볼까?

"…제가 알고 있는 그 검선의 지보란 말입니까?"

그런 나의 물음에 천무성이 고개를 끄덕였다. 나는 놀란 척하며 말했다.

"그걸 대체 어디서 찾으신 겁니까?"

"많이 놀랐나 보군. 노부도 곤륜산에서 이걸 얻게 될 줄은 몰랐 다네."

"곤륜산?"

곤륜산은 멸문한 곤륜파가 자리하고 있던 성산이다. 그의 말에 나는 옅은 숨을 내쉬었다.

'가짜야.'

─정말?

'진짜는 신강의 천산에 있어.'

곤륜에서 저걸 발견했다면 절대 진짜일 리가 없다. 후에 신강의 천산에 가서 〈검선비록〉을 확인하려고 했기에 안도의 마음이 들었 다. 나도 확실히 사람은 사람인가 보다. 〈검선비록〉이 나 외의 다른 사람 손에 들어가지 않길 바라는 걸 보면 말이다.

　─뭘 그런 걸 가지고 그러냐. 그 정도 욕심은 누구나 부릴 수 있지.

　그런가? 어쨌거나 가짜라는 걸 알고 나니 다른 게 궁금해졌다. 곤륜산은 곤륜파가 지키는 성지다. 그런 그들의 성산에서 지보를 찾았다는 것은 결국 곤륜이 멸망한 후에 발견했다는 소리였다. 나는 슬쩍 이것을 떠보았다.

　"곤륜파가 없는 게 천운이었겠군요."

　그런 나의 말에 천무성의 한쪽 눈썹이 치켜 올라갔다. 오랫동안 갇혀 있기는 했지만 한때 무쌍성의 일인자였던 그였다. 내가 무슨 의도로 이 말을 했는지 바로 알아차린 모양이다.

　"자넨 노부가 곤륜의 위기를 틈타 이것을 얻어냈다고 생각하나 보군."

　"…그렇게 들렸다면 죄송합니다."

　"정직하군. 노부의 역량이 예전 같다면 자네도 그런 말을 쉽사리 하지 못했을 텐데 말이야."

　그건 부정하기 어려웠다. 그가 예전의 강함을 지니고 있었다면 돌려서 이런 말도 못 했을 것이다. 천무성이 한숨을 내쉬었다. 심기가 불편한 것보다는 약해진 자신을 향한 허망함 같았다. 이윽고 그가 다시 입술을 뗐다.

　"이것의 주인은 노부가 맞네."

　"주인?"

　"무쌍성을 세운 세 종주 중 한 사람인 노부의 증조부는 원래 곤륜파의 도인이었지."

　"곤륜파의 도인?"

처음 알게 된 비사였다. 무쌍성의 사대 무종 중 하나인 무천정종의 뿌리가 멸문한 곤륜파이리라고 누가 상상했겠는가. 애초에 도가와는 관련이 먼 무쌍성이다.

"이 이야기를 알게 된 건 본 종의 핏줄들 외엔 자네가 처음이로군."

"무천정종이 곤륜 출신이었다니, 놀랍군요."

"곤륜이 무사했다면 영원히 비밀로 가져가야 할 본 종의 비밀이지. 그게 증조부께서 맺은 약조였으니 말이네."

이제 곤륜이 없으니 비밀도 무의미하겠지. 하지만 굳이 그것을 외부에 거론하진 않을 것 같다. 이미 무천정종의 명성은 멸문한 곤륜파를 넘어섰으니 말이다.

"곤륜과 연이 끊긴 지 오래이나 그들이 의문의 멸문을 당한 이후 노부는 많은 고민을 했지. 본 종의 뿌리이기도 한 그들을 위해 무언가라도 해야 하지 않겠나 하고 말일세."

"…그래서 찾아가 보신 겁니까?"

"그렇네. 흉수들의 흔적이라도 찾으려고 말이네. 하나 곤륜에는 어떠한 흔적조차 남아 있지 않았지. 때마침 그날 폭우가 쏟아졌다고 하더군. 아마도 노린 것일 테지. 어떤 곳에서 그런 짓을 벌였는지는 모르겠으나, 곤륜의 멸문은 철저하게 준비된 것이 틀림없었네."

단 하룻밤 사이에 거대 문파가 사라졌다. 혈교, 무림연맹, 무쌍성을 제외하고 그 정도 거대한 힘을 지닌 단체의 정체는 무엇일까? 의아해하고 있는데 천무성이 서지를 들어 보이며 말했다.

"이 서지는 곤륜산의 혜명동이라 불리는 동굴에 있던 것이네. 죽은 도인들의 유골을 봉하는 동굴이라네."

"그곳에 서지가 있었던 겁니까?"

"그렇네. 노부는 운명이라 생각했네. 곤륜의 원혼들이 노부에게 무너져 내린 곤륜의 복수를 해달라고 이를 준 것이라 말이네."

원혼의 복수라…. 멸문한 곤륜의 것을 취할 명분으로는 충분하다. 그러나 지보를 얻은 천무성이 정말로 그들을 위해 무언가를 했을까? 나의 의문을 알아차리기라도 했는지 천무성이 씁쓸한 얼굴로 말했다.

"노부가 그저 지보를 취하고 아무것도 하지 않았다고 생각하나 보군. 하나 아닐세. 노부는 정말로 곤륜을 멸문시킨 자들을 은밀히 조사했네."

의외였다. 사실 누구도 곤륜이 무쌍성의 뿌리란 것을 알지 못했다. 지보까지 얻은 마당에 무리해서 그 일을 하지 않는다 해도 탓할 자는 아무도 없었다. 그런데도 조사했다는 것을 보면 그의 됨됨이를 알 수 있었다.

"뭔가를 알아내신 겁니까?"

그 말에 천무성이 다소 진지해진 얼굴로 말했다.

"몇 년 동안 곤륜 주변을 수소문하면서 한 가지 사실을 알게 되었지."

"그게 뭡니까?"

"괜찮겠나?"

"네?"

"노부는 이 사실을 알고 나서 얼마 지나지 않아 그 가짜, 아니 무악을 만나게 되었네."

진실을 알게 되면 위험해질 수도 있단 말인가. 나는 주위를 둘러보았다. 기감에 어떠한 기척도 느껴지지 않았다.

"듣는 이도 보는 이도 없습니다."

나의 말에 천무성이 깊은숨을 내쉬며 말했다.

"노부는 오랜 추적 끝에 곤륜파를 멸문시킨 자들을 보았다는 목격자를 발견했네."

"그게 정말입니까?"

이걸 곤륜의 마지막 생존자, 훗날의 곤륜독안 명경인이 알게 된다면 얼마나 기뻐할까? 그에게 또 다른 빚을 지게 할 수 있을 듯하다. 소담검이 혀를 내둘렀다.

—어쩐지 뭐하러 이걸 물어보나 싶었네.

곤륜독안 명경인을 내 패로 만들 수 있는 기회였다. 이걸 놓칠 이유도 없지 않나. 어차피 저건 가짜 지보라서 별다른 득도 안 되는데.

"그럼 그들이 누군지 알게 된 겁니까?"

그 말에 천무성이 고개를 저었다. 목격자를 발견했는데, 누군지 알아내지 못했단 말인가? 의아해하는데 천무성의 입에서 뜻밖의 말이 나왔다.

"목격자가 본 것은 수십 명의 복면인과 그들을 이끄는 수장이라고 하더군. 그런데 그 수장이라는 자의 한쪽 눈동자가 금빛이었다고 했네."

'금안?'

설마 여기서 금안의 남자가 튀어나올 줄은 몰랐다. 한쪽 눈만 금안이라 한다면 남천검객을 비롯해 여러 고수들을 습격했다는 그자인가? 내가 내색하지 않자 천무성이 계속 말을 이어갔다.

"이 정보는 매우 중요한 단서였네. 한쪽 눈동자가 금빛을 띠고 있는 자를 찾기만 하면 되는 것이었으니 말일세. 하지만 결국 노부는 아무것도 하지 못했네."

"…끄나풀이 붙어 있었군요."

"그렇네. 놈들도 내가 자신들 뒤를 캐고 있다는 사실을 눈치챘더군. 그 결과가 바로 이 꼴일세."

천무성이 씁쓸함을 금치 못했다. 그런데 여기서 나는 한 가지 의문이 생겼다. 금안의 사내가 만약 나처럼 이 눈으로 기운의 흐름을 볼 수 있다면, 목격자를 놓쳤을 리가 없었다.

—폭우 때문에 놓친 거 아냐?

뭐 그럴 수도 있지만 어쩌면 목격자 자체가 함정일 수도 있겠다는 생각이 들었다. 몇 년 동안이나 곤륜 인근을 조사했다면 어떤 자가 자신의 뒤를 캐고 있는지 미끼를 던졌을 수도 있었다.

—함정이면 굳이 금안이나 자신들의 인상착의는 안 밝혀도 괜찮지 않아?

그건 또 그렇네. 그럼 정말로 폭우 때문에 목격자를 보지 못했다는 건가.

'폭우라…'

그게 왠지 모르게 마음에 걸렸다. 그런데 천무성이 생각에 잠긴 나를 쳐다보며 의아해하고 있었다. 왜 저런 표정을 짓는 거지?

"왜 그러시는 겁니까?"

그런 나의 물음에 천무성이 입을 열었다.

"자넨 특이하군."

"네?"

"보통 지고의 보물을 눈앞에 두면 누구를 막론하고 탐욕을 숨기지 못하더군. 그건 무림인이라면 누구나 마찬가지일세."

하긴 보통 무림인들은 놀라면서 탐욕을 보이거나 호들갑을 떨 텐데, 이것에 관심을 가지기는커녕 다른 것들만 물어대니 의아해하는 것도 당연했다. 한데 그게 가짜라는 사실을 뻔히 아는데, 내가 관심을 가질 리가 있나. 천무성이 그것을 꼬집었다.

"한데 자네는 이 지보가 아니라 전혀 다른 외적인 것에 관심을 가지는군."

너무 관심을 보이지 않았나 보다. 여기서 갑자기 관심을 보이는 척한다면 이상할 테니 말을 돌려야겠다.

"욕심이 나지 않는다면 그게 검객이겠습니까? 하나 이미 주인이 있는 물건을 제가 탐해서 어찌하겠습니까. 다만 걱정되는군요."

"무엇이 말인가?"

"그렇다면 그 무악이란 자의 배후에 금안의 사내가 있다는 건데, 어르신이 살아 있다는 것을 알게 되었으니 지보와 상관없이 어떤 식으로든 노리겠군요."

그 말에 천무성이 한숨을 깊게 내쉬며 말했다.

"…그래서 자네와 관계를 원만히 해결하고 싶었다네."

하! 이제야 알 것 같다. 굳이 고맙다는 말을 하는데 호위무사들을 비운 것이 이상하다고 생각했었다. 나와 원만히 관계를 푼다면 아버지인 무정풍신 진성백과 풍영팔류종에게 도움을 청하려고 했던 모양이다. 지보를 선뜻 밝힌 것도 무악을 노린 배후 때문에 궁지에 몰려서 그런 게 아니었다. 내가 무천정종에 호의적이지 않다는 것을 알게 되었고, 상황이 더욱 급박하게 되었으니 자신의 최후의 패를 꺼낸 것이다.

―그렇네. 네 아버지에게 부탁하는 것보다 네 쪽이 더 쉽다고 여

겠을 테니까.

무공을 잃었어도 한 종파의 수장이다. 능구렁이 같은 노인네였다. 그때 천무성이 내게 서지를 보여주며 말했다.

"솔직히 이야기하겠네. 자네 부친과 풍영팔류종이 노부와 무천정종을 보호해주겠다고 약조한다면 검선의 지보를 공유하겠네."

"이제야 본심을 털어놓으시는군요."

천무성이 작게 웃음을 흘리며 말했다.

"영리한 친구로군. 하나 자네 부자에게도 나쁘지 않은 제안일세. 천고의 보물이라 할 수 있는 검선의 심득이 담긴 지보를 볼 수 있는 기회이네."

"검선의 지보라…."

한 가지 그가 모르는 게 있었다. 천무성이 가지고 있는 지보는 가짜란 것이다. 가짜 지보를 위해 아버지가 저자를 보호해줄 이유는 조금도 없었다. 나는 빙그레 웃으며 그에게 말했다.

"송구하오나 거절하도록 하겠습니다."

"뭐?"

천무성이 처음으로 당혹감을 감추지 못했다. 최고의 패라 여긴 것을 너무도 쉽게 거절했으니 당연한 반응이었다. 왠지 저 모습을 보니 골려주고 싶어졌다.

"그 지보가 진짜라고 생각하십니까?"

그 말에 천무성의 미간에 주름이 접혔다. 사실 저게 가짜라고 이야기해주고 싶었지만 그것까지 말한다면 내 말의 진위 여부를 따져야 할 테니, 이 정도만 해도 충분할 것 같았다.

"그럼 저는 이만 물러나도록 하겠습니다."

포권을 취하고 몸을 돌리려는데, 천무성이 급히 나를 불렀다.

"이보게."

"더는 할 말이 없습…."

"이제야 알겠군. 이게 가짜라고 생각해서 탐욕을 부리지 않았던 게야. 그렇다면 이걸 봐보게."

천무성이 급히 접혀 있던 서지를 활짝 폈다. 그리고 내가 보고 있는 방향으로 내밀었다. 굳이 가짜를 볼 이유는 없는데, 저것을 보여서 어쩌겠다는… 어? 순간 나는 펼쳐진 서지에서 눈을 뗄 수가 없었다.

─저게 뭐래? 무슨 낙서 아냐?

서지에는 어떠한 글자도 적혀 있지 않았다. 먹을 이리저리 휘갈겼는데, 그것이 마치 수많은 검흔들의 집합처럼 보였다. 복잡하게 얽혀 있었는데, 이걸 보는 것만으로 온몸에 전율이 일어날 정도로 휘갈긴 흔적들은 놀랍기 짝이 없었다.

"…검."

나의 중얼거림에 천무성이 씨익 웃었다.

"초의가 그려진 것만으로 검을 느끼다니 제법 검재가 뛰어나군."

"대… 대체 이게 뭡니까?"

머릿속이 복잡해졌다. 수많은 검초들이 뒤엉키는 것만 같았다. 너무 복잡하여 어떤 것이 진짜인지 알아보기 어려웠지만, 무수히 많은 검초들 중에 강렬히 빛나는 무언가가 있었다.

"말하지 않았나, 검선의 지보라고."

"검선?"

그럴 리가 없다. 진짜 〈검선비록〉은 신강의 천산에 있어야 한다.

게다가 나는 그것을 직접 보았다.

천무성이 내게 말했다.

"노부조차 몇 년 동안 이것을 보면서 많은 깨달음을 얻었지. 지금 자네의 수준으로는 이것을 이해하기 힘들 걸세."

그의 말을 부정할 수는 없었다. 저 안에 무수한 검의 심득이 담겨 있지만 머릿속이 어지럽기만 했다. 오랫동안 살펴보면서 공부를 해야 알 수 있는 수준이었다.

"노부의 머릿속에는 그 심득이 있네. 자네가 제안을 받아준다면 노부가 깨달았던 검선의 검을 가르쳐…."

"그랬군. 놈이 무엇을 숨겼나 했어."

어디선가 들리는 목소리에 나와 천무성이 황급히 그곳으로 고개를 돌렸다. 삼층으로 올라오는 계단 앞이었다. 그 앞에 무천정종의 무사복을 입은 한 사내가 서 있었다.

"누구냐? 아무도 올려보내지 말라고…."

내가 손을 내밀고서 그를 만류했다.

"무천정종의 사람이 아닙니다."

천무성은 무공이 폐해져서 느끼지 못했겠지만, 나 역시도 느끼지 못했다. 눈앞에 뻔히 보고 있는데도 마치 주변과 동화된 것처럼 고요해서 아무런 기척조차 느껴지지 않았다. 하단전만으로는 기척을 감지하기 어려운 고수라는 말이었다. 나는 선천진기를 끌어올리며 중단전을 개방했다.

'…기운을 이 정도까지 갈무리하다니.'

중단전을 개방해도 그의 기척이 옅게 느껴졌다. 은잠술을 극성으로 익힌 고수 같았다.

―상대할 수 있겠어?

모르겠다. 기운을 감추고 있는 데다, 안대를 쓴 상태에서는 근접해야 기운의 흐름을 확실히 볼 수 있어서 가까이 다가가야 알 수 있을 듯했다. 그때 놈이 움직였다. 팟! 나 역시도 이에 맞춰 신형을 날렸다. 놈이 노리는 것은 내가 아닌 천무성이었다. 스릉! 남천철검을 뽑아서 놈의 미간으로 검을 찔러 넣었다. 그 순간 놈이 머리를 살짝 틀어 이를 피한 후에 내게 단도를 휘둘렀다. 나 역시도 보법을 펼치며 이를 피해냈다. 그리고 검의 방향을 틀어 놈의 어깨로 휘둘렀다. 챙! 쇳소리와 함께 나와 놈의 신형이 동시에 세 보가량 밀려났다.

'양손?'

놈의 왼손에도 단도가 들려 있었다.

―어때?

'…강해.'

근접하면서 보게 된 놈의 기운의 흐름은 거의 나와 비슷하거나 그보다 조금 우위인 듯했다. 초절정의 극에 이른 고수라는 말이었다. 공력 자체만 놓고 본다면 나보다 조금 더 강했다. 그래도 내가 불리할 건 없었다. 내게는 기운의 흐름을 감지할 수 있는 금안이 있으니까 말이다.

"제법이군."

놈이 내게 말했다. 나는 말없이 놈을 향해 검을 날렸다. 그러자 놈이 현란한 보법을 펼치며 검을 피했다. 열 보 가까이서 기운의 흐름을 보면서 그를 계속 살폈다. 그러다 이에 적응하자 나는 단숨에 놈의 가까이로 파고들어 이내 머리를 노렸다.

"흡!"

놈이 다급히 머리를 옆으로 젖히는 순간 검의 방향을 틀었다. 머리가 아니라 진짜 목적인 가슴 쪽으로. 푹! 검이 가슴을 살짝 파고들었는데, 놈이 양손의 단도를 교차하며 위로 쳐올렸다. 옷이 위로 찢기며 남천철검도 위로 튕겨 나갔다. 챙! 놈이 이어서 내게 발차기를 날렸다. 나 역시도 뒤로 몸을 날리며 이를 피해냈다. 놈이 인상을 찡그리며 말했다.

"네놈은 뭐지? 느껴지는 기운은 아무리 봐도 내게 못 미치는데."

당연하겠지. 벽을 넘은 고수가 아닌 이상 선천진기를 못 느낀다. 아마도 놈은 하단전의 공력만 가지고 내 무위를 가늠했을 것이다.

"대충 상대할 녀석이 아니구나."

"가슴에 검이 박히기 전에 그러시지 그랬습니까?"

그 말에 놈이 비릿하게 웃으며 말했다.

"이깟 상처가 어쨌다고?"

그때 놀라운 일이 벌어졌다. 녀석이 검에 찔렸던 가슴 부위 핏줄들이 스멀거리더니 빠르게 아물어갔다.

'상처가?'

"상처가 낫다니?"

침상에 있던 천무성의 목소리가 들렸다. 놈의 상처가 낫는 모습에 많이 놀란 모양이었다. 하지만 나는 그리 크게 놀라지 않았다. 이미 저것보다도 더 경이로울 정도로 상처가 회복되는 것을 보았고, 나 역시도 보통 사람을 훨씬 뛰어넘는 회복 능력을 가지고 있었다. 놈이 내게 비릿하게 웃으며 말했다.

"시간이 그리 많지 않으니 제대로 상대해주마."

팟! 놈이 갑자기 내게 손을 뻗었다. 그런데 거리가 여덟 보 이상 떨어져 있는 상태였다. 무슨 짓이지? 의아해하는 순간 단도가 나를 향해 쇄도해왔다. 챙! 나는 남천철검을 휘둘러 그것을 쳐냈다. 양손으로 단도술을 펼치는 것 같은데, 그중 하나를 이렇게 쓰다니. 기회를 놓치지 않고 나는 놈을 향해 신형을 날렸다. 그 순간 나의 눈에 검은 무언가가 들어왔다.

'…?!'

—운휘, 뒤야!

나는 생각할 겨를도 없이 뛰어올라 검을 휘두르며 몸을 회전시켰다. 챙! 검신에 날카로운 무언가가 부딪치며 튕겨 나갔다. 그것은 바로 단도였다. 단도의 도병 끝에 묶여 있는 은빛의 실처럼 얇은 줄.

'은연사?'

내 눈이 잘못된 것이 아니라면 이것은 바로 은연사였다. 휘릭! 은연사가 짧아지면서 튕겨 나갔던 단도가 남천철검에 묶이려고 했다. 이대로 검을 휘두른다면 더 묶이게 된다. 이럴 때는 그냥 잡아당겨야 한다.

"호오, 한데 이거 어쩌나."

검을 빼내자 단도가 방향을 틀어 이번에는 머리로 날아왔다.

'이건…'

나는 다급히 옆으로 고개를 젖혀 이를 피해냈다. 빗나간 단도가 또다시 방향을 틀어 가슴으로 찔러오는 것을 검면으로 막아냈다. 창! 팍! 막아냄과 동시에 단도를 차서 놈에게로 날렸다. 놈이 은연사의 길이를 조절하자 날아가던 단도가 그의 손으로 빨려 들어갔다. 놈이 인상을 찡그렸다.

"네놈 비도술에 익숙한 것 같군."

내가 비도술에 능숙하게 대응하자 의아한 모양이었다. 그런 그에게 말했다.

"은연사에 섬영비도술, 대체 누구에게 배운 겁니까?"

"뭐?"

그 말에 놈의 표정이 기묘해졌다.

나야말로 의문이었다. 은연사부터 시작해 놈은 섬영비도술을 쓰고 있었다. 육혈곡의 계곡에서 비도살왕을 만나 그의 진전을 물려받은 나였다. 죽기 전에 그는 자식이나 제자가 없다고 했었다. 놈이 입술을 실룩거리더니 말했다.

"네놈이 어떻게 은연사와 섬영비도술을 알고 있지?"

"제가 먼저 물었습니다."

"웃기는 놈이로구나. 섬영비도술은 원래부터 내가 창안한 무공이다. 네놈 혹시 한지상과 겨뤄본 적이 있는 것이냐?"

'한지상!'

이자는 역시 비도살왕 한지상을 아는 것 같았다. 그와 대체 무슨 관계지? 의아해하는데 놈이 이해할 수 없다는 듯이 중얼거렸다.

"아냐, 그럴 리가 없지. 한지상 그놈이 죽은 지가 언제인데, 새파랗게 젊은 녀석이 겨뤄봤을 리가 없잖아."

'지금이 기회다.'

나는 검으로 목 쪽을 슬쩍 가리고서 천무성에게 전음을 보냈다.

[놈의 주의를 끄는 동안 도망치시죠.]

아직까지 놈이 제대로 초식을 펼치지 않았지만, 지금 다루는 것만 봐서는 나보다도 비도술에 능한 자였다. 은연사까지 있어서 공간에 제약이 없었다. 놈이 작정하고 천무성을 노린다면 그가 위험했다.

차라리 도망쳐서 방해되지 않는 게 내게 도움이 되는 상황이었다.

[놈에게 공격을 가하면 뛰십쇼.]

전음을 전한 나는 곧바로 놈에게 신형을 날렸다. 역시나 놈은 곧바로 내게 단도를 던졌다. 날아오는 단도의 궤적이 불규칙적으로 사방으로 꺾이며 어디서 들어올지 짐작하기 어렵게 했다.

'비도격성(飛刀擊成).'

섬영비도술 삼초식 비도격성이었다. 챙! 가슴으로 날아오는 단도를 쳐냈다. 그러자 단도가 튕기면서 날아갈 듯하다가 마치 허공의 벽에 부딪힌 것처럼 도중에 방향을 틀어 허벅지로 날아들었다. 챙! 이것도 막아냈지만 단도가 계속해서 궤적을 틀며 쇄도해왔다. 채채채채챙! 초식을 알고 있음에도 그의 손에서 펼쳐지는 비도술은 신출기묘하기 짝이 없었다. 나는 성명검법 삼초식 비추형검(泌鰍形劍)을 펼쳤다. 검이 부드러운 버들가지처럼 변화를 일으키며 단도의 궤적을 방해했다.

'은연사가 꼬이지 않아야 한다.'

얽히는 순간 검의 궤적이 멈춘다. 바로 그때였다.

"도망치게 놔둘 것 같나."

슉!

'앗!'

놈이 왼손으로 단도를 날렸다. 계속해서 놈이 다른 손에 들려 있는 단도를 날릴 거라고 예측했기에 나는 다급히 왼손을 뻗었다. 미리 은연사를 걸어두었던 소담검이 날아가 단도를 쳐냈다. 비장의 한수로 숨겨두길 잘했다. 챙!

"네놈?"

은연사를 본 놈이 놀라워했다. 그런데 놀란 것은 놈만이 아니었다.

'이런!'

뜻밖에도 놈의 다른 단도에도 은연사가 연결되어 있었다. 놈이 왼손을 살짝 틀자, 튕겨 나갔던 단도가 허공을 치고서 다시 천무성에게로 날아갔다. 이에 나 역시도 회수하려 했던 소담검의 방향을 틀었다. 챙! 휘리리릭! 소담검과 단도가 부딪치면서 은연사끼리 감겨버렸다. 기묘한 상황이 되었다. 서로 왼손을 잡아당긴 채로 오른손을 계속 움직여야만 했다. 채채채채챙!

"하핫! 어떻게 섬영비도술에 대해 잘 아나 싶었더니, 역시 한지상 놈의 제자였구나."

"그저 가르침을 받았을 뿐입니다."

스승과 제자 관계는 아니었다. 그때 놈이 피식 웃더니 발을 어딘가로 걷어찼다. 그 순간 놈의 신발에서 날카로운 암기가 튀어나와 허공을 가로질렀다. 두 손이 묶여 있어서 어찌해볼 틈도 없었다.

"크헉!"

천무성의 비명 소리가 터져 나왔다. 발에도 암기를 숨겨놨다니.

'어떻게 됐어?'

―암기가 노인네의 등을 관통했어. 몸이 조금씩 움직이는 걸 보면 아직 살아 있는 것 같긴 한데….

'젠장!'

뒷말은 듣지 않아도 알겠다. 목숨이 위태로울 것이다. 서로의 은연사가 묶여서 움직일 수 없으리라 여겼던 게 화근이었다. 이자의 싸움은 일반적인 무림인들과는 확연히 달랐다. 놈이 내게 이죽거리며 말했다.

"이봐, 네 녀석이 한지상에게 배웠다면 나는 네놈에게 사조나 다름없다."

"사조?"

지금 무슨 소리를 하는 거지? 사조(師祖)란 스승의 스승을 의미한다. 그의 목소리나 얼굴을 보면 아무리 많이 쳐봐야 삼십 대 중반 정도였다.

―반로환동이라도 했단 거야?

그럴 리가. 벽을 넘은 고수들조차 노화를 늦출 수는 있어도 막진 못한다. 반로환동은 전설 속에나 있는 이야기였다. 게다가 저자는 강하기는 했으나 벽을 넘진 못했다. 놈이 내게 씨익 웃으며 말했다.

"나의 진전을 물려받은 네놈을 그냥 죽이기는 아까운데, 제자가 되는 게 어떻겠느냐?"

"헛소리는 집어치우시죠."

"그놈 한 성깔 하는구나."

"당신이 비도살왕의 스승이라면 적어도 여든은 넘겨야 하는데, 그 말을 나더러 믿으라는 겁니까?"

그 말에 놈이 입꼬리를 올렸다.

"나를 따른다면 네놈도 이렇게 될 수 있다."

"사양하도록 하죠."

"그것참 아쉽게 되었군."

팍! 나는 서로의 은연사 줄이 얽혀 있는 왼손을 잡아당겼다. 놈을 끌어내기 위해서였다.

"한지상 놈에게 제대로 배우진 못했나 보구나. 이렇게 하면…"

놈이 왼팔을 격하게 흔들었다. 그러자 소담검과 묶여 있던 놈의 단도가 거칠게 회전하더니, 이내 묶여 있던 은연사가 풀렸다. 풀려난 단도가 크게 원을 그리며 내 머리로 날아왔다. 휘리릭! 나는 선천진기를 주입하여 소담검을 회수하면서 단도를 쳐냈다. 그러자 단도 두 자루가 교차하며 더욱 복잡한 초식을 일으켰다. 채채채챙! 왼손을 다루는 법을 연습했지만 이자는 마치 마음을 둘로 나누기라도 한 듯이 단도를 제각기 다르게 움직였다. 두 명의 고수가 동시에 합공이라도 하는 것 같았다.

—어깨야!

소담검이 알려줬지만 이미 늦었다. 푹!

"큭!"

결국 단도가 왼쪽 어깨에 박혔다. 놈이 단도가 박히는 순간 은연사를 잡아당겼다. 그러자 신형이 살짝 틀어지며 다른 단도가 내 목을 노려왔다. 은연사가 검에 얽히는 것을 두려워할 상황이 아니었다.

'회룡승검.'

진성명검법 사초식 회룡승검. 몸이 빠르게 회전하며 검초가 회오리바람처럼 사방을 휘저었다. 은연사가 회전하는 남천철검의 검날에 휘감기며 목을 노렸던 단도가 은연사에 걸려 마구잡이로 휘둘러졌다.

"걸렸구나."

놈이 양손을 잡아당기자 거미줄처럼 얽혀 있던 은연사가 팽팽해졌다. 은연사의 그물망에 갇히게 된 것이다.

"하핫!"

놈이 그 상태로 신형을 날렸다.

"어딜!"

나는 놈을 향해 소담검을 날렸다. 그러자 놈이 허공으로 튀어 올라 천장에 들러붙어 뛰었다. 비도살왕의 스승이라 자처할 만큼 은 잠술과 암기와 더불어 경신술도 기묘했다. 팟! 단숨에 나를 통과해 버린 놈이 쓰러진 천무성에게 다가가려 했다. 그 순간 나의 몸에서 뜨거운 김이 흘러나왔다. 슈우우우우! 갑작스러운 변화에 놈이 인 상을 찡그렸다.

"네놈… 설마 그건….'

기기괴괴 해악천의 비기인 진혈금체였다. 놈도 숨겨둔 수들이 많 았지만 나 역시 그에 못지않았다.

"칫!"

놈이 다급히 오른손을 잡아당겼다. 그물망 형태로 가두고 있던 은연사의 줄이 팽팽해지며 마치 강사처럼 날카로워졌다.

"움직이면 몸이 토막 날 거다!"

"해보시죠."

진혈금체로 몸이 단단해져 있던 나는 남천철검의 검신을 비롯해 그물망처럼 휘감고 있는 은연사를 치솟은 힘과 공력으로 억지로 밀고 나갔다.

"진혈금체? 네놈 대체 정체가 뭐기에 정도의 검법과 살문, 혈교 기기괴괴의 무공까지 익힌 것이냐?"

콰콰콱! 나는 놈의 말을 무시하고서 앞으로 나아갔다. 은연사를 잡아당기고 있는 놈의 오른팔 근육이 팽배해졌다.

"빌어먹을!"

놈이 왼손을 다급히 잡아당겼다. 그러자 어깨에 박혀 있던 단도 가 뽑혀 나왔다. 팟! 놈이 쓰러진 천무성을 향해 손을 뻗었다. 그러고는 손을 몇 번 휘젓자 살점이 베이는 소리와 함께 단도에 서지가 박혀서 빨려 들어갔다. 그것을 품속에 집어넣고서 갈무리한 놈이 이죽거렸다.

"더 상대해주고 싶다만 그럴 시간이 없구나."

팟! 놈이 나를 막고 있는 은연사를 팽팽하게 유지하기 위해 측면으로 내달렸다. 그대로 지나쳐 의원의 삼층 창문으로 탈출하려는 것 같았다. 이대로라면 놈의 뜻대로 된다.

'그렇다면.'

쾅! 나는 바닥을 향해 세차게 진각을 밟았다.

'축아회검(逐亞回劍).'

진성명검법 육초식 축아회검을 펼쳤다. 휘감고 있던 은연사가 검이 회전하면서 더욱 빠르게 휘감겼다. 팽팽한 줄이 회전을 방해하면서 손바닥이 찢겨 나갔지만 이를 개의치 않았다.

"헛!"

은연사의 줄이 빠르게 휘감기면서 측면으로 이동하던 놈의 몸이 강제로 내가 있는 방향으로 부웅 떠서는 끌려왔다.

"이놈이!"

팟! 놈이 내가 있는 쪽으로 날아오며 왼손으로 단도를 날렸다. 챙! 소담검으로 그것을 쳐냈다. 놈이 거의 내 앞까지 끌려오는 순간 축아회검을 밀어 넣었다.

"빌어먹을!"

놈이 어떻게든 벗어나기 위해 앞발을 찼다. 그러자 신발에서 튀어나온 암기가 내 복부로 날아들었다. 팍! 바늘처럼 날카로운 암기였지만, 진혈금체로 인해 단단해진 복부를 통과하지 못하고 살짝만

박혔다. 이 정도는 참을 만했기에 놈의 목을 향해 축아회검을 찔렀다. 회복이 빠르다고는 하나 머리가 떨어지면 살아날 수 없다.

"흐아압!"

놈이 어떻게든 목은 피하기 위해 뒤로 신형을 날리며 있는 힘을 다해 오른팔을 펴고서 밑으로 잡아당겼다. 파앙! 검에 휘감겨 있던 은연사 줄이 최대한 팽팽해지면서 놈의 코앞에서 축아회검이 멈춰섰다. 놈이 회심의 미소를 지었다.

"아깝게 되었구나."

그리고 왼손을 잡아당겼다. 은연사가 감기는 것이 보였다.

—지금이야!

소담검의 외침에 고개를 옆으로 젖혔다. 보지도 않고 정확하게 단도를 피해내자 놈의 눈이 휘둥그레졌다. 쾅! 그때 진각을 세차게 밟았다.

'역축아회검!'

검이 반대 방향으로 빠르게 회전하며 남천철검을 팽팽하게 휘감았던 은연사의 줄이 풀려나려 했다.

"아, 아닛?"

놀란 놈이 다급히 내 얼굴로 회수했던 단도를 찔러 넣었다. 재빨리 고개를 옆으로 젖혀 피하면서, 놈의 단도가 얼굴을 살짝 스쳐 지나갔다. 놈의 손목을 왼손으로 붙잡고 역축아회검을 그대로 펼쳤다.

"큭!"

놈이 오른손을 아래로 잡아당겼다. 덕분에 머리를 노렸던 역축아회검이 덜 풀린 은연사로 인해 놈의 목 밑 쇄골 사이를 회전하며 관통했다. 파파파팍!

"끄거거걱."

관통된 부위에 검이 회전하며 살점이 갈리자 놈이 고통스러워했다. 나는 그 상태에서 검을 수직으로 세워 그대로 놈의 머리 위로 들어 올렸다. 촥!

"퀵!"

순식간에 검이 놈의 정수리로 빠져나왔다. 놈의 얼굴이 반으로 갈라져 붉은 줄이 생겨났다.

"학… 학….

경이로울 정도로 질긴 생명력이었다. 머리가 반으로 갈라졌는데도 아직 숨이 붙어 있다니. 그런데 놈의 시선이 내 왼쪽 뺨으로 향해 있었다. 그곳은 놈의 단도가 스쳐 지나간 곳이었다.

"네… 네… 놈 대체?"

아무래도 스친 정도의 상처라 회복되는 것이 눈에 띄었던 것 같다. 자신과 마찬가지로 빠르게 회복되는 내 모습에 동요했는지 눈동자가 심하게 흔들렸다. 그런 놈에게 말했다.

"신경 끄고 죽으시죠."

나는 그대로 놈의 목을 베었다. 촥! 목을 가르자 머리통이 떨어져 나가며 바닥을 나뒹굴었다. 그리고 버티고 서 있던 몸통 역시도 이내 무너져 내리고 말았다. 더 이상 놈은 움직이지 않았다. 진혈금체를 풀자 호흡이 거칠어졌다.

"하아… 하아….

여태껏 만났던 어느 고수보다도 상대하기 힘들었던 자였다. 나는 허리를 숙여서 뻗어 있는 놈의 품속에서 서지를 꺼내 들었다. 놈의 단도에 구멍이 뚫려버린 서지. 이렇게까지 노리는 것을 보면 이 역시도 정말 검선의 지보란 말인가? 그러던 찰나였다. 두근! 갑자기 심장이 격하게 뛰었다. 그러더니 뜨거운 기운이 일어났다.

―왜 그래?

'선천진기가 제멋대로 움직여.'

내가 의도한 것이 아니었다. 그때였다. 화르륵! 손에 쥐고 있던 서지가 푸른 불꽃에 휩싸였다. 예상치 못한 현상에 나는 당황한 나머지 서지를 손에서 놓으려고 했다. 그러자 갑자기 주위가 어두워졌다. 눈을 깜빡거리자 주변이 순식간에 안개로 뒤덮였다.

"이게 대체…."

영문을 몰라 하는데, 안개 속에서 한 존재가 보였다. 새하얀 백의를 입고 있는 선풍도골(仙風道骨)의 노인이 백색 빛으로 물든 검을 들고서 나를 쳐다보고 있었다. 이 기이한 현상을 이해할 수가 없었다. 나는 혹시나 하는 마음에 속으로 소담검과 남천철검을 불렀다.

'소담, 남천.'

그들은 내 목소리를 못 듣는지 아무런 답이 없었다. 대체 이게 무슨 현상이지?

'혹시 천기(天璣)인가?'

북두칠성의 점들 중 천기의 능력처럼 환상을 보는 듯했다. 그런데 환상 속은 말 그대로 검이 기억하고 있는 과거를 찰나에 보는 것인데, 이상하게도 저 노인은 나를 쳐다보는 것 같았다. 그때 노인이 입을 열었다.

[천권까지 열었구나.]

…설마 내게 말을 거는 건가? 지금 벌어지는 광경은 환상이었다. 그런데 환상 속에 보이는 존재가 내게 말을 걸고 있었다. 선풍도골

의 노인이 너털웃음을 터뜨렸다.

[허허허. 의심이 많은 아이로구나.]

정말로 내게 말을 걸고 있었다. 노인이 천천히 내게 다가왔다. 경계심이 생긴 나는 뭔가 대비하려고 했지만, 발걸음을 뗄 수가 없었다. 마치 지면이 나를 붙잡고 있는 것만 같았다. 노인이 바로 내 앞까지 다가왔다. 이렇게 정순하면서도 맑은 느낌을 받은 것은 처음이었다.

[평탄하지 않은 인생을 살아왔으니 누군가를 쉽게 믿지 못하는 것도 당연한 이치일 테지.]

노인의 말에 나는 깜짝 놀랐다. 그는 내 모든 것을 꿰뚫어보는 것만 같았다.

'…대체 어르신은 누구십니까?'

그런 나의 물음에 노인이 빙그레 웃으며 말했다.

[세상 사람들은 노부를 검선이라고 불렀느니라.]

'거, 검선!'

검선. 검으로써 최고의 경지에 이르렀던 전설적인 무인. 내 눈앞에 있는 이 노인이 정말로 검선이란 말인가? 미소를 짓던 노인이 손을 내밀었다.

'앗!'

그러자 내 의지와는 상관없이 팔이 저절로 올라가며 그의 손바닥에 내 손이 얹어졌다. 노인이 꽃잎을 쥐듯이 살포시 내 손을 잡았다. 그러고는 눈을 감고서 고개를 끄덕거렸다. 의아해하고 있는데 스스로를 검선이라 칭한 노인이 입을 열었다.

[곧고 좋은 검법을 익혔구나.]

'네?'

[네게 맞고 어울리는 검이다.]

'무슨 말씀을 하시는 건지?'

[네가 익힌 검이 무엇인지 보았단다.]

'혹시 성명검법을 이야기하시는 겁니까?'

[그래.]

그저 손을 잡았을 뿐인데, 그걸 대체 어찌 안단 말인가? 도통 영문을 알 수가 없었다. 지보를 그저 잠깐 손에 쥐고 있었을 뿐인데, 어째서 이런 일이 벌어진 거지? 궁금해하는데 검선이 내게 말했다.

[지보에는 나의 백(魄)이 담겨 있단다. 그렇기에 너를 이렇게 만날 수 있는 거지.]

백? 혈마의 백처럼 넋이 담겨 있었다는 건가?

[비슷하다고 볼 수 있겠구나.]

그럼 내 앞에 있는 이분이 그저 환상이 아니라 정말 검선이란 말이었다. 어안이 벙벙했다.

[재미있는 아이로구나.]

'…저는 이 상황이 정말 믿기지 않습니다.'

무림사를 통틀어 몇 되지 않는 최고의 무인 중 한 사람이 검선이었다. 검, 아니 무림인이라면 누구나 그를 추앙할 것이다. 정말 그가 검선이라면 묻고 싶은 것이 많았다.

'저는… 그 지보가 진짜일 줄은 몰랐습니다. 하면 둘 다 검선 어르신께서 남기신 지보란 말씀입니까?'

[그렇단다.]

'아…'

천무성이 가지고 있던 그 지보도 진짜였다니. 누가 검선이 남긴 지보가 둘일 거라고 알았겠는가. 아무 말도 하지 않았는데 검선이 내 생각을 읽기라도 한 듯이 말했다.

[나는 등선하기 전에 나의 백을 셋으로 나누어 지보들에 옮겨 담았단다.]

'셋?'

그 말은….

[그중 둘이나 한 사람이 취하게 될 줄은 천기를 읽은 나조차도 몰랐구나.]

이걸 뭐라고 해야 하지? 횡재했다고 해야 하는 걸까?

[나의 뜻과 상관없이 지보들이 너와 인연이 있었다는 것일 테지.]

검선의 말대로 대단한 인연인 것 같다. 그의 말만 들으면 지보를 한 사람이 얻으라고 만든 것은 아닌 듯했다. 그런데 생각해보면 두 지보 모두 내가 얻으려고 해서 얻은 것도 아니었다.

[그럴 테지. 지보는 가지려고 하는 자의 손에는 들어가지 않는단다.]

'그게 무슨 말씀입니까?'

[너처럼 연(緣)의 고리가 닿아야 얻을 수 있단다. 게다가 운이 좋게도 백이 둘이나 모여 너와 이렇게 마주 보며 대화를 나눌 수 있게 되었구나.]

'어라….'

그러고 보니 어딘가 익숙한 목소리였다. 천추, 천선, 천기, 천권을 열 때마다 이 목소리를 들었었다. 그 목소리가 검선의 목소리였다니.

[하나 이렇게 대화를 계속하면 백이 점차 소실될 터이니, 네게는 썩 좋은 일이 아닐 테지.]

백이 계속 소모된다는 말인가? 그렇다면 시간이 그리 많지 않다는 이야기였다. 그에게 가르침을 청해야 할 것 같았다. 무릎을 꿇고 절이라도 올려야지 싶은데 몸이 움직이지 않았다. 그때 검선이 웃으며 내게 말했다.

[예를 갖추지 않아도 된다.]

'하지만…'

[사실 네게 나의 가르침이 크게 의미가 있을까 하는 의문이 드는구나.]

'어째서입니까?'

[너는 내가 남겼던 지보들 중에 가장 큰 것을 얻었단다. 검과 교감할 수 있는 힘이야말로 내 모든 것의 진수이지.]

'검과의 교감.'

무슨 말인지 알 것 같았다. 검의 목소리를 들을 수 있는 능력을 말했다. 하긴 그 덕분에 수많은 위기에서 벗어날 수 있었고, 소담검, 남천철검, 혈마검과도 교감할 수 있었다.

[내가 서지에 남겨놓은 검흔 또한 네가 익혔던 검들과 비교하여 크게 뛰어나다고도 할 수 없겠구나.]

'그게 무슨 소리입니까? 검선 어르신의 검법이 뛰어나지 않다면 대체 무엇이…'

[만류귀종이란 말을 아느냐?]

만류귀종(萬流歸宗). 모든 물줄기는 끝에 와서는 하나로 이어진다는 말이다. 무공, 무도를 익히는 자들이 가장 많이 듣는 말이기도 하다. 수많은 무공도 결국 끝에 이르면 하나의 형태가 된다고 하는데, 아직까지 이 말에 관해 크게 체감한 것이 없었다. 검선이 너털웃음을 지으며 말했다.

[직접 체감하는 것보다 좋은 경험이 없지.]

그가 손을 가볍게 휘젓자 얼음처럼 굳어 있던 몸이 움직였다. 그리고 어느새 손안에 가장 익은 남천철검이 쥐어졌다.

'남천.'

하지만 아무런 목소리도 들리지 않았다. 검선이 내게 말했다.

[초식이란 검의 움직임과 그 궤적을 정형화한 것이다. 하나 깨달음이 짙어질수록 결국 움직임은 간소화될 수밖에 없지.]

쉭! 검선이 들고 있던 흰빛의 검을 가볍게 일자로 그었다. 단순히 그었을 뿐이었다. 그런데 이상하게도 마치 수많은 검초가 하나로 뭉쳐진 것처럼 복잡함이 느껴졌다.

'이, 이게 대체…'

의아해하는데 검선이 내게 손짓했다.

[네가 가장 익숙한 검초를 내게 펼쳐보거라.]

'익숙한 검초라면…'

[네 마음이 가는 대로 하거라.]

영문을 알 수 없지만 시키는 대로 해야 할 것 같았다. 나는 검선을 향해 가볍게 묵례를 하고서 성명검법 육초식 축아회검의 기수식을 취했다. 더 강한 칠초식 십이천경검(十二天景劍)도 있지만 몇 번을 펼쳐봐도 생각만큼의 위력을 낼 수가 없어서 지금은 이게 가장 익숙했다.

'후우.'

호흡을 가다듬은 나는 단번에 검선을 향해 축아회검을 펼쳤다. 비스듬하게 잡았던 검이 회전하며 풍압과 함께 날카로운 회오리를 일으켰다. 과연 검선은 이에 어떻게 대응할까?

'…?!'

뭐지? 검선이 어떤 방법으로 대응할까 기대하고 있는데 그저 가볍게 검을 찔러 넣었다. 특별한 초식이 아닌 단순한 식이었다. 그 순간 믿기지 않는 일이 벌어졌다. 채앵! 검이 축아회검의 중심부를 파고들었다. 그러자 검 끝이 맞부딪치며 쥐고 있던 남천철검이 도리어 튕겨 나갔다. 그저 단순한 찌르기였는데 말이다.

'대체 이게….'

격렬히 회전하는 검 끝에 검선의 검이 닿자 단순한 찌르기에서 복잡한 변화가 생겨났다. 그 미묘한 감각은 지금의 나로서는 티끌 하나조차 전혀 알 수 없을 만큼 아득히 먼 경지라고 할 수 있었다. 팔대 고수, 사대 악인이라고 해도 과연 이런 검을 보여줄 수 있을까? 그저 감탄밖에 나오지 않았다.

[재능이 있구나. 네게 검재가 없었다면 그것조차 알 수 없었을 게다.]

'말씀을 그렇게 하셔도 저로서는 도저히….'

[조급해하지 말거라. 수많은 갈래로 가더라도 결국 하나로 갈 수밖에 없으니.]

검결과 같은 이치일까? 검이나 무의 끝이란 그런 것일까? 머릿속이 복잡해졌다.

[유형은 결국 무형이 되기 마련이다. 계속 검의 길을 가게 된다면 자연스럽게 내 말을 이해할 수 있게 될 것이다.]

하면 대체 검선에게 무엇을 배울 수 있을까? 이 기회를 놓칠 수가 없었다. 나는 다시 한 번 무릎을 꿇고 검선에게 말했다.

'아직 부족한 게 많습니다. 제게 어르신의 검을 가르쳐주십쇼.'

그가 만류귀종과 무형의 경지에 이르렀다고 해도 그곳까지 이르게 한 검법이 있을 것이다. 검선의 검법이라도 배우고 싶었다. 한데 검선은 고개를 저었다.

[형태를 남긴 검은 전부 잊었단다.]

'검선께서 익혔던 초식들을 말입니까?'

[그 초식들 또한 종국에 와서는 완벽하지 않기에 머릿속에서 지웠단다.]

나는 순간 허탈해졌다. 상대적으로 검선은 나와 너무 다른 경지에 이르러 있었다. 깨달음이라는 것은 말로 얻을 수 있는 것이 아닌데, 대체 무엇을 배울 수 있단 말인가? 실망스러워하는 내 모습에 검선이 빙그레 웃으며 말했다.

[네 검의 길을 잡아주마.]

'네?'

[네 검은 한 사람의 검객이 그 길을 다듬었다. 하나 아직 완성되지 않은 검이지 않느냐?]

성명검법. 그것은 남천검객이 평생을 갈고닦은 검법이다. 임종하기 직전까지도 그는 성명검법을 계속해서 다듬고 발전시켰다. 지금 검선은 내게 성명검법을 더 높은 상승의 길로 이끌어주겠다고 제안하고 있는 것이었다.

* * *

무쌍성 의원 건물의 근방. 어두운 골목에 검은 무복을 입은 일곱 명의 중년인들이 있었다. 그들 중 한 사람은 섬경무종의 종주 구양경이었다. 구양경이 중년인들에게 명했다.

"나머지는 나를 따르고 다른 네 사람은 무천정종의 무사들을 전부 처리하고 합류해라."

"알겠습니다, 종주."

대답을 마친 중년인들이 미리 준비해둔 복면을 썼다. 그런 그들을 보며 구양경이 옅은 숨을 내쉬었다. 그도 품속에 손을 집어넣어 복면을 꺼내려다 손에 잡히는 복주머니를 손끝으로 매만졌다.

'폭혈단.'

그것은 자신의 집무실에 왔던 남자가 넘겨준 물건이었다. 적혀 있던 대로라면 이것을 복용할 경우 모든 혈맥이 폭주하여 기존 공력의 수배 이상의 힘을 발휘할 수 있다고 하였다.

'후우.'

단, 이것에는 부작용이 있다. 강제로 주화입마와 같은 효과를 일으키기 때문에 혈맥이 폭주함과 동시에 미쳐 날뛰게 된다. 그리고 그 힘이 다하면 공력의 사 할 이상을 소진하고 만다. 서지에는 이것을 이용하여 무정풍신을 처리하든지 반전을 꾀하라고 적혀 있었다.

'…내가 이걸 먹을 것 같으냐!'

그 자신이 이걸 먹고서 희생할 생각은 없었다. 때마침 좋은 상황이 생겨났다. 해왕성종과 풍영팔류종의 종주 두 사람이 무쌍성의 금옥으로 가 있고, 무정풍신의 아들이라는 작자가 무천검제의 부름을 받고 의원으로 갔다는 전갈을 받았다.

'놈에게 먹이면 된다.'

이런 좋은 기회를 놓칠 수가 없었다. 무정풍신의 아들에게 이것을 강제로 먹여서 폭주시킨다면 자연스럽게 상황이 커지게 만들 수 있었다. 구양경이 품에서 꺼낸 복면을 썼다.

"가자."

이런 날을 위해 준비한 숨겨둔 전력이었다. 그들을 이끌고 구양경은 곧장 의원으로 잠입했다. 기척을 죽이고 안으로 들어간 그는 의외의 상황에 직면했다.

"전부 죽었습니다."

의원을 지키고 있는 무천정종의 무사들이 전부 죽어 있었다. 시신들을 살폈는데, 마치 암살이라도 당한 것처럼 전부 날카로운 병기에 의해 일 수에 죽임을 당했다. 이게 무슨 영문인지 알 수가 없었다.

'이게 대체 무슨 일이지? 설마 그자가 저지른 짓인가?'

그러고 보니 진짜 무천검제가 아직까지 살아 있는 이유에 대해서 의문을 제기했던 그자였다. 구양경은 왠지 모를 불길함에 사로잡혔다. 만약 무천검제나 무정풍신의 아들이 죽어 있다면 모든 게 수포가 된다. 그는 급히 삼층으로 올라갔다.

'아!'

삼층으로 올라갔는데 더욱 예상하지 못한 광경이 펼쳐졌다. 계단 입구 앞에 무천검제 천무성이 쓰러져 있었다. 복면인들 중 한 사람이 그의 맥을 짚더니 이내 고개를 저었다. 죽은 것이다.

"저자는?"

"놈이다."

죽은 무천검제 외에 목이 잘려서 쓰러진 시체가 있었는데, 그 앞에 안대를 쓴 한 청년이 석상이라도 된 것처럼 뻣뻣하게 서 있었다. 멍한 상태가 이상했다. 구양경이 손짓으로 놈이 죽었는지 확인해보라고 했다. 복면인 두 사람이 고개를 끄덕이며 놈의 가까이로 다가가 코 밑으로 손을 갖다 댔다.

"살아 있습니다."

"하!"

이렇게 운이 좋을 수가 있나. 아무래도 그자가 미리 상황을 준비해둔 듯했다. 아마도 무정풍신의 아들놈은 혈도가 점해져서 저 상태로 굳은 모양이었다.

'놈에게 먹이기만 하면 되겠구나.'

일이 잘 풀려서 다행이었다. 구양경은 품속에서 복주머니를 꺼냈다. 그리고 석상처럼 서 있는 무정풍신의 아들에게 다가갔다.

'네놈 때문에 일이 틀어졌으니 그 대가라고 생각해라.'

복주머니에서 환단을 꺼내 들었다. 그리고 조심스럽게 무정풍신의 아들 입 안으로 넣으려는 순간이었다. 놈의 입이 닫혔다.

'엇?'

멍해져 있던 무정풍신의 아들 눈빛이 원래대로 돌아왔다.

"지금 뭘 하려는 겁니까?"

"칫!"

아무래도 놈을 제압해야겠다는 생각이 들었다. 구양경은 다급히 무정풍신의 아들의 혈도를 제압하기 위해 손을 움직였다. 그 순간 그가 자신의 손을 막았다. 팍!

'이놈?'

바로 앞이었기에 충분히 제압할 자신이 있었다. 그런데 너무도 쉽게 손이 막혔다. 방심했나 싶어 놈에게 장법을 펼치려는 순간….

"헉!"

날카로운 검광에 놀란 구양경이 다급히 자신을 두 동강 내려고 하는 검을 변초를 써서 장법으로 쳐내려 했다. 그런데 검에 손을 부딪친 순간, 그의 몸이 강한 반탄력에 의해 여덟 보 가까이 밀려났다. 파앙! 구양경이 놀라서 그를 쳐다보았다. 그런데 무정풍신의 아들은 그 자리에서 한 발짝도 움직이지 않고 서 있었다.

'…공력이 늘었어.'

불과 낮에만 하더라도 자신이 한 수 위였다. 충분히 제압할 수 있다고 여겼는데, 사람이 완전히 달라진 것 같았다. 탁! 그때 발에 무언가가 거치적거렸다. 데굴거리는 그것을 슬쩍 쳐다보니, 다름 아닌 자신의 집무실을 찾아왔던 남자의 머리였다.

'아니?'

자신과 거의 맞먹거나 그 이상이라 여겼던 자의 몸과 머리가 나뉘어 있었다. 무언가 잘못됐다고 판단한 그가 목소리를 변조하고서 소리쳤다.

"놈을 죽여!"

그의 명령에 근방에 있던 복면인 넷이 무정풍신의 아들을 에워싸며 포진했다. 그들 모두가 절정의 고수들이었다. 놈을 상대하는 동안 이 자리를 피해야겠다는 생각뿐이었다. 그 순간 믿기지 않는 일이 벌어졌다. 무정풍신의 아들이 원을 그리며 검을 휘둘렀는데….

촤촤촤촥!

"끄악!"

"끄헉!"

네 방위로 그를 포진하던 복면인들 두 명의 몸이 두 동강 나버렸다. 검에 닿은 것도 아닌데 말이다.

'예, 예기를 날렸어….'

[훌륭하다. 길을 열어줬다고 한들 체득하지 못하면 무의미한 법.]

'검선 어르신의 가르침이 있었기 때문입니다.'

[좀 더 시간이 있다면 좋겠지만 남아 있는 백은 선천진기와 염으로 체화하는 것이 네게 더 득이 되는 일이겠지.]

'더 가르침을 주십쇼. 어르신께서 말씀하시지 않았습니까? 지금의 제게는 깨달음이 필요한 시기라고.'

[배움의 열망이 강하구나. 하나 그리고 싶어도 더 이상 시간이 없구나.]

'그게 무슨 말씀이신지?'

[심상의 세상이 아무리 바깥보다 느리게 흐른다고 해도 이를 멈출 수는 없느니라. 이제 돌아가도록 하여라.]

검선이 그 말과 함께 안개 속에 점차 사라져갔다. 나는 사라지는 검선에게 다급히 말했다.

'하나만, 하나만 더 가르쳐주십쇼. 제가 다시 과거로 돌아간 것도 어르신의 안배입니까?'

그 물음에 흩어져가는 검선이 말없이 웃었다. 한데 그 웃음이 어째서 그것이 긍정이라고 느껴지지 않는 것일까?

* * *

─이게 무슨 일이래? 방금 그거 어떻게 한 거야?

소담검이 놀라서 내게 물었다.

'예기를 날렸어.'

검이나 도 같은 병장기를 다루는 자들은 경지에 이를수록 기운을 날카롭게 벼릴 수 있게 된다. 그것이 바로 예기이다. 벽을 넘어선 고수들은 몸속의 기를 완전히 자신의 것으로 체화할 수 있기에 이 예기를 자유롭게 다룰 수 있게 된다.

─그럼 벽을 넘어선 거야?

아니. 아쉽지만 벽은 넘지 못했다. 벽에 턱걸이를 했다는 표현이

옳을 것이다.

—턱걸이? 그럼 초인의 영역에 이르지 못했다는 거야?

애매하다. 검선께서 주신 가르침을 체화했어도 나 자신의 깨달음
이 부족했다. 심상에 있던 것이 바깥보다 느리게 흘러갔다고 해도
벽을 완전히 넘어설 만큼 충분하지 않았다. 지금 나는 초인의 영역
에 준한다고 할 수 있었다. 팔대 고수나 사대 악인처럼 손과 발을 이
용하여 예기를 자유로이 다룰 정도는 못 되지만, 검을 매개체로 하
는 것은 가능했다. 지금으로서는 이것이 한계였다. 그나마 이것도
원래 벽을 넘어야만 가능한데, 나는 그 모든 것을 〈검선비록〉에 남
겨져 있던 북두칠성의 힘으로 정기신을 열었기에 가능했다.

남천철검이 놀라워하며 물었다.

—방금 전에 우리 말을 듣지 못하고 가만히 있었던 게 검선을 만
난 것이었나?

'맞아. 그분의 가르침을 받았어.'

—그럼 진짜 검선의 지보였네?

호들갑을 떠는 소담검에게 그렇다고 했다. 전혀 예상치 못하게 천
고의 기연을 만나게 된 것이었다.

—죽은 저 노인네만 불쌍하게 되었네.

소담검이 말한 노인네는 천무성이었다. 내가 생각해도 그는 참으
로 불운한 자였다. 겨우 감옥에서 나왔는데, 정작 검선의 지보를 익
힐 수 없는 몸이 된 것으로도 모자라 목숨마저 잃었다. 이런 걸 보
면 운명이란 참으로 알다가도 모를 일이었다.

어쨌거나 이 일로 인해 기연을 얻어 한층 더 성장했으니 일단은
만족해야 할 것 같았다.

―아쉽네. 팔대 고수가 눈앞이었는데.

'깨달음을 얻는 데 조급해하지 말라고 하셨으니까. 그리고….'

지금이라면 염으로 혈마의 힘을 더욱 끌어낼 수 있을 것이다. 지보에 남아 있던 검선의 백 또한 몸으로 받아들였으나 아직 제대로 흡수하지 않았으니 성장 가능성은 열려 있었다.

"노, 놈을 막아랏!"

내게 손짓하는 저자가 이 복면인들의 우두머리인 것 같았다. 저자만 복면인들 중에서 가장 우월한 힘을 가졌다. 잠깐 손을 섞어본 감각이 맞다면 초절정의 극에 이른 무위를 지니고 있었다.

―저놈이 너한테 저걸 먹이려고 했어.

놈의 손에 있는 저 환단, 저것이 마음에 걸렸다. 일단 제압하면 정체가 무엇인지, 그리고 목적은 무엇인지까지 알 수 있겠지.

―조심해!

소담검의 외침에 나는 검을 옆으로 비스듬하게 쳐올렸다. 챙!

"흐헉!"

가볍게 쳐낸 검에 내게 도를 휘둘렀던 복면인의 신형이 뒤로 밀려났다. 벽에 걸친 것만으로 공력이 확연하게 달라졌다. 팍! 촥!

"끄윽!"

옆에서 달려드는 복면인의 팔목을 걷어차고서 허벅지를 베어버린 나는 계단으로 도망치는 복면인의 우두머리를 향해 검을 그었다. 공간이 일렁이며 날카로운 예기가 놈의 등으로 날아갔다.

"큭!"

예기를 느꼈는지 놈이 다급히 바닥으로 몸을 굴렸다. 초절정의 극에 오른 자였기에 기감만큼은 예민하기 짝이 없었다. 하지만 예기를 이런 식으로 날려도 피할 수 있을까? 촤촤촤촤촥! 나는 예기를 피할 틈이 없도록 종횡무진으로 날려댔다.

"이놈!"

놈도 그것을 피할 수 없다고 여겼는지 몸을 돌려서 날아오는 예기들을 향해 화려한 장법을 펼쳤다. 손바닥의 잔영이 수십 개로 늘어나며 방패처럼 앞을 가렸다. 파파파파팍! 장법의 초식과 예기가 부딪쳤다. 놈이 물샐틈없는 방어로 예기를 막아내려 했지만, 신형이 뒤로 튕겨 나갔다. 쾅!

'옹?'

놈이 튕겨 나가는 힘을 이용해 건물 벽면을 부숴버렸다. 계단으로 내려가는 것보다 그것이 빠른 방법이기도 했다. 이대로는 놓칠 것 같아.

"하압!"

복면인들이 놈을 어떻게든 탈출시키기 위해 내 앞을 가로막았다. 검초와 도초를 펼치는데 이를 상체만 가볍게 움직이며 피했다. 확연한 실력 차에 복면인들이 어처구니없어했다.

"빈틈."

나는 복면인들 중 한 명의 미간을 검으로 찔렀다. 놈이 비명조차 지르지 못하고 쓰러졌다. 또 다른 복면인이 당황해서 도망치려고 했지만 그자의 옆구리에 일 권을 먹였다. 퍽! 우두둑!

"끄악!"

갈비뼈가 부러지는 소리와 함께 놈이 피를 토하며 날아갔다. 절정의 고수들조차 내게 일초지적이 되어버리는 것을 보면 무위가 정말 강해진 것을 느낄 수 있었다. 더 이상 막을 놈들이 없자 소담검이 소리쳤다.

—빨리 쫓아가!

'잠깐만.'

나는 바닥에 놓여 있는 시신 한 구를 향해 은연사를 날렸다. 천무성을 죽인 그자의 시신이었다. 놈은 양손으로 은연사를 썼었는데, 나 역시도 섬영비도술을 익혔기에 연습만 한다면 충분히 두 개를 다룰 수 있을 것 같았다. 찰칵! 시신의 팔에서 은연사의 양팔 갑주를 빼내 하나는 허리춤에 차고 다른 하나는 오른팔에 찼다.

—그사이에 그걸 챙기는구나. 너답다.

아깝게 이걸 버리고 갈까? 다른 사람의 손에 들어가면 내 밑천이 드러나는 셈인데. 은연사를 요긴하게 챙긴 나는 복면인의 우두머리 놈이 뚫어놓은 구멍으로 신형을 날렸다.

—어딘지 알 것 같아?

나는 안대를 내리고 감았던 눈을 떴다. 금안이 개방되며 어두운 무쌍성의 성내가 눈에 들어왔다. 놈과 잠시 대립하면서 그 기운을 확실하게 파악해뒀기에 안대를 벗은 경우라면 더더욱 멀리까지 내다볼 수 있었다. 수많은 사람의 기운이 눈에 형상화되었다. 그들 중에 급하게 도망치고 있는 익숙한 빛의 형상이 보였다. 놈이었다.

—따라잡을 수 있겠어?

'가능…할지도.'

—무슨 수로? 저 거리라면 도망쳐서 숨고도 남을 텐데.

나는 양팔을 벌렸다.

—뭐 해?

촥! 촥! 그러고는 양 손목에 있는 은연사를 양쪽 벽면에 발사해 구조물에 묶이게 했다.

―뭐 하려는 거야? 너 설마?

나는 구멍이 뚫려 있는 반대편의 벽면을 향해 내달렸다. 그러자 고정되어 있는 은연사의 줄이 쭈욱 늘어났다. 감겨 있는 줄을 빼낸 게 아니라 탄력에 의해서 늘어난 것이었다. 은연사가 구조물을 잡아당길 듯이 팽팽해지자, 나는 그 힘에 몸을 맡겼다. 태앵! 파아아앗! 누군가 나를 날리듯이 은연사의 탄력에 의해 내 몸이 건물 구멍을 빠져나와 하늘을 그대로 직선으로 뻗어갔다. 하나가 아닌 둘을 이용하니 그 탄력의 힘이 굉장했다. 마치 활을 쏘듯이 몸을 날린다는 경공술 궁신탄영(弓身彈影)을 펼친 것처럼 내 신형이 무쌍성의 허공을 가로질렀다. 슈우우우우!

금안으로 놈이 보였다. 미행을 따돌리려는지 이리저리 골목을 휘젓고 있었다. 허리춤에서 소담검의 검병에 은연사의 줄을 채웠다.

―또야?

소담검이 체념한 목소리를 내뱉었다.

나는 놈이 있는 방향의 건물 벽면을 향해 은연사를 쏘았다. 콰득! 벽면에 소담검이 꽂히자, 은연사에 공력을 주입하여 줄어들게 했다. 앞으로 날아가던 몸이 은연사가 있는 방향으로 틀어졌다. 방향이 바뀌자, 벽에 꽂혀 있던 소담검을 잡아당겨 은연사를 회수한 후에 나는 몸을 회전시키며 어딘가로 날아갔다. 탁! 그곳은 복면인 앞이었다.

"헉!"

갑자기 느닷없이 내가 하늘에서 떨어지자 놈이 당혹감을 감추지 못했다. 복면에 드러난 눈동자가 미친 듯이 떨리고 있었다.

"대, 대체 어떻게?"

이에 나는 빙그레 웃으며 위를 가리켰다. 하늘을 가로질러 온 건 맞으니까. 당혹스러워하던 놈이 싸울 생각이 없는지 반대편으로 몸을 틀려고 했다. 척! 나는 은연사를 발사해 놈의 다리를 낚아챘다.

"이건 또 뭐야?"

뭐긴 뭐야, 줄이지. 나는 은연사를 잡아당겼다. 놈이 이를 풀어내려고 발버둥을 치다가 안 되겠다 싶었는지, 나를 향해 신형을 날렸다. 복면인의 우두머리가 내게 장법을 펼쳤다. 놈의 손바닥이 쾌속하게 내 얼굴과 가슴의 요혈들을 노려왔다.

'보인다.'

놈의 앞에 서면서 금안을 가리기 위해 왼쪽 눈을 감았지만, 굳이 기운의 흐름이 아니더라도 초식의 연계 사이로 허점들이 선명히 보였다. 검선의 가르침이 절대로 헛되지 않았다. 나는 상체만을 움직이며 놈이 펼치는 장초들을 피해냈다. 그리고 놈에게 파고들어, 복부에 육성 공력을 실은 일 권을 먹였다. 픽!

"끄엑."

주먹을 맞은 놈이 토악질과 비슷한 소리를 내며 뒤로 밀려났다. 놈이 고개를 들어 올리며 나를 향해 이해할 수 없다는 듯이 말했다.

"네, 네놈 무위를 숨겼던 것이냐?"

급격한 역량의 상승에 많이 놀랐나 보다. 그런 그에게 말했다.

"구양 종주, 당신이었습니까?"

"뭐?"

놈이 놀라서 다급히 자신의 얼굴을 더듬었다. 그의 얼굴에 쓰고 있던 복면이 벗겨져 있었다. 사실 그것은 내 손에 있었다. 복부에 일

권을 먹이는 순간 검을 잠시 손에서 놓고 복면을 벗겨버렸다.

"크윽. 이놈."

구양경이 어처구니없어했다. 한데 나야말로 어처구니가 없었다. 같은 파벌이라 할 수 있는 무천정종의 종주가 가짜인 것이 밝혀진 후로 어떻게든 나를 몰아붙이려고 한 것은 알고 있지만 이런 식으로 암수를 쓰려 들 줄은 몰랐다. 여기서 한 가지 의심이 들었다.

"…당신도 그자들과 한패였습니까?"

무악과 스스로를 비도살왕 한지상의 스승이라 칭했던 그자. 아무래도 그들과 연관이 있어 보였다. 구양경이 눈알을 이리저리 굴리는 걸 보면 내 말은 귀에도 안 들어오는 것 같았다. 그저 이 상황을 어찌 빠져나가야 하나 머리를 굴리는 듯했다.

―….

그때 이명과 더불어 기감을 자극하는 기척들이 느껴졌다. 수많은 사람들이 이곳으로 몰려들고 있었다. 허공을 가로지를 때 나를 발견한 자들이 있었던 모양이다. 기감이 나보다 약한 구양경도 뒤늦게 그것을 알아차렸는지, 어쩔 줄 몰라 했다.

"빌어먹을!"

놈이 발목에 묶여 있는 은연사를 풀어내려 했다. 그렇게 내버려 둘 수야 있나. 나는 은연사를 잡아당겼다. 이를 버티려고 하던 놈이 갑자기 눈을 질끈 감더니, 품속에서 무언가를 꺼내 들었다.

'환단?'

그것은 놈이 내게 먹이려고 했던 바로 그 환단이었다.

"네놈만큼은 용서할 수 없다."

아무래도 낌새가 좋지 않았기에 나는 이를 막기 위해 예기를 날렸다. 착! 그러자 놈이 다급히 몸을 낮추어 예기를 피하더니 환단을 집어삼켰다. 놈에게 신형을 날린 나는 놈의 목을 움켜쥐었다.

"컥!"

복부를 쳐서 그것을 게워내게 하려 했는데, 갑자기 구양경의 얼굴에서 검은 핏줄이 불룩불룩 튀어나왔다.

'뭐지?'

기이한 현상이었는데, 목에 있는 혈맥이 과도하게 팽창하는 것이 느껴졌다. 놈을 제압하기 위해 가슴 부위로 다급히 점혈술을 펼쳤다. 타타타타탁! 그런데 팽창하는 혈맥으로 방대한 기운이 올라와 점혈을 방해했다. 안 되겠다 싶어 놈의 가슴에 일 권을 날렸다. 퍽! 그러자 구양경의 입에서 피가 흘러나왔다. 피 색깔이 검게 물들어 있었다. 구양경이 비릿한 미소를 지으며 말했다.

"하아. 기분이 좋구나."

그 말이 끝나기가 무섭게 구양경이 내 머리를 향해 일 장을 날렸다. 나 역시도 다급히 놈의 손바닥으로 권을 뻗었다. 장과 권이 부딪치는 순간 서로의 신형이 뒤로 밀려났다. 촤르르르르르. 갑자기 놈의 공력이 굉장히 올라갔다. 혈맥이 폭주하기에 자결이라도 하려나 싶었는데, 그게 아닌 모양이었다. 눈동자는 실핏줄이 올라와 붉어져 있었고, 얼굴 전체가 검게 올라온 핏줄들로 뒤덮여 징그럽기 짝이 없었다.

우르르르르! 때마침 골목 사이로 수십 명의 인파가 몰려왔다. 그 앞에는 해왕성종의 종주 왕처일이 있었다. 아버지인 무정풍신 진성백은 보이지 않았다.

"구양 종주? 소종주? 이게 무슨 일인가?"

그의 외침에 나는 놈이 혹여 선동이라도 할까 싶어 먼저 선수를
쳤다.

"구양 종주님이 의원에 있던 저와 무천정종의 종주님을 노렸습니
다. 저 복면이 그 증거입니다."

바닥에 떨어진 복면을 가리켰다. 이에 왕처일이 인상을 찡그리며
구양경을 쳐다보았다. 누가 봐도 그의 복장은 복면과 잘 어울렸다.
게다가 지금 상태가 매우 기이했다.

"구양 종주, 대체 무슨 짓을 한 거요?"

왕처일의 외침에 구양경이 비릿하게 웃더니 곧이어 일갈을 내질
렀다.

"네놈들은 꺼져랏! 저놈은 내 손에 죽는다!"

평소 말투와는 확연히 달랐다. 거칠기 짝이 없었다.

"지금 무슨 말을 하는 거요! 구양 종주, 당장 멈추지 않는다면 그
대를 제압할 수…."

팟! 구양경이 갑자기 왕처일을 향해 신형을 날렸다. 이에 나는 그
것을 막기 위해 은연사를 확 잡아당겼다. 그런데 예상치 못한 일이
벌어졌다.

"방해하지 마랏!"

뿌드득! 구양경이 발목에 걸려 있던 은연사의 줄을 끊어버렸다.
어디까지 그 탄력이 유지되나 궁금했는데, 이런 식으로 알게 될 줄
은 몰랐다. 은연사로 묶어두기는 그른 것 같다. 내가 나서려고 하자
왕처일이 손을 내밀며 소리쳤다.

"위험하니 나서지 말게! 본 종주가 제압하겠네."

왕처일이 허리춤에 있던 도를 뽑아 구양경에게 신형을 날렸다. 과

연 그의 도법은 명불허전이었다. 사대 무종의 종주들 중 한 사람이자 무천검제와 같은 시대를 지내온 도객답게 패도적인 도초를 구사하고 있었다. 촤촤촤촤촤촤! 도법 실력으로 치면 난마도제와 거의 비등했다.

그런데 문제는 구양경이었다. 그 환단의 효과 때문인지 공력이 비약적으로 상승한 구양경이 쇄도해오는 도초를 손바닥으로 만들어 낸 수십의 잔영으로 밀어붙여 버렸다. 파파파파파팡! 왕처일도 더욱 강하게 도를 휘둘렀지만, 구양경은 도에 베이는 것을 두려워하지 않는지 장법으로 막지 못한 도초들을 팔목이나 맨몸으로 받아냈다.

"이자가 미치기라도 했나?"

살갗이 베이기는 했으나, 강한 공력으로 만들어낸 반탄력에 의해 오히려 왕처일의 도식이 튕겨 나가고 말았다. 도가 튕기며 틈이 생겨나자 구양경은 이를 놓치지 않았다. 그의 일 장이 왕처일의 가슴을 때렸다. 팡!

"크헉!"

왕처일이 피를 뿜으며 뒤로 밀려나더니, 이내 한쪽 무릎을 꿇었다. 고작 세 초식 만에 압도적인 공력으로 승부를 낸 것이다. 구양경의 몸에도 많은 도상이 생겨났는데, 고통을 느끼지 못하는지 광소를 터뜨리며 말했다.

"크하하하핫! 왕처일 네놈도 별것 아니구나!"

"이자가!"

내상을 입은 왕처일이 무릎을 일으키려 했다. 그때 내가 소리쳤다.

"구양 종주, 당신이 노리던 상대는 제가 아닙니까?"

그 말에 왕처일에게 다가가던 구양경이 고개를 홱 하고 돌렸다.

왕처일이 놀라서 황급히 외쳤다.

"소종주! 자네의 상대가 아닐세. 구양 종주를 자극하지 말게!"

그러나 그가 만류한다고 될 상황이 아니었다. 이미 구양경의 신형이 내 코앞까지 다가왔다. 놈이 내 머리를 향해 장법을 날렸다. 이에 나는 남천철검을 위로 베며 놈의 팔을 잘라버리려고 했다. 파파파 팍! 구양경이 변초를 펼쳐 검면을 쳐낸 후에 심장부를 향해 장법을 틀었다. 이에 보법으로 뒤로 물러나며 놈의 손목을 위로 차올렸다. 그 후에 놈의 가슴을 향해 검을 찔러 넣었다.

"흥!"

구양경이 콧방귀를 뀌며 검 끝으로 일 장을 날렸다. 파아아앙! 순간 강한 풍압이 주변으로 일어났다. 어찌나 공력이 강한지 검이 손바닥을 꿰뚫지 못하고 서로의 신형이 또다시 밀려났다. 그 광경을 본 왕처일과 사람들이 당황한 듯했다. 내가 강해진 그와 싸워도 밀리지 않자 많이 놀란 모양이었다.

—몸이 단단해진 거야?

'그건 아냐.'

손바닥에 일시적으로 공력을 집중해 날카로운 검 끝에 대항했다. 다만 내 공력도 만만치 않기에 상처는 났다. 구양경의 손바닥에 흘러내리는 저 피가 그 증거였다. 한데 미치기라도 했는지 아니면 고통을 느끼지 못하는지 전혀 개의치 않고 내게 다시 달려들고 있었다.

"죽어랏!"

순식간에 구양경과 내가 두 초식가량 더 부딪쳤다. 그의 폭증한 공력이 조금 더 우위였으나, 애초에 무위가 오른 것이 아니라 환단의 약 기운에 의존한 것이기에 거의 동등했다. 파팍!

"큭!"

놈의 장법이 내 오른쪽 가슴을 때렸다. 나 역시 발차기로 놈의 복부를 걷어찼지만, 고통을 전혀 느끼지 못하는 듯했다. 신형이 틀어지지 않고 나를 노려왔다. 주르륵! 입가로 흘러내리는 핏물을 보더니, 왕처일이 위기라 생각했는지 소리쳤다.

"구양 종주가 마성에 빠졌다. 그를 제압해야 한다."

"충!!"

그의 명에 해왕성종의 고수들이 합공이라도 하려는지 우르르 나서려고 했다. 그들 무위로는 끼어들어야 피해만 커진다. 이에 나는 다급히 소리쳤다.

"멈추십쇼!"

"무슨 소리인가! 자네 혼자서는 무리일세."

왕처일의 외침에 나는 별수 없다는 듯이 말했다.

"…어쩔 수 없군요. 멀쩡히 제압하기는."

"뭐?"

파파파팍! 나는 연달아 발차기로 구양경을 밀어낸 후 보법으로 다섯 보 정도 거리를 벌렸다. 그리고 검병의 파지법을 바꾸고서 검날을 반대쪽 허리 뒤쪽까지 잡아당겼다. 자세만 보면 검초가 아닌 발도술이라도 펼치는 듯했다.

"죽여주마!"

그런 나를 향해 구양경이 신형을 날려왔다.

'신로(新路)성명검법 사초식 회룡승검.'

쾅! 나는 앞으로 세차게 진각을 밟으며 남천철검에 예기를 극도로 끌어올렸다. 그리고 검으로 원을 그리며 몸을 회전시켰다.

"소용없…."

차창!

"엇?"

그 순간 장법을 펼치던 구양경의 양손이 튕겨 나가며 그의 몸이 검세에 떠올랐다. 촤촤촤촤촤촤촥! 검세에 이어서 몰아치는 예기의 회오리가 구양경을 휘감았다. 구양경의 전신이 예기에 갈가리 베여들며 계속해서 위로 솟구쳤다.

—이게 회룡승검이라고?

남천철검이 달라진 검초에 믿을 수 없어했다.

쿵! 이윽고 예기의 회오리에 휘말렸던 구양경이 바닥에 떨어졌다. 고통을 느끼지 못하는 그가 몸을 일으키려 했지만, 전신의 근맥이 잘려 나가 바닥에서 꿈틀댈 뿐 일어나지 못했다. 나는 검에 묻은 핏방울을 털어내며 고개를 돌렸다. 왕처일과 해왕성종의 고수들이 입을 다물지 못하고 있었다.

"자네… 대체…."

배후

"세상에!"

"풍영팔류종의 소종주가 섬경무종의 종주를 꺾었어."

"사대 종파의 종주 중 한 사람을 저리 만들다니…."

"그 엄청난 검법은 대체 뭐야?"

주위에서 웅성거리는 소리에 낯이 따가울 지경이었다. 그런 와중에 참 많은 질문 공세를 받은 것 같다. 해왕성종의 왕처일 종주는 내게 "어찌 된 일이냐?", "부친께 가르침을 받은 것이냐?", "무공을 숨긴 것이냐?" 등등 온갖 질문을 해댔다. 의문을 가질 만도 했다. 낮에 보았을 때와 그 무위가 확연히 달라졌으니 말이다. 역량이 급격하게 상승했다고 하면 오히려 섬경무종의 종주인 구양경과 별반 다를 게 없어지기에 무공을 숨긴 것으로 포장했다. 다행인 것은 새로운 신로성명검법이 남천검객의 검법임을 경험 많은 노고수 왕처일조차 알아보지 못했다. 다른 무쌍성의 무인들도 마찬가지였다. 검초가 진성명검법과는 완전히 궤를 달리해서 그런 듯했다.

—발전된 검법을 보게 된다면 전 주인도 정말 뿌듯해하실 거다.

'남천검객께서?'

—전 주인께서도 검객으로서 검선을 많이 존경하셨었다.

하긴 검을 다루는 자들 중에 검선에게 경외심이 없는 자가 누가 있겠는가. 어떠한 세력도 없이 검 한 자루로 무림의 일인자로 군림했던 최고의 검객이었다. 그의 가르침이 있었기에 공력이 폭증한 구양경도 꺾을 수 있었다.

—그런데 저 구양경이라는 사람⋯ 저래서야 말이나 할 수 있을까?

소담검이 혀를 내둘렀다.

지금 구양경의 상태는 상당히 심각했다. 검초에 의한 부상 때문이 아니라 폭주한 혈맥이 기어코 이상을 일으켰는지, 온몸에 검은 피멍이 들어서 전신을 파르르 떨고 있었다. 정신도 온전치가 않은지 계속 어리바리하며 멍하니 침을 흘리고 있었다. 저래서야 과연 살 수 있을지가 의문이었다.

—약물이나 사술의 힘에 의존하여 강제로 혈맥을 폭주시켜봐야 한계는 분명하다.

그렇겠지. 다만 구양경 같은 고수라면 그 정도는 알고 있었을 것이다. 그런데도 저런 선택을 했다는 것은 그만큼 그가 궁지에 몰렸다는 뜻이겠지.

—배후를 알아낼 수 있겠어?

글쎄. 상태가 호전된다면 가능할 수도 있겠지만 지금으로서는 무리일 듯싶다. 어쨌거나 해왕성종의 종주 왕처일이 사태를 잘 수습하고 있었다.

"오 부주는 부여종, 도현종, 각우종 등에 도움을 요청하여 병력을 이끌고 섬경무종의 성탑을 포위하라."

"명을 받듭니다, 종주."

"서둘러라."

왕처일의 판단은 옳았다.

어찌 되었든 종주가 죽었으니, 섬경무종이 어떻게 나올지 모를 상황이었다. 현재로서는 먼저 선수를 치는 것이 답이었다.

─이거 일거양득인데?

'응?'

─그렇잖아. 안 그래도 너 구양산인가 뭐시긴가 하는 녀석이랑 경쟁하게 생겼는데, 손을 쓰지 않고 코를 푸는 격이잖아.

아아… 그런 의미였구나. 하긴 섬경무종 전체가 정체 모를 흑막 세력과 연관 있는지의 여부가 밝혀질 때까지는 그들은 자유롭게 움직일 수 없게 될 것이다. 구양산 역시도 마찬가지일 테고. 소담검의 말대로 알아서 떨어져 나간 꼴이 되었다. 뭐 그런다고 해서 사마착이 곱게 나올까는 의문이지만 말이다.

"강 부주는 자네의 무사들을 이끌고 의원을 수습해주게."

"알겠습니다, 종주."

"너희들은 구양 종주를 금옥으로 이송시켜라."

"충!"

사태를 수습하는 명을 마친 왕처일이 내게 다가와 씁쓸한 목소리로 말했다.

"안타깝구먼. 천 종주가 이렇게 어처구니없이 목숨을 잃다니."

왕처일은 진심으로 그의 죽음을 안타까워했다. 그만큼 진짜 천무성은 말년이 불운하기 짝이 없긴 했다. 탄식을 흘리던 그가 내게 넌지시 말했다.

"노부도 섬경무종의 성탑으로 가봐야겠네. 소종주, 자네도 도울 텐가?"

나는 정중히 포권을 취하며 거절했다.

"송구합니다. 거기까진 제가 나설 일이 아닌 것 같습니다."

풍영팔류종의 소종주가 되었지만 내부의 일에 너무 관여하는 것도 그리 좋은 일은 아닌 듯했다. 게다가 본의 아니게 구양경을 저 꼴로 만들었다. 괜히 섬경무종의 사람들과 마주쳐서 원망의 대상이 되고 싶지 않았다. 물론 그들이 이 사실을 듣게 된다면 자연스럽게 그리되겠지만 말이다.

"한데 종주님, 저희 부친께선 보이지 않는데 아직 금옥에 계신 겁니까?"

"그렇네. 자네 부친은 지금 무악이라는 자를 살리기 위해 독을 몰아내고 있네."

"네?"

그건 또 무슨 말이지? 아무래도 금옥에 직접 가봐야 할 것 같다.

* * *

'아…'

횃불들로 밝혀놓은 어두운 금옥 안. 그곳에서 아버지인 무정풍신 진성백이 대나무 욕조 안에 반신이 들어가 있는 무악의 등 뒤에 두 손을 얹고 있었다. 얼굴에 화상 자국이 가득한 저 남자가 바로 무악이었다. 고무처럼 늘어나는 인피면구를 벗겨보니 화상으로 뒤덮인 얼굴이 끔찍하기 그지없었다. 저 얼굴로 저렇게 인상을 쓰고 있으니 흉신악살을 보는 듯했다.

아버지 진성백의 몸에서는 아지랑이가 물씬 피어오르고 있었고, 무악이 앉은 욕조의 물은 검게 물들어 있었다.

—물 색깔이 왜 저래? 구정물보다도 더럽네.

아마도 독을 몰아내서 저렇게 물 색깔이 변했을 것이다. 괜히 건드리면 독에 중독될 수도 있다.

—입막음을 하려거든 그냥 죽이면 되지 왜 저렇게 한 걸까?

소담검이 날카롭게 지적했다. 나는 식은땀까지 흘려가며 놈을 해독시키는 아버지 진성백을 쳐다보았다. 만약 무악이 죽었거나 상태가 멀쩡했다면 아버지 진성백이 여기서 이렇게 죽치고 있을 일은 없었을 것이다.

'…주의를 분산시킨 거야.'

아마도 저 독은 아버지 정도의 심후한 내가고수가 아니면 해독시키기 어려울 것이다. 아버지를 이 자리에 묶어두고서 천무성을 노리기 위함으로 보였다. 비도살왕 한지상의 스승이라 자칭했던 자가 아무리 강하더라도 팔대 고수의 역량을 감당하기는 어려울 테니 말이다.

"크헉!"

그때 무악의 입에서 검은 핏덩이가 튀어나왔다. 아버지 진성백이 그와 동시에 등에서 손을 뗐다.

"후우."

독을 몰아내는 데 성공한 모양이었다. 등에서 손을 뗀 아버지 진성백이 호흡을 고르며 눈을 떴다. 통! 아버지가 가볍게 욕조 통을 손바닥으로 치자, 안에 있던 무악이 밖으로 튕겨 나왔다. 평범해 보이지만 물이 넘치지 않고 사람만 저렇게 빼내는 것은 여느 고수들도 하기 어려운 신기였다. 역시 대단했다.

슥! 내가 발걸음을 살짝 떼자, 아버지가 갑자기 인상을 찡그리더니 내가 있는 방향으로 다급히 고개를 돌렸다.

"운휘?"

경계심이 담긴 눈빛으로 쳐다보았던 아버지 진성백의 눈매가 가늘어졌다. 표정이 뜻밖이라는 것만 같았다.

"아버지."

나의 부름에 그가 영문을 알 수 없다는 얼굴로 몸을 일으켜 세웠다. 내게 다가오며 아버지가 말했다.

"대체 무슨 일이 있었던 것이냐?"

'하!'

참 혀를 내두를 수밖에 없었다. 아무래도 아버지는 내 역량이 전보다 상승한 것을 단번에 알아차린 듯했다. 괜히 팔대 고수의 일인이 아니었다. 이걸 보면 아직까지 벽을 넘어 초인의 영역에 이른 자들에 비하면 여전히 부족하다는 사실을 체감할 수 있었다. 나를 뚫어지게 쳐다보던 아버지 진성백이 말했다.

"깨달음을 얻었구나?"

"실은…."

아버지를 속일 수 없기에 있었던 일들을 이야기했다. 물론 심상 속에서 검선을 만난 이야기는 하지 않고 천무성이 보여준 지보를 통해 깨달음을 얻었다고 말했다. 검선에 관한 것까지 전부 이야기하면 설명할 것이 너무도 많았다. 그래서 지보는 비도살왕의 스승이라 자칭했던 자에 의해 소실되었다고 말했다.

"네게 깨달음을 줄 정도의 검흔이 그려진 지보라…."

"정말 놀라운 검흔이었습니다."

"어쩌면 전설로만 전해오던 검선의 지보일지도 모르겠구나."

"검선이요?"

"먹으로 검흔을 그려 깨달음을 줄 정도의 기인이라면 아비는 그분밖에 생각나지 않는구나."

정말 예리했다. 우연히 들어맞은 것이지만 단번에 검선을 거론하다니. 이런 걸 보면 과연 검선은 무인들에게 오랫동안 추앙받는 전설적인 존재인 듯했다.

"아버지도 지보를 보셨으면 좋았을 텐데."

그런 나의 말에 아버지 진성백이 내 어깨를 붙잡으며 말했다.

"보면 어떻고 안 보면 어떻겠느냐. 네가 이렇게 빠르게 성장하는 모습을 보니 아비로서는 자랑스럽기 그지없구나."

다른 자들이라면 지보가 없어진 것을 아쉬워할 테지만 진성백은 아니었다. 아버지라서 그런 것도 있겠지만 그의 담대한 그릇을 알수 있었다. 잠시 기뻐하던 아버지가 약간은 어두워진 표정으로 말했다.

"다만 네 말대로라면 본 성에 너무 많은 일들이 연달아 터졌구나."

천무성으로 위장했던 무악, 무악과 진짜 천무성을 노린 비도살왕의 스승이라는 자, 그리고 섬경무종의 종주 구양경. 하루 사이에 무림을 양분하는 무쌍성 내에서 너무 많은 일들이 터졌다. 사태가 이정도까지 되니, 또다시 이런 일이 벌어지지 않을 거라는 확신을 내리기도 어렵게 되었다. 아마 해왕성종의 종주 왕처일도 같은 생각을 했을 것이다.

나는 무악을 가리키며 물었다.

"혹시 왕처일 종주님이 저자에게서 배후를 알아내셨습니까?"

이에 아버지 진성백이 고개를 저었다.

"아무리 고문을 하고 교섭을 요청해도 쉬이 입을 열지 않는구나. 이제 겨우 반나절이 흘렀으니, 계속 심문하는 것 외에는 방법이 없겠구나."

명색이 오대 악인이라 불렸던 자다. 독기로 가득하겠지. 입을 열수 있는 세 사람 중에 숨이 붙어 있는 자는 두 명뿐이었다. 그중 한사람인 구양경은 환단의 부작용 때문인지 정신이 온전치 않았다. 오직 무악 저자를 통해서만 정보를 캐낼 수 있다는 소리였다. 나는 놈을 물끄러미 쳐다보았다.

'흠.'

—왜? 뭐 좋은 방법이라도 있어?

'통할지는 모르겠지만 한번 시도해볼 만한 것 같아서.'

—어쩌려고?

소담검의 물음에 나는 대답하지 않고 아버지에게 말했다.

"아버지."

"왜 그러느냐?"

"혹시 괜찮다면 제가 잠시 저자와 대화를 나눌 수 있겠습니까?"

"네가 말이냐?"

무슨 방법인지는 이야기하지 않았다. 그래서인지 턱까지 쓰다듬으며 한참을 고민하던 아버지 진성백이 이내 그것을 허락했다.

* * *

횃불 하나 켜지 않은 어두운 금옥 안. 선천진기를 발휘하고 금안까지 개방하고 있었기에 내 눈에는 쓰러져 있는 무악이 훤히 보였다. 단전이 파훼된 그는 정말 약해진 상태였다. 멀쩡하던 단전이 파훼되면 체내에 쌓은 기운이 일시적으로 빠져나가기에 한동안은 무공을 익히지 않은 평범한 사람보다 약해질 수밖에 없다. 지금 무악이 딱 그러했다.

나는 놈에게 공력을 주입하여 강제로 깨웠다.

"헉!"

깨어난 놈이 화들짝 놀라서 본능적으로 벌떡 일어나 뒤로 몸을 날렸다. 철컹! 그러나 금옥 안에서 놈이 도망칠 곳이 있을 리가 만무했다. 나는 환의안의 구결을 속으로 외우며 놈의 눈을 뚫어지게 쳐다보았다. 딱! 손가락을 눈 쪽에서 튕기자 놈이 그곳을 쳐다보았다. 단전이 파훼되었어도 여전히 소리에는 민감하게 반응하고 있었다. 이윽고 놈이 갑자기 바닥에 엎드렸다.

―왜 저러는 거야?

'환의안의 세 번째 단계로 놈이 가장 두려워하는 자를 보여줬어.'

―엥? 그러다 헛다리를 짚으면 어쩌려고?

그럼 다른 방법을 취해야겠지만, 가능성이 높았다. 왜냐하면 오대 악인이라 불렸던 자가 자존심을 저버리고 배후에 있는 누군가의 명대로 움직이고 있었다. 어지간히 두렵지 않고서야 명령에 따를 리가 없었다. 무악이 떨리는 목소리로 입을 열었다.

"무, 무명이시여, 기어코 저를 죽이시려는 겁니까?"

'무명?'

배후의 수장을 뜻하는 명칭인가? 무명(無名)이라고 하면 이름이 없다는 게 되는데, 철저하게 자신의 정체를 감추기 위한 안배인 것 같았다. 시간이 많지 않았다. 무슨 질문을 해야 놈이 알아서 많은 정보를 뱉어낼까? 고민하던 나는 입을 열었다.

"실패한 주제에 목숨이 아까운 줄 아나 보구나. 내가 네놈에게 내린 명령을 제대로 기억하는 것이냐?"

그 물음에 놈이 탄식을 내뱉으며 말했다.

"변수가 있었습니다."

"변명하는 것이더냐?"

"변명이 아닙니다. 그 하운이란 놈만 없었어도 예정대로 무정풍신을 죽이고 무쌍성을 무명께서 원하시는 대로 움직일 수도 있었습니다."

'무쌍성을 원하시는 대로 움직여?'

역시 회귀 전의 기억이 정확했다. 놈은 아버지 진성백을 죽이고 사대 종주가 이끌어가던 무쌍성의 체제를 바꿔 초대 성주로 부임했다. 그때는 성공으로 끝났지만, 놈의 말대로 내가 변수가 되어 결과적으로 실패한 것이었다. 하지만 이것까지는 어느 정도 짐작했던 부분이다. 결정적인 정보가 필요했다.

"이미 실패한 네놈을 어디에 써먹으라는 거지?"

다른 말로 유도하려는데, 무악의 입에서 뜻밖의 말이 나왔다.

"이번 일은 어떻게 할 수 없겠지만 저도 혈교로 보내주십쇼. 지난 번에 혈마검을 빼앗긴 것에 대한 만회를 하겠습니다."

'이건 또 무슨 소리야?'

혈마검을 빼앗기다니? 그럼 무림연맹 제일군사 제갈원명을 죽이고 혈마검을 탈취하려 했던 호위무사가 무악의 사람이었단 말인가?

…잠깐만, 그러고 보니까 이놈의 입에서 '저도'라는 말이 나왔다. 그 말은 혈교에도 이들의 첩자가 있다는 것인가? 머리가 복잡해지고 있었다. 여기서 뭐라고 해야 놈의 입으로 보다 자세한 정보를 불까? 고민하던 나는 말했다.

"이미 두 번이나 기회를 줬다. 네놈 말마따나 혈마검도 빼앗긴 주제에 무슨 수로 만회를 하겠다는 것이냐?"

"무명이시여, 혈마검은 엄밀히 말하면 혈주(血主) 그자가 혈마의 후계자 두 명을 모두 움직이게 해서 변수가 생긴 것입니다. 한 명만 움직였어도 됐을 일을 더욱 키운 것이 그자인데, 이게 어찌 저만의 실책이 될 수 있겠습니까?"

'…!!'

놈의 말에 나는 순간 충격을 금치 못했다.

─운휘야, 그럼 백련하랑 백혜향 계집애더러 혈마검을 탈취하라고 부추긴 녀석이 저놈들의 하수인이라는 소리 아냐?

맞다. 그런데 문제는 그게 한 명이 아니었다. 삼존 혈사왕 구제양과 이혈성 수라도 유백, 두 사람 모두가 혈마검을 가진 자에게 율법에 의거해 충성을 맹세하겠다고 했었다. '혈주 그자'라고 한 사람으로 지칭했다는 것은 두 사람 중에 한 명이 이들 손에 포섭되었다는 의미였다.

그게 누구인지 놈에게서 알아내야 한다. 그렇지 않으면 혈교도 무쌍성과 같은 위기를 맞게 될 것이다.

쿵! 쿵! 쿵! 놈이 바닥에 이마를 세차게 찧고서 결의에 찬 목소리로 내게 말했다.

"제발 기회를 주십시오."

좋은 생각이 떠올랐다.

"…기회를 준다면 혈주 밑에서 일을 도모할 수 있겠느냐?"

혈주라는 자를 불게 해야 한다. 작은 정보만 이야기해도 누군지 확실하게 알 수 있을 것이다. 놈이 나의 말에 감격이라도 한 듯 고개를 들어 올렸다.

"기회를 주시…."

놈이 도중에 하던 말을 멈췄다. 왜 멈추지 싶었는데, 무악이 당황하며 내게 소리쳤다.

"네, 네놈이 어떻게?"

아… 젠장. 환의안의 환상이 풀려버렸다. 당황해하며 나를 쳐다보는 무악. 그리 오래 유지되지는 않을 거라고 예상했지만 중요한 찰나에 풀려버렸다.

—어떡하냐, 운휘야?

어떡하긴, 마저 실토하게 해야지. 정작 중요한 것을 듣지 못했는데 지금 끝낼 수야 있나. 그때 상황 파악이 되었는지 무악이 무섭게 일그러진 얼굴로 소리쳤다.

"네놈이 환술로 나를 농락한 것이냐?"

뭐 일종의 환술이기는 하다. 환의안으로 환상을 보여줬으니 말이다. 나는 빙그레 웃으며 말했다.

"잘 걸려들더군요."

빈정대는 나의 말에 놈이 화가 났는지 벌떡 일어났다. 단전도 파훼되어 움직일 때마다 고통스러울 텐데, 어지간히 분노했나 보다. 그런 놈을 나는 금옥 벽으로 밀어붙였다. 쾅!

"크윽!"

"성치 않은 몸으로 무리하지 마시죠."

"네놈이 나를 속이다니!"

참 사돈이 남 말하는 격이다. 자신이 한 짓은 전혀 생각지 못하는 듯했다.

"속은 당신의 잘못이죠. 그리고 그 오랜 세월 동안 무쌍성 사람들을 속였던 당사자가 이런 말을 하는 것도 우습네요."

그 말과 함께 벽으로 더욱 밀어붙였다. 가슴과 쇄골 부위를 압박하자 고통스러웠는지 신음성을 흘렸다.

"끄으으으."

"하던 이야기나 마무리하죠. 일단 그것부터 물을까요? 아까 전에 혈교 관련 이야기를 했는데, 그 혈주라는 자가 누구죠?"

"끄으으… 내가 그걸 말할 것 같으냐?"

"이야기하지 않으면 지금 고통과는 비교도 안 되는 걸 선사해드리죠."

나름 고문에도 일가견이 있었다.

―음침한 건 다 할 줄 아네.

음침할 것까지야. 경험인 거지. 첩자 생활을 하면서 배운 것 중 하나가 고문에 견디는 법이었다. 덕분에 수많은 고문법이 여전히 머릿속에 각인되어 있다. 놈이 신음성을 흘리는 와중에도 비릿하게 웃으며 말했다.

"그딴 걸 두려워할 것 같으냐?"

이미 고문 같은 것에 익숙해져 있다는 건가. 그렇다면 분근착골부터 시작해볼까? 손을 움직이려는데, 놈이 대뜸 내게 말했다.

"역시 내 예상이 맞았어."

"무엇이 말이죠?"

"네놈도 그 혈마의 후손으로 보이는 계집과 관련이 있구나."

이 와중에 본인이 내게서 정보를 캐내려고 하는 건가. 어지간히 만만치 않은 자였다. 하지만 그는 잡혀 있는 입장이고 나는 심문하는 위치였다.

"그건 당신이 알 바가 아니죠. 제가 묻는 말에나 답변하는 게 좋을 겁니다."

나는 분근착골을 위해 놈의 혈도 중 한 곳을 손가락으로 짚었다. 이곳에 내공을 가하면 기혈이 뒤틀리고 근골이 제멋대로 움직여서 말로 형용하기 어려운 고통을 느끼게 된다. 꽉! 혈도를 세게 누르며 내공을 주입했다.

"끄으으으읍!"

듣던 대로 독했다. 이를 악물고서 신음성만 내며 참았다.

"혈주가 누구입니까?"

"끄으으읍."

어찌나 고통스러운지 얼굴이 새빨개졌는데도 입을 열지 않았다. 이를 악물고서 버티는데, 대단하다 싶을 정도였다. 놈이 피가 흘러내릴 정도로 입술까지 꽉 깨물더니 나를 분노의 눈빛으로 노려보았다. 안 그래도 화상으로 흉측한 얼굴이 더욱 흉신악살처럼 보였다.

―무서운데.

상관없어. 놈의 입에서 정보가 나올 때까지 끝낼 생각이 없었다. 그때 놈이 다물고 있던 입을 열었다.

"끄으으… 좋다."

"이야기하려는 겁니까?"

"개소리 집어치워. 이젠 아무래도 좋다는 것이다."

"…그게 무슨 소리죠?"

"네놈 때문에 모든 게 틀어졌다. 네놈만 없었어도 모든 것이 그분 뜻대로 이뤄졌을 거다."

그분? 그 무명이라는 자를 말하는 건가? 분근착골의 고통 속에서도 놈이 계속해서 자신의 말을 이어갔다.

"이제 아무래도 좋다. 네놈만은 이 손으로 죽여주마."

"그 몸으로 뭘 하겠다는…."

불끈!

'…?!'

그때 놈의 이마의 혈관이 부풀어 올랐다. 몸을 밀착하고 있어서 알 수 있었는데, 이건 내공 때문에 그런 것이 아니었다. 중단전을 개방하자 안대로 가리고 있던 금안에 놈의 기운이 움직이는 것이 보였다.

—왜 이러는 거야?

'기운이 움직이고 있어.'

놈의 심장 부위에 있던 푸른색 기운이 활성화되고 있었다. 내공의 색이 아니었다. 그것은 심장부에 있는 선천진기, 즉 원기였다. 보통 무림인들이 원기를 사용하는 것은 자신의 모든 기운을 끌어내 더욱 강한 상대와 동귀어진(同歸於盡)을 하기 위해서이다. 말인즉, 너 죽고 나 죽자는 식이었다. 나처럼 선천진기를 다룰 수 있는 것이 아니기에 단전이 파괴되어 당연히 원기를 쓸 수 없을 거라 여겼다.

그런데 그게 아니었다. 놈은 비장의 한 수를 숨기고 있었다.

'칫.'

나는 원기가 움직이는 것을 막기 위해 놈의 혈도를 점하려고 했다. 그런데 그 순간 놈의 몸에서 강한 반탄력이 생겨나며 쇄골 부근에 밀착해 있던 몸이 뒤로 밀려나 버렸다. 팡! 촤르르르! 네 보 가까이 밀려난 나의 눈에 놀라운 광경이 보였다. 단전이 파괴되어 전신으로 흩어졌던 놈의 내공이 심장을 중심으로 모이고 있었다. 미처 간과하고 있었다. 놈이 저렇게 보여도 오대 악인이라 불렸던 자라는 사실을 말이다. 벽을 넘어서 정기신의 기를 열었었기에 심장부를 단전 대신 활용하려 하고 있었다.

무악이 내게 소리쳤다.

"원기를 소진하여 이 자리에서 죽을지언정 네놈 하나만큼은 죽이고 만다!"

팟! 무악의 신형이 순식간에 앞으로 파고들었다. 검결지를 내밀어 얼굴 안면을 찔러오기에 다급히 발차기로 놈의 손목을 위로 쳐냈다. 그 순간 금옥의 천장 부근이 갈라졌다. 촤아아아아! 그때 놈이 왼손 검결지를 그어 내렸다. 바로 코앞에서 날카로운 예기가 내 전신의 반을 가르려고 했다. 나는 황급히 두 손목을 교차했다. 날카로운 예기가 손목을 파고들며 살이 갈라져 피가 튀어 올랐다. 무악이 이죽거렸다.

"무정풍신도 없는데 네놈을 누가 살려줄 수 있겠느냐?"

놈이 만족스러웠는지 검결지를 풀었다. 방금 전의 일 검으로 내 몸이 두 동강 났다고 확신한 모양이었다. 이에 나는 교차했던 두 팔을 풀고서 말했다.

"그건 저를 죽이고 나서 말씀하시죠."

베인 팔을 제외하고는 멀쩡한 내 모습에 놈이 당혹감을 금치 못했다.

"너… 대체 어떻게?"

"확실히 내공이 흩어져서 전만 못하군요."

그가 만전이었다면 내 몸을 반으로 갈랐을 것이다. 바로 코앞이었으니 말이다. 그러나 흩어진 내공을 억지로 원기로 붙잡아서 그런지 견딜 만했다.

"네놈 대체 정체가 무엇이냐?"

약해진 것과 별개로 내가 전과 다르게 자신의 일 검을 버텨내자 많이 놀란 모양이었다. 하긴 전에는 순식간에 허리를 반 토막 냈으니 이해는 갔다.

"더 이상 무리하면 죽습니다. 그만하고 혈주가 누구인지나 말해 주시죠."

금안으로 놈의 원기가 빠르게 흩어지는 것이 보였다. 선천진기를 단련한 게 아니기에 저것이 완전히 흩어지면 죽음에 이르게 될 거다. 으득! 내게 동정을 받았다고 생각했는지 놈이 이를 갈았다.

"네놈을 죽일 힘은 충분하다!"

무악이 일갈을 내지르며 신형을 날렸다. 팟! 놈이 내게 검초를 펼쳤다. 날카로운 예기가 넘실거리며 수많은 궤적을 만들어냈다. 전력을 다한 놈의 검초는 초인의 영역에 이르렀던 고수였음을 과시하는 것만 같았다. 예기에 전신이 갈가리 찢겨 나갈 것 같았다. 아직도 이 정도 위력의 절묘한 검초를 발휘할 수 있다니. 그렇다면….

나는 염을 일으키며 상단전을 개방했다. 쇄아아아! 그 순간 내 몸에서 지금까지와는 다른 힘의 개방이 느껴졌다. 벽에 걸치기 전만 하더라도 혈천대라공을 오성 이상 발휘할 수 없었다. 그러나 지금은 칠성 이상 끌어올리는 게 가능했다.

'혈천대라지공 사초식.'

지공의 파지법을 쥔 나는 혈천대라지공 사초식 혈공지형(血孔指形)을 펼쳤다. 손가락에서 붉은 아지랑이가 피어오르며 무악이 만들어낸 예기의 궤적들을 파고들었다.

"아닛?"

궤적을 파고든 붉은 지공에 의해 예기가 흩어져버렸다. 파파파파파팍! 그 여파로 무악과 내 신형이 동시에 뒤로 밀려났다. 서로 다섯 보가량 밀려났는데, 무악이 어처구니없다는 표정을 짓고 있었다. 혈마화를 한 모습을 보고 그러는 것 같았다.

"네, 네놈, 그 모습은 대체 무엇이냐? 혈마의 남은 후손들은 전부 계집들이라고…."

"틀렸습니다."

팟! 나는 놈을 향해 신형을 날리며 미간에 지공을 날렸다.

"이놈이…."

무악이 황급히 고개를 옆으로 젖힌 후에 내 목을 향해 왼손 검결지를 찔렀다. 이에 검결지를 찌르는 놈의 손목을 위로 쳐냈다. 팍! 그리고 놈의 복부를 발로 걷어찼다. 복부를 맞은 놈의 신형이 뒤로 밀려났다.

"크윽. 이놈."

약해졌어도 초인은 초인이었다. 나름 회심의 일격이었는데 이를 견뎌냈다. 무악이 나를 쳐다보는 시선이 달라졌다. 혈마화를 하기 전만 하더라도 적수로서 인정조차 하지 않았는데, 지금은 완전히 경계심으로 가득했다. 놈이 입술을 질끈 깨물며 말했다.

"위험해. 역시 네놈은 이 자리에서 기필코 죽여야만 본 회에 탈이 없겠구나."

그 말이 끝나기가 무섭게 그에게서 강렬한 기운이 발산되었다. 혈마화를 한 나를 상대하기 위해 모든 원기를 집중하고 있었다. 지금까지와는 비교도 안 될 정도로 날카롭고 무서운 기운이 일렁였다. 정말로 동귀어진을 하려는 모양이었다. 금안으로 보는 녀석의 몸은 회광반조를 하듯이 환하게 빛나고 있었다.

'막을 수 있을까?'

저 한 수에 놈은 모든 것을 건 듯했다. 바로 그때였다. 콰! 금옥의 철문이 부서지며 누군가 안으로 난입했다. 그는 다름 아닌 아버지 무정풍신 진성백이었다.

"역시로구나."

위층에서 기다린다고 했는데, 놈과 내가 싸우면서 알아차린 듯했다. 무서울 정도로 굉장한 기운을 모으고 있던 무악이 잘됐다는 듯이 아버지 진성백에게 소리쳤다.

"무정풍신! 내 말이 맞지 않느냐? 혈마의 후손이 무쌍성에 침입했는데 그냥 내버려둘 작정인가?"

내 정체를 빌미 삼아 아버지와 싸움을 붙이려고 했다. 나도 모르게 피식 웃음이 나왔다. 의아함에 인상을 찡그리는 무악에게 아버지 진성백이 콧방귀를 뀌며 아무렇지 않게 답했다.

"내 아들이다."

"뭐?"

기운을 응집하던 무악이 순간 어처구니없어했다. 애초에 그는 당시 기절하면서 내가 무정풍신의 아들이라는 사실을 듣지 못했다. 놈이 당황해하는 지금이 기회였다.

"아버지!"

나와 같은 생각이었는지 아버지 진성백이 놈에게로 신형을 날렸다. 아버지의 신형이 수 갈래의 잔영으로 갈라졌다. 나 역시도 놈을 향해 신형을 날리며 혈천대라공의 절초라 할 수 있는 칠초식 혈경파지(血竸破指)를 펼쳤다.

"이놈들!"

기운을 최대한 응집하던 무악이 황급히 최후의 절초를 펼쳤다. 촤촤촤촤촤촤촤촤! 놈이 검결지를 뻗는 순간 수십 갈래의 예기가 거칠게 몰아치는 파도처럼 뿜어져 나와 주변을 잠식했다. 모든 원기를 불태우는 전 오대 악인의 일격이었다. 그러나 그를 상대하는 것 또한 팔대 고수의 일인인 무정풍신이었으며, 나 역시 혈마화를 하면서 역량이 한층 더 올랐다.

콰콰콰콰콰쾅! 초식과 초식이 부딪치며 사방이 파공음으로 물들었다. 감옥이 거의 초토화되면서 주변이 연기로 가득 메워졌다.

"하아… 하아…"

거칠게 들려오는 호흡 소리. 연기가 가시자 부서진 금옥 벽에 기대고 있는 무악이 보였다. 오른팔이 날아가고 가슴에 수많은 구멍이 뚫린 무악이 힘겹게 호흡을 내뱉었다. 놈의 호흡이 끊기기 전에 다시 묻기 위해 다가가는데, 놈이 나를 보고서 경악을 했다.

"그, 그 눈!"

아… 미처 몰랐는데 놈과 부딪칠 때 안대가 찢겨 나간 모양이었다.

"그보다 혈주가 누구인지 당장….."

내 말이 끝나기도 전에 녀석이 중얼거렸다.

"어째서 그분과 같은 눈을…."

'그분과 같은 눈?'

무명을 말하는 건가? 무악에게 다가가서 그것을 물어보려는데, 놈이 고개를 떨구었다. 원기를 전부 소진하고 숨을 거둔 것이었다. 그때 뒤로 다가온 아버지 진성백이 내게 말했다.

"놈이 대체 왜 그런 소리를 한 것이냐?"

"후우."

의도하지 않았지만 상황이 이렇게 되었으니 아버지에게도 사실을 밝혀야 할 것 같았다.

"오해하거나 놀라지 않으셨으면 합니다."

"오해라니 무슨 소리를 하는 게냐?"

이에 나는 천천히 고개를 돌렸다. 왼쪽 눈의 금안을 본 아버지의 표정이 순식간에 굳었다. 으음, 아무래도 또 놀란 것 같다.

섬서성 연안시에서 남쪽으로 이십 리 정도 떨어진 백운산. 한밤중에 험준한 산맥을 십여 명의 사내들이 오르고 있었다. 그들 중에 한 인영이 누구보다 빠르게 앞서 나갔는데, 마치 가파른 산맥을 평지 달리듯이 앞으로 나아갔다.

탓! 산 중턱 부근에서 그림자가 멈춰 섰다. 중턱에는 커다란 바위들이 있었는데, 그 위에 암자가 자리하고 있었다. 우거진 수풀을 지나 암자가 있는 큰 바위로 다가가자 만월 빛에 얼굴이 비쳤다. 육 척 장신에 날카로운 인상을 가진 그는 바로 혈교의 칠혈성 중 서열 1위인 일혈성 뇌혈검 장룡이었다. 그가 암자로 다가가자 암자 뒤편에서 중년의 중이 걸어 나왔다. 중이 고개를 숙이며 인사했다.

"오셨습니까? 백운산 안가를 맡고 있는 운백입니다."

장룡이 그를 지나치며 말했다.

"그분은 어디 계시지?"

"안에서 운기조식을 하고 계십니다."

그 말에 장룡이 입술을 질끈 깨물었다. 그녀의 고집과 향상된 무위를 믿고서 혼자 섬서성 낙천으로 보냈었다. 한데 이런 사태가 벌어지리라고는 꿈에도 몰랐다.

"상태가 많이 심각한가?"

"지금은 호전되셨습니다."

"하면 당장 아가씨를 뵈어야겠네."

다급히 암자로 들어가려 하는 장룡을 중년의 중, 아니 운백이 가로막았다. 장룡이 인상을 찡그리며 물었다.

"무슨 짓인가?"

"결례를 용서하십시오, 일혈성. 지금은 아가씨를 방해하시지 않는 편이…."

"방해?"

의아해하는 그에게 운백이 속삭이는 목소리로 말했다.

"아가씨께서 뭔가 깨달음을 얻으신 것 같습니다."

"깨달음을 얻어?"

"기운이 고조되었다가 터져 나오는 것이 심상치가 않아, 사람을 보낸 후에 계속 암자 주변을 지키고 있었습니다."

그 말에 장룡이 암자를 쳐다보았다. 기감을 집중했지만 암자 안에서는 어떠한 기운도 느껴지지 않았다. 오히려 고요하기 짝이 없었다. 그때 암자의 문이 열리더니 누군가 바깥으로 걸어 나왔다. 달빛에 비친 피처럼 붉은 머리카락, 선홍빛 안광을 가진 그녀는 혈교의 두 교주 후보 중 한 사람인 백혜향이었다.

'…달라졌어.'

장룡이 한순간 멈칫했다. 얼마 전만 하더라도 백혜향의 기감이 어느 정도 느껴졌던 그였다. 한데 지금은 그녀의 기운을 감지하기가 어려웠다. 그녀가 직접적으로 기운을 발산하지 않는 한 알아차리기 어려울 것 같았다.

'그사이 한층 더 발전하셨단 말인가?'

감탄을 넘어 정말 놀라운 성장 속도였다. 그녀라면 진정 전대 혈마를 능가할지도 모른다는 생각에 가슴이 벅차왔다.

"아가씨!"

장룡이 한쪽 무릎을 꿇고서 그녀를 배알했다.

"빨리도 왔군."

"어찌 서두르지 않을 수 있겠습니까? 그보다 깨달음을 얻으신 것을 경하드립니다."

"아직 멀었어. 역혈대라신공의 단초를 찾았을 뿐이야."

"역혈대라신공?"

장룡이 굳은 인상으로 말했다.

"설마 역혈로 운기를 했다는 말씀은 아니시겠죠?"

"맞아. 혈천대라공을 역혈로 운기하니, 지금까지와는 다른 세상이 펼쳐지더군."

"위험합니다, 아가씨."

장룡이 그녀를 만류했다. 기존의 운기법을 역행하는 것만큼 위험한 짓은 없었다. 스스로 주화입마에 빠져드는 길이었다.

"해법을 찾았으니 신경 꺼."

"아가씨!"

"그보다 그건 어떻게 됐지? 이혈성을 찾아갔던 네가 이곳에 왔다는 건 그 일이 어떤 식으로든 결론 났다는 거잖아."

그 물음에 장룡이 한숨을 내쉬더니 고개를 살짝 끄덕였다.

"설득에 성공했구나."

"일존께서 직접 나서주셨습니다."

"뭐?"

일존이 나섰다는 말에 그녀가 놀라움을 금치 못했다. 여태껏 폐관에 들어가 있던 일존이었다.

"일존이 폐관에서 나온 거야?"

"네, 나왔습니다."

그녀의 얼굴이 홍분으로 물들었다. 현 혈교에서 최강의 무인이라 불렸던 일존이 드디어 오랜 폐관을 깨고 나온 것이다. 유일하게 팔대 고수 사대 악인에 근접한 그가 폐관에서 나왔다면 분명 자신이 목표로 했던 성과를 얻은 것이 틀림없었다.

"잘됐군."

"한데 두 가지 문제가 생겼습니다."

"두 가지 문제?"

"하나는 이미 예측했던 것입니다."

"무림연맹이로군."

백혜향의 말에 장룡이 고개를 끄덕였다.

"무림연맹이 대대적으로 혈교 잔당을 소탕하겠다는 공표를 냈습니다."

그 말에 그녀가 비릿하게 웃으며 말했다.

"무쌍성을 잃은 개들이 안달이 났군. 드디어 개파의 때인가."

무대가 갖춰지길 기다렸던 그녀였다. 혈교가 다시 화려하게 비상하는 그날이 바로 부활의 개파(開派)였다. 그 전에 한 가지 해결할 일이 남았다. 혈교의 주인인 교주, 즉 혈마의 자리를 가려야 한다. 백혜향이 장룡에게 명했다.

"혈마첩을 돌려. 모든 혈교인들을 집결시킨다."

그 말에 장룡이 입술을 실룩거리면서 머뭇거렸다. 한쪽 눈썹이 치켜 올라간 그녀가 의아해하며 쳐다보았다. 이에 장룡이 품속에서 무언가를 꺼냈다. 둘둘 말려 있는 붉은 서지 한가운데에 검은 글씨로 '혈(血)'이라는 글씨가 새겨져 있었다.

"혈마첩?"

백혜향의 눈빛이 싸늘해졌다. 그것은 혈마첩이었다. 오직 혈교의 교주만이 내릴 수 있는 직인 방식의 첩이었다.

"그게 두 번째 문제구나?"

"백련하 아가씨가 먼저 혈마첩을 보내왔습니다."

말을 마친 장룡이 내심 그녀의 폭발할 노기에 대비했다. 그런데 백혜향은 분노를 터뜨리지 않았다. 오히려 갑자기 광소를 터뜨렸다.

"깔깔깔깔."

"아가씨?"

한참을 웃어대던 그녀가 그것을 멈추고서 말했다.

"둔한 줄만 알았더니 우리 련하가 선수도 칠 줄 아네."

"그냥 넘길 일이 아니십니다."

이렇게 되면 상황을 백련하가 주도하는 것이 된다. 혈마검이 백련하 쪽에 있는 상황이고, 사존자 중 세 명이 그녀를 지지하면서 명분도 세도 저쪽이 앞질렀다고 할 수 있었다. 장룡이 진지한 얼굴로 말했다.

"백련하 아가씨의 혈마첩에 응하실 필요는 없습니다. 차라리 저희 쪽에서도 혈마첩을 보내는 것이…."

"아니, 초대에 응해줘야지."

"네?"

"기회가 왔는데 놓칠 수야 있나."

"그게 무슨 말씀이신지?"

장룡은 그녀의 말을 이해할 수가 없었다. 만약 백련하가 혈마검을 내세워 율법을 들먹인다면 자신들로서는 명분이 약해진다. 당장에야 그녀에게 충성을 맹세한 자들도 흔들릴 수 있었다. 그녀가 그 자리에서 혈마가 될 수 있는 방법은 오직 피를 보는 것 외에는 없었다. 그런 그에게 백혜향이 비릿하게 웃으며 말했다.

"이건 혈마첩의 진짜 직인이 아니야."

"그게 무슨 말씀이신지?"

"그 노인네가 죽기 전에 내게 이야기해줬지. 혈마검과 교주 직인은 하나라고 말이야."

이것은 장룡조차 모르던 사실이었다. 교주의 호위를 맡았던 전대 이존만이 알고 있다는 이야기는 들었다. 그는 임종 전에 백혜향과 백련하를 맡아 가르쳤다.

"노인네는 병에 걸려 무공을 제대로 익힐 수 없는 백련하가 아닌 나를 차대 혈마로 인정하고 혈마검의 비밀을 알려줬지."

"그 말씀은?"

"지금 련하 그 아이에게는 진짜 혈마검이 없다는 말이다."

'…!!'

* * *

풍영팔류종의 성탑.

이곳은 아버지 진성백의 집무실이었다. 나는 가장 얇은 붓으로 사람 얼굴을 그리고 있었다. 평범한 외모로 보이지만 강인한 인상을 지닌 사내의 얼굴이었다. 이것은 천기의 능력으로 남천철검의 기억에서 본 금안의 사내의 안면도였다. 한쪽 눈은 검게 먹으로 채우고 한쪽은 비워뒀다. 아버지 진성백이 물었다.

"이게 그 무명이라는 자이더냐?"

"네."

나는 아버지에게 지금까지 알고 있던 금안의 사내에 관한 이야기를 전부 해줬다. 남천철검이 알려줬던 이야기는 설명하기 어려웠기에 무림연맹의 군사였던 제갈원명과 북영도성이 해줬던 이야기를 토대로 말했다.

"이게 정말로 그의 얼굴이 맞는지도 알 수 없습니다."

인피면구를 썼을 수도 있기 때문이었다. 그러나 현재로서는 그의 인상착의가 될 수 있는 유일한 단서였다. 안면도를 보고서 턱을 쓰다듬던 아버지가 입을 열었다.

"네 말대로라면 그자 역시도 봉림곡의 지하에서 네 눈과 같은 힘을 얻었을 확률이 높겠구나."

"…저는 그렇게 생각합니다."

"흐음. 하면 그 금안의 남자는 어쩌면 멸문한 모산파와 관련 있을 수도 있겠구나."

"네?"

"나도 이건 네 증조부이신 할아버님께 들었던 이야기다. 한때 봉림곡은 모산파의 성지라고 불렸다더구나."

"아!"

아버지 진성백이라면 뭔가를 알지도 모른다고 여겼는데, 뜻밖의 사실을 알게 되었다. 남천철검도 이야기했지만 모산파는 술법에 능한 도가 문파였다고 한다. 그들은 죽은 시체마저도 움직일 수 있을 만큼 술법에 능했는데, 어쩌면 아버지의 말대로 금안의 사내는 모산파의 인물일지도 몰랐다.

―그럼 그 두 눈이 금색인 자도 그런 거 아냐?

그건 모르겠다. 그자는 외눈의 금안이 자신을 가뒀다고 했다. 한데 그자는 나와 한쪽 눈만 금안인 사내와 달리 두 눈이 금안이었다. 이들 관계를 도저히 추측하기가 어려웠다.

"봉림곡이 물에 잠기지만 않았어도 단서를 찾을 수 있을 텐데, 아쉽게 되었구나."

그 점은 나도 아쉬웠다. 그곳에는 수많은 기관 장치들이 있었다. 그걸 토대로 금안의 사내가 대체 무슨 일을 꾸미려 하는지, 이 금안의 비밀을 알아낼 수 있을 터인데, 이제는 침수되어 방도가 없어졌다.

"하나 확실한 건 그자가 무언가를 꾸미고 있다는 겁니다."

차기 팔대 고수라 불렸던 신진 고수들을 공격하고 곤륜파를 멸문시켰다. 심지어 가짜 천무성을 통해서 무쌍성을 손아귀에 움켜쥐려는 대담하면서 무서운 계략마저 꾸몄다.

—네가 회귀하지 않았다면 네 아버지도 꼼짝없이 죽었겠지.

그래. 놈들은 아버지 무정풍신마저 노렸다. 금안의 사내의 진짜 목적은 무엇일까? 무림을 혼란스럽게 하는 것일까?

"만약 네 말대로 그자가 모산파의 후인이라면 현 무림에 원망을 가지고 있을 수도 있다. 그들은 황실의 무림 박해를 돕다가 멸문했으니 말이다."

"그럴 수도 있겠군요."

아버지의 말대로 명분은 확실히 충분했다. 모산파의 후인만큼 무림에 원망을 불태울 이도 없을 것이다. 다만 이해되지 않는 것이 있었다.

—뭔데?

곤륜파를 멸문시킬 만큼 그들의 힘은 강하다. 게다가 금안의 사내 역시도 듣기만 했지만 그 무위가 팔대 고수나 사대 악인과 비교해도 절대 떨어지지 않는 초인의 영역에 이른 것 같다. 그런데 어째서 이렇게 정면으로 드러내지 않고 뒤에서 움직이는 걸까?

—그건 또 그렇네?

지금은 알 도리가 없었다. 하지만 해야 할 일은 정해져 있었다. 혈교 내에 그 금안의 사내, 아니 무명이 심어놓은 첩자가 있다. 그자가 무언가를 하기 전에 찾아내야 한다.

—어차피 둘 중 하나잖아.

삼존 혈사왕 구제양과 이혈성 수라도 유백, 둘 중 한 사람이 혈주라 불리는 자였다.

그때 아버지 진성백이 내게 말했다.

"혈교로 다시 돌아갈 것이냐?"

이미 무악이 죽기 전에 했던 말을 알려줘서 아버지도 어느 정도 사정을 알고 있었다. 이에 나는 고개를 끄덕이며 답했다.

"네."

"이 아비의 도움은 필요 없겠느냐?"

"아버지께서도 무쌍성 내에 남아 있을 수 있는 간자들을 색출해 내야 한다고 하지 않으셨습니까?"

그런 나의 말에 아버지 진성백이 내 어깨에 손을 올리며 말했다.

"무쌍성이 중요하다고 한들 하나뿐인 아들만 하겠느냐?"

그 말을 듣자 코끝이 찡해졌다. 내게 기댈 수 있는 곳이 생긴다는 것이 이렇게 좋을 줄은 미처 몰랐다. 이에 나는 빙그레 웃으면서 말했다.

"이렇게 보여도 혈마입니다. 아직까지 제 정체가 드러나는 것은 아버지께도 좋지 않다고 생각합니다."

내가 완전히 혈교를 장악했다면 모를까, 아직은 시기상조였다. 적들과 무림연맹에 빌미를 줄지도 모르기에 지금은 정체를 숨기는 게 나았다. 그렇기에 아버지를 제외한 자들에게 인피면구를 벗은 모습을 드러내지 않은 것이기도 했다.

"아비가 궁지에 몰리기라도 할까 봐 걱정하는 게냐?"

"그럴 리가요."

명색이 팔대 고수의 일인이다. 누가 그를 함부로 노릴 수 있겠는 가. 다만 아직까지 무쌍성에는 여전히 혈교에 적대감이 남아 있는 세력이 많았다. 그들이 하나가 되어서 대적한다면 아버지의 입지가 곤란해질 것이다.

"그저 아버지의 입지가 곤란해질까 걱정입니다."

"그런 것은 네가 걱정하지 않아도 된다. 이 아비와 풍영팔류종은 언제나 네 뒤에서 버팀목이 될 터이니, 너는 너 자신을 챙기도록 하거라."

"아버지…."

─감동을 줄 줄 아네.

네가 입만 닫는다면 그 감동이 더 오래갔을 거다.

하여간 소담검 이 녀석은. 남천철검처럼 가끔은 과묵해져 봐라.

─과묵은 무슨. 신음 소리만 내지 않았지 너랑 닿기만 하면 좋아서 헤벌쭉거리는구먼.

…그런 거였어?

─크흠. 무슨 소리를 하는 거냐, 소담.

아무래도 검집을 조금 더 두꺼운 것으로 구해야겠다.

그때 아버지가 품속에서 무언가를 꺼냈다. 현철로 만들어진 패였는데, 여덟 갈래로 독특한 음각이 새겨져 있고 가운데에 '풍(風)'이라는 글자가 새겨져 있었다.

"이게 무엇인지?"

"풍영팔류종의 종주 패다."

"이걸 어찌?"

"네게 줄곧 주려고 했다. 소종주 패는 아직 만들지 않았지만 이제는 네가 가지고 있거라. 그걸 가지고 있으면 언제든지 무쌍성과 지부에 연락을 취하고 도움을 받을 수 있다."

어떻게든 끝까지 도움을 주려고 하는 아버지였다. 가슴이 뭉클해졌다. 나는 품속에서 비학월패를 꺼냈다. 그리고 아버지에게 넘겼다.

"어머니께서도 아버지가 이걸 지니시길 원하실 겁니다."

나의 말에 옥패를 보고 있는 아버지의 눈시울이 붉어졌다. 어머니만 떠올리면 가슴이 아리나 보았다. 옥패를 꽉 쥐고서 먹먹한 목소리로 말했다.

"오냐. 아비가 귀히 간직하고 있으마."

"아!"

비학월패 때문에 떠올랐다.

"왜 그러느냐?"

"하나만 부탁드려도 되겠습니까?"

"무엇이든 말하거라."

"여동생인 영영이를 부탁드려도 될지?"

"여동생?"

"아버지에겐 자식이 아니지만 제겐 소중한 여동생입니다. 혹시나 그 아이가 형산파를 나올 일이 생긴다면 저 때문에 곤란해질까 두렵습니다."

사실 이것은 부탁하기가 참 미안했다. 영영이는 어머니의 딸이기는 하나 아버지의 자식은 아니었다. 그때 아버지 진성백이 옅은 미소를 지으며 말했다.

"운휘야."

"네?"

"걱정 말거라. 하령의 딸이라면 내게도 딸과 같다. 만약 그렇게 된다면 이 아비가 그 아이를 보호하도록 하마."

"감사합니다."

한 가지 걱정을 덜 수 있게 되었다. 아버지가 든든하게 뒤를 지켜준다면 나는 앞을 바라볼 수 있다. 그때 아버지가 자리에서 일어나 더니 말했다.

"내일 일찍 외조부와 월악검 그자를 보고 간다고 했지?"

"아… 네."

아버지를 외조부께 안내하고 사마착과 결착을 낸 후 혈교로 향할 예정이었다. 일찍 출발할 터이니 쉬자고 하려는 건가?

"밤이 그리 길지 않구나."

아버지가 집무실의 문을 열고서 내게 따라오라는 듯이 고갯짓을 했다. 의아해하는데 아버지가 말했다.

"혈마 이전에 너는 풍영팔류종의 소종주다."

"네?"

"시간이 여의치 않지만 네게 우리 가문의 최고의 절기인 풍영팔류를 전수해주마."

'풍영팔류!'

그것은 아버지 진성백을 풍신이라 불리게 만든 무공이다.

결착

채채채채챙! 쇳소리와 함께 날카로운 검광이 연무장을 가득 메웠다. 수십 갈래로 이어지는 검의 궤적이 틈도 없이 밀어붙이는데, 아버지 진성백은 현묘한 보법으로 이것을 쉽게 피해내고 있었다.

─대단하다. 과연 팔대 고수의 명성에 걸맞다.

남천철검의 탄성이 연신 내 머릿속을 울렸다. 그럴 만도 한 것이 나의 모든 공초가 전혀 통하지 않았다. 나름 깨달음을 얻어 초인의 영역에 준하는 경지에 이르렀다고 여겼는데, 내 모든 초식을 아버지는 꿰뚫어보고 있었다.

─너 거의 밑천이 떨어져 가는데.

아직 그 정도는 아니거든. 진혈금체, 혈마화, 혈천대라검, 신로성명검법의 후반부는 쓰지 않았다. 애초에 혈천대라검은 혈마검이 없으면 펼치기도 어렵고 말이다.

─다른 무공들은 써도 되잖아.

대련이잖아. 목숨을 걸고 겨루는 대결도 아닌데 그것들을 쓸 이유가 없다. 진혈금체, 혈마화는 결이 다르다. 이건 아버지께서 내가 여태껏 배운 무공들이 얼마나 조화를 잘 이루는지, 그리고 이를 얼마나 잘 활용하는지 보고 싶다고 해서 대련하는 것이었다. 외적인 능력을 발휘하는 것은 정확하게 파악하시는 데 독이 된다.

─말은 그렇게 해도 뭐라도 보여줘야 하는 거 아냐? 네 아버지 표정이 완전 좋지 않은데.

녀석의 말대로 대련하는 내내 아버지의 표정이 굳어 있었다. 나 역시도 뭔가 많이 부족한 건가 생각이 들 정도였다.

─좀 그럴듯한 걸 보여줘.

그럼 신로성명검법 육초식 축아광회검(逐亞廣回劍)을 펼쳐볼까? 후반부 초식들은 위력이 천차만별이라 자중하고 있었다. 뭔가 실망하는 것이라면 적어도 제대로 된 초식을 보여주긴 해야 할 것 같았다.

그때 아버지가 신형을 벌리며 손을 내밀었다.

"여기까지 하자꾸나."

"네?"

"충분히 본 것 같구나."

으음. 도중에 찝찝하게 끝낸 것 같은 기분인데. 검집에 남천철검을 착검하자 아버지 진성백이 말했다.

"하나같이 상승 무공들인데, 참으로 기이하구나."

"그게 무슨 말씀이신지?"

괜히 걱정이 앞섰다. 혹 많은 무공을 익힌 것이 내게 좋지 않은 영향을 끼쳤을까 말이다. 그러나 아버지의 입에서 나온 말은 의외의 것이었다.

"네가 익힌 무공들은 하나하나가 그 기운이 강해 양립하기가 어려운데, 전혀 그것들을 펼치는 데 영향을 끼치지 않는 것 같구나."

"영향을 끼치지 않는다는 건…."

의아해하는데 아버지 진성백이 연무장의 바닥에 검결지를 쥐고서 예기로 무언가를 그렸다. 촥! 촤촥! 촥! 내가 펼쳤던 무공의 초혼들인 것 같았다. 하나는 성명검법이었고, 또 다른 하나는 혈천대라지공이었다. 혈마의 양대 무공은 지공과 검법이었는데, 혈마화나 혈마검 없이 펼칠 수 있는 무공은 오직 지공 하나였기에 선천진기로 펼칠 수 있었다. 촤촥! 지금 흔적을 남기는 것은 섬영비도술인 것 같다. 촤촥! 지금 남긴 것은 해원명륜권의 초혼이었다. 중단전이 성명신공의 중심이라면 하단전은 명륜선공을 중심으로 무공을 펼칠 수 있었다. 이렇게 흔적을 남긴 아버지가 말했다.

"무공을 익히면 그에 맞는 운기법이 존재한다. 그러다 보면 그 무공에 맞는 독특한 기운이 파생되게 되어 있다."

"아…."

"많은 무공을 배울수록 그런 기운들이 파생되면서 체내에서 상충할 수밖에 없지."

이건 몰랐다. 유일하게 제대로 무공을 전수해준 스승이 기기괴괴 해악천이었다. 다만 해악천에게도 많은 것을 숨겼었기에 이런 부분에 관해서는 조언을 들을 수가 없었다. 그렇다면 나는 지금 위험한 상태인 건가? 걱정하고 있는데 아버지가 말했다.

"한데 기이하구나. 네 무공들은 전혀 상충하지 않는 것 같다."

"네?"

"전부 상승 무공인데도 전혀 상충하지 않고 자연스럽게 기운이 발현되는 걸 보면 아무래도 네가 익힌 그 선천심법과 성명신공에 비밀이 있는 듯하구나."

나는 아버지께 정기신의 기를 선천심법을 통해 열었다고 이야기했었다. 사실 회귀하면서부터 열려 있었으나, 이건 차마 밝힐 수가 없었다.

"하면 기, 아니 중단전으로 무공을 소화했기에 그런 겁니까?"

그 말에 아버지가 바닥에 여덟 가지 초혼을 그렸다. 촤촤촤촥! 그것들은 권, 장, 각, 지, 조, 도, 검, 창의 초혼이었다.

"본 종은 여덟 가지 무공으로 나뉜다. 같은 신공에서 무공이 파생되었기에 그나마 기운이 덜 상충하였으나, 그렇다고 부딪치지 않는 것은 아니란다."

그럼 그때 그건 무엇이지? 아직도 그 광경을 잊을 수가 없다. 아버지는 무악과 대결할 때 동시에 여덟 가지 무공을 펼쳤었다. 선천심법이나 성명신공을 익힌 것도 아닌데 말이다. 이에 아버지가 옅은 미소를 지으며 말했다.

"풍영팔류를 만든 개파 조사께서는 여덟 무공의 조화를 이루기 위해 우리 가문의 비전인 조화경을 창시하셨단다."

"조화경!"

"조화경을 익히게 되면 그 경지에 이를수록 더욱 많은 무공 초식의 조화를 이룰 수 있게 된단다."

"그것이 중단전과 어떤 연관이…"

"조화경의 최고 경지에 이르기 위해서는 벽을 뛰어넘어 정기신의 기를 열어야 한다. 이 아비는 정작 기를 열고서도 조화경의 비밀을 알 수 없었는데, 네 무공들이 상충하지 않는 것을 보니 이제야 그 이유를 알 것 같구나."

"아아!"

아버지가 무슨 말을 하는지 알 것 같았다. 호흡을 통해 인위적으로 쌓는 '정'과 달리 태초의 기운이라 할 수 있는 선천진기야말로 가장 조화에 적합한 기운인 것이다.

"네게 기를 열어준 선천심법을 창안한 자는 누구도 따라갈 수 없는 대종사인 듯하구나."

아버지는 오히려 선천심법의 창시자에게 탄복한 것 같았다. 선천심법은 남천검객이 창안한 것이 아니었다. 그 역시도 이것을 우연히 찾아냈다고 했다. 벽을 넘어야만 열 수 있는 '기'를 이렇게 처음부터 익힐 수 있도록 만든 창시자는 과연 누구일까? 진심으로 궁금해졌다.

그때 아버지 진성백이 내게 말했다.

"어쨌든 잘됐구나. 사실 네가 익힌 검법이나 지공, 권법은 본 종의 것들보다 뛰어나면 뛰어났지 부족함이 없단다. 굳이 무리해서 풍영팔류의 무공들을 익히는 것보다 조화경을 익히는 게 더욱 도움이 될 게다."

참 사람의 마음이란 게 특이했다. 그렇게 뛰어난 무공을 배워놓고도 새로운 무언가를 배울 생각에 가슴이 두근거렸다. 아버지 진성백이 독특한 보법의 자세를 취하며 말했다.

"그 전에 네게 조화경과 풍영팔류의 근간이라 할 수 있는 풍영보 (風影步)부터 전수해주마."

풍영보! 그것은 진성백을 '풍신'이라 불리게 만든 경신법이다.

"좀 더 여유가 있다면 네게 더 많은 것을 가르치고 싶은데 안타깝구나."

나도 그것이 안타까웠다. 그때 문득 머릿속에 좋은 생각이 떠올랐다.

"아버지."

"왜 그러느냐?"

"아버지께서 쓰시던 검이 있습니까?"

"검? 벽을 넘기 전에 쓰던 것이 있다만 왜 그러느냐?"

그 말에 입꼬리가 절로 올라갔다.

* * *

이튿날 정오. 복안현의 거리.

"많이 피곤해 보이는구나. 괜찮느냐?"

"…괜찮습니다."

아버지의 물음에 괜찮다고 답은 했지만, 한숨도 자지 않아서 꽤 피곤했다. 아버지의 여덟 병장기 중 하나인 정풍검(正風劍)을 통해 천기로 아버지의 연무를 무리해서 심상으로 체화했더니 피로감이 말로 이를 수가 없었다.

―적당히 하지.

검을 돌려드려야 하니까. 사실 처음에는 검을 한동안 빌려달라고 해볼까 싶었다. 그런데 정풍검은 어머니께서 선물하신 검이라고 했다. 결국 만족할 만큼의 성과를 거두기 위해서 밤새 천기를 펼치다 보니 이렇게 되었다.

"녀석, 밤새 조화경을 연마했나 보구나. 무리하지 말거라."

그래야 할 것 같았다. 천기는 하면 할수록 심력 소모가 너무 컸다.

"저곳이냐?"

아버지가 거리에 자리한 의원을 가리키며 떨리는 목소리로 물었다. 내가 고개를 끄덕이자 아버지가 경공까지 펼쳐가며 의원 안으로 먼저 들어갔다. 외조부 하성운이 빨리 보고 싶은 모양이었다. 죽은 줄만 알았던 장인어른을 뵙는 순간이니 이해는 갔다.

의원 안으로 들어가니 아버지가 외조부 하성운 앞에 무릎을 꿇고서 오열하는 모습이 보였다.

"어르신! 늦어서 송구합니다."

"이 사람아, 울긴 왜 울어."

외조부 하성운 또한 붉어진 눈시울로 눈물을 흘리고 있었다. 이십여 년 만의 해후였다. 두 어른이 감격스러워하는 모습을 보니 나 역시도 눈이 따가웠다. 어제 하도 많이 울어서 더는 눈물을 흘리고 싶지 않았는데… 어머니가 이 자리에 있었다면 얼마나 좋을까?

―네 어머니도 하늘에서 지켜보며 흐뭇해하실 거야.

소담검 녀석의 말에 결국 눈물이 떨어졌다. 그때 뺨을 타고 흘러내리는 눈물방울을 누군가가 손으로 닦아주었다.

"사마 소저?"

그녀는 다름 아닌 사마영이었다. 부친인 월악검 사마착과 함께일 줄 알았는데, 이곳에 있을 줄은 몰랐다. 내 부탁을 지킨다고 지금까지 외조부를 돌보고 있었던 건가?

사마영이 나를 쳐다보며 눈물을 글썽였다.

"에이, 괜히 저도 눈물이 나네요."

그녀 역시도 이 광경에 눈물이 났던 모양이다. 이런 애달픈 해후를 보면서 감동하지 않을 사람이 누가 있겠는가.

"외조부를 돌봐줘서 고마워요, 사마 소저."

"고맙긴요. 저 때문에 괜히 곤란해져서 공자님이 고생하셨는걸요."

그녀는 여전히 어제의 일로 미안해했다. 이에 나는 괜넘치 말라고 고개를 저었다.

그때 외조부가 나를 불렀다.

"운휘야."

"네, 외조부."

"그 아이와 이리 오거라."

우리를 가까이로 부른 외조부 하성운이 아버지 진성백의 손을 꽉 잡고서 말했다.

"이보게, 사위."

"말씀하십쇼, 어르신."

"우리 운휘가 이 아이와 연이 있는 것을 알고 있는가?"

'아…'

얼마 전만 하더라도 사대 악인의 딸인 사마영을 그리 탐탁지 않게 여겼던 외조부였다. 그런데 그녀를 지칭하는 말투가 한결 부드러워졌다. 아버지 진성백이 고개를 끄덕이며 답했다.

"알고 있습니다."

이에 외조부 하성운이 호흡을 가다듬으며 조심스럽게 말했다.

"사위, 부디 놀라지 말고 듣게."

순간 나도 모르게 웃음이 나올 뻔했다. 그녀의 정체를 알려주려는 것 같은데, 저렇게 조심스럽게 말하는 걸 보니 아버지가 의외로 잘 놀라는 성격임을 아시는 듯했다. 다행히 아버지께서도 그녀의 정체를 알기에 미소를 지으며 말했다.

"알고 있습니다, 어르신."

"알고 있다고?"

"월악검의 여식이 아닙니까."

"허허허. 운휘 저 아이가 말했나 보군."

"아닙니다. 무쌍성에서 월악검과 함께 보았습니다."

외조부 하성운이 그걸 모르는 걸 보니, 사마영이 어제 일이 미안해서 이야기하지 않은 것 같았다. 결과적으로 잘 해결되었으니 그녀가 부담스러워하지 않았으면 좋겠다. 외조부 하성운이 깊은숨을 내쉬며 말했다.

"사람의 연이라는 것은 하늘이 내리는 것이니, 그 누구도 쉽게 막지 못함을 자네가 누구보다 잘 알지 않나?"

"…."

"저 두 아이가 원한다면 서로 만나도 괜찮겠나?"

"할아버님."

외조부 하성운의 말에 사마영이 감격을 금치 못했다. 집안의 최고 어른이라 할 수 있는 외조부에게 인정을 받는 듯하여 그런 것 같았다. 잠시 좋아했던 그녀가 살짝 긴장한 눈으로 아버지 진성백을 쳐다보았다. 어떤 대답이 나올지 몰라서 두려운가 보았다.

[걱정 마요, 사마 소저.]

나는 그녀에게 전음을 보냈다. 사실 나는 이에 관해 아버지와 이미 대화를 나눴다. 그렇기에 그 대답을 알고 있었다. 아버지가 사마영을 바라보며 인자한 미소를 짓더니 말했다.

"두 아이가 좋다면 아비 된 자가 어찌 이를 막을 수 있겠습니까?"

그 말에 사마영의 눈에서 닭똥 같은 눈물이 흘러나왔다. 울음까지 터뜨릴 정도로 좋아하니 내가 다 민망해질 지경이었다. 이를 겸연쩍게 바라보던 아버지 진성백이 외조부에게 걱정스럽다는 듯이 말했다.

"다만 월악검 그도 같은 생각인지는 알 수 없군요."

문제는 아버지나 외조부가 아니었다. 그녀의 부친이 나를 여전히 탐탁하게 여기지 않는다는 것이었다. 백혜향의 일로 더욱 그랬다. 그렇기에 더더욱 그와 결착을 내야 했다. 나는 사마영에게 물었다.

"부친께서는 어디 계시죠?"

* * *

복안현의 서쪽 편에 대나무밭이 펼쳐져 있었다. 이곳에서 사마영의 부친인 월악검 사마착이 기다리고 있다고 했다.

─네 아버지를 부르지 않아도 괜찮겠어?

소담검이 걱정스럽다는 듯이 말했다. 그도 그럴 것이 나는 사마영과 단둘이 이곳으로 왔다. 아버지 진성백이 같이 가겠다고 했지만, 이를 거절했다. 괜히 일이 더 커지는 것을 막기 위해서였다.

"공자님."

그녀도 걱정스럽게 나를 쳐다보았다. 부친의 성정을 누구보다 잘 알기에 그럴 것이다. 어차피 부딪쳐야 할 일이었다. 나는 그녀를 안심시키기 위해 빙그레 미소를 지었다.

─저…어….

나도 알고 있다. 월악검 사마착이 가지고 있는 보검의 이명 소리가 머릿속을 울렸기 때문이다. 대나무밭 한복판에서 사마착이 커다란 바위를 의자 삼아, 풍류를 즐기는 서생처럼 서책을 읽고 있었다. 저런 모습을 보면 악인처럼 보이지 않았다.

"아버지!"

사마영의 외침에 사마착이 읽던 서책을 조용히 덮었다. 그리고 나를 쳐다보았는데, 그의 표정이 묘했다. 나는 그런 그에게 포권을 취하며 정중히 인사했다.

"후배 진운휘가 선배님께 인사 올립니다."

이제는 아버지의 성을 따르기로 한 나였다. 입에 익지는 않지만 익양 소가가 아닌 풍영팔류종의 소종주이니까. 포권을 취한 상태로 있는데, 사마착이 입을 열었다.

"…무슨 일이 있었는지 모르겠지만 달라졌군."

역시 사대 악인이었다. 마주치자마자 아버지 진성백처럼 내 무위가 향상되었음을 곧바로 알아차렸다.

"작은 기연이 있었습니다."

"부친께 가르침을 받았나 보군."

아버지의 가르침을 통해서 얻은 깨달음은 아니지만 부정하진 않았다. 검선의 지보를 얻은 것을 이곳저곳 알릴 필요는 없으니까.

사마착이 피식 하고 웃으며 말했다.

"그것도 네놈의 복이지. 어찌 되었든 여기까지 혼자 온 걸 보니 배짱이 없진 않구나."

아버지를 데려올 줄 알았나 보다. 나의 선택이 옳았음을 깨달을 수 있었다. 사마착이 다시 서책을 펴고서 말했다.

"의제의 아들이 도착하지 않았으니 잠시 기다리도록 하거라."

"그는 오지 않습니다."

사마착이 미간을 살짝 찡그리며 물었다.

"그게 무슨 말이지?"

"그의 부친인 구양 종주가 무악과 결탁하고 있었던 것이 드러났습니다."

"무악과 결탁을 해?"

이에 나는 그동안 있었던 자초지종을 설명했다. 이를 전부 들은 사마착이 고개를 절레절레 흔들며 실망의 빛을 감추지 않았다.

"호부에 견자로구나."

호랑이 새끼가 개라는 말이었다. 이런 그의 반응을 보면 사마착이 그를 의제로서 그렇게 아끼는 느낌을 받을 수가 없었다. 어째서 그와 같은 소인배와 의형제를 맺었을까? 의아해하는데 사마착이 서책을 덮더니 자리에서 일어났다. 그리고 뒷짐을 쥐고서 내게 말했다.

"결국 기회를 쥔 것은 네놈뿐이로구나."

척! 나는 그에게 포권을 취하며 정중한 목소리로 말했다.

"어르신을 실망시켜드리는 일은 없을 겁니다. 부디 사마 소저와의 만남을 허락하여주십쇼."

그런 나의 말에 사마착이 무미건조한 목소리로 입을 열었다.

"하면 내 시험을 통과하거라."

역시 그냥 넘어가는 법이 없었다. 구양산이 없어서 자연스럽게 넘어가길 바랐는데 말이다. 사마착이 내게 걸어오며 말했다.

"내 딸과 만나고 싶다면 내가 펼치는 초식을 열 번만 막아보도록 하거라."

'…?!'

그 말이 떨어지기가 무섭게 사마영이 화가 나서 끼어들었다.

"정말 너무하신 거 아니에요? 그냥 인정해주시면 될 텐데, 이제는 아버지의 초식마저 견디라는 거예요?"

그녀의 입장에서는 어처구니없을 만도 했다. 부친이 사대 악인 중 한 사람인 월악검이다. 게다가 초인이라 불리는 열두 고수들 중에 다섯 손가락에 꼽히는 고수다. 그런 부친의 초식을 혼자서 열 번이나 막으라는 것은 허락을 안 해준다는 소리처럼 들렸을 것이다. 그녀의 말에 사마착이 나무라듯이 말했다.

"네 어미도 이 아비의 악인이라는 칭호 때문에 잃었다. 하물며 저 녀석은 혈마다. 아비 못지않게 적이 많은 위치에 있는데, 그런 자에게 어찌 함부로 여식을 맡기겠느냐?"

그 말에 사마영이 차마 답하지 못했다. 무작정 부친이 고집을 부린다고 여겼었는데, 이런 속내를 밝힐 줄은 몰랐던 모양이다. 나 역시도 그 말을 듣고 나니 그의 심경이 이해됐다.

사마착이 내게 말했다.

"아직 혈교조차 완전히 장악하지 못한 네놈이 걸어가는 길은 가시밭길이나 다름없다. 그 길에 내 딸을 데려가려면 그에 합당한 힘을 증명하는 게 맞지 않느냐?"

"…어찌 부정하겠습니까."

"하면 내 열 초식을 받아보거라. 이걸 견뎌낼 수 있다면 내 딸을 네놈에게 맡기마."

척! 나는 다시 한 번 강하게 포권을 취하며 결의를 보였다.

"선배님의 시험을 받겠습니다."

그 모습에 사마착이 작게 콧방귀를 뀌었다. 무시한다는 느낌은 없었다. 사마영이 나를 걱정스러운 눈으로 쳐다보았다. 괜찮다며 그녀에게 물러나라고 말했다.

"공자님…"

그녀가 무거운 발걸음으로 물러나자 나는 사마착 앞에 당당하게 섰다. 무림에서 최고로 꼽히는 절세고수가 눈앞에 서 있었다. 사마착이 기운을 발산하자 주변의 공기가 답답해지며 분위기가 스산해졌다.

"선공을 양보하마."

사마착이 검을 뽑지 않은 채 말했다. 선공을 양보한다는데 이를 거절할 이유가 있겠는가.

"후배, 전력을 다하겠습니다."

"그래야 할 거다. 그렇지 않으면 한 초식도…"

고오오오오! 그의 말이 끝나기도 전에 나는 중단전과 상단전을 동시에 개방하며 혈마화를 펼쳤다. 그것도 모자라 전신의 혈액을 빠르게 돌리며 진혈금체까지 시전했다. 슈우우우우우! 그러자 내 몸에서 뿌연 연기가 솟구쳤다.

'…?!'

그 광경에 노심초사하고 있던 사마영의 두 눈이 휘둥그레졌다. 심지어 방금 전까지 여유롭게 왼팔을 뒷짐 지고 있던 사마착의 표정이 일순간에 굳었다.

슈우우우우! 온몸의 혈액이 빠르게 돌며 전신에서 뿌연 김이 솟구쳤다. 중단전과 상단전을 동시에 개방한 것도 모자라 혈마화에 진혈금체까지 펼쳐본 적은 한 번도 없었던 것 같다. 현재 내가 낼 수 있는 최고의 전력이라 할 수 있었다. 오랫동안 유지하는 것은 힘들지만 적어도 십여 초식은 거뜬히 버틸 수 있었다.

여유로웠던 사마착의 미간에 주름이 갔다. 나는 그것을 놓치지 않고 사마착을 향해 신형을 날렸다. 팟! 선공을 양보한다고 했으니, 전력을 다해 부딪치는 것이다. 중원 무림의 정점이라 불리는 열두 초인. 그들 중에서도 다섯 손가락에 꼽히는 최강의 검객에게 과연 나의 무위는 얼마큼 통할 수 있을까? 신형을 날린 나는 그를 향해 주먹을 뻗었다.

'암쇄폭권.'

풍영팔류 지형권(地形拳) 육초식 암쇄폭권(巖碎爆拳). 다섯 차례 연이어지는 권격을 통해 바위마저 폭사시키는 권초다. 천기로 익힌 풍영팔류의 무공들 중에 가장 구현하기 쉬우면서 위력 면에서는 최고를 자랑하는 초식들 중 하나였다. 쾅! 휘이이이이잉! 진각을 밟으며 권을 내질렀을 뿐인데, 주변의 바닥이 갈라지고 강한 풍압이 일어났다. 주위의 대나무들이 태풍이라도 만난 것처럼 거칠게 휘었다.

사마착이 내 권을 막기 위해 일 장을 뻗었다. 파앙! 손바닥에 주먹이 닿는 순간 묵직함이 느껴졌다. 역시 초인답게 심후한 공력이었다. 이 정도 위력에도 조금도 밀려나지 않는다니. 하지만 이게 끝이 아니었다. 파파파팍! 암쇄폭권의 진수는 다섯 번의 연격에 있다. 곧바로 이어지는 권의 연격에 사마착이 발바닥을 짚고 서 있는 바닥에 균열이 일어나더니, 이내 그의 신형이 뒤로 세 보가량 밀려났다. 촤르르르!

―밀렸어!

'…!!'

"아, 아버지가 뒤로 밀려나다니!"

귓가로 사마영의 목소리가 들려왔다. 몇 초식이나 제대로 버틸까 근심으로 가득했던 그녀였다. 그러나 사마착이 밀려난 모습을 처음 보았는지 두 동공에 지진이 일어나고 있었다. 나 역시도 가슴이 쿵 쾅거리며 진정되지 않았다. 과연 그의 반응은 어떨까?

—웃고 있는데?

소담검의 말대로 사마착의 입꼬리가 위로 슬며시 올라갔다. 그는 당혹스러운 기색조차 보이지 않았다. 오히려 흥미롭다는 듯한 얼굴로 나를 쳐다보았다.

"과연 숨겨둔 한 수가 있었군."

사마착이 허리춤에 차고 있던 검집의 검병으로 손을 가져갔다. 오만하게 맨손으로 상대할 것처럼 굴던 그가 검을 뽑으려는 것이었다.

—기회를 주지 마라, 운휘!

남천철검의 말이 맞았다. 월악검 사마착이 검을 뽑는 순간 상황이 달라진다. 차라리 맨손일 때 남은 아홉 초식 중의 일부를 소진해야 한다. 팟! 나는 사마착을 향해 신형을 날리며 두 손을 지공의 파지법으로 바꾸었다. 혈천대라지공으로 공세를 전환했다. 두 손가락이 수십의 잔영을 만들어내며 사마착의 요혈을 노렸다. 검을 뽑으려던 사마착이 보법을 펼치며 거리를 벌리더니 왼손으로 철구를 튕겼다. 슉!

철구가 미간을 노리기에 상반신을 옆으로 틀며 철구를 피했다. 그런데 그것을 노렸다는 듯이 두 번째 철구가 상반신을 틀은 방향으로 날아왔다. 이건 피할 수가 없었다. 그렇다면…. 팍! 나는 손바닥으로 강렬히 회전하는 철구를 잡아냈다. 진혈금체를 펼친 상태인데다 손바닥에 모든 공력을 집중했기에 가능성이 있었다. 그 순간 철구에 실린 공력에 신형이 뒤로 두 보가량 밀려났다. 촤르르! 회전하던 철구가 멈췄다. 손바닥을 열자 살짝 연기가 피어오르며 철구가 바닥으로 떨어졌다. 손바닥이 빨갛게 물들어 있었다. 뼈마디가 찌릿찌릿했다.

'역시… 전력이 아니었어.'

직접 맞댄 것도 아니고 철구를 날려서 밀어낼 정도면 내공에서 격이 달랐다. 아까 전에 밀려났던 것도 전력을 발휘했던 게 아닌 것 같다. 그 사이에 사마착은 검을 반쯤 뽑아내고 있었다. 그런 사마착을 향해 사마영이 소리쳤다.

"쇠구슬도 탄지신통의 일종이니 공자님이 세 초식 버텼어요!"

—맞네!

사마영의 계산법에 소담검이 신이 나서 동의했다.

반면 사마착은 나의 편을 드는 그녀의 모습에 어처구니없다는 듯이 고개를 절레절레 흔들고 있었다. 그 표정이 딸자식을 키워봐야 소용없다는 것처럼 보였다.

스릉! 검을 완전히 뽑은 사마착이 내게 말했다.

"좋다. 세 초식으로 인정하마. 이제 검을 뽑아라."

제대로 겨뤄보자는 말로 들렸다. 이에 나는 남천철검을 검집에서 뽑았다. 그와 동시에 사마착의 신형이 흐릿해지며 어느새 내 앞으로 나타났다. 엄청난 경신법이었다.

'모든 무공의 중심은 발에서 온다.'

아버지 진성백이 했던 말이 떠올랐다. 사마착의 검이 내 가슴을 향해 찔러오는 순간, 나의 머릿속에 무정풍신 진성백이 심상 안에서 밟고 있던 발자국들이 맴돌았다. 타타타탁! 몸이 바람이라도 된 것처럼 가벼워지며 그의 검이 닿자 나의 신형이 쾌속하게 사마착의 뒤를 점했다. 이것은 바로 아버지를 바람의 신이라 부르게 만든 풍영보였다. 사마착의 공격을 피한 것도 모자라 그의 뒤를 점했다는 생각에 나는 그의 날개뼈 쪽 요혈을 향해 검을 날렸다.

그 순간 사마착의 신형이 앞으로 나아갔다. 그러더니 빠르게 몸을 회전하며 내가 휘두르는 검을 쳐냈다. 검이 튕기는 순간 나는 검초를 펼쳤다.

'신로성명검법 삼초식 비추형검.'

원래의 비추형검은 부드러운 버들가지처럼 검초의 변화가 특징이다. 그러나 신로성명검법의 비추형검은 말 그대로 미꾸라지처럼 검이 기묘하게 움직이며 수 갈래로 갈라져 사마착의 요혈을 노렸다. 사마착의 눈에 이채가 띠었다.

"제법이군."

사마착이 처음으로 제대로 된 검초를 펼쳤다. 그의 검이 부드럽게 반원을 그리더니 이내 비추형검의 흐름 속에 끼어들었다. 채채채채 채챙! 검과 검이 부딪치며 파란 불꽃들이 연신 튀었다. 검이 부딪칠 때마다 검세에 의해 강렬한 풍압이 일어나며 주변 바닥이 예기로 파일 정도였다.

'부딪칠 때마다 손바닥이 찢겨 나갈 것 같다.'

그의 검식 하나하나가 바위를 깨부술 듯이 묵직했다. 사마착이 제대로 실력 발휘를 하니 조금의 방심도 용납되지 않았다. 휘릭!

'변초?'

격렬히 검이 부딪치는데, 사마착의 검이 기묘하게 방향을 틀며 나의 왼쪽을 노렸다. 안대로 눈을 가리고 있는 부위라고는 하나 금안

때문에 당연히 보이기에 이를 막으려고 했는데, 검이 도중에 멈췄다.

"안대를 벗어라. 눈이 실명한 게 아니라면."

아버지와 함께 이동하느라 인피면구와 안대를 그대로 착용하고 있던 나였다.

"익숙해져서 이대로 해도…."

"나를 상대로 만전을 기하지 않을 것이냐."

그 말에 뭐라고 평계를 대기가 힘들었다. 사실 결착을 내는 도중에는 금안을 보이지 않기 위해 했던 것인데, 아무래도 별수 없어 보였다.

"안대를 벗기 전에 한 가지 말씀드릴 게 있습니다."

"무엇을 말이냐?"

"제 눈이 이렇게 된 것은 봉림곡에 떨어져서 어떤 기관 장치에 갇혔기 때문입니다."

그 말에 사마착이 인상을 찡그리며 말했다.

"다치기라도 한 것이냐?"

이에 나는 고개를 저으며 안대를 벗었다. 그리고 감았던 눈을 떴다. 왼쪽 눈에 감춰졌던 금안이 드러나는 순간 사마착의 표정이 굳었다. 사마영도 놀라움을 감추지 못했다.

"공자님, 눈이?"

이들 부녀는 봉림곡에서 탈출하던 금안의 사내를 보았다고 했었다. 그리고 사마착이 그를 잡기 위해 쫓아갔다는 사실을 사마영에게 전해 들었었다. 혹여 그자와 연관 있다고 오해할까 봐 미리 선수를 쳤지만, 역시나 사마착의 표정을 보니 그리 좋지 않았다.

그때 사마착이 내게 물었다.

"기관 장치에 갇혔었다고 했느냐?"

"봉림곡의 지하에 있을 때 기이한 괴인들에게 쫓기게 되었습니다. 무공이 금제당해 그들을 피해 도망치다가 기관 장치가 있는 방을 발견했습니다."

나는 그 후에 벌어졌던 일들을 이야기해주었다. 안에서 나온 연기를 들이마신 후에 환골탈태와 같은 일이 벌어졌음을 말이다. 이를 들은 사마착이 턱을 쓰다듬으며 뭔가 생각에 잠겼다.

'왜 그러는 거지?'

의아해하는데, 이내 사마착이 검을 들더니 말했다.

"시험을 계속하도록 하겠다."

'어라?'

금안에 관해 이야기할 줄 알았는데, 그의 관심사가 다시 시험으로 돌아왔다. 금안의 사내를 쫓아갔다는 말을 듣고서 혹시나 사마착이 그와 관련하여 뭔가를 알고 있는 것이 아닌가 싶었지만 아무래도 오판을 한 것 같다. 그저 팔이 잘려도 자라나는 것에 호기심을 느꼈을지도 모른다.

—이제 다섯 초식만 버티면 돼. 힘내.

소담검의 말대로 절반이 남았다. 안대를 벗었으니 금안의 위력을 최대로 발휘할 수 있다. 충분히 가능성이 있었다. 그때 사마착이 내게 검을 겨냥하며 말했다.

"네 녀석이 어느 정도 수준인지는 알았다. 하면 네가 펼칠 수 있는 최고의 검초를 내게 보이거라."

"네?"

"네놈이 보일 수 있는 최고의 검을 펼쳐보라 했다."

'최고의 검….'

머릿속에 떠오른 것은 두 가지였다. 하나는 혈천대라검법의 비기라 할 수 있는 혈천무정검(血天無情劍), 그리고 다른 하나는 신로성명검법의 비기 마지막 칠초식 십이천경검이다. 혈천무정검은 혈마검이 없으면 펼칠 수 없다. 혈마검 녀석이 사마착에게 당한 것 때문에 데려가지 말라고 난리를 쳐대서 외조부에게 잠시 맡겨졌는데, 들고올 걸 그랬나 싶었다.

"알겠습니다."

슥! 나는 검의 파지법을 다르게 쥐었다. 그리고 기수식을 취했다. 신로성명검법을 통해서 기존의 허점들을 전부 없애고 가장 이상적인 검식으로만 이루어진 것이 십이천경검이었다.

"후우."

호흡을 가다듬었다. 그리고 모든 감각을 검에 집중했다. 그러자 남천철검에서 날카로운 예기가 사출되었다. 넘실거리는 예기에 주변의 공기가 일렁였다. 심지어 바닥의 모래가 들썩거리며 날카로운 검흔이 생겨났다.

[벤다는 강렬한 의지가 유형화되는 것이 바로 예기이다. 그 예기를 하나로 모아라. 네 자신이 검이 된다는 강한 일념을 검에 담아라.]

검선께서 내게 했던 마지막 가르침이었다.

'검이 되어 모든 것을 벤다.'

모든 일념을 오직 검에 집중했다. 그러자 조금씩 넘실거리던 예기가 수그러들었다. 정확히 말하면 예기가 검으로 집중되어갔다.

"검이!"

사마영의 입에서 탄성이 흘러나왔다. 우우우웅! 예기가 모이면 모일수록 남천철검이 흰빛으로 일렁이고 있었다. 검선이 보여줬던 만큼 강렬한 빛은 아니지만 예기가 집중된 그것은 극도의 날카로움 그 자체였다.

[그게 신검합일(身劍合一)이라는 것이다.]

신검합일. 검과 내가 하나가 되는 경지. 아직 완벽하지 않지만 나의 모든 일념이 검에 집중되었다.

사마착의 눈매가 가늘어졌다. 모든 예기가 집중되어 신검합일 상태가 되자 그의 시선이 검에서 떨어지지 않았다.

"이게 제 최고의 검입니다."

나는 그 말과 함께 사마착을 향해 신형을 날렸다.

신로성명검법 칠초식 십이천경검. 은은한 흰빛의 궤적이 허공에 수를 놓으며 순식간에 열두 검식이 물 흐르듯이 이어졌다.

사마착의 입꼬리가 양옆으로 벌어졌다. 흠칫! 그에게서 강렬한 전의가 느껴졌다. 사마착의 검이 움직였다. 스스스슥! 사마착이 검을 움직이는 순간 그의 주변에 마치 구가 생겨난 것 같았다. 그것은 무수한 검의 궤적으로 만들어진 구였다. 그 모습이 마치 만월을 보는 듯했다. 비기 십이천경검이 만월과 부딪치는 순간 굉장한 파공음이 사방을 울렸다. 채애애애애앵! 그것은 전초에 불과했다. 십이천경검의 검식을 이어 나가자 귀가 찢어질 듯한 파공음과 검광으로 눈앞이 하얗게 번질 지경이었다.

―이거 완전 괴물 아냐?

나도 어이가 없을 지경이었다. 신검합일을 통해서 펼치는 검식들이 전부 튕겨 나가고 있었다. 만월이 된 저 수많은 검의 궤적을 넘어서지 못하고 모든 식이 막혔다.

'뚫어야 해.'

틈을 찾아야 한다. 금안으로 허점을 찾기 위해 흐름을 읽어내려 했지만 보이지 않았다. 월악검 사마착이 펼치는 검은 완벽 그 자체였다. 그의 검을 뚫을 수 없다면 내 의지만이라도 보여야 한다. 마지막 일식에 모든 것을 담아서!

"흐아아아압!"

검의 일념을 검 끝으로 집중하는 순간 기묘한 일이 벌어졌다. 검 끝이 미세한 진동을 일으켰다. 그것은 검선이 축아회검을 파훼했을 때 보여줬던 그 일 검과 닮아 있었다. 나는 이 일 검을 만월의 정중앙을 향해 찔렀다.

그 순간 사마착이 인상을 찡그리며 앞을 향해 강하게 진각을 밟았다. 쾅! 그와 동시에 만월이 만개하는 꽃처럼 열렸다가 마지막 일식과 한 점을 이뤄 부딪쳤다. 채애애애애애앵! 검명과 함께 내 몸이 뒤로 튕겨 나갔다. 어찌나 여파가 강한지 대나무들을 부러뜨리고 그 너머까지 날아갔다. 쿠당탕! 바닥을 몇 바퀴 뒹군 나는 겨우 몸을 일으켜 세웠다. 핏물이 울컥 올라와서 쓴맛이 났다. 내상을 입은 것 같았다. 나도 이 정도인데 그는 어떨까?

한데 놀랍게도 사마착은 아무렇지 않게 서 있었다. 조금도 부상을 입지 않은 듯이 나를 보면서 입꼬리마저 올리고 있었다.

'젠장.'

신로성명검법의 비기를 이렇게 막아내다니. 허탈할 지경이었다. 무림의 정점에 가까운 자라는 건 알고 있었지만 정말 말도 안 되는 괴물이었다.

"하아… 하아…"

호흡이 거칠어졌다. 안 그래도 혈마화에 진혈금체까지 써서 빠르게 선천진기와 염이 소진되고 있는데, 신검합일까지 펼치면서 상태가 이만저만이 아니었다. 저 괴물 같은 자에게서 남은 네 초식을 버티는 것이 가능할까?

"후우…."

호흡을 가다듬고 검을 다시 굳게 잡았다. 약해지지 말자. 죽이 되었든 밥이 되었든 네 초식을 견뎌야 한다.

"다시 가겠습니다."

사마착을 향해 다시 신형을 날리려는 순간이었다. 그가 갑자기 내게 손을 내밀었다. 마치 멈추라는 것처럼 보였다. 의아해하고 있는데 사마착이 자신의 검집으로 보검을 착검했다.

"여기까지 하도록 하지."

그 말에 나는 내심 불안해졌다. 현재 내가 펼칠 수 있는 최고의 검을 막아냈기 때문에 더는 볼 게 없다고 판단한 것일까? 그때 사마착이 내게 콧방귀를 뀌며 퉁명스럽게 말했다.

"흥. 그 정도면 어디 가서 맞고 다닐 일은 없겠구나."

"네?"

이건 무슨 소리지? 사마착이 자신의 딸인 사마영을 쳐다보며 고개를 끄덕였다. 그리고 나를 슬쩍 쳐다보더니 말했다.

"내 딸을 고생시키면 언제든 내 검을 다시 받을 각오를 해야 할 거다."

"서, 선배님!"

그의 말을 듣는 순간 가슴이 벅차왔다. 월악검 사마착이 드디어 나를 인정한 것이다.

"공자님!"

사마영이 눈물을 글썽이며 기뻐하더니, 이내 자신의 아버지에게 달려가서 안겼다. 사마착이 못마땅하다는 듯이 혀를 차다가 결국 그녀의 머리를 쓰다듬었다.

"고마워요, 아버지."

"진가 놈이 만약 눈물 흘릴 일을 만든다면 언제든지 아비에게 말하거라."

"사위 될 사람한테 진가 놈이 뭐예요."

사마영이 눈꼬리를 치켜세우며 따지자 사마착이 아무렇지 않게 말했다.

"제 놈을 인정해줘도 선배라고 하는데, 진가 놈이라고 하는 게 어떻다는 것이냐?"

어라? 그냥 만나는 것을 허락해주는 정도가 아니라 사위로 인정하겠다는 뜻이었나? 한번 인정하니 화통하기 짝이 없었다. 사마영이 눈치를 주듯 눈빛으로 신호를 보내고 있었다.

─야, 더 고생하기 싫으면 괜히 마음 변하기 전에 빨리 장인어른이라고 해.

소담검 녀석의 말에 나는 넙죽 절을 하며 외쳤다.

* * *

진운휘와 사마영이 떠나간 대나무밭.

자신은 볼일이 있다며 그들을 먼저 보낸 사마착이 한숨을 내쉬며 누군가를 불렀다.

"두공."

그 외침에 이윽고 대나무밭 위쪽에서 누군가가 사뿐히 내려왔다. 노학자를 연상시키는 듯한 풍모를 지닌 반백의 사내였다. 이런 자가 대나무밭 위쪽에 숨어 있었는데도 진운휘는 싸우는 내내 그를 발견하지 못했다. 그것만 봐도 심상치 않은 무위를 지녔음을 알 수 있었다.

"진가 놈이 했던 말은 들었겠지?"

사마착의 물음에 두공이라 불린 반백의 사내가 고개를 끄덕였다.

"들었네. 그 말이 맞다면 자네의 예측대로 모산파와 관련 있을지도 모르겠군."

"놈의 흔적은 찾았나?"

"찾았네. 섬서성 남동쪽으로 향했네. 그 외눈 녀석과는 다르게 뭔가 어리숙해서 계속 흔적을 남기더군."

"흔적을 따라가면 놈을 잡을 수 있겠군."

"사위를 돕지 않고 그놈부터 잡으려는 건가."

"그놈을 놓칠 것 같나."

그 말에 두공이라 불린 반백의 사내가 탄식을 흘리며 고개를 끄덕였다. 그러더니 이내 히죽거리며 말했다.

"뭐, 자네가 그렇게 하겠다면 그런 거지. 한데 말이야, 그 정도면 어디 가서 맞지 않을 정도라니? 아주 배가 불렀구먼, 자네."

"쓸데없는 소리."

"자네가 하도 마음에 들지 않는다고 투덜거려서 대체 어떻기에 그러나 안면이라도 보려 했더니, 훗날 천하제일인이 될지도 모를 사위를 두고 그런 말을 하는가?"

"천하제일을 쉽게도 입에 담는군."

사마착의 나무람에 두공이 너스레를 떨면서 말했다.

"노부가 여태껏 많은 무재를 보았지만 저 나이에 그 정도 경지에 이른 자는 처음 보네. 자네 은근히 욕심이 지나치구먼."

"쓸데없는 소리."

"하긴 그 정도 무위를 지닌 사위를 상대로도 여력을 남기는 자네에게 뭔들 눈에 들어오겠나?"

그 말에 사마착이 작게 중얼거렸다.

"여력이라…."

그가 자신의 손바닥을 쳐다보았다. 검을 잡았던 오른 손바닥이 살짝 찢겨서 피가 흘러내리고 있었다. 그런 손바닥을 꾹 쥔 그의 입꼬리가 슬그머니 올라갔다.

61화

사라진 본단

　늦은 밤 호롱불을 켜놓은 한 집무실. 새하얀 얼굴에 왼쪽 팔소매가 헐렁한 검은 궁장을 입은 여인이 책상에 앉아 잔뜩 쌓인 서지를 살피고 있었다. 그녀는 혈수마녀 한백하였다. 한참을 일에 집중하고 있는데, 누군가 방문을 두드렸다.

　똑똑!

　"스승님, 담예화입니다."

　문을 두드린 자는 그녀가 육혈곡에서 받았던 막내 제자 담예화였다.

　"들어오너라."

　"네."

　문이 열리며 흰 경장에 오목조목한 이목구비를 지닌 귀여운 인상의 여인이 안으로 들어왔다. 고개를 숙이며 예를 취하려는 그녀에게 한백하가 됐다며 고개를 젓더니 물었다.

　"사존께선 어찌하고 있느냐?"

"사존께서는 매일같이 낮에는 제자인 송가 쌍둥이와 수련을 하고 밤에는 술을 진탕 마시고선 주무십니다. 이젠 정말로 포기하신 것 같습니다."

사존 기기괴괴 해악천. 그는 제자이자 혈마검의 계승자를 잃은 후로 실의에 빠졌다. 한동안 제자를 찾기 위해 자신의 수하들을 동원해서 직접 움직였으나, 그 행방을 찾을 길이 없었다. 실의에 빠진 해악천은 한동안 주독에 빠져 살았다. 제자이기도 했지만 두 번이나 혈마를 지키지 못했다는 죄책감 때문이었다. 하지만 사혈성 도장호를 비롯한 이존 난마도제 서갈마 등이 백련하마저 잃을 것이냐며 설득하고 나서야 종일 무공 연마에 힘을 쓰고 있었다.

한백하가 자신의 헐렁한 왼팔 소매를 슥 쳐다보았다.

'월악검⋯.'

그로 인해 왼팔을 잃었다. 팔을 치료하고 싶었지만 잘린 것도 아니고 뜯겨 나가서 방법이 없었다. 이것은 만사신의라고 해도 어떻게 해볼 도리가 없기에 포기했다.

'결과적으로는 잘됐다.'

한 팔을 잃었지만 그녀는 이렇게 된 것이 전화위복이라 여겼다. 모든 중심이 백련하에게로 모였다. 혈마검을 잃은 것이 안타깝지만 어차피 백혜향은 알지 못했고, 안다고 해도 그녀 역시 그것을 가질 수 있는 방법이 없었다.

"아가씨께선 오늘도 삼존과 수련을 하시느냐?"

"네, 종일 삼존 어르신께서 아가씨의 수련을 돕고 계십니다."

"흐음⋯."

삼존 혈사왕 구제양. 얼마 전에 그가 자신들에게 합류했다. 설득하는 데 성공했기 때문이다. 사실 그가 이곳에 오고 나서 한바탕 난리가 났었다. 그녀 자신을 비롯한 다른 간부들은 혈마검과 소운 휘에 관해서 삼존 구제양에게 알리지 말자고 합의했었다. 삼존이 합류하는 조건이 혈마검의 계승자가 되는 것이었기 때문이다. 하나 그것을 해악천이 폭로 아닌 폭로를 해버렸다. 덕분에 구제양이 그 사실을 알게 되었다.

'한데… 아가씨를 지지해주기로 했어.'

다행스러운 일이었지만 정말 의아했다. 율법을 중요시한다고 했던 만큼 오히려 해악천을 도와 혈마검과 그 계승자를 찾으리라고 예상했었다. 그러나 구제양은 지금 물심양면으로 백련하를 돕고 있었다. 심지어 종일 붙어 무공마저 봐주고 있었다. 이존 서갈마가 그와 친분이 있어서 겨우 설득했다고는 하지만 자신의 말을 번복한 셈이었다. 이런 의구심에 단도직입적으로 백련하를 돕는 이유를 물어봤었다. 그 대답은 이러했다.

"노부 역시도 전대 교주님의 후인이 아닌 비월영종의 후인이 교주가 되는 것을 원하지는 않네. 하나 잘되지 않았나. 그자가 없어졌으니 율법을 어길 필요도 없고 말일세."

게다가 자신과 생각이 같았다.

'괜한 기우일까?'

구제양의 속내를 알 수가 없었다. 그렇게 고민하고 있는데, 담예화가 입술을 오물거리며 무언가를 말하고 싶어했다.

"왜 그러느냐?"

한백하가 묻자 담예화가 답했다.

"저… 스승님, 한데 전 본단인 강구현 장원에 남겨뒀던 교인들을 굳이 철수시킬 필요가 있을지…?"

담예화는 스승의 명에 따라 철수하라는 전갈을 보내긴 했다. 하지만 그들이 철수한다면 만에 하나 혈마검의 계승자가 살아 있을 경우 이전한 본단을 찾을 수가 없게 된다.

"스승님, 적어도 몇 명의 교인은…."

"그만."

한백하가 냉랭해진 목소리로 그녀의 말을 끊었다. 그리고 경고하듯이 말했다.

"네가 관여할 일이 아니다."

"스승님…."

"그리고 네가 모셔야 할 자는 아가씨다. 네 본분을 잊지 마라. 더는 토 달지 말고 물러가거라."

"…네, 알겠습니다."

그녀의 명에 담예화는 의기소침해져 예를 취하고서는 집무실을 나갔다. 한백하는 그런 그녀의 뒷모습을 보며 생각했다.

'월악검에게 잡혀간 이상 살아 있을 확률은 지극히 낮다. 설사 살아 있다고 한들 조금만 견디면 된다. 머지않아 혈교 총대회에서 아가씨께서 혈마로 등극하실 수 있으니까.'

* * *

다그닥! 다그닥! 보름이 넘게 쉬지 않고 경공을 펼치고 말을 바꿔가며 이동한 끝에 귀주성에 이르렀다. 지금 우리가 향하는 곳은 본단이 있는 강구현의 장원이었다. 머지않아 강구현에 도착할 것 같왔다.

"앙."

"소저… 아픕니다."

사마영이 너무 피곤해해서 함께 말을 탔는데, 언제 깼는지 그녀가 내 어깨를 꽉 깨물었다. 요즘 들어 종종 깨무는데 팔도 깨물고 귀도 깨물고 보이는 족족 무는 버릇이 생겼다. 왜 이러는지 도통 알 수가 없었다. 처음에는 귀여워서 그냥 내버려두긴 했다.

"앙."

그녀가 이번에는 반대쪽 어깨를 깨물었다.

"…소저, 저는 먹을 게 아니랍니다."

"알고 있어요."

"그런데 왜 못 먹어서 안달입니까?"

그런 나의 물음에 사마영이 배시시 웃으며 말했다.

"제 거라고 표시하는 건데요."

"…그런 이유였습니까?"

"네에. 헤에."

해맑게 웃으면서 또 깨물려 들었다. 표시를 할 거면 이참에 아예 살점을 물어뜯지 그러세요. 그렇게 말할까 하다가 정말로 그럴까 봐 참았다.

—너 은근히 잡혀 사는구나.

소담검 녀석이 키득거리며 말했다.

잡혀 사는 게 아니라 부인이 될 사람을 향한 존중이라고.

—마음에 들지 않아. 그 괴물 같은 작자의 딸이 뭐가 좋다고. 쯧쯧쯧.

혈마검이 한심하다는 목소리로 혀를 찼다. 구시렁거리는 게 소담검 못지않았다. 처음에는 소담검이랑 티격태격하더니 요즘엔 한통속이 되어 뭐라고 한다. 그때 어깨를 깨물던 사마영이 내게 말했다.

"한데 공자님, 본단이 괜찮을까요?"

그렇지 않아도 오는 길에 한 가지 소식을 접했던 차였다. 무림연맹에서 혈교의 잔당들이 창궐하고 있다며 대대적인 토벌을 하겠다고 공표했다. 덕분에 정파 무림의 움직임이 심상치 않았다. 회귀 전에 기억했던 것보다 모든 것이 더욱 빠르게 돌아가고 있었다. 하지만 무림연맹에 아직까지 첩자들이 많이 남아 있으니, 본단이 그리 쉽게 당할 리는 없었다.

"괜찮기를 바라야죠."

"사존도 그렇고 공자님의 쌍둥이 사제들, 조성원 대주까지 다들 보고 싶네요."

그녀의 말에 나는 피식 웃었다. 다른 사람은 둘째 치고 스승님인 기기괴괴 해악천이 보고 싶다는 말을 할 수 있는 건 그녀뿐일 것이다. 내가 사라진 지 거의 두 달 가까이 되었다. 그 일이 벌어지고 스승님의 성격상 난리가 나도 한참 났을 터인데, 그동안 어떤 일이 있었을지 궁금했다.

"서두르죠. 이랴!"

말의 고삐를 흔들며 더욱 속력을 냈다. 그렇게 반나절이 지나고 드디어 장원이 있는 강구현에 도착했다. 서둘러 장원으로 향했는데, 그곳에 도달한 나와 사마영은 당혹감에 빠질 수밖에 없었다.

"…누군가 이사를 들어오는 것 같은데요."

장원 안으로 수많은 짐마차 행렬이 들어서고 있었다. 장롱부터 시작해 침상까지 수레에 실려 있는 것이, 아무리 봐도 물자를 충당하는 것으로 보기에는 어려움이 있었다.

"제가 물어볼게요."

사마영이 말에서 내려 짐을 옮기는 인부들에게 다가갔다.

"실례합니다. 말 좀 물을게요."

"무슨 일이오?"

"혹시 여기 장원에 입주하시는 건가요?"

"그것참, 보면 모르겠소. 지금 짐을 옮기고 있잖소."

역시 보이는 대로였다. 본단이 제대로 자리를 갖추기까지 이곳에서 계속 머물 줄 알았는데, 예상 밖의 일이었다. 무림연맹이나 백혜향 파벌에 위치가 노출된 것일까? 그게 아니면 두 달 사이에 본단을 옮길 이유가 없었다.

"혹시 이 장원이 언제 매물로 올라왔는지 알고 계시나요?"

"한 달쯤 되었소. 급하게 헐값으로 매물이 올라와 우리 가주 나으리께서 아주 봉을 잡으셨지."

매물로 장원을 처분했다면 본단의 이전은 확실했다. 인부와 대화를 마친 사마영이 다가와 내게 말했다.

"공자님, 이를 어쩌죠?"

참으로 난처한 상황이 되어버렸다. 설마 그사이에 본단을 이전해 버리다니.

―완전히 시간만 허비한 셈이네. 어떻게 할 거야?

잠깐만 나도 생각 좀 하자. 나 역시 회귀 전에도 그렇고 현재도 이렇게 오랫동안 혈교와의 연락망이 끊겼던 적은 처음이었다. 혈교는 점조직으로 이루어져서 끊임없이 암호를 바꾸고 위치를 옮긴다.

'흠.'

적어도 본단에서 내가 생환할 걸 조금이라도 예측했다면 단서를 남겨놨을 수도 있다. 혈교에서 주로 쓰는 암호 방식 중에 무언가를 남겨놨을 수도 있으니 아무래도 장원 안으로 들어가 확인해봐야 할 것 같다.

"잠시만 기다려요. 금방 갔다 올게요."

그녀를 남겨놓고 나는 빙 둘러서 장원의 담벽을 월담했다. 안에는 꽤 많은 인부들이 움직이고 있었는데, 그들의 시선을 교묘하게 피하면서 장원의 본당 건물로 향했다. 지부나 조직의 위치를 옮길 때는 주로 본당 건물의 우측 부근 서까래 아래에 암호를 새겨놓곤 한다.

팟! 가볍게 위로 뛰어올라 서까래 쪽에 매달렸다. 내 예상이 맞다면 이쯤에 뭔가를 남겨놨을 것 같은데….

'…?!'

─이 긁은 자국은 뭐야? 아예 파낸 것 같은데.

소담검의 말대로 암호가 남겨졌을 부위가 통째로 파여 있었다. 긁어서 파낸 것으로 보였다.

'…암호를 지웠어.'

아무래도 누군가 이 암호를 지운 것 같았다. 대체 누가 이런 짓을 한 거지? 서까래 아래에 암호를 남기는 방식을 아는 것은 혈교인들 뿐이다. 그마저도 한자가 아닌 기호 같은 것으로 써서 암호를 제대로 숙지한 사람이 아니고는 정확하게 해독할 수 없다. 일단 우연일 수도 있으니 두 번째 장소로 가보자. 본당 건물 말고 가장 남서쪽에 위치한 건물 안의 대청마루 밑도 주로 암호를 남기는 위치로 사용

된다. 마루 밑으로 들어가 그곳을 살폈다.

—여기도네.

역시나 여기도 긁어서 파낸 자국이 남아 있었다.

"후우….."

여기서 추측할 수 있는 것은 두 가지이다. 일단 외부 세력이 암호를 발견한 것인데, 아무래도 그건 아닌 것 같다.

—왜?

외부 세력이라면 암호를 없앨 게 아니라 해독을 위해 통째로 들고 갔을 것이다. 한데 이 긁은 자국들은 의도적으로 암호를 지운 것이었다. 그렇다면 결론은 하나였다.

'…누군가 내가 복귀하는 걸 원치 않고 있어.'

—혹시 그 여자 아냐?

아무래도 나와 같은 생각을 한 것 같네. 나도 머릿속에서 한 사람을 떠올렸다. 누구보다도 내가 아닌 백련하가 차대 혈마가 되길 원하는 인물이 있다. 아마도 그 여자는 내가 살아 있다고 해도 혈교로 돌아오는 것을 절대 원치 않을 것이다.

—그럼 어떻게? 이렇게 넋 놓고 당할 거야?

이런 식이라면 다른 방식도 전부 막아놓았을 것이다. 그들에게 접근할 수 있는 방법을 찾아야 한다.

—여기 말고 백련하 파벌의 다른 근거지 같은 데는 없어?

아까 말했잖아. 안가로 쓰이는 곳들이나 은신처들은 보통 적어도 보름 이상을 쓰지 않는다. 대부분이 계속 위치를 변경한다. 그렇지 않았다면 진즉에 무림연맹에 발각되었을 거다.

—이런 식이라면 회귀 전 기억도 하나도 쓸모가 없구먼. 그렇게

자주 옮기면 무슨 수로 교인들과 접촉할 수….

'잠깐만.'

그때 머릿속에 문득 떠오른 것이 하나 있었다. 회귀 전의 대부분을 무림연맹의 첩자로 보냈지만, 유일하게 현역으로 뛴 곳이 있다.

'혈랑대!'

* * *

호남성 서남쪽 수령현.

그곳에서 북쪽으로 조금만 올라가면 기망이라 불리는 산의 깊은 골짜기에 수렵꾼과 채집꾼 들이 모여 사는 산골 마을이 있다고 들었다. 나도 듣기만 했지 이곳을 찾는 것은 처음이었다.

"정말 여기에 있을까요?"

사마영이 의아했는지 물었다. 사실 나도 반신반의하고 있었다. 이 산골 마을은 혈랑대의 대주인 노성구의 고향이었다. 그가 딱 한 번 술에 거나하게 취해 부대주와 나에게 흘리듯이 이곳을 언급했었다. 회귀 전 혈교에 납치된 후로 유일하게 사람대접을 해줬던 남자의 이야기였기에 아직도 기억하고 있었다.

―누이를 구출하고서 고향에 갔겠어?

일말의 가능성에 거는 거였다. 육혈곡에서 나는 그에게 누이동생이 절강성 금해현에 있는 화월상단의 지부에 있다고 알려줬었다. 그 후 그가 혈랑대주직을 그만두고 사라졌다고 들었다.

―복수하려고 잠적했을 수도 있잖아.

'그 정도로 생각이 없진 않아.'

부친을 죽인 흉수가 일혈성과 관련 있다는 것을 들었어도 자신의 힘만으로 어찌할 수 없음을 알고 있을 것이다. 그의 성품이라면 낙향을 했을 거라 생각되지만, 만약 아니라면 가장 까다로운 방법밖에 없었다.

─뭔데?

'무림연맹.'

그곳에 있는 백련하 측 첩자들과 접선하는 방법이다. 그런데 이 방법은 너무 위험부담이 크고 그들의 연락 체계를 여러 번이나 거슬러야 추적이 가능하기에 설사 성공한다고 해도 시간이 오래 걸린다.

"저기 연기가 보여요."

사마영이 가리킨 방향에 모락모락 피어오르는 연기가 보였다. 무작정 산골짜기로 들어왔는데, 드디어 발견했다. 연기가 피어오르는 방향으로 산을 타고 내려가자 계곡의 중류 부근에서 멀지 않은 곳에 수풀로 가려진 작은 터가 보였다. 그곳에 열서너 채 정도 되는 오두막집들이 있었다. 확실히 작긴 작았다.

─….

귓가를 울리는 작은 이명 소리들. 수렵꾼들과 채집꾼들이 모여 사는 곳에서 몇몇 검의 소리가 들렸다. 뭔가 예감이 좋았다.

'소담, 전에 노성구 대주의 도의 소리 기억하지?'

─아, 그 녀석? 기억해.

'들리면 곧바로 이야기해줘.'

─알겠어.

사마영과 나는 비탈길을 타고서 마을 입구로 들어섰다. 적이 아님을 알리기 위해 일부러 눈에 띄게 들어갔는데, 마을 어귀에 있던 털가죽 옷을 입은 사내들이 갑자기 소리쳤다.

"외지인이다! 외지인이 나타났다!"

외침이 들리자 갑자기 오두막에서 사람들이 우르르 몰려나왔다. 그들 하나하나가 도끼를 비롯해 날붙이 같은 것을 들고 나왔는데, 여섯 명 정도가 검과 도를 들고 있었다.

"환대하는 느낌은 아닌데요?"

"그렇네요."

대략 서른 명 정도 되는 장정들이었다. 그들 중에 수염을 기른 중년의 남자가 걸어 나왔다. 도를 들고 있었는데, 기감이 맞다면 일류 고수의 실력을 가지고 있었다. 혈교로 치면 상급 무사였다.

"외지인들이 이 깊은 산골까지 무슨 일이오?"

중년의 남자가 경계심이 가득한 목소리로 우리에게 물었다. 돌려서 이야기할 필요는 없겠지.

"아는 지인이 있어서 찾아왔습니다."

"지인?"

의아해하는 그에게 이름을 이야기했다.

"노성구란 분입니다."

그 말이 떨어지기 무섭게 중년 남자의 표정이 굳었다. 역시 뭔가를 알고 있는 듯했다. 그때 장정들 중에 슬그머니 뒤편으로 움직이는 한 흉터 있는 사내가 보였다.

그를 보는 순간 나는 오래전의 기억이 떠올랐다.

"기조양 부대주!"

그는 혈랑대의 부대주 기조양이었다. 워낙 오래되었고 수렵꾼 같은 행색을 하고 있어서 이제야 알아보았다. 나의 외침에 어딘가로

가려 하던 흉터의 사내가 놀라서 큰 소리로 외쳤다.

"혈교인이다!"

그 외침에 사내들이 마을 입구를 지키려는 것처럼 막으려 들었다. 사마영이 허리춤에서 검을 뽑으려고 했다. 이에 나는 고개를 젓고서 긴장한 얼굴로 날붙이를 들고 있는 사내들에게 말했다.

"저는 적이 아닙니다."

그 말에 사내들이 소리쳤다.

"웃기는 소리! 그렇다면 그 병장기들을 당장 내려놔라."

"포박을 당한다면 믿어주마!"

어지간히 경계심이 강한 것 같다. 나는 빙그레 웃으며 그들에게 손가락으로 내 눈을 가리켰다.

"여길 보시죠."

"무슨 소리를…."

그 말에 무의식적으로 사내들이 내 눈을 쳐다보았다. 털썩! 털썩! 그 순간 마을 입구를 에워싸며 인간 방벽을 쌓고 있던 서른여 명의 장정들이 일제히 눈이 멍해지더니 바닥에 쓰러지고 말았다. 지보에 남아 있던 백을 흡수하고 나서 환의안의 위력이 올라간 것 같다.

"이, 이게 대체…."

느닷없이 장정들이 쓰러지는 광경을 본 기조양 부대주가 당혹감을 감추지 못했다. 하지만 그것도 잠시였다. 금방 정신을 차린 그가 도망치려고 했다. 이에 나는 왼손을 뻗었다. 슉! 그 순간 은연사의 줄이 쏘아지며 도망치려 하던 그의 발목을 휘감았다.

"엇?"

나는 그런 그를 가볍게 잡아당겼다. 은연사의 줄이 줄어들며 그의 몸이 강제로 내 앞으로 끌려왔다. 촤르르르르!

"비, 빌어먹을!"

부대주 정도라면 일류 고수에서도 꽤나 실력 있는 축에 속하지만 내 공력을 버텨내기엔 무리였다. 강제로 끌려온 그가 다급히 내게 도를 휘둘렀다. 그것을 검지와 중지로 잡아냈다. 팍! 공력을 실은 일격이 너무 쉽게 막히자 기조양이 당황해서 어쩔 줄을 몰랐다. 그런 그에게 나는 물었다.

"노성구 대주는 어디 계시죠?"

"네, 네놈 대체 뭐야?"

그런 그의 말에 사마영이 씨익 웃으며 말했다.

"부대주였다는 분이 교의 높으신 분께 못 하는 소리가 없네요?"

"높으신 분?"

그 말에 부대주 기조양의 눈이 휘둥그레져서 의아함을 감추지 못했다. 이런 기조양의 모습을 보니 감회가 새로웠다. 사실 회귀한 후에 꼭 보고 싶었던 얼굴들 중 하나였다. 늘 퉁명스럽게 굴면서도 대주 못지않게 챙겨줬던 자인데, 노성구 대주를 따라 그의 고향에 왔을 줄이야….

"높으신 분이라니? 대체…."

그가 날 아는 것이 이상한 일이었다. 노성구 대주가 누이를 되찾고 나서 곧장 잠적했으니, 내가 사존의 제자라는 것도, 혈마가 된 것도, 무엇 하나 아는 것이 없을 것이다. 아니, 혈마가 된 것은 전혀 모르겠구나. 그건 정보가 유출되는 것을 막기 위해 완전히 차단했으니 말이다. 의아해하던 부대주 기조양이 입을 열었다.

"…교에서 나온 지 제법 되었다고는 하나, 그대와 같은 자가 높은 직위에 있다는 말은 들어본 적이 없소."

"당연히 그렇겠죠. 지금 제 얼굴을 인피면구로 가리고 있거든요."

"뭐?"

복안현에서 떠나기 전에 나는 장인어른이 된 월악검 사마착에게 인피면구 몇 개를 받았다. 원래 얼굴은 무림에서 이신성으로 알려졌기 때문에 위치가 쉽게 발각될 수도 있기에 인피면구로 얼굴을 가릴 수밖에 없었다. 기조양이 입술을 질끈 깨물더니 말했다.

"하나만 묻겠소? 화월상단 쪽과 관련이 있소?"

화월상단이라. 그걸 묻는 이유는 간단했다. 일혈성 장룡과 관련 있는지를 묻는 것이다. 역시 외지인인 우리가 들어오자마자 잔뜩 경계심을 보인 이유가 있었구나.

그런 그에게 나는 빙그레 웃으면서 말했다.

"노성구 대주에게 누이분이 어디 있는지 알려준 사람이 저입니다. 그런 의심은 거두시죠."

"대주께 알려준 사람이 그대라고?"

"절강성 금해현 화월상단의 지부. 이 정도면 되겠습니까?"

"그건 화월상단에서도 알 수 있는 일이오."

쉽게 믿지 못하는 것 같았다.

"노성구 대주와 만난다면 모든 의구심이 풀릴 것 같습니다만."

"섣불리 안내해줬다가 그대가 대주의 살(殺)이 될지 누가 알겠소."

"그럼 어찌하면 믿어주시겠습니까?"

그런 나의 물음에 기조양 대주가 조심스럽게 입을 열었다.

"화월상단이라고 해도 모를 정보가 있소. 우리 대주께서 어디서 누구에게 그 정보를 들었는지 말해보시오."

그건 간단한 일이었다.

"육혈곡. 중급 수련생도 소운휘."

'...?!'

그 말을 듣자 부대주 기조양이 안도의 숨을 내쉬었다. 일혈성이 사람을 보내서 자신과 대주를 처리하려는 걸까 봐 많이 긴장한 모양이었다. 숨을 돌린 기조양이 내게 말했다.

"따라오시오."

기조양의 안내를 받아 우리는 산골짜기를 더욱 들어갔다. 마을에서 생활하리라는 예상과 달리 거처를 더욱 은밀한 곳에 마련해둔 것 같았다. 일각 정도 걸리는 거리에 눈에 띄지 않는 작은 오두막 하나가 있었다.

―저 안에 그 도가 있어.

소담검이 내게 속삭였다.

'기척이 둘.'

한 명은 평범한 사람의 기척이었다. 발걸음이 가볍고 떨리는 느낌이 있는 것이 여인이었다. 다른 한 사람은 의외였다.

'생각보다 강했구나.'

대주급이라 일류 고수들 중에서도 뛰어난 축일 거라 여겼다. 한데 안에서 느껴지는 감각은 적어도 절정 초입에 이른 듯했다. 그와 만난 지 일 년 하고도 몇 달을 훌쩍 넘겼으니 그사이에 강해졌을 수도 있었다.

"대형!"

부대주 기조양의 외침에 오두막의 인기척 중 하나가 움직였다. 문이 열리며 모습을 드러낸 콧수염에 안대를 착용하고 있는 삼십 대

후반의 사내. 그는 혈랑대주 노성구였다.

'흉터가 늘었다.'

그사이에 얼굴이 잔 상처의 흔적들로 가득했다. 누이를 탈출시키려고 많은 고생을 한 것 같았다. 부대주 기조양 뒤에 있는 나를 발견한 노성구가 허리춤에 차고 있던 도집에서 도를 뽑았다.

"어째서 그자들을 이곳에 끌고 온 것인가!"

대주 노성구가 노기에 찬 목소리로 기조양을 다그쳤다. 이에 기조양이 나를 고갯짓으로 가리키며 말했다.

"위험한 자들이 아닙니다."

"무엇이 위험하지 않다는 건가."

그 정도 되는 고수라면 기감으로 나와 사마영의 무위를 파악할 수 없다는 것 정도는 눈치챘을 것이다. 경계심을 가지는 것도 당연한 일이었다. 이에 나는 귀밑의 피부를 잡고 조심스럽게 인피면구를 벗었다. 내 얼굴을 보는 순간 대주 노성구의 눈매가 가늘어졌다.

"소운휘?"

이름을 정정해줄까 하다가 아직은 그럴 필요가 없을 듯하여 그냥 말했다.

"대주님, 오랜만이로군요."

그가 인사를 받아줄까 싶었는데, 나를 뚫어지게 쳐다보더니 이내 갑자기 내게 신형을 날렸다. 팟! 노성구가 나를 향해 도초를 펼쳤다. 무슨 이유에서인지 모르겠지만 아직까지 의구심을 안 푼 것 같았다. 나는 그런 그가 휘두르던 도초 사이로 손을 불쑥 집어넣고서 이내 도면을 손바닥으로 따귀 때리듯이 쳐내버렸다. 차아앙!

"큭!"

그의 도가 손에서 빠져나와 이 장 밖까지 날아가더니 바닥에 꽂혔다. 도신이 흔들리는 모습을 보면서 노성구의 두 눈이 커졌다. 예전에는 그의 한 수에 제압당했었는데, 이제는 상황이 완전히 뒤바뀌어버렸다.

　"대… 대체 누구냐?"

　"소운휘입니다."

　"허튼소리! 놈은 단전이 파훼되어 무공도 익힐 수 없는 몸이었다. 그런 녀석이 고작 이 년도 채 되지 않아 이런 경지에 이르렀다고?"

　내가 생각해도 장족의 발전이긴 했다. 아니, 믿기 힘들 정도의 성장이었다. 내가 그라고 해도 쉽사리 믿지 못할 것이다.

　"수련생도의 등급을 매길 때 제가 이 단검을 썼던 것은 기억하실 텐데요?"

　나는 그에게 소담검을 슬며시 보였다. 소담검의 검병을 본 순간 대주 노성구의 눈동자가 흔들렸다. 일 년이 훌쩍 넘었지만 역시 알아본 것 같다. 그가 소담검과 나의 얼굴을 번갈아 쳐다보며 이해할 수 없다는 듯이 말했다.

　"어찌 이런 일이…"

　"뭐, 저라고 해도 믿기 힘들 거라 생각합니다."

　"어떻게 단전을?"

　"스승님의 도움으로 만사신의에게 치료를 받았습니다."

　"만사신의?"

　만사신의라는 말에 그가 인상을 찡그렸다. 그러고는 의아해하며 물었다.

　"네 스승이 누구이기에 만사신의에게 치료를 받고, 그 짧은 사이에 이런 무위를 지닐 수 있게 되었단 말이냐?"

나는 빙그레 웃으며 아무렇지 않게 답했다.

"기기괴괴 해악천이십니다."

"뭐?"

지금까지 경계심만 보이던 대주 노성구가 처음으로 놀라움을 금치 못했다. 혈교의 교인인 이상 사존 기기괴괴 해악천을 모를 리가 없었다. 당혹스러운 눈으로 나를 뚫어지게 쳐다보던 노성구가 포권을 취하며 머리를 숙였다.

"전 혈랑대주 노성구가 사존의 제자를 뵙습니다."

"전 혈랑대 부대주 기조양이 사존의 제자를 뵙습니다."

부대주 기조양도 이를 듣고서 놀랐는지 이어서 예를 갖췄다. 이제야 대화가 제대로 이뤄질 것 같았다. 대주 노성구가 떨리는 목소리로 내게 물었다.

"사존의 제자께서 어찌 저를 찾으신 것인지?"

"그대가 내게 했던 약조를 기억하십니까?"

─아! 그때 그걸 얘기하는 거구나.

소담검 녀석도 기억이 났나 보다. 대주 노성구는 내게 자신의 누이를 구할 수 있게 된다면 평생의 은인으로 모시겠다고 약조했었다. 그런 나의 물음에 대주 노성구가 인상을 찡그리다 이내 그것을 떠올렸는지 커진 눈으로 나를 쳐다보았다. 내가 물끄러미 바라보자 그가 입술을 질끈 깨물다 입을 열었다.

"기억하고 있습니다."

"하면 그 약조를 지킬 용의도 있으시겠군요."

"…비록 쫓기는 몸이 되었으나, 어찌 사내가 한 입으로 두말을 하

365

겠습니까?"

역시 내가 기억하는 그다운 대답이었다. 혈랑대주 노성구는 호기롭고 스스로 한 말을 반드시 지키는 사내였다.

"다만…."

"다만?"

"공께서 사존의 제자이시라고 하나, 저는 일혈성과 척을 지을 수밖에 없기에 본교를 등지고 이렇게 낙향했습니다. 이런 제가 공자께 어떤 도움이 될 수 있을지…."

대답하기 전에 망설였던 이유를 알 것 같았다. 사존에 못지않은 세력을 구축한 일혈성을 두려워하고 있었다. 아마도 부친의 복수마저 포기하고서 누이를 지키기 위해 낙향했으니 그런 것일 테지.

"선대부터 혈랑대주를 맡아왔으니 그대만큼 혈랑대와 유대가 끈끈한 사람은 없겠죠."

"…."

그는 내 말에 부정하지 않았다. 혈랑대에서 나왔으나 부대주가 따라올 정도로 인망이 두터운 자였다. 당연히 마음먹으면 언제든 혈랑대와 접촉할 수 있을 것이다. 혈랑대는 일혈성과 척을 지고 나서 백련하 산하로 편입되었으니, 노성구는 내게 다시 복귀할 수 있는 활로인 셈이었다. 나는 그에게 물었다.

"만약 일혈성과의 결자해지를 할 수 있고, 다시 본교로 명예롭게 복귀하여 누이를 보호할 수 있다면 저를 따르겠습니까?"

"…일혈성과의 결자해지?"

그의 눈동자가 흔들렸다. 부친을 해한 배후와 결자해지를 할 기회를 주겠다는데, 그것이 귀에 들어오지 않을 리가 없었다.

"하나 일혈성 뒤엔 장차 혈마가 되실 백혜향 아가씨가 계십니다."

그는 일혈성만을 두려워하는 것이 아니었다. 그 뒤에 있는 차기 교주 후계자인 백혜향도 두려워하고 있었다.

사마영이 나를 향해 배시시 웃으며 허리춤을 슬그머니 쳐다보았다. 이에 나는 피식 웃으며 허리춤에 있던 혈마검을 뽑았다. 스릉! 갑자기 검을 뽑자 그가 의아한 눈으로 나를 쳐다보았다. 대주직에 있다고는 하나 혈마검을 봤을 리가 없을 테니, 선뜻 알아보지 못했다.

나는 상단전을 개방하고서 염을 일으켰다. 그 순간, 혈마검의 검신이 선홍빛으로 물들기 시작했다. 스르르르!

'…!!'

검뿐만 아니라 내 모습에 일어나는 변화에 대주 노성구가 경악을 금치 못했다. 입이 벌어져서 아무 말도 못 하고 있었다. 혈마검을 몰라본다고 해도 혈마화를 한 모습마저 알아보지 못할 리가 있겠나.

"이, 이게 어찌…."

부대주 기조양조차도 어안이 벙벙해져 있었다. 그런 그들을 바라보며 말했다.

"노성구, 기조양."

나의 부름에 경악스러워하던 노성구가 두 무릎을 꿇고서 이마를 바닥에 세차게 박았다. 혈교에서 취할 수 있는 극존의 예였다. 쿵! 쿵!

"미, 미천한 교인이 삼가 혈마를 배알합니다!"

기조양도 얼떨결에 그를 따라 납작 엎드려 이마를 바닥에 박았다.

"삼가 혈마를 배알합니다."

그들 역시도 혈교의 율법을 인지하고 있었다. 혈마검의 주인이 곧 혈마다.

"혈마로서 그대들에게 명한다. 혈랑대의 대주와 부대주로의 복귀를 허한다."

나의 명에 두 사람의 등이 파르르 떨렸다. 노성구와 기조양이 엎드린 채 동시에 큰 소리로 외치려 했다.

"명을 받…!"

"아직 안 끝났다."

말을 멈추고 의아해하는 그들에게 나는 덧붙였다.

"이 시간부로 혈랑대를 본 혈마의 호위대로 명한다."

그 말이 떨어지기 무섭게 두 사람이 화들짝 놀라 고개를 들었다. 호위대로 명한다는 말에 굉장히 놀란 듯했다.

"왜 대답이 없지?"

그런 나의 말에 두 사람이 감격스러운 표정을 짓더니 이내 외쳤다.

"삼가 혈마의 명을 받듭니다!"

혈교의 교인 중에 혈마의 직속 호위대가 될 수 있는 기회를 누가 영광스럽지 않게 여기겠는가. 이 광경에 소담검이 키득거리며 중얼거렸다.

―회귀 전에 잘 대해준 덕분에 출세하네.

―이래서 전 주인께서 말씀하시길, 사람 일은 모르는 것이니 누구에게든 예로써 잘 대해주라고 하셨다.

―그놈의 전 주인 이야기는 질리지도 않고 하는구먼. 쯧쯧.

* * *

그로부터 보름 후 광서성 남쪽에 자리한 령산(靈山).

이곳은 과거 혈교의 성지라 불리던 곳이다. 이십여 년 전 정사 대전에서 패한 후 혈교의 남은 교인들은 혈마가 탄생했다고 불리는 이 령산으로 더 이상 모이는 일이 없었다. 그러나 그런 령산에 수많은 인파가 몰리고 있었다. 그들은 중원 전역에 점조직으로 흩어져 있던 혈교의 교인들이었다. 지금까지 모인 숫자만 하더라도 거의 만 명에 육박했다. 그런데도 줄지어 계속해서 숫자가 늘어나고 있었다.

령산 초입에는 버려진 지 오래된 성터가 있는데, 성터 한복판에 수만 명을 수용할 수 있는 거대한 광장이 있었다. 광장 한복판에 놓인 단상의 석좌에 피처럼 붉은 머리카락의 여인이 앉아 있었다. 얼핏 보면 백혜향을 연상시켰지만 그녀는 백련하였다. 단상 아래쪽 좌측으로 이존 난마도제 서갈마, 삼존 혈사왕 구제양, 사존 기기괴괴 해악천이 앉아 있었다. 그리고 우측으로 삼혈성 혈살귀 양전, 사혈성 백혈검 도장호, 육혈성 혈수마녀 한백하가 앉아 있었다.

석좌에 앉은 채로 눈을 감고 있는 백련하의 귓가로 외침 소리가 들려왔다.

"누구 마음대로 석좌에 앉은 것이더냐?"

그녀가 감고 있던 눈을 떴다. 광장 한복판을 둘러싸고 있던 수많은 교인들 인파가 갈라지며, 붉은 머리카락에 검은 궁장을 입은 여인이 범상치 않은 고수들을 대동하고서 걸어오는 모습이 보였다. 그녀는 바로 백혜향이었다.

혈마 대전

'백혜향!'

또 다른 후계자 백혜향의 등장에 모든 혈교인들이 술렁였다. 석좌에 앉아 있는 백련하 역시도 그녀가 나타나자 내심 고요했던 마음이 흔들렸다. 과연 혈마첩에 그녀가 응할 것인가 의문을 가지고 있었는데, 대담하게도 백련하가 만들어놓은 판세 위로 나타났다.

"일존!"

기기괴괴 해악천이 그녀 바로 뒤에 서 있는 백발을 가지런히 묶은 범상치 않은 기세의 노인을 보고 중얼거렸다. 그가 바로 현 혈교에서 무(武)의 정점이라 불리는 파혈검제 단위강이었다. 그 양옆에는 일혈성 뇌혈검 장룡, 이혈성 수라도 유백 등이 있었고, 그 뒤로 오혈성 권퇴혈우 황강, 칠혈성 혈음마소 섬매향이 따르고 있었다.

"사, 사존자 칠혈성 모두가 모였어."

"드디어 본교가 다시 발호하는 건가."

혈교인들의 분위기가 고조되었다. 이십여 년 만에 혈교의 모든

370

간부들과 단주, 대주를 비롯한 혈교의 교인들이 성지 령산에 집결한 셈이었다.

백혜향이 단상 앞쪽까지 걸어갔다. 그렇게 두 후계자가 서로를 마주하는 형태가 되었다. 두 사람을 따르는 각 파벌의 간부들 또한 서로 대치했다. 단상 아래에 있던 백련하 파벌의 존성들도 모두 자리에서 일어난 상태였다. 분위기가 무거워졌다. 언제 무슨 일이 터져도 이상하지 않을 상황이었다. 팍! 그때 석좌에 앉아 있던 백련하가 자리에서 일어나 백혜향과 그 파벌들을 향해 포권을 취했다.

"오랜만에 뵙습니다."

그런 그녀의 인사에 일존 단위강을 비롯한 백혜향 측 혈성들도 포권을 취하며 고개 숙여 예를 표했다. 전 교주의 피를 이은 자에 대한 예우였다. 그러나 누구 하나 무릎을 꿇는 이가 없었다. 마치 백련하를 인정하지 않는다는 듯이 말이다. 단상 아래에 있는 백련하 측 존성들의 표정이 무섭게 굳어져 갔다. 그때 혈수마녀 한백하가 입을 열었다.

"존성분들은 혈마께 제대로 예를 갖추지 않으실 겁니까?"

"혈마? 하!"

백혜향이 기가 찬다는 듯이 피식거렸다. 그러고는 혈수마녀 한백하를 차가운 시선으로 쳐다보며 말했다.

"누구더러 혈마라는 거지?"

"당연히 아가…."

그때 백련하가 손을 들어 올리며 한백하를 제지했다. 그녀가 빙그레 웃으며 백혜향에게 말했다.

"같은 교인들끼리 서로 인사 정도는 할 수 있는 것 아닌가요?"

"시답잖은 소리. 우리가 서로 해맑게 웃으면서 인사를 나눌 정겨운 자매 사이는 아니잖아. 안 그래?"

"그건 그렇군요."

백련하가 그녀의 기세에 밀리지 않고 답했다. 그런 그녀를 위아래로 훑어본 백혜향이 말했다.

"무재가 떨어진다고 생각했는데, 그래도 그사이에 혈천대라공 오성을 넘겼구나."

백련하의 피처럼 붉은 머리카락과 눈동자가 그 증거였다. 배다른 자매였지만 두 사람은 서로 굉장히 닮아 있었다. 백혜향 쪽이 이목구비가 좀 더 날카롭고 특유의 색기가 있었지만, 그것만 아니라면 쌍둥이라고 해도 믿을 정도였다.

"언니가 한 걸 저라고 못 할 이유는 없죠."

"그게 기본이지."

두 후계자의 대화는 일촉즉발 그 자체였다. 서로 날카로운 신경전이 이어지자 양측의 존성들은 언제라도 출수할 기세였다. 여유로운 자는 오직 일존 단위강 한 사람뿐이었다. 스스로의 무위에 자부심이 강한 단위강이 유일하게 흥미롭게 여기는 자는 기기괴괴 해악천이었다.

'몰라보게 달라졌군.'

폐관에서 나온 후로 그는 혈교에서 누구도 자신의 상대가 되지 않는다고 확신했다. 한데 해악천은 과거에 보았을 때와 천지 차이였다. 폐관 전의 자신처럼 벽에 걸치고 있는 상태로 보였다.

'기기괴괴만 아니라면 위협이 될 만한 자는 없겠군.'

아무리 전력에서 저들이 더 우세하더라도 자신이 있었다. 벽을 넘어 초인의 영역을 밟은 이상 자신이 저들 모두를 감당할 전력 그 자체였다. 백련하도 슬슬 감정이 고조되었는지 싸늘해진 목소리로 말했다.

"본교의 발호가 될 혈마첩에 응했기에 저를 인정한다고 여겼는데, 그게 아닌 모양이군요."

"너를 인정해? 깔깔깔."

백혜향이 광소를 터뜨렸다. 진심으로 우습다는 듯이 말이다. 한참을 웃어대던 백혜향이 고개를 절레절레 저으며 입술을 뗐다.

"우리 련하가 뭔가 단단히 착각하고 있네. 네게 혈마를 이을 자격이 있다고 여기는 게 우습구나."

"…저는 당신과 다르게 정통성을 이었어요."

그녀의 말에 백혜향의 눈매가 날카로워졌다. 예전이라면 꺼내지 못할 말을 백련하가 거론했기 때문이다. 백혜향이 한낱 홍등가 여인의 몸에서 태어난 천출임을 상기시켜주는 말이었다.

"많이 대담해졌구나. 네 입으로 그런 말도 꺼내고."

고오오오! 백혜향의 전신에서 강렬한 살기와 함께 붉은 아지랑이가 피어올랐다. 그녀의 기세에 백련하 산하 존성들의 손에 힘이 들어갔다. 긴장한 기색이 역력했다.

'더 강해졌어.'

'…가히 놀라운 무재다.'

'불과 두 달 사이에 이렇게 달라질 수가 있나?'

특히 사혈성 도장호는 더욱 놀랄 수밖에 없었다. 백혜향의 산하였기에 그녀의 역량을 잘 알고 있었는데, 전과는 확연히 달랐다. 이제는 자신의 수위로 가늠하기가 어려워졌다.

'내 선택이 틀린 것인가.'

도장호는 '그'가 본교를 구원할 새로운 혈마가 될 거라 확신했다. 그러나 월악검 사마착이라는 변수가 나타날 줄은 전혀 예상치 못했다. 그런 와중에 더욱 강해진 백혜향의 기세를 보니 마음이 흔들렸다. 백혜향이 싸늘해진 목소리로 말했다.

"본교를 무너뜨렸던 정파 놈들과 다시 대립해야 하는데, 네 그 알량한 무위로 무얼 할 수 있다는 거지?"

아무리 병을 극복한 백련하라고 해도 애초에 무재부터 무공을 연마한 기간까지 백혜향보다 현저히 떨어질 수밖에 없었다. 힘으로 보자면 누구보다 혈마의 자리에 어울리는 것은 백혜향이었다. 웅성웅성! 광장에 모여 있는 혈교인들도 술렁였다.

"맞아. 더욱 강한 혈마가 필요하잖아."

"본교가 다시 발호하는데 정통성을 논할 때도 아니지."

웅성거리는 소리를 들어보면 백혜향을 지지하는 자들의 것이었다. 분위기가 그녀에게로 넘어가는 듯했다. 그때 백련하가 입을 열었다.

"그런 식으로 힘의 논리대로만 따진다면 여기 계신 사존자들 중에서, 아니 언니 가까이만 봐도 일존께서 혈마를 이어받으셔야 옳겠죠."

"되도 않는 소리를 하는군."

"언니야말로 넘볼 수 없는 자리에 미련을 두지 말고 본교의 율법을 따르시죠."

"율법?"

딱! 백련하가 손가락을 튕겼다. 그러자 이존 난마도제 서갈마가 준비했다는 듯이 뒤편에 놓여 있던 무언가를 공손히 들고 백련하의 옆으로 걸어왔다. 화려하게 치장된 긴 함이었다. 뚜껑을 열자 붉은 단 위로 검집이 놓여 있었다. 백련하가 검집을 손에 쥐고서 입을 열었다.

"혈마검의 계승자가 곧 혈마다. 그것이 본교의 율법임을 언니도 알고 계시겠죠?"

웅성웅성! 또다시 광장이 술렁였다. 이번에도 백혜향 측의 교인들이었다.

"아가씨도 혈마검을 가지셨잖아."

"저거 가짜 아냐?"

그들은 백련하가 보인 검집에 반신반의하며 의구심을 품고 있었다. 이때 혈수마녀 한백하가 모두에게 들으라는 듯이 소리쳤다.

"무림연맹에 들어가 제일군사 제갈원명을 죽이고 진짜 혈마검을 탈취한 자가 누구일 것 같습니까? 바로 우리 아가씨입니다!"

그 말에 해악천이 인상을 찡그리며 그녀를 노려보았다.

'혈수마녀 저년이!'

이건 사전에 전혀 언급되지 않았던 말이었다. 한백하의 저 말로 인해 소운휘가 했던 행동이 마치 백련하가 직접 무림연맹에 들어가서 벌인 것처럼 되어버렸다.

[해 형, 일단 참으시오. 지금은 상황을 아가씨에게로 가져오는 것이 맞지 않겠소.]

그의 심기를 눈치챈 이존 서갈마가 진정시키기 위해 전음을 보냈다. 혹여 여기서 해악천이 돌발 행동을 해버리면 지금까지 계획했던 모든 것이 허사로 돌아가게 되니까. 으득! 해악천이 이를 갈면서 주먹을 움켜쥐었다. 당장에라도 한백하를 다그치고 싶은데, 서갈마의 말대로 지금은 율법으로 밀어붙이는 것이 교인들의 여론을 돌릴 수 있는 길이었다. 그를 진정시킨 서갈마도 거들기 위해 백혜향 산하의 존성들을 쳐다보며 말했다.

"노부가 알기로 그쪽에서는 무림연맹의 무기고에 있는 가짜 혈마검들만 잔뜩 가져나온 것으로 아는데, 노부의 말을 부정할 수 있소이까?"

이 말에 광장이 또다시 술렁였다. 백혜향 산하의 교인들도 상당수 동원되었기에 어떤 식으로 혈마검을 탈취했는지 이미 소문이 날 대로 나 있었다. 그렇기에 그들은 백혜향이 진짜 혈마검을 손에 넣었다고 생각했다. 한데 점차 모든 게 혼란스러워져 갔다.

'됐어.'

다시 분위기가 돌아온 것에 혈수마녀 한백하가 회심의 미소를 지었다. 백혜향이 가늘어진 눈매로 백련하를 쳐다보았다. 무림연맹에 있을 때 백련하를 본 적이 없었다. 물론 후기지수 연무에 참가하지 않고 몰래 지켜만 봤을 수도 있다.

'…설마 나를 속인 건가?'

백혜향 역시도 잠시 고민에 빠졌다. 처음에는 혈마첩의 직인을 보고 혈마검이 가짜일 거라고 확신했다. 한데 혈마검과 교주의 직인이 하나라는 사실은 자신만 알고 있었다. 그렇기에 백련하가 오류를 범해서 직인을 그렇게 보냈거나 함정을 유도했을 수도 있겠다는 생각이 들었다. 이런 생각은 일혈성 장룡 또한 하고 있었다.

'제갈원명이 마음에 걸려.'

그것만 아니라면 가짜라고 확신할 수 있다. 한데 확실히 제갈원명을 죽인 것은 자신들이 아니었다. 정말이라면 율법에 의해 명분이 부족해진다.

'정말일까?'

일혈성 장룡이 혈수마녀 한백하와 백련하를 번갈아 쳐다보았다. 무감정한 얼굴로 대치하고 있는 두 사람. 허장성세인지 알 수가 없었다.

'어떻게 해야 하지?'

그때 백혜향이 자신의 검집에서 검을 뽑았다. 스릉!

'가짜로군.'

진짜 혈마검의 행방을 알고 있는 백련하 측 존성들이 미소를 지었다. 저것은 가짜일 수밖에 없었다. 저것으로 교인들의 여론을 돌리는 것은 어려운 일이라 여겼다. 그때 백혜향이 검을 위로 치켜올렸다. 우우우웅! 그 순간 백혜향의 손에 들고 있는 혈마검이 공명음과 함께 선홍빛으로 물들었다.

"검이 피처럼 붉어졌어!"

"혈마검이야."

광장의 교인들이 그 광경에 웅성거리며 난리가 났다.

'…?!'

반면 백련하 측의 존성들 얼굴은 일제히 굳었다. 그들이 이렇게 심각해하는 이유는 간단했다. 진짜 혈마검이 아니라면 혈천대라공의 기운을 견딜 수 없기 때문이다. 실제로 백련하가 혈천대라공 오성에 이르며 몇 차례 모조 혈마검들로 시험을 해봤지만 검들이 전부 깨져버렸다.

'설마…'

백련하는 백혜향이 높이 치켜든 혈마검의 모습에 당혹감을 감추지 못했다. 그녀의 머릿속에 온갖 추측이 맴돌았다.

'운휘!'

소운휘가 월악검 사마착의 손아귀에서 탈출했는데, 그녀가 그를 죽이고서 진짜 혈마검을 취했을 수도 있겠다는 생각마저 들었다.

"그 검! 어디서 손에 넣은 거예요?"

백련하의 외침에 백혜향의 입꼬리가 올라갔다. 혹시나 하는 마음에 그녀를 떠본 것이 회심의 일격이 되었다.

'역시 가짜였어.'

진짜 혈마검이라면 백련하가 저런 반응을 보일 리 없었다. 오히려 그녀의 검이 가짜라고 우기거나, 자신의 검이 진짜라는 증거를 내세웠을 것이다. 백혜향이 웃으며 말했다.

"제갈원명마저 죽이고 가져온 검이라고 했는데, 왜 그런 소리를 하는 거지?"

"그, 그건…."

백련하는 아차 싶었다. 검의 진위 여부와 상관없이 소운휘를 죽이고 빼앗았을 수도 있겠다는 생각에 실수하고 말았다. 백혜향은 이 기회를 놓치지 않았다.

"네가 목숨을 걸고 취한 검이 진짜라면 너 역시도 증거를 보여라. 혈마검은 스스로 주인을 선택하는 요검. 네 검이 진짜가 틀림없다면 못 할 것도 없지 않느냐?"

'낭패다.'

혈수마녀 한백하가 탄식을 내뱉었다. 이런 식으로 말리게 되리라고는 전혀 예상하지 못했다. 상황이 이렇게 되자 그녀 역시도 백련하와 같은 추측을 하게 되었다.

'소운휘 그자를 백혜향이 찾아낸 건가?'

그렇지 않고는 저렇게 검이 혈천대라공을 견딜 수 있을 리가 만무했다. 어떻게 해야 할지 난감했다. 차라리 소운휘라는 존재를 모두에게 공개하고, 그가 진짜 혈마검의 계승자였는데 백혜향이 해하였다고 밝히는 수까지 떠올랐다.

웅성웅성! 광장 내 분위기가 심상치 않았다. 백련하가 검집에서 검을 뽑지 않자 아군이라 할 수 있는 교인들도 의구심을 품기 시작했다. 확연하게 변한 분위기에 백련하가 입술을 질끈 깨물었다. 진퇴양난의 상황이었던 것이다.

쾅! 그때 커다란 굉음 소리가 사방을 울렸다. 기기괴괴 해악천이 진각을 밟자 그 주변 바닥에 균열이 갔다. 모두가 의아해하면서 그를 쳐다보는데, 해악천이 노기가 가득한 소리로 백혜향에게 외쳤다.

"운휘를 어찌한 것이냐!"

백혜향이 한쪽 눈썹을 치켜올리며 말했다.

"사존, 지금 무슨 소리를 하는…."

슈우우우우! 그녀의 말이 끝나기도 전에 해악천의 전신이 붉게 물들며 몸에서 수증기가 뿜어져 나왔다. 해악천의 비기인 진혈금체를 펼친 것이다. 이를 알아본 백혜향 측 존성들이 일제히 병장기를 뽑아 들었다. 챙챙! 그것은 백련하 측도 마찬가지였다. 양측의 존성들이 당장에라도 일전을 벌일 기세였다. 바로 그 순간이었다.

흠칫! 오감을 자극하는 날카로운 예기. 서로 맞부딪치려 했던 양측의 존성들이 일제히 서로 갈라지며 뒤로 몸을 날렸다. 촤아아아아악! 그와 동시에 그들 사이를 붉은색 예기가 가르며 벽을 만들어냈다. 이를 본 백혜향과 백련하의 표정이 동시에 굳었다.

"혈천대라검 일련파획?"

"일련파획?"

혈천대라검을 익힌 그녀들은 이것을 곧바로 알아차렸다.

'대체 누가?'

그녀들을 비롯한 양측의 존성들이 일제히 예기가 날아온 방향을 쳐다보았다. 그곳에 붉은 머리카락을 흩날리며 피처럼 물든 선홍빛 검을 들고 있는 한 청년이 있었다.

'…!!'

이를 본 백혜향의 동공이 지진이라도 난 것처럼 흔들렸다.

'어떻게 이런 일이…'

그때 조금 전만 하더라도 노기로 가득했던 해악천이 입꼬리가 양쪽 귀까지 걸려서 전율이라도 일어난 것처럼 몸을 부들부들 떨더니, 이내 한쪽 무릎을 꿇고서 큰 소리로 외쳤다.

"사존 해악천이 혈마를 배알합니다!"

한순간에 일어난 정적. 광장에 모여 있는 만 명에 이르는 교인들 시선이 모두 한곳으로 집중되었다. 붉은 머리카락에 피처럼 선명하게 물든 검을 들고 있는 청년. 그는 바로 진운휘였다.

'이 새끼 살아 있었잖아!'

죽을 줄로만 알았다. 한데 이렇게 살아 돌아오니, 송좌백은 자신도 모르게 상기되어서 흥분을 감추지 못했다. 다른 사람들도 마찬가지였다. 개방 출신의 조성원 또한 놀라서 그에게서 시선을 떼지 못했다.

'사람 간 떨어지게 이런 순간에 나타나다니.'

자신의 염원을 들어준다고 했던 진운휘가 사라진 이후 실의보다는 낙담에 빠져 있던 그였다. 하지만 진운휘의 등장에 식어 있던 심장이 두근거리고 있었다. 사혈성 도장호 역시 크게 내색하지 않았지만 입술이 실룩거리고 있었다. 물론 모두의 반응이 마냥 호의적인 것만은 아니었다.

'소 공자….'

살아 돌아온 진운휘의 모습에 백련하의 마음은 뒤숭숭했다. 기쁨 못지않게 마음 한구석에서 알 수 없는 실망감도 피어오르고 있었다. 두 달 동안이나 사라지면서 그를 마음속에서 조금씩 지워 나가며 다시 혈마의 꿈을 꾸었기에 그런 걸지도 몰랐다.

으득! 반면 냉정함의 대명사로 불리던 혈수마녀 한백하의 표정은 말로 형용할 수 없을 만큼 일그러져 있었다.

'살아서 돌아오다니.'

월악검 사마착의 손에 죽었거나 혈교 총대회가 끝나기 전까지 오지 않기를 바랐다. 그러나 이런 절묘한 순간에 나타나리라고 누가 상상이나 했겠는가. 이렇게 되면 혈마가 되지 못하는 것은 둘째 치고 백련하의 입지가 완전히 곤란해진다.

'혈마라고?'

일혈성 장룡은 도저히 이 상황을 이해할 수가 없었다. 피처럼 붉어진 머리카락과 한쪽 눈만 뜨고 있는 붉은 동공. 그리고 선홍빛으로 붉게 물든 혈마검. 마치 전 교주의 젊은 시절을 연상케 할 만큼 위압적인 기세마저 느껴졌다.

'두 아가씨 외에 교주님의 자제가 또 있었단 말인가?'

진운휘를 실제로 본 적이 없는 그로서는 혼란스러울 수밖에 없었다. 좌우를 살펴보니 교인들도 그러했고 백혜향 산하의 다른 혈성들도 영문을 알 수 없어하고 있었다.

'일존?'

일존 파혈검제 단위강의 표정이 묘했다. 갑작스럽게 나타난 저자의 검에서 눈을 떼지 못하고 있었다. 혈천대라공을 연마한 모습에 놀라기보다는 오히려 그 무위에 신경 쓰는 모습이었다.

팟! 그때 혈마검을 들고 있는 진운휘 주위로 백여 명의 사내들이 걸치고 있던 장포를 벗었다. 그러자 검붉은 무복이 모습을 드러냈다.

'저 복장은?'

그것은 혈마, 즉 교주 직속 호위대의 복장이었다. 진운휘 뒤에 위풍당당하게 서 있는 안대의 중년인을 보는 순간 일혈성 장룡은 누군지 한눈에 알아보았다.

'혈랑대주?'

그는 혈랑대주 노성구가 틀림없었다. 상단의 지부를 들쑤셔놓고서 사라졌다고 들었는데 그가 이렇게 나타날 줄은 몰랐다.

'혈랑대 저놈들이 대체 저딴 복장을 누구 마음대로…'

"혈마앙복! 혈세천하!"

불평이 입 밖으로 터져 나오려고 하는데, 노성구가 큰 소리로 외쳤다. 이에 백여 명의 호위대가 일제히 복창했다.

"혈마앙복! 혈세천하!"

우렁찬 소리가 주위를 압도하고 있었다. 교인들마저도 자신도 모르게 움찔하며 그것을 외칠 정도였다.

'아!'

백련하의 눈에 누군가가 들어왔다. 진운휘 옆에 자연스럽게 서 있는 저 잘생긴 청년은 인피면구를 쓰고 있는 사마영이었다. 그녀를 보는 순간 한 가지밖에 떠오르지 않았다. 그것은….

'월악검 사마착의 인정을 받았다고?'

월악검의 여식이 옆에 붙어 있다는 것은 그 의미로밖에 받아들여지지 않았다. 마치 연인이라도 되는 것처럼 가까이 붙어 있는 모습에 백련하는 가슴이 차갑게 식고 있는 것 같았다.

그때 진운휘가 두 후계자가 대치하고 있는 곳을 향해 다가왔다. 마치 무대에 오르듯이 말이다.

* * *

[클클. 이놈아, 살아 있었으면 진즉에 나타났어야 할 것 아니더냐?]

귓가를 울리는 정겨운 전음성에 나는 웃음이 절로 나올 뻔했다. 아까 전만 하더라도 그렇게 분노에 겨워하던 스승 해악천이 지금은 누런 이까지 드러내며 즐거워하고 있었다.

[그 눈은 다친 것이냐? 왜 감고 있느냐?]

[아닙니다. 사정이 있었는데, 나중에 말씀드리겠습니다.]

[클클. 알겠다. 살아 돌아와서 고맙구나.]

처음으로 듣는 해악천의 고맙다는 말에 가슴이 찌릿하게 울렸다. 하지만 나는 일부러 감정을 드러내지 않았다. 거의 만 명에 이른 혈교의 교인들과 모든 존성들이 모여 있는 자리였다. 혈마로서의 위엄을 지켜야 했다.

―떨려?

소담검이 내게 물었다.

솔직히 말하면 떨린다기보다 긴장되었다. 회귀 전에는 고작 혈교의 첩자에 불과했던 내가 이런 커다란 판세의 중심부에 서게 되었다. 그 느낌을 말로 표현하기가 어려웠다.

―어깨를 펴라. 이 몸의 선택을 받은 이상 인간 네가 혈교의 절대자다.

혈마검 이 녀석이 웬일로 좋은 소리를 한다. 뭐 굳이 위축되지는 않았다. 이제는 다른 누군가에게 휘둘릴 만큼 약하지 않으니까. 그때 귓가로 누군가의 전음이 들려왔다.

[공자.]

그 전음성은 혈수마녀 한백하의 것이었다. 내가 돌아오지 못하게 나름 안배까지 해두셨으니 저렇게 인상이 굳는 것도 당연했다. 설사 백련하를 위해서라고 해도 이제는 선을 지나쳤다. 아무 대답 없이 계속 앞으로 걸어가자 그녀가 내게 전음을 다시 보내왔다.

[…공자가 이 판에 끼어든 순간 아가씨의 입지를 떠나서 우스꽝스러운 꼴이 되어버립니다. 혈마검의 계승자이기는 하나 아가씨에게 힘을 실어주실…]

한백하가 미처 전음을 끝맺지 못했다. 내가 날카로운 눈빛으로 그녀를 쏘아보았기 때문이다.

[제가 무사히 돌아온 것보다 그게 우선입니까?]

한숨이 절로 나왔다.

[…]

그래도 내 말에 부정은 하지 않았다. 참 대단한 충심이었다. 무사해서 다행이라는 말을 할 수도 있는데, 오직 백련하의 입지만을 생각하다니. 이제 배려는 끝이었다.

[기다리시죠. 차근차근 짚고 넘어가야 할 것들이 있지 않습니까? 각오하시는 게 좋을 겁니다.]

'…?!'

그녀의 눈동자가 흔들렸다. 한 짓이 있을 테니, 내가 무슨 의도로 이런 말을 했는지 알아들었을 것이다. 입술을 질끈 깨물든 말든 내 알 바가 아니었다. 우선은 이것이 먼저였다.

─탁!

드디어 양측이 대치하고 있는 방향의 중심에 이르렀다. 백혜향과 백련하가 각기 다른 표정으로 내게서 시선을 떼지 못했다.

"그 눈…."

백련하가 한쪽 눈을 감고 있는 것을 보고 뭔가 말하려고 하는데, 해악천이 특유의 웃음소리를 내며 갑자기 자리를 이동했다.

"클클."

나의 우측 편으로 선 것이다. 사마영을 보자마자 잔뜩 인상을 쓰던 그였지만, 그녀가 웃으며 고개를 숙이는 모습에 이내 그것을 풀었다. 내가 무사히 나타나서 우선은 그냥 넘어가려는 모양이었다.

"혈마께서 복귀하셨으니, 저도 자리를 바꿔야겠군요."

사혈성 도장호가 빙그레 웃더니 자연스럽게 좌측 편으로 자리를 옮겼다.

"사혈…."

그걸 보고서 삼혈성 혈살귀 양전이 무언가를 말하려다 이내 입을 다물었다. 도장호까지 내 옆에 붙자 대치 구도가 바뀌게 되었다. 정(丁) 형태로 말이다. 각기 혈마화를 한 세 사람 뒤에 간부들이 대치하고 있는 삼파전 형태로 바뀌었다.

385

"왜 옮기지 않는 것이냐?"

해악천이 백련하 뒤에 서 있는 존성들을 나무라듯이 말했다. 이에 그들은 미간을 찌푸린 채 어찌할 바를 몰라 했다. 특히 난마도제 서갈마는 정말 난처해 보였다. 백혜향 앞에서 실컷 백련하를 든든히 지지할 것처럼 보였으니, 갑자기 위치를 바꾸는 게 어려운 모양이었다.

"진정한 혈마검의 계승자가 나타났는데…."

그때 해악천의 말을 누군가 자르고 끼어들었다.

"너, 그 모습은 대체 뭐야?"

그녀는 바로 백혜향이었다. 백련하와 그 산하의 존성들과 달리 그녀는 지금껏 이 사실을 몰랐다. 그래서인지 감정적으로 많이 복잡해 보였다. 무쌍성에서만 해도 서로를 의지하며 목숨의 위기를 넘겼었다. 그런데 갑자기 또 다른 경쟁자의 모습으로 나타나서 그런지 놀라워하기보다는 어처구니없어하는 듯했다.

"말해!"

"그때 이야기하지 못해서 송구스럽습니다."

"뭐?"

탁! 나는 백혜향과 그녀 산하의 존성들을 향해 포권을 취하며 말했다.

"처음 뵙는 분들이 많군요. 정식으로 인사 올립니다. 혈마검을 계승한 당대 혈마 진운휘입니다."

"진운휘?"

진운휘라는 말에 백련하를 비롯한 존성들 일부가 의아해했다. 익양 소가의 성을 버린 것을 모르니 당연한 반응이었다. 반면 백혜향

산하의 존성들이 나를 바라보는 표정은 그녀와 거의 다를 바가 없었다.

"지금 혈마라고 했소?"

장신에 날카로운 눈매를 가진 중년인이 기가 찬다는 듯이 내게 말을 걸었다. 아마도 이자가 그 유명한 일혈성 뇌혈검 장룡인 것 같았다. 백혜향의 머리를 자처하는 자.

"들으신 대로입니다."

"그대가 누구인데 혈마가⋯."

"제 모계가 비월영종입니다. 그래서 저 역시도 혈마 조사의 피를 이었습니다."

"비월영종?"

일혈성 장룡이 인상을 찡그렸다. 다른 존성들도 마찬가지였다. 반응들을 보아하니 비월영종이 혈마의 계통임을 알고 있는 듯했다. 더 많은 설명은 필요할 것 같지 않았다. 이제부터는 강하게 나가야 했다.

"여러 존성분들과, 같은 혈마의 피를 이은 아가씨분들을 향한 예우는 여기까지 하도록 하겠습니다."

"뭐?"

팍! 나는 혈마검을 광장 바닥에 박아 넣었다. 검이 바닥에 박히며 그 주위로 바닥에 균열이 일어나더니 붉은 아지랑이가 모락모락 피어올랐다.

"율법에 따라 모두 내게 충성을 맹세하라!"

'⋯!!'

중단전과 상단전을 동시에 열고 공력을 실었기에 침착하게 이야기했지만 광장 전체로 내 목소리가 쩌렁쩌렁하게 메아리치며 울렸다. 공력이 실린 목소리에 존성들 일부가 흠칫하며 놀랐다. 교인들도 술렁이고 있었다.

"혈마가 곧 율법이자 힘입니다. 압도적인 모습을 보여주십쇼."

혈랑대주, 아니 호위대주 노성구가 내게 했던 말이었다. 그의 말이 옳다고 생각했다. 여기서 압도적인 위엄을 보여주지 않으면 오히려 파고들 여지만 주게 된다. 스승님인 해악천도 눈이 휘둥그레져서 나를 쳐다보는 것을 보면 제대로 모두에게 충격을 준 것 같았다.

"너… 무슨 일이 있었던 거지?"

백혜향 또한 믿기 힘들다는 표정을 짓고 있었다. 보지 못한 사이에 팔대 고수에 버금가는 기운을 발산하니 놀라는 것도 당연했다. 이대로 밀어붙이려는데, 공력이 실린 외침에 얼떨떨해하던 일혈성 장룡이 다급히 앞으로 나서며 소리쳤다.

"모조 혈마검으로 어찌 율법을 운운하는가! 아가씨께서 가지신 혈마검이 진짜요!"

역시 그냥 받아들일 거라고는 생각지 않았다. 백혜향의 검이 진짜라는 식으로 밀어붙이려고 하는구나.

─저 검도 붉어졌네?

다른 사람들은 모르겠지만 나는 그 이유를 알 것 같았다. 아마도 백혜향이 무림연맹에서 납치했던 장인이 만든 것일 거다. 그때 향로에 꽂혀 있던 금이 간 모조 묵선들로 보았던 천기의 심상 속에서 무림연맹의 맹주 백향묵은 혈천대라공의 기운을 견딜 수 있는 묵선을 주조하려 했었다. 그러고 보니 그때는 미처 짚고 넘어가지 않았는데, 설마 무림연맹주 백향묵이 혈천대라공을 연마한 것일까? 의아했지만 지금 중요한 건 그게 아니었다. 혈마검의 진위 여부를 가리는 게 관건이었다. 내가 뭔가를 말하려고 하는데, 그 전에 해악천이 노기 섞인 목소리로 다그쳤다.

"장룡! 이 찢어진 뱀 눈깔 같은 놈아! 진정한 혈마검도 몰라보는 것이더냐?"

참 욕을 맛깔나게 하는 해악천이다. 같은 편일 때는 참으로 든든했다.

"사존… 그럼 아가씨의 검은 어찌 설명하실 겁니까?"

그 말에 해악천이 인상을 찌푸리며 입을 다물었다. 그 역시도 혈천대라공이 통하는 모조 혈마검을 보고 이해되지 않는 모양이었다. 저게 모조라는 것을 밝혀야겠다.

그때 장룡이 누군가를 손으로 가리키며 소리쳤다.

"잠깐. 네 녀석은 어디서 본 적이 있는데…."

사마영의 얼굴을 뚫어지게 쳐다보던 장룡의 얼굴이 굳었다. 그가 갑자기 알겠다는 듯이 소리쳤다.

"네놈은 안면도 속에 있던 그자로구나?"

'안면도?'

그때 사마영이 내게 속삭이듯이 말했다.

"저자가 아버지가 말했던 그자인가 본데요."

아아! 그러고 보니 기억났다. 안 그래도 혈교로 복귀하려는 우리에게 월악검 사마착이 백혜향과 그 수하를 만났던 일화를 이야기 해주었었다. 누군가 했더니 일혈성 장룡이었구나. 그때 장룡이 뭔가 좋은 수를 떠올렸는지 회심의 미소를 짓더니, 사마영을 손으로 가리키며 소리쳤다.

"저놈은 사대 악인인 월악검 사마착이 노리던 자요. 저런 위험한 자를 데리고 있다니…."

"저희 아버지인데요."

그런 장룡의 말을 사마영이 도중에 끊었다.

"뭐?"

그 말에 일혈성 장룡이 인상을 찡그리며 이해할 수 없다는 표정을 지었다. 이에 사마영이 얼굴에 쓰고 있던 인피면구를 벗었다.

"아…."

주위에서 이내 탄성이 흘러나왔다. 인피면구를 벗은 그녀의 얼굴은 절세가인 그 자체였다. 그 아름다운 얼굴을 보고서 누가 놀라지 않을 수 있겠는가. 그녀가 인피면구를 벗은 이유는 간단했다. 인피면구를 벗은 그녀의 얼굴이 묘하게 사마착을 닮았기 때문이다.

"이게… 대체…."

당혹스러워하는 일혈성 장룡에게 사마영이 방긋 웃으면서 말했다.

"당신이 저희 아버지한테 위치를 알려주고 제가 백련하 아가씨 산하의 교인들에게 납치당해 세뇌되었다는 식으로 이야기했죠?"

해악천을 비롯해 난마도제 서갈마, 사혈성 도장호의 얼굴이 무섭게 일그러졌다. 그렇지 않아도 장강에 있을 때 사마착이 갑자기 나타나 난리를 쳤던 것에 의구심을 품고 있던 그들이었다.

"…무슨 소리야?"

백혜향이 싸늘하게 식은 목소리로 장룡에게 물었다. 반응을 보니 그녀도 모르고 있었던 모양이다. 장룡이 굳어진 인상으로 난처함을 금치 못했다.

"아가씨, 그건…."

곤란해하는 그를 약 올리듯이 사마영이 혀까지 날름 내밀며 소리쳤다.

"저희 아버지가 당신께 전해달라고 하시더군요. 거짓말로 우롱한 대가는 머지않아 목숨으로 치르게 될 거라고."

'…?!'

사대 악인의 살인 예고에 장룡의 표정이 말로 형용하기 어려워졌다. 사실 당사자에겐 심각한 일이었지만 주변의 반응은 다른 곳에 쏠려 있었다. 좌중이 술렁였다. 웅성웅성!

"사대 악인의 여식이라고?"

"월악검의 딸?"

광장에 있던 교인들부터 존성들마저도 그녀의 정체에 놀라워했다. 대개가 백혜향 측이었지만 말이다. 백련하 산하의 존성들은 이미 그 사실을 알고 있기에 오히려 두 달 사이에 무슨 일이 있었던 건지 궁금해하는 눈치였다.

─운휘, 네가 사대 악인의 사위가 된 걸 알면 엄청 놀라겠는데.

아마도 그렇겠지. 하지만 지금은 그것을 부각시킬 때가 아니었다. 혈마로서 내가 교인들 모두에게 인정받아야 하는 시기였다. 그때 백혜향이 싸늘해진 얼굴로 입을 열었다.

"장룡."

"아가씨…."

"내가 네놈에게 수단과 방법을 가리지 말라고 했지, 내게 보고도 없이 네놈 멋대로 일을 저지르라고 했나?"

"아닙니다. 하나 저 역시도 저 여인이…."

월악검 사마착의 여식일 거라고는 꿈에도 몰랐다고 말하고 싶겠지. 하지만 정체를 알고 나니 그녀를 함부로 대할 수 없는 그였다.

"나를 어지간히 우습게 여기는군."

"아닙니다, 아가씨. 제가 어찌…"

그때 누구도 예상치 못한 일이 벌어졌다. 촥! 백혜향의 선홍빛으로 물든 모조 혈마검이 장룡의 왼팔을 스치고 지나갔다.

'…?!'

툭! 장룡의 왼팔이 바닥에 떨어졌다.

"끄아아악!"

고통의 비명이 터져 나왔다. 그 역시도 갑작스럽게 벌어진 일에 아무 대응도 못 하고 그대로 당해버렸다. 사실 모든 교인들과 간부들이 모여 있는 자리였기에 장룡도 자신의 팔을 자르거나 그런 짓을 하리라고는 전혀 예측하지 못했을 것이다. 하지만 백혜향은 아무런 고민도 없이 놈의 팔을 잘라버렸다.

―과감하네.

혀를 내두르는 소담검에게 혈마검이 말했다.

―뭐가 과감하다는 거지? 저게 옳은 거다. 자신의 윗사람을 상대로 뭔가를 숨긴다는 것 자체가 이유를 막론하고 충성이 아니라 하극상이나 다름없지. 길게 본다면 기강을 잡는 게 당연한 거다. 저 인간 계집은 혈마의 피를 진하게 물려받았군. 제법 마음에 들어.

골수부터가 혈마의 영향을 받은 혈마검다운 말이었다. 백혜향의 방식은 지극히 혈교스러웠다. 아무리 자신을 위해서라고 해도 충성을 맹세한 자가 자신을 기만한다면 직위를 막론하고 과감하게 처벌한다. 이 자리에 있는 자들 중에서 누구도 이의를 제기하는 자가 없었다. 갑작스러운 행동에 놀랄지언정 그녀의 행동이 옳다고 여겼기 때문이다.

―사납네, 사나워.

이게 혈교였다. 정도 무림연맹이나 무쌍성과는 완전히 달랐다. 잘린 부위를 붙잡고 고통스러워하는 장룡을 지나치더니, 백혜향이 사마영을 쳐다보며 말했다.

"사대 악인이 무슨 벼슬이라도 되는 줄 아나 본데, 네 아비에게 똑똑히 전해라. 이 녀석의 목숨을 빼앗고 싶다면 나를 먼저 상대해야 할 거라고."

'하.'

그녀의 말에 나는 내심 탄성이 나왔다. 공은 공이고 사는 사였다. 백혜향은 사대 악인의 위명에 위축되지 않고, 자신의 사람을 건드린다면 용서치 않을 거라고 경고하는 것이었다. 그야말로 한 일파의 수장다운 발언이었다.

'…멋지네.'

자신을 기만한 것을 용서치 않을지언정 밑에 있는 사람은 끝까지 책임진다. 남녀를 떠나서 그녀에겐 확실히 우두머리의 자질이 있었다. 일존 파혈검제 단위강을 비롯해 그녀를 따르는 존성들도 이에 감응했는지, 그녀의 뒤쪽으로 다가와 위풍당당하게 섰다.

―그저 무재가 뛰어나서 따르는 것만이 아닌 것 같다, 운휘.

남천철검의 말에 동의한다. 그녀 역시도 충분히 혈교주에 어울리는 인물이었다. 어쨌거나 백혜향은 나름 위기에 몰릴 수 있던 상황을 자신만의 방법으로 돌파해 도리어 일파의 사기를 살려냈다. 그냥 내버려둔다면 더욱 기세등등해질 것이다. 그런데 이런 생각을 한 것은 나만이 아닌 듯했다. 쿵! 지팡이가 바닥을 때리는 소리가 들렸다. 모두의 시선이 그곳으로 옮겨갔다.

"이야기가 옆으로 새었구려. 지금 우선적으로 해결되어야 할 일은 두 검 중에 어떤 것이 진짜 본교의 신물인지 가려야 하는 것이 아니오?"

난마도제 서갈마의 우측 편에서 해골 형태의 지팡이를 짚고 서 있는 반백의 노인이 한 말이었다. 특유의 사기가 느껴지는 것으로 보아 저자가 혈사왕 구제양인 것 같았다.

─저자가 혈주일까?

아직은 모른다. 하지만 금안의 사내와 결탁하고 있는 자라면 어떤 수작을 부릴지 알 수 없었다. 이혈성 수라도 유백과 더불어 경계심을 늦추면 안 될 자였다. 그때 내가 나타난 후 어두워진 얼굴로 가만히 추이를 지켜만 보던 백련하가 입을 열었다.

"더 간단한 방법이 있습니다."

모두의 시선이 그녀에게로 향했다. 백련하가 나와 백혜향이 들고 있는 검을 번갈아 보고서 말했다.

"본교의 신물인 혈마검은 요검입니다. 조사님의 피를 이어받은 자들 중 선택받은 자가 아니면 검을 쥐는 것조차 불가능하죠."

나와 같은 수를 생각하고 있는 그녀였다. 백혜향이 검을 쥔다면 혈마검이 이를 거부할 것이다.

─흥. 그냥 확 허락해줄까 보다.

그럼 또 너 혼자 떠들면서 지내야겠지.

그 말에 혈마검이 구시렁거리면서 입을 다물었다. 어쨌거나 혈마검을 그녀에게 쥐여준다면 더 이상의 쟁투 없이 일사천리로 모든 일을 풀어 나갈 수 있었다. 아마도 그것을 알기에 백련하도 이런 상황을 유도하는 것일 거다.

─과연 백혜향이 어떻게 나올까?

그녀는 혈마검을 쥔 적이 없어서 어떤 현상이 벌어질지 모르고 있다. 자신의 검이 가짜라는 사실을 알고 있으니, 오히려 이 상황에 반등을 주기 위해 혈마검을 과감히 잡으려 들 수도 있었다. 나와 마찬가지로 선택받을 수도 있는 기회일 테니 말이다.

"흥!"

백혜향이 콧방귀를 뀌었다. 그러더니 성큼성큼 걸어와 혈마검 앞에 자신이 들고 있던 모조 혈마검도 꽂아 넣었다. 푹!

"좋다. 받아들이지."

역시 그녀는 흔쾌히 이것을 받아들였다. 기회를 놓칠 생각이 없나 보다. 백혜향이 두 검을 손으로 가리키며 말했다.

"누가 먼저 할 테지?"

"그 전에 먼저 약조부터 하시죠."

"약조?"

"검의 선택을 받는 자가 율법대로 본교의 혈마입니다. 그걸 인정하지 않는다면 이 자리에 있는 모두가 피를 볼 수밖에 없겠죠."

일부러 강하게 나갔다. 그녀의 목적이 그저 혈마가 되는 것이라면 내 말에 전혀 개의치 않겠지만, 조금이라도 혈교를 생각한다면 무슨 의미인지 알아들으리라 여겼다.

그런 나의 말에 백혜향의 입꼬리가 비릿하게 올라갔다.

"그 사이에 제법 남자다워졌구나."

내 정체를 알고 나서 달리 나올 줄 알았는데 의외였다. 나를 향한 눈빛이 여전했다. 단순한 탐욕만은 아니었나.

그때 백혜향이 광장에 있는 모든 교인들이 들을 수 있도록 큰 소리로 말했다.

"율법에 따라 본교의 신물인 혈마검의 선택을 받은 자가 당대 혈마다. 모두가 혈마를 따라야 할 것이다!"

그렇게 외친 그녀가 나를 쳐다보았다. 이제 됐느냐고 묻는 것만 같았다.

'호쾌하군.'

고개를 끄덕인 나는 앞에 있는 두 검을 동시에 잡았다.

"먼저 하도록 하죠."

그리고 두 검을 바닥에서 뽑았다. 염을 일으키며 혈천대라공을 운공하자, 진짜 혈마검과 모조 혈마검이 동시에 선홍빛으로 물들었다. 검을 높이 치켜올리자 호위대가 환호성을 질렀다.

"와아아아아아아!!"

그들 외에 일부 교인들도 탄성을 내뱉었다. 내가 혈마검의 선택을 받았다는 것을 증명했으니, 이제 그녀만 검을 쥐면 모든 것이 정리된다. 푹! 나는 바닥에 다시 두 검을 꽂아 넣었다. 피식 하고 웃은 백혜향이 검을 쥐기 위해 다가왔다. 바로 그때였다.

"제가 먼저 하겠어요."

그 목소리의 주인은 다름 아닌 백련하였다. 나도 그렇고 백혜향도 의아한 눈빛으로 그녀를 쳐다보았다.

―왜 저러는 거야?

나 역시도 이해되지 않았다. 이미 장강의 선상에서 검을 쥐었다가 낭패를 보았던 그녀였다. 그렇기에 이런 판을 깔아놓은 것도 나를 돕기 위함이라고 여겼었다.

"아가씨는…."

"저도 그분의 피를 이었어요. 제게도 검을 쥘 수 있는 자격이 충분하지 않나요?"

대체 무슨 생각인 거지? 그녀가 이렇게 악수를 두는 이유를 알 수 없었다. 검을 쥐어봐야 모두가 보는 앞에서 혈마검의 선택을 받지 못하는 것을 공개적으로 보이는 꼴밖에 되지 못한다.

"배짱이 없진 않은 모양이구나. 네 기회는 다음이야."

당연히 백혜향이 양보할 리가 없었다. 그녀는 그 말이 끝나기가 무섭게 과감하게 두 검의 검병을 쥐고서 바닥에서 뽑아냈다. 오른손에 쥔 것이 진짜 혈마검이었다.

'혈마검.'

—이 계집도 마음에 들건만. 흥!

퉁명스럽게 답한 혈마검이 본색을 드러냈다. 그녀의 손등에서 핏줄이 검게 물들며 불룩불룩 튀어나오려 했다. 혈맥이 폭주하려는 증상이었다.

"이게…."

이를 가까이서 지켜보던 백혜향 측의 존성들 표정이 굳어져 갔다. 바로 그 순간이었다. 고오오오오! 백혜향의 몸에서 폭발적인 기운이 흘러나왔다. 전신에서 붉은 아지랑이가 피어오르더니 빠르게 소용돌이를 쳤다. 혈천대라공의 기운과는 사뭇 달랐다.

'설마 역혈?'

문득 무쌍성에서 백혜향이 내게 했던 말이 떠올랐다. 혈천대라공을 역혈로 운기했다고 말이다. 혈맥이 폭주하는 것을 역혈대라신공으로 억지로 눌러서 혈마검의 검심을 제압하려는 모양이었다. 백혜향 측의 존성들이 그녀를 뚫어지게 쳐다보았다. 그녀가 혈마검을 제압하기를 간절히 바라는 듯했다.

'…강제로 제압하려는 건가.'

불가능한 것은 아니었다. 월악검 사마착이 그것이 가능하다는 것을 실제로 보였었다. 그러나 그녀와 사마착이 근본적으로 다른 점이 있었다.

"크윽!"

백혜향의 입에서 신음성이 터져 나왔다. 그녀의 손등에서 검은 핏줄이 불룩거리며 튀어나왔다.

―보자 보자 하니까 이 계집이 그 괴물 같은 인간 놈처럼 나를 제압하려 들어!

분노한 혈마검이 더욱 혈맥을 폭주시키려 들었다. 그것이 손등을 넘어 손목으로 이어지자, 이를 악물고서 검심을 제압하려 들었던 백혜향이 결국 검을 떨어뜨리고 말았다. 챙그랑!

"이럴 수가…."

"아아…."

백혜향 측의 존성들과 교인들 입에서 탄식이 흘러나왔다. 그녀가 혈마검의 선택을 받지 못한 것을 직접 목도했으니 말이다. 이것은 어쩔 수 없는 결과였다. 애초에 사마착은 벽을 넘은 고수였다. 정기신의 '기'마저 열어 통달했기에 검심을 가볍게 제압할 수 있었던 것이다.

"저 검이 진짜 혈마검인가?"

덕분에 진짜 혈마검도 판별이 났다. 모두의 시선이 바닥에 떨어진 혈마검으로 향했다. 억지로 혈맥이 폭주하는 것을 견디느라, 얼굴이 새하얗게 되어 식은땀 범벅이 된 백혜향이 허탈한 표정을 지었다. 일순간에 그녀의 꿈이 무너졌기 때문일까? 한참 동안 검을 멍하니 쳐다보던 백혜향이 겨우 입술을 뗐다.

"네가···."

"잠깐만요."

백혜향이 인상을 찡그리면서 자신을 제지한 백련하를 쳐다보았다. 백련하가 바닥에 떨어진 혈마검으로 다가갔다. 그리고 말했다.

"아직 끝나지 않았어요."

"아가씨!"

난마도제 서갈마가 우려되었는지 그녀를 불렀다. 이미 선상에서 그녀가 검을 쥐지 못하는 것을 확인한 그였다. 여기서 검을 쥐어봐야 백혜향과 마찬가지로 나를 띄워주는 것밖에 되지 않았다. 나 역시도 그녀를 만류하고 싶었다.

[더 무리하지 않아도 됩니다.]

전음을 보냈는데, 백련하가 나를 묘한 눈빛으로 쳐다보더니 이내 혈마검의 검병에 손을 뻗었다.

—안 말려도 돼?

백혜향 또한 시도한 시점에서 만류할 명분이 없었다. 말려봐야 분란만 생긴다. 그리고 방금 전에 그건···.

—그게 뭐?

아냐. 일단 지켜봐야겠다. 호흡을 가다듬은 백련하가 검병을 쥐고서 검을 들었다.

'···?!'

그런데 이변이 일어났다. 혈마검에 의해 혈맥이 폭주해야 하는데, 그녀의 손이 살짝 떨리기는 했지만 아무렇지 않게 검을 들고 있었다.

"어떻게 이런 일이?"

"아가씨!"

그녀를 따르는 존성들이 놀라움을 금치 못했다. 마치 기적이라도 보는 듯한 반응이었다.

팟! 백련하가 내가 했던 것처럼 하늘 높이 검을 치켜들었다. 이를 보자 그녀를 따르는 교인들이 미친 듯이 함성을 내질렀다.

"와아아아아아!!"

혈수마녀 한백하는 감격에 겨운 얼굴마저 하고 있었다.

"저 아이도… 선택을 받았다고?"

반면 백혜향은 심경이 복잡했는지 떨리는 눈으로 치켜든 검에서 눈을 떼지 못했다. 백혜향 측의 존성들이 탄식과 함께 두 눈을 감았다. 자신들이 지지하던 혈마 후보만이 혈마검의 선택을 받지 못한 것에 대한 실망감 때문으로 보였다.

"크흠. 이게 도통 무슨 영문인지 알 수 없구나."

해악천 역시도 당혹감을 감추지 못했다. 불과 두 달 전만 해도 검을 전혀 만질 수가 없었던 백련하였다. 누가 이런 변수를 예상했겠는가. 그때 가만히 지켜보던 삼존 혈사왕 구제양이 앞으로 나섰다.

"이렇게 된다면 둘이나 혈마검의 선택을 받은 게 되는구려."

모두의 시선이 그에게로 쏠렸다. 구제양의 말대로 한 명이 아닌 두 명이나 혈마검의 선택을 받은 셈이 되었다. 그렇다고 혈마가 둘이 될 수는 없는 노릇이었다. 구제양이 의미심장한 미소를 짓더니 말했다.

"노부의 생각은 이렇소. 결과가 이렇게 되었다면 오히려 정통성을 더욱 논해야 하는 문제라고 말이오."

"정통성?"

"그렇지 않소? 본교를 등지고 무쌍성으로 들어갔던 비월영종의 피를 이은 자를 군이 혈마로 인정할 이유는 전혀 없다고 보오."

그 말에 좌중이 술렁였다. 가만히 뱀처럼 상황을 지켜봤던 것은 노림수가 있기 때문이었다. 혈수마녀 한백하도 이 기회를 놓칠 수가 없는지 소리쳤다.

"삼존의 의견도 일리가 있습니다. 전대 교주님의 적통을 이은 아가씨가 있는데, 군이 본교를 나간 비월영종의 피를 이은 자가 혈마가 되는 것 또한…."

"닥쳐!"

한백하의 말을 누군가 끊었다. 그녀는 바로 백혜향이었다. 운기로 어느 정도 폭주했던 혈맥의 여파가 회복되었는지, 혈색이 돌아온 그녀가 말했다.

"적통이니 뭐니 그딴 게 뭐가 중요하다는 거지? 중요한 건 본교를 부흥시킬 수 있는 능력을 가지는 것이다!"

노기가 섞여 다그치고 있었지만 묘하게 그녀의 울분이 느껴졌다. 그녀의 살벌한 기세에 살짝 밀렸는지 한백하가 멈칫했다. 이에 구제양이 더욱 앞으로 나섰다.

"그런 식이었다면 누구나 혈마가 될 수 있겠죠. 황가도 그렇고 중원의 수많은 무가들 중에 누가 적통을 두고 외탁이나 가문을 나간…."

촥! 그의 말이 미처 끝나기 전이었다. 내가 휘두른 남천철검에서 뿜어져 나온 날카로운 예기에 구제양이 뒤로 물러났다. 그가 미간을 찡그리며 내게 말했다.

"이게 무슨 짓이오?"

나는 놈을 향해 빙그레 웃으며 말했다.

"수작질도 정도껏 했어야지, 혈주."

'···?!'

혈주라는 말이 떨어지기 무섭게 구제양의 표정이 굳었다. 이윽고 그가 얼굴을 풀더니 영문을 알 수 없다는 듯이 해골 지팡이의 머리 부분을 만지작거리며 말했다.

"무슨 말을 하는 건지 알 수 없구려, 공자. 혈주라니 그게 대체 무 슨 소리요?"

역시 시치미를 뗐다. 하긴 공개적인 곳에서 내가 자신에게 혈주라 고 했는데, 이를 덥석 인정할 리가 없었다. 구제양의 눈동자가 나를 주시한 채 계속 손가락이 지팡이의 머리에서 꼼지락거리고 있었다. 나는 남천철검의 검 끝을 그에게 겨냥하고서 말했다.

"지팡이에서 손 떼."

그런 나의 경고에 혈사왕 구제양이 피식 웃었다. 그리고 사뭇 진 지해진 얼굴로 말했다.

"공자가 내게 왜 이런 적대감을 드러내는지 모르겠지만, 노부는 공자를 혈마로 인정하지 않았소. 계속 그런다면 노부로서도 유감을 표현할 수밖에 없소."

스스스스! 구제양이 들고 있는 해골 지팡이의 뻥 뚫린 눈 부근 에서 보랏빛 아지랑이가 스멀거리며 피어올랐다. 역한 냄새가 났는 데, 아무래도 독(毒)인 것 같았다. 그때 귓가로 해악천의 전음이 들 려왔다.

[왜 그러는 게야? 구제양 저놈은 일존 이상으로 위험한 놈이다.]

나를 우려하고 있었다. 그러고 보니 해악천이 예전에 사존자 칠혈성을 거론한 적이 있었다. 해악천은 그들 중에 가장 상대하기 껄끄러운 존재로 혈사왕 구제양을 꼽았었다. 중원에서 세 손가락에 든다는 독수의 달인이자 손짓 한 번으로 수십, 수백을 죽일 수 있는 위험한 자라고 말이다. 어떤 의미로는 팔대 고수 이상으로 괴물의 영역에 있는 자가 독공의 달인들이었다.

"공자, 검을 내리시오."

구제양이 살기를 풀풀 흘리며 내게 말했다. 이에 나는 눈짓으로 치켜들고 있던 검을 내리는 백련하를 가리켰다.

"무슨 짓을 한 거지?"

"무슨 짓? 웬 얼토당토않은 이야기를 하오? 아… 설마 공자는 노부가 적통을 이은 아가씨를 지지하여 이렇게 적대감을 드러내는 것이오?"

능글맞게 대응하는 구제양. 그는 어떠한 동요의 모습도 보이지 않았다. 오히려 세 치 혀로 나를 편협한 사람으로 몰아가려 했다.

"공자의 심정은 이해하오. 적통이 아닌 그대가 유일하게 백련하 아가씨를 앞설 수 있는 방법은 혼자 혈마검의 인정을 받는 것인데, 그게 아니게 되었으니 말이오. 하나 이런 식으로…."

"하하하하하하핫."

나는 그의 말을 끊고서 웃음을 내뱉었다. 구제양이 그런 나의 태도에 이해할 수 없다는 듯이 인상을 썼다. 웃음을 멈춘 나는 백혜향에게 고개를 돌려 말했다.

"그때 그 가짜 놈을 기억합니까?"

나의 물음에 백혜향이 고운 미간을 찡그리더니 이내 말했다.

"그놈 이야기는 왜 하는 거지?"

놈에게 당한 것을 생각하면 여전히 분이 풀리지 않는 모양이었다. 나는 이를 개의치 않고 말을 이어갔다.

"혈사왕 저자가 그 가짜 놈과 한패이니까요."

"뭐?"

백혜향이 날카로워진 눈으로 혈사왕 구제양을 쳐다보았다. 구제양이 어처구니없다는 듯이 해골 지팡이를 들어 올리며 입을 열었다.

"공자, 지금 그대는 선을 넘고 있소."

"무악을 모르지는 않을 텐데?"

그런 나의 말에 지팡이를 들어 올리던 구제양의 손이 잠시 멈칫했다. 내 입에서 무악이 거론될 줄은 몰랐겠지. 구제양의 눈동자가 살짝 떨렸지만 그는 일부러 이를 내색하지 않고 말했다.

"…무악이라니, 대체 누굴 말하는 거요?"

나는 기가 찬다는 듯이 말했다.

"오대 악인 중 한 사람이었던 무악을 모른다니, 시치미를 뗄 거면 그럴듯하게 해야지."

그 말에 주변이 술렁였다. 존성들이 과거 오대 악인이라 불렸던 백면귀인 무악을 모를 리가 없었다. 놈이 동요하기는 했나 보다. 차라리 나라면 '오대 악인 무악을 말하는 거요?' 하는 식으로 되물었을 것이다. 주변의 시선이 집중되는 것을 의식했는지 구제양이 언성을 높이며 말했다.

"그걸 노부가 몰라서 하는 소리요? 무악이라는 이름을 가진 자가 한둘이 아닐 터인데, 이미 오래전에 죽은 자를 말하면 그자라고 생각할 것 같소?"

"같은 금안의 조직 사람인데, 이렇게 매정해서야. 쯧쯧."

비꼬는 듯한 나의 말투에 놈의 표정이 점점 안 좋아졌다. 자극받을수록 나야 좋았다. 그때 입을 다물고 상황을 관망하던 일존 파혈검제 단위강이 입을 열었다.

"방금 금안이라고 하셨소?"

뭐지? 나는 구제양을 동요시키기 위해 한 말이었는데, 오히려 일부 존성들이 금안이라는 말을 꺼내며 묘한 반응을 보이고 있었다. 잘린 팔을 지혈하고 있던 일혈성 장룡도 그것에 관심을 보였다.

"금안의 조직이라니 무슨?"

영문을 몰랐지만 나는 계속 말했다. 이번에는 존성들 모두가 들으라는 듯이 소리를 높였다.

"얼마 전 죽었다고 알려진 무악이 무쌍성에서 사대 무종 중 하나인 무천정종의 가짜 천무성으로 분해, 혼란을 야기하려 했습니다. 하지만 운이 없게도 나와 백혜향 아가씨가 놈과 얽히면서 실패로 돌아갔죠."

그 말에 일존 단위강을 비롯해 혈성들이 백혜향을 쳐다보았다. 아무래도 백혜향이 무쌍성에서 있었던 사건을 이야기하지 않았던 모양이다. 하긴 천하의 그녀가 감금당한 것도 모자라 목숨마저 위태로웠는데, 그걸 주절주절 이야기할 위인도 아니었다.

"맞아. 무쌍성에서 그랬었지."

애써 내가 그걸 들춘 것은 아니었기에 백혜향이 내 말에 동조해 주었다. 그 덕분에 내 말에 신빙성이 붙었다. 혈사왕 구제양을 쳐다보니 내색하지 않으려고 했지만 손가락이 계속 지팡이 머리에서 움직이는 게 초조함이 드러났다. 구제양 역시도 마냥 내 입을 열어둘 수 없다고 여겼는지, 심기가 불편한 듯한 목소리로 말했다.

"두 분이 무쌍성에 있었던 것이 대체 노부와 무슨 연관이 있다는 거요! 계속 이런 식으로 나온다면 노부도…."

나는 놈의 말을 끊고서 모두가 들으라는 듯이 말했다.

"그때 붙잡혔던 무악이 한 가지를 실토했습니다."

"이자가 정녕!"

구제양이 한 발짝 나서려는데, 해악천이 바닥을 향해 크게 진각을 내려찍으며 말했다. 쾅!

"아무런 문제가 없으면 혈마께서 하시는 말을 경청한다고 네놈에게 해가 될 게 있느냐, 구제양?"

"기기괴괴! 애초에 저자와 네놈은 한패가 아니더냐? 한데 노부의 명예를 더럽히려 하는데, 그걸 그냥 내버려두라는 것이냐!"

구제양이 노성과 함께 해골 지팡이를 들어 올리려고 했다. 그때 날카로운 예기가 좌중을 휘어 감았다. 기운이 어찌나 살벌한지 주변에 있던 모두가 그 진원지로 눈이 갈 수밖에 없었다.

'일존.'

예기를 일으킨 자는 다름 아닌 파혈검제 단위강이었다. 그가 내뿜는 강렬한 기운에 모두가 위압감에 사로잡힐 지경이었다.

―엄청 강해 보이는데?

'…벽을 넘었어.'

이미 어느 정도 짐작은 했었다. 감고 있는 금안으로 보는 그의 기운은 환한 빛 그 자체였다. 운기 경로조차 보이지 않을 만큼 강렬한 빛을 가진 자는 아버지 무정풍신 진성백과 월악검 사마착 외에는 본 적이 없다.

"…일존."

혈사왕 구제양도 그의 무력을 가벼이 여길 수 없는지 조심스럽게 입을 뗐다.

일존 단위강이 그에게 무뚝뚝한 어조로 말했다.

"노부도 공자의 이야기를 마저 듣고 싶네. 하면 자네의 독수를 받아야 하는 겐가?"

"…"

구제양의 눈알이 좌우로 굴러갔다. 그는 상황이 여의치 않다고 여겼는지 이내 지팡이를 다시 밑으로 내렸다. 그리고 내게 나지막하게 경고했다.

"이렇게 음해하여 노부의 결백이 드러난다면 각오해야 할 거요."

"각오는 그대가 해야지."

"뭐라!"

"왜, 내 입을 막고 싶나?"

으득! 구제양이 노기를 터뜨리려다 주위를 의식했는지 이를 갈면서 입을 다물었다. 독수로는 세 손가락에 꼽힐지 모르지만 입으로 나를 이기려면 더 갈고닦아야 할 거다. 나는 다시 소리 높여 말했다.

"그때 무악은 혈마검을 탈취하는 데 실패한 것이 혈교로 보낸 혈주가 백혜향 아가씨 한 사람만 움직이지 않고 두 후보자 모두를 움직여서 그렇다고 했습니다."

'…!!'

나의 폭로에 모두의 표정이 각양각색으로 바뀌었다. 백련하 측도, 백혜향 측도 혈마검을 탈취하기 위해 온갖 공을 들였었다. 반으로 나뉜 혈교를 통합할 수 있는 명분을 가진 것이 바로 혈마검이기 때문이었다. 그 시발점이 혈사왕 구제양과 수라도 유백이었다.

혈마검을 되찾아오는 자를 율법에 따라 혈마로 인정하겠다.

이로 인해 두 파벌이 동시에 움직였었다. 나의 이런 폭로에 존성들의 시선이 둘로 나뉘어 구제양과 유백에게로 향했다.

"지금 무슨 말을 하는 거요?"

뜬금없이 의심의 화살 일부가 자신에게 향하자, 수라도 유백이 당혹스러워했다. 이에 나는 고개를 저으며 말했다.

"이혈성은 아닙니다."

그 말에 일존 단위강이 물었다.

"그걸 어찌 확신하는 거요, 공자?"

"심증입니다."

"심증? 심증만으로 두 존성을 몰아붙이는 것이 옳다고 보오?"

"아뇨. 심증도 중요합니다. 왜냐하면 백혜향 아가씨가 혈마검을 결국 들지 못했을 때 이혈성께서는 실망했지만 체념하고 이를 받아들이는 기색을 보였죠."

수라도 유백이 아니라고 생각한 첫 번째 이유였다. 그는 백혜향이 혈마검의 인정을 받는 데 실패했을 때, 그저 안타까워하는 모습만 보였었다. 그런 나의 말에 구제양이 어처구니없다는 듯이 소리쳤다.

"허술하기 짝이 없구려! 고작 그런 이유로 노부가 그 혈주라는 자이고, 금안의 조직과 관련이 있다고?"

화가 난 것처럼 언성을 높이는데 그 눈빛은 그렇지가 않았다. 오히려 웃고 있었다. 이 발언만으로는 절대 자신을 압박할 수 없다고 여긴 모양이었다.

"나 역시도 백련하 아가씨가 검의 인정을 받지 못했다면 실망했을 거요. 여기 계신 난마도제 서 형도 그렇고 삼혈성, 육혈성도 마찬 가지요. 한데 고작 이혈성의 반응을 보고서 이 노부를 의심하고 음해해!"

나는 이를 개의치 않고 모두에게 말했다.

"무악이라는 자는 가짜 천무성의 탈을 쓴 채 무정풍신을 제거하고 무쌍성을 손아귀에 넣으려고 했습니다. 그래서 고민했죠. 내가 만약 그들이라면 어떤 식으로 혈교를 좌지우지하는 방법을 택할까?"

일존 단위강이 무거워진 목소리로 물었다.

"어떤 방법이오?"

"두 교주 후보자들이 여인이기에 무쌍성에서처럼 가짜를 내세우긴 어려울 테니, 방법은 하나뿐이죠. 둘 중 한 사람을 자신들 뜻대로 움직이는 꼭두각시로 만드는 것입니다."

"꼭두각시!"

"특히 움직이기 쉬운 말일수록 좋겠죠."

나의 그런 말에 백련하 산하의 존성들 표정이 무섭게 일그러졌다. 자신들이 지지하는 그녀를 모욕했다고 여겨서일지도 몰랐다. 특히 백련하의 충실한 오른팔인 혈수마녀 한백하는 나를 찢어 죽일 듯이 노려보더니 입을 열었다.

"과욕에 눈이 멀었군요, 공자! 아가씨께서 혈마검의 선택을 받아 자신의 자리가 위태로워지니 못 하는 말이…."

그녀의 말이 끝나기도 전에 나는 그녀를 다그쳤다.

"한백하! 당신의 그 과도한 충정이 그녀에게 오히려 독이 되었다는 사실을 모르겠나?"

'…!!'

공력을 실은 일갈이었기에 순간 그녀의 말문이 막혔다. 그런 한백하를 무시하고서 나는 서갈마를 비롯한 백련하 산하의 존성들에게 말했다.

"이미 혈마검의 인정을 받지 못해 검을 잡지 못했던 백련하 아가씨가 느닷없이 검을 쥐어보겠다고 하는 것이 이상하다고 생각하지 않았습니까?"

"그건…."

내 물음에 난마도제 서갈마가 잠시 입을 열었다가 닫았다. 그 역시도 이상하다고 여겼었나 보다. 이미 선택을 받지 못했고 그녀 스스로가 내게 혈마로 충성을 맹세했었다. 한데 내가 살아서 돌아왔음에도 그녀는 무리해서 억지로 검을 잡으려 들었다. 일부의 만류에도 불구하고 말이다.

그때 구제양이 입을 열었다.

"혼자 망상에 빠졌구려, 공자. 그대는 정녕 혈마의 자격이 없소이다. 혈마검은 요검이오. 그런 검을 내가 무슨 수작으로 아가씨를 움직여서 잡게 한단 말이오? 안 그렇습니까, 아가씨?"

구제양의 부름에 백련하가 입을 열었다.

"…공자, 제가 혈마검의 인정을 받은 게 그렇게 미덥지 못했나요?"

실망스럽다는 백련하의 목소리. 구제양은 나를 의기양양한 눈빛으로 쳐다보고 있었다. 마치 자신이 이겼다는 듯이 말이다. 그런 그에게 나는 비웃음이 담긴 미소를 지으며 말했다.

"당신도 그렇고 모두가 한 가지 착각하고 있는 게 있군."

"뭐?"

"혈마검의 인정을 받는다는 게 그저 검만 들 수 있으면 인정을 받는 줄 아나?"

"지금 무슨 소리를?"

나는 백련하가 들고 있는 혈마검을 향해 손짓하며 말했다.

"혈마검, 이제 참지 않아도 된다."

그 말이 끝나기가 무섭게 뜻밖의 일이 벌어졌다.

"아흑!"

백련하의 입에서 신음성이 터져 나오더니, 이내 손등이 검은 핏줄로 일렁이며 튀어나왔다. 혈맥이 폭주하는 현상이었다.

"혈맥이?"

"아가씨!"

방금 전까지만 해도 아무렇지 않게 혈마검을 들고 있던 백련하의 혈맥이 폭주하자 모두가 당혹감을 감추지 못했다. 특히 구제양이 그러했다.

"이, 이게 대체…."

대체는 뭐가 대체야?

―기다리느라 지겨웠다, 인간.

혈마검의 그 말과 함께 백련하의 손등 핏줄이 터졌다. 그러면서 그녀의 피가 바닥으로 떨어졌는데, 놀랍게도 핏방울이 묻은 곳이 부식되는 것처럼 치칙거리며 작게 연기가 피어올랐다.

"독?"

떨어지는 핏방울에서 역한 냄새가 흘러나왔다. 그것은 독혈이 틀림없었다. 이게 그녀가 혈마검을 잠시나마 버틸 수 있던 이유였다.

"독수로 혈맥이 폭주하는 것을 막을 수 있을 거라 여겼나, 구제양, 아니 혈주?"

구제양의 표정이 일그러졌다. 이런 사태가 벌어질 거라고는 예측하지 못했겠지. 애초에 혈마검은 이딴 독혈로 수작을 부리면 자신을 만질 수 있을 것 같냐며 더욱 백련하의 혈맥을 폭주시키려 했다. 그때 나는 이 묘수를 떠올리고서 혈마검에게 잠시 멈추라 했었다. 그 결과 모두의 앞에서 놈의 수작이 드러났다. 이 자리에서 독혈을 만들 수 있을 만큼 독에 능수능란한 자가 구제양 이외에 누가 있겠는가?

"네놈이 감히!"

촥! 그때 백혜향이 어느새 놈을 향해 모조 혈마검을 휘둘렀다. 당혹스러워하던 구제양이 다급히 뒤로 신형을 날리며 그녀의 검을 피했다.

"네놈 따위가 저 아이를 건드려!"

나는 내심 의외라고 생각했다. 그저 정적이라고만 여길 줄 알았는데, 그녀가 적의 손에 휘둘리는 것을 확인하자 분노를 터뜨리고 있었다. 다시 공격하려 하는 백혜향에게 구제양이 다급히 소리쳤다.

"백련하 저년이 죽어도 좋으냐!"

"뭐?"

"환마독에 중독된 자가 노부의 해독약 없이 벗어날 수 있을 것 같으냐?"

그 말에 백혜향이 잠시 멈칫했다. 그러다 특유의 비릿한 미소를 지으며 말했다.

"네놈 팔다리를 전부 잘라버리면 그 입에서 해독제가 튀어나올지 아닐지 알 수 있겠지."

"저랑 같은 생각이네요."

그때 어느새 몰래 옆으로 다가간 사마영이 구제양의 요혈을 노렸다. 기척이 슬금슬금 움직인다 싶었더니 놈을 노린 거였구나.

"이년들이!"

구제양이 기묘한 신법을 펼치며 그녀들의 공격을 피하더니 도주하려고 했다. 하지만 이곳엔 그녀들만 있는 것이 아니었다.

"이 썩어빠진 놈! 대갈통을 부숴주마!"

어느새 진혈금체를 펼친 해악천이 구제양의 머리로 커다란 주먹을 날렸다.

"큭!"

구제양이 다급히 몸을 뒤로 회전하며 이를 피했다. 바닥에 해악천의 주먹이 꽂히자 커다란 구덩이가 생겨났다. 쾅! 굉장한 위력이었다. 외공으로는 가히 정점에 이른 해악천이었다. 주먹 한 대 잘못 맞으면 그대로 골로 갈 것 같았다.

"도망갈 생각은 버려라!"

그가 다른 방향으로 도망치려 하자 그 앞을 난마도제 서갈마와 내가 가로막았다. 그야말로 퇴로가 전부 막힌 꼴이었다. 구제양이 입술을 질끈 깨물더니 품속에서 무언가를 꺼내서 세게 흔들었다. 그러자 이상한 방울 소리가 같은 것이 울렸다. 딸랑! 딸랑!

"아아아악!"

백련하가 한 손으로 자신의 머리를 붙잡고는 무릎을 꿇었다. 이마의 핏줄들이 보랏빛으로 팽창했는데, 그 상태가 굉장히 안 좋아 보였다.

'소리에 반응했어.'

독으로 그녀를 조종했던 건가? 어떤 수작을 부렸는지는 모르겠지만 백련하의 독을 폭주시키려는 듯했다. 구제양이 위협을 가하듯이 방울을 들고서 소리쳤다.

"내 앞을 가로막는다면 저 계집이 당장에 죽는 꼴을 보게 될…."

"그렇게 내버려둘 것 같나."

"아니?"

어느새 백련하 뒤에 일존 파혈검제 단위강이 서 있었다. 뭘 하려나 싶었는데, 단위강이 양쪽 손으로 백련하의 머리를 붙잡았다. 그러고는 심후한 내력을 불어넣었다.

"아으으윽!"

"참으십쇼."

단위강의 내공이 어찌나 심후했는지 그녀의 코와 입, 귀의 구멍에서 보랏빛 액체가 조금씩 흘러나오기 시작했다. 머리로 파고든 독기를 몰아내는 일존이 소리쳤다.

"빨리 놈을 제압해라!"

"크하하핫! 수작질도 실패했구나!"

해악천이 광소를 터뜨리며 놈에게 신형을 날렸다. 다른 자들도 마찬가지였다. 나를 비롯하여 백혜향, 사마영, 난마도제 서갈마 등등. 난다 긴다 하는 고수들이 그를 에워싸고 달려드니 도저히 도망칠 방법이 없어 보였다. 그 순간 구제양이 갑자기 자신의 가슴에 타혈을 했다. 타타타타탁!

"어지간히 나를 우습게 여기는구나. 독의 정수를 보여주마!"

타혈을 마친 순간 그의 얼굴이 검보랏빛으로 물들었다. 그러더니 놈이 입고 있는 옷들이 전부 녹아내리며 검보랏빛으로 물든 전신이 모습을 드러냈다. 괴이한 현상에 소름이 돋을 정도였다. 그걸 본 백혜향과 해악천이 동시에 소리쳤다.

"독인이다!"

"물러나라!"

독인(毒人). 그것은 말 그대로 독으로 경지에 오른 자가 지향하는 신체였다. 수백, 수천 독을 조합하여 자신의 신체에 적응시켜 체외와 체내 모두를 극독이 흐르게 만드는 비술인데, 섣불리 접촉하는 것은 위험한 짓이었다. 이를 알기에 두 사람이 일단 물러서라고 외친 것이었다.

"늦었다. 나를 이렇게 몰아붙인 걸 후회하게 해주마!"

슈우우우우! 독인이 된 구제양의 몸에서 매캐한 냄새와 함께 뿌연 연기가 뿜어져 나왔다. 뿌연 연기가 닿은 바닥이 변색되는 것으로 보아 역시 독무(毒霧)가 틀림없었다. 순식간에 독무가 그의 주변을 가득 메우고 사방으로 퍼져 나가려 했다.

"이놈! 동귀어진이라도 할 작정이냐!"

해악천의 일갈에 독무 속에 있는 구제양이 광소를 터뜨리면서 말했다.

"자신 있으면 이 안으로 들어와 보거라! 크하하하핫."

그러는 사이 독무가 사방으로 점점 퍼지고 있었다. 저곳으로 들어간다면 필시 독기와 싸워야 하기에 불리해지는 싸움이었다. 그러나 내버려둔다면 독무를 피하느라 놈을 놓칠 수도 있었다.

"흥!"

해악천의 근육이 점점 붉은빛으로 변해가고 있었다. 진혈금체의 비기인 적혈금신을 펼쳐서 몸을 보호하여 독무 속으로 들어가려는 모양이었다. 그때 내가 먼저 몸을 던졌다.

"공자님!"

"멈춰!"

사마영과 백혜향이 동시에 외치며 나를 만류하려 했지만, 이미 나는 독무 속으로 들어왔다. 뿌연 독무 속으로 들어오자 앞이 보이지 않았다. 치이이이. 역시나 살갗이 따끔거렸다. 독기가 어찌나 강한지 피부에 닿는 순간 체감이 됐다.

구제양의 목소리가 들려왔다.

"멍청한 놈, 나를 방해한 주제에 스스로 사지로 걸어 들어오는구나. 독기로 네놈 몸이 썩어들어가는 고통을 즐겨주마!"

놈이 독무 속에서 빠르게 움직이며 기감을 교란하려 했다. 시야가 보이지 않으니 이런 식으로 시간을 끈다면 당연히 독에 중독되어 위험할 수도 있었다. 그런데 놈이 모르는 게 있었다. 스륵!

"헛?"

나는 풍영보를 펼치며 단숨에 경신법을 쓰는 놈의 앞을 가로막았다. 아무리 독무로 시야가 뿌옇다고 해도 바로 코앞에서 대면하니, 놈의 모습이 훤히 보였다.

"네놈이 어떻게?"

실망시켜서 미안하다만 내 금안은 속일 수가 없다. 독무로 시야를 가려도 빛으로 일렁이는 기운의 움직임을 숨길 수 있을 것 같나. 앞이 가로막힌 구제양이 다급히 얼굴로 독수를 날렸다. 나는 남천철검으로 그의 독수를 쳐냈다. 챙! 단순히 독만이 다가 아닌 것 같았다. 닿은 피부가 철이라도 되는 것처럼 단단했다.

"독인을 우습게 보는구나. 내 피부는 금강불괴에 가깝다. 네놈이 내게 털끝 하나라도 상처를 낼 때면 독에 중독되어…."

구제양이 뒷말을 잇지 못했다. 뭔가 이상하다고 여겼는지 검보랏빛이 된 얼굴로 인상을 찌푸렸다.

"네놈 어째서 멀쩡한 거지?"

여전히 멀쩡한 내 모습에 놈이 의아해했다.

"왜, 독에 빌빌거리며 드러눕기라도 할까 봐?"

기관 장치에서 환골탈태를 한 이후 내 육신의 회복력은 보통 사람들과 확연히 달라졌다. 게다가 어지간한 독도 피부 내로 침투하지 못했다. 나를 독으로 중독시키고 싶다면 직접 상처를 내서 체내로 집어넣는 수밖에 없을 것이다. 놈도 같은 생각을 했는지 심장부를 향해 창처럼 독수를 찔러왔다. 이에 나는 놈을 향해 검을 휘둘렀다.

"소용없다고 했을…."

촥!

"끄억!"

안타깝게도 놈의 자신만만한 태도와 달리 팔목이 잘려 나갔다.

"잘렸네?"

놈이 은은한 빛을 내고 있는 남천철검을 보고서 당혹감을 감추지 못했다.

"끄으으… 그건 대체…."

신검합일이다. 검과 내가 하나가 되는 경지. 네놈이 벽을 넘은 고수가 아닌 이상 내 검을 막을 순 없다.

"빌어먹을 놈! 그렇다면!"

파파팟! 놈이 내게 잘린 팔에서 흘러나오는 피를 흩뿌리며 경신술을 펼쳤다. 피에서 더욱 지독한 독기가 느껴졌기에 이를 피하고서 따라잡으려고 풍영보를 펼치는데, 놈의 몸에서 독무가 더 심하게 뿜어져 나왔다. 해악천의 말대로 더 많은 자들에게 피해를 주려는 듯했다. 네놈이 그렇게 나온다면….

팟! 나는 놈을 향해 신형을 날렸다.

'축아광회검!'

신로성명검법 육초식 축아광회검. 비기 십이천경검을 제외하고 신로성명검법 중에서 가장 광활한 범위의 위력을 가졌다. 검이 빠르게 회전하며 회오리를 일으켜 놈을 노렸다.

"큭!"

구제양이 있는 힘을 다해 신형을 비틀며 이를 피했다. 그런데 이를 어쩌지? 축아광회검은 이제부터가 시작인데. 콰아아앙!

'…?!'

축아광회검이 바닥에 닿는 순간 갑자기 검에서만 일어나던 검세의 회오리가 강렬한 풍압을 일으키더니 이내 나를 중심으로 하나의 태풍이 되었다. 평범한 바람처럼 보이지만 이것은 예기의 회오리였다. 차차차차차창!

"끄아아아아악!"

예기에 휩쓸린 놈의 몸에서 검보랏빛 피들이 튀었다. 경로를 바꿔 검의 궤적을 위로 뻗자, 회오리가 곧 위를 향해 솟구쳤다. 파파파파 파파파파! 그와 함께 주변에 휩싸였던 뿌연 독무가 회오리에 휩쓸리며 위로 솟구쳤다. 독무를 완전히 없애는 것은 불가능하지만, 대부분의 독무가 회오리의 풍압 때문에 위로 빨려 올라갈 수밖에 없었다. 슈우우우우우!

"아니, 이게….'

어느새 독무 사이로 들어온 해악천의 모습이 보였다. 얼른 나를 돕기 위해 들어왔는데, 검초에 의한 풍압으로 독무가 하늘 높이 솟구치자 놀란 얼굴로 위를 쳐다보았다.

"독무가….'

백혜향이나 사마영을 비롯해 가까이 있던 자들도 놀라움을 금치 못했다. 쿵! 그때 예기의 회오리에 높이 솟구쳤던 구제양이 바닥에 떨어졌다. 온몸이 상처투성이가 되어 고통스럽게 꿈틀대는 그의 모습에 모두가 할 말을 잃고 말았다.

〈6권에 계속〉

절대 검감 5

초판 1쇄 인쇄일 2022년 7월 4일
초판 1쇄 발행일 2022년 7월 11일

지은이 한중월야

발행인 윤호권
사업총괄 정유한

편집 김지연 **디자인** 김지연 **마케팅** 명인수 **일러스트** 스튜디오이너스
발행처 ㈜시공사 **주소** 서울시 성동구 상원1길 22, 6-8층(우편번호 04779)
대표전화 02-3486-6877 **팩스(주문)** 02-585-1755
홈페이지 www.sigongsa.com / www.sigongjunior.com

글 ⓒ 한중월야, 2022

ISBN 979-11-6925-030-6 04810
        979-11-6925-025-2 (SET)

*시공사는 시공간을 넘는 무한한 콘텐츠 세상을 만듭니다.
*시공사는 더 나은 내일을 함께 만들 여러분의 소중한 의견을 기다립니다.
*잘못 만들어진 책은 구입하신 곳에서 바꾸어 드립니다.